馬克・畢林漢——著
吳宗璘——譯

GOOD AS DEAD

死路一條。

第一天

大慟之亂

1

口香糖和巧克力，也許遇到難得好天氣的時候、多加一瓶礦泉水，在通勤火車上閱讀的報紙，等找錢時的三十秒閒聊。

何苦為此送命。

海倫．威克斯在事件尚未落幕之前，不斷提醒自己，尤其是緊盯著那黑色小洞的時候，死亡隨時可能會在下一次，或最後一次心跳之前從洞中竄出，還有白天的慢動作恐怖時分，以及接下來的無眠之夜，隨時可能殺她滅口的那個男人就在幾英尺之外的地方不時對自己咆哮，或者在隔壁房間哭泣。

我的死期未到。

我的寶寶也還不能失去媽媽……

口香糖是她的習慣，嘴裡含著東西，能讓她抵抗香菸的誘惑，兩年前她因為懷孕就戒了。買報紙是為了不必與火車對座的乘客大眼瞪小眼，但前提是她要運氣好找得到座位，而且不會被一旁穿著廉價西裝、使用廉價商店鬍後水的巨臀男子擠得七葷八素。巧克力就是嘴饞而已。自從生下兒子之後，她就開始矢志減肥，只是成效不彰。她的理想計畫是這樣，把它當成補充熱量來源，在一點鐘左右的時候，配咖啡吃個一兩口，剩餘的等下班的時候再一口氣吃光，當作是給自己的犒賞。但通常在她登入桌上型電腦的時候，巧克力就沒了，或者，萬一遇到特別沉重的案子，在前往斯特里漢姆車站的四分鐘車程當中，立刻被她全部啃光。

沉重的案子特別多。

她在雜貨店門口附近的報架上拿了報紙、準備要走向櫃檯的時候，阿克塔先生已經把她習慣選購的口香糖與巧克力棒擺在櫃檯，他露出微笑，還拿起東西向她揮了兩下。

和往常一樣，兩人談笑家常。

「那小子還好吧？」他開口問道。

阿克塔先生個子矮小，早禿，總是笑咪咪，他的打扮風格也幾乎不變，深色長褲、白色襯衫加開襟毛衣，毛衣只有藍色或褐色兩種搭配選擇。海倫覺得他實際歲數應該不像外表那麼老成，猜他應該是五十多歲左右。

「很乖，」她發現原本在翻閱雜誌的那個顧客走了過來，在她背後排隊，那男子是個約莫三十多歲的高大黑人，他原本抬頭張望書報架頂端的「男士焦點」區，一看到海倫進來，目光迅速下移到生活品味與汽車雜誌區。「真的很乖。」

阿克塔笑著點點頭，交給她口香糖與巧克力，「但很辛苦吧？」

海倫翻白眼，「有時候是啊。」

其實艾飛不只是很乖而已，這小孩令人愛憐的程度簡直是言語難以形容。她笑了，因為想到半小時前帶著一歲兒子去保姆家時、他開心牙牙學語的模樣。她覺得他幾乎隨時隨地都在笑，但他只要一不高興，馬上就會對她發飆。海倫心想，他和保羅一樣的脾氣，眼睛也是。

或者，這只是在唬弄自己？

「還是很值得吧？」

「當然。」她回道。

「相信我，之後會越來越難帶。」

「啊，千萬別跟我講這個。」海倫笑了，交給他兩英鎊的銅板，準備拿回每個早上固定的四十三便士零錢。阿克塔忙著在收銀機錢櫃裡翻找銅板，她聽到門鈴作響，還看到阿克塔瞄了一眼，她背後傳來大剌剌的喳呼聲，一群小孩進入店內。

她打量那幾個臭孩子，總共三個人：一個黑人，兩個白人，全都是自以為屌得不得了的傢伙。

「妳的找零。」阿克塔將零錢交給海倫，但目光緊盯著那三個小孩，而且說話聲音比幾秒鐘前怯弱多了，海倫沒轉頭，倒是看著那幾個男孩晃啊晃到了冰箱前面，打開櫃門之後，嬉笑怒罵。

海倫心想，這些傢伙就是愛引人側目。

「今天天氣應該不錯。」

「是啊。」阿克塔依然壓低聲音，目光直盯著冰箱。

「也撐不了太久。」海倫把零錢放入錢包，將報紙摺好塞進包包。她聽到後頭男人重重吐一口氣，顯然是等得不耐煩。她正打算開口說「明天見」，阿克塔的下巴指向那幾個小孩，彎身向前對她低語。

「我好恨那些王八蛋。」他咬牙切齒。

海倫再次回頭，他們杵在冰箱前面，把飲料拿出來又放回去，大聲談笑互相推擠，其中有一個想必是進門時順手抓了報紙，現正倚在問候卡展示架旁邊，偷偷把東西塞進去。

海倫背後的那個男人開始碎碎唸，「我的天哪。」她不知道這男人的不爽是因為久候？還是因為那幾個男孩子的惡形惡狀而惱火？

「喂。」阿克塔開腔。

海倫的視線又回到櫃檯，隨即聽到背後傳來開飲料罐的嘶嘶聲，阿克塔的臉色突然一沉。

「喂！」

又是一陣嘶嘶作響，現在有兩個傢伙在暢飲可樂，而那個順手牽羊的也丟掉手中多餘的報紙，自己拿了一罐。

「你們喝了就要付錢！」阿克塔大吼。

「我忘了帶皮夾。」其中一個男孩回了話，另外兩個哈哈大笑，互碰拳頭叫好。

拿著報紙的那個白人男孩喝光飲料，又順手捏扁罐子，「如果我們就是不付，你想怎麼樣？」他雙手一攤，擺出挑釁姿態，「你是要發飆還是怎樣？」

「你們要付錢。」

海倫看著阿克塔，發現他下巴肌肉緊繃，手臂僵直，而且還緊握拳頭。她向右前方走了一小步，盯著他的眼睛，搖搖頭。

算了啦。

「滾出我的店！」阿克塔大吼。

白人男孩丟掉空罐，慢慢朝櫃檯走來，眼神猥瑣陰沉，他的手立刻伸進連帽外套的口袋，「你動手啊！」他後面的兩個朋友丟下罐子，可樂淌流在地板上，發出嘶嘶聲響。

「抱歉囉。」其中一個開口。

海倫突然口乾舌燥，她緩緩將手伸進袋子裡，手指緊抓著放有牡蠣卡與警證的皮夾。這孩子只是在虛張聲勢罷了，她幾乎很篤定，只要晃一晃她的識別證，講幾句措辭嚴厲的話，這幾個沒禮貌的小兔崽子馬上就逃之夭夭。

「我看奧薩瑪被你嚇死了。」

但海倫立刻發揮專業本能，另外一股更強大的力量把她拉了回來。畢竟，那孩子的口袋裡很可能藏的是一把刀，她不能太鐵齒，而且她也很清楚逞強當英雄之後的下場。她知道森丘有位社區服務警察，幾個月前斥責某個十四歲的青少年亂丟垃圾，而現在的他依然躺在床上，靠呼吸器維生。

一年多前，她已經飽受了這樣的折磨。

現在，她已經有了小孩……

「這是你的店，但不是你的國家。」

那個趕著結帳的男客人更靠近了她一點，是要保護她？還是要保護他自己？反正他是在緊張急喘，她轉身過去，發現他緊盯著門口，思忖是否要奪門而出。

動，還是不動？

她也在盤算。

「你們根本沒種，背包裡也沒炸彈，」白人男孩又向前一步，逼進櫃檯，他滿臉賊笑，正準備要繼續開口說下去，但一看到阿克塔迅速從櫃檯底下拿出球棒，卻立刻住嘴。

站在冰箱前的男孩吹口哨，假意嚇了一跳，還開口補了一句，「哦哦，大家小心。」

老闆的動作急快，讓大家都好意外。

海倫想避開，準備朝櫃檯底端的方向移動，但發現去路被隔壁的男人擋住了，她只能站在原地、望著阿克塔在櫃檯後頭憤怒大吼，猛力亂揮球棒。

「給我滾！滾！」

白人男孩迅速後退，他的手依然放在口袋裡，而其他兩個轉身就跑，衝出門口之前還故意伸手弄翻貨架上的罐頭與穀片盒，貨品散落一地。他們鬼吼鬼叫，威脅一定會回來，其中一個還嚷著這裡好臭，都是咖哩味之類的話。

最後一個也出了店門口、溜到人行道，依然在放話，還擺出不雅手勢，阿克塔重重甩門。他翻找口袋，拿出鑰匙鎖門，隨即把頭靠在玻璃上，氣喘吁吁。

海倫向前探詢。

門外還有個男孩猛踢窗戶，順便吐了一口濃痰攻擊洩憤，他被同夥趕緊拉開，痰液開始滴滑落下，慢慢流過園丁、吉他教學、按摩的招貼廣告。

「我來打電話，」海倫說道，「攝影機都有拍到，所以沒什麼好擔心的，」她瞄了一眼收銀台上方的小型監視器，充其量只有道具功能，「我可以具體描述那三個小孩的特徵，你知道我是警察，所以⋯⋯」

阿克塔依然背對著他們，點點頭，又開始翻口袋。

「阿克塔先生？」

老闆轉身過來，拿著槍對準他們。

「啊天哪！」海倫旁邊的男人驚呼。

海倫勉力嚥口水，想要控制自己顫抖的雙腿，還有顫抖的聲音，「你在幹什麼——」

阿克塔開始大吼大叫，警告海倫與另外一個客人，要是不聽從他的指示就完蛋了。不過，這些可怕的話語從他口中說出來卻異常彆扭，宛若是個排練過度的演員在演戲。

像是一場小玩笑。

「住嘴！」他怒喊，「給我住嘴，不然我就斃了你們！」

2

「拜託，是espresso！」湯姆．索恩大叫，「明明是espresso……」

對方顯然是聽不見他的抱怨，繼續口沫橫飛暢談清晨的第一杯咖啡因何其重要，要是少了那一杯，真不知道要怎麼開始這一天。他又說了一次那個令人火冒三丈的錯字，索恩忿忿拍打方向盤。

「不是expresso，白痴，他媽的哪有X啊……」

索恩陷在通往哈沃史托克丘的北向綿延車陣裡，他朝右方瞄了一眼，看到某台跑車款賓士的女駕駛正在打量著他。他微笑挑眉，等到那女人轉頭，他喃喃暗罵，「妳蠢蛋哪。」希望這女人看到他在喃喃自語的時候會以為他在講手機，但她應該早把他當成鬼吼鬼叫的神經病。

「想必這杯濃烈好喝的『假咖啡』（expresso），必定帶給你一個『特別』（expecially）美麗的清晨是吧？」

他想要改聽別的東西，什麼都好，他伸出食指猛力一戳，按下預設鍵，終於找到甜美民謠風的柔淨人聲，而且，他似乎聽過這首歌。

索恩心想，對著廣播頻道大吼大叫，很可能是老化的象徵，他的諸多症狀之一，除此之外，他的右耳聽力也變差了，總覺得電視哪有什麼好看的，青少年穿五分褲也不是很酷。

歌曲播完了，主持人興高采烈講出電台名稱。

他居然聽的是國家廣播公司的第二頻道！

想法與性格的改變在所難免，索恩很清楚，搞不好他日後也會覺得這算不得什麼壞事。當改變逐漸發生的時候，其速度與觸發點幾乎令人無法察覺，索恩一向不太能招架突如其來的狀況，但總得要面對的，最近他的生活裡出現了太多的變化，或是正處於轉換期，但他依然覺得自己完全應付不來。

調整。

他過紅綠燈的時候不是很順，踩催那陌生油門的時候，忍不住開始飆髒話。

媽的這台車，就是從它開始的。

他終於賣掉鍾愛的七五年份BMW的CSi，改買車齡兩年的二手5系列，不但品質更穩固，而且需要更換零件的時候，至少還找得到。車子是他的第一個、也是目前為止唯一的改變，但其他的重大變化也迫在眉睫，他在肯特鎮的公寓已經開賣了一個月，但有些修繕工作還沒動工，而且市場上也乏人問津。還有，儘管這幾個禮拜他不斷私下打聽，但轉調另外一個小隊的合適機會依然付之闕如。

然後，露易絲的事也有一陣子了……

索恩生活裡種種令人不快的改變，看起來都非同小可，車子、公寓、工作，但萬萬比不上露易絲的事，完全就是因為她，改變蜂擁而來。

他和露易絲．波特終於在兩三個月前分手，這段關係才剛過了兩年，就此戛然而止。在這段時光當中，有一半的時間充滿甜蜜，美好的程度遠遠超過兩人的預期；當然，是比大多數的警察情侶都來得好多了。但是這種組合的戰力卻還不夠堅強，無法度過失去寶寶的傷痛。他們兩人都無法給予對方所需要的特殊安慰，而當關係陷入低潮之際，他們卻又各自吞飲苦痛。索恩處理陌生人的傷悲比較得心應手，露易絲對此憤怨不平也是想當然耳，而索恩原以為女友流產會讓他無比傷懷，但其實也沒有想像中的那麼難過，於是他與罪惡感不斷交戰，等到那股感受完全消退之後，索恩才終於承認自己為人父的想望是何其強烈，但對兩人來說為時已晚。

他們一路走來，好不容易在一起，最後卻草草收場。鼓起勇氣說出口的人是露易絲，但索恩早就知道這一刻遲早會到來，兩人之間的感覺早已蒙上一層陰影，磨蝕彼此。

他們還各自留著自己的公寓，所以分手再簡單不過了。露易絲拿了垃圾袋，取走自己放在索恩肯特鎮住家的衣服與化妝品，而索恩最後一次從露易絲家走出來的時候，手裡拿的則是購物袋，還有幾罐啤酒和一盒CD，兩人分手時互抱了一下，但其實還不如握個手就好。當索恩把東西放到車後座的時候，不禁下定決心，藉此徹底改頭換面也不錯。

重新開始……

他轉進芬奇利路的時候，差點追撞到前車。現在前進的距離還不到五英里，還得再開半小時左右，才能到達亨頓，貝克大樓，倫敦西區謀殺調查組的總部。

「到底為什麼要換工作？」

幾個禮拜之前，他和菲爾．漢卓克斯出去喝酒，這個曼徹斯特人一如往常，總是不吝發表他的高見。

索恩搖頭，但依然會聽他的意見，工作上，他最重視的就是漢卓克斯的看法，而私生活方面，也會經常聽取他的意見，因為最接近知己層次的朋友，也只有這位病理學家了。

「只是站在朋友立場相勸。」漢卓克斯總是不厭其煩說這句話。

「為什麼不換？」索恩反問。

「因為……八竿子打不著，沒有這個必要。那就像是我面前躺了一個可憐的流浪漢，要為他驗屍，這人明明腦袋中了十二槍，但硬要說他的死因與動脈硬化與輕微心臟問題有關係。」

「你喝醉了。」索恩說道。

「只是喝多了而已。你和某人分手，並不表示你就得改變一切。我的意思是，車子……換得好！那他媽的爛東西再搞下去也是死路一條。還有，換間新公寓我也沒意見，不要繼續住在那垃圾堆啦，我們幫你找個好一點的地方，再帶你買些稱頭的傢俱。但有必要換工作嗎？」

「這是不可分割之計畫。」

「什麼計畫？」

「重新開始，」索恩說道，「新掃把……掃落葉，什麼都好。」

「你比我還醉……」

他們開始聊足球，還有索恩的枯乏性生活，但索恩了解漢卓克斯說得有道理，而且他的確衝動，沒有多加思考後果。他依然認為尋求新挑戰才是正道，不過，一想到要離開西區謀殺調查組，心中不免還是有些傷感。這種工作的本質，再加上大家各有心機、習慣卸責敷衍，想要在團隊成員之間建立信賴，通常有相當的難度。但索恩很珍惜與某些同事的關係，他喜歡他們，也敬重他們，雖然多有白痴也是難免之事。

也絕對強過你知道的那些惡魔。

電台主持人克里斯．伊文也像剛才那個Expresso男一樣，簡直快要讓他抓狂了，所以索恩乾脆關掉收音機，改聽CD，搜尋換片箱裡的那十張碟片，聽到熟悉的吉他撥弦與優美的低沉男聲，他立刻調高音量。

強尼．凱許的歌：〈死無葬身之地〉。

「你忙著改頭換面，」漢卓克斯曾經這麼告訴他，「也可以換一換你的口味吧，不要再聽那蠢牛仔音樂了。」

索恩苦笑，還記得朋友痛苦的表情，他繼續在車陣裡奮戰，前進辦公室。

看起來連第一個到來的改變，都讓他手足無措，不過，總得花一些時間才能好好適應，也許到時候他會有不一樣的感覺才是。

現在，他只需要恪盡職守，靜觀其變。

3

海倫往後退，遠避槍口，發現阿克塔肩後的店窗上貼著一張人臉，剛才落跑的其中一個男孩，正望著店內的情景，瞠目結舌。他對著自己的同伴大吼大叫，隨即被拉走，朝火車站的方向而去。阿克塔就算有聽到男孩的吼叫，似乎也不怎麼擔心，只是繼續逼近海倫與她身邊的男人。

好，海倫心想，幸好，至少現在外頭有人知道這裡的狀況，一定會去報警，當然，前提是他們說的話要有人相信才行，就連她自己也不敢置信。

阿克塔先生。

老實說，她不算認識這男人，真的不熟，但她光顧這間店也好幾年了，兩人天天講話，客套往來，但還是……

他究竟要幹什麼？

阿克塔以槍口指揮海倫與另一名顧客繞過櫃檯，穿越低矮拱道，進入店面後方的凌亂儲藏室，破爛木桌上放著電視，正在靜音播放電視影集《破曉時分》，

此外還有椅子，檔案櫃，角落塞著小冰箱，上頭擱放著水壺、幾個馬克杯，還有一壺咖啡。除了迷你水槽之外，紙箱與塑膠托貨板幾乎佔據了三面牆的每一吋空間。

罐頭、洋芋片、廚房紙巾、香菸。

這裡有兩道門，其中一個有頂門與下門，還有巨大的掛鎖，顯然是對外通道，海倫猜接連的

是店鋪後方的小巷，另外一道未塗裝的夾板門應該是廁所。

阿克塔向他們道歉，這裡空間有些侷促，但還是請他們移駕到那唯一沒堆東西的牆面前，乖乖站好。他問海倫是否有手機，她說放在手提包裡，他令她把包包從地板上丟過去，也吩咐那男人慢慢丟出手機。然後，他坐在小桌上，叫他們兩個人貼牆坐好。他死盯著他們兩人，翻找桌下的抽屜，找出兩副金屬手銬，扔到海倫面前。

「網路上買的，」他說道，「高檔貨，我想和你們用的是同一款。」

海倫從地板上撿起手銬，「懸崖勒馬為時未晚，」她勸道，「你現在的所作所為，都還不算太嚴重，懂嗎？我的意思是你持有槍械，我很難保證你不會坐牢，但如果你現在放了我們，我絕對會盡所有努力，不會讓狀況難以收拾，有聽到我說的話嗎？阿克塔先生？」

他對海倫露出微笑，表情有點詭異，「我現在要你們把對方銬在暖氣管上，一邊一個人，知道嗎？」

海倫與旁邊的頹頓男子互看一眼，點點頭。她伸手銬住男子的右手，再以手銬的另一頭扣住接地的暖氣管。等到她完成之後，換那男人如法炮製，銬住她的左手，只是動作稍嫌笨拙，多花了一點時間。

「別擔心，」老闆開口，「暖氣沒開，所以不會太熱，」他看著海倫，「就和妳講的一樣，天氣不錯。」

海倫看得出來他想要講笑話，但同時也發現他面色緊張，聲音顫抖，他害怕死了。

未必是好事。

阿克塔看到自己的囚徒動彈不得，相當滿意，他站起來，又回頭走進店面。海倫身旁的男人瞪著拱道好一會兒，發現老闆沒有回來的意思，著實鬆了一口氣，望著海倫。

「妳是警察嗎？」也許是因為他壓低嗓門說話，聽起來格外輕柔優美，此人談吐文雅客氣，帶有倫敦口音。

海倫看著他，點點頭。

他留短髮，藍色西裝搭配格紋領帶。他的另外一隻手還能自由活動，立刻扯鬆領帶，解開了襯衫的第一顆鈕釦，他在冒汗。

「所以接下來妳打算怎麼辦？」

「什麼？」

「目前這個狀況，妳打算怎麼辦？」

海倫望著他，「哦，現在這種時候，我也無計可施。」

那男子垂頭喪氣，「靠。」

「最重要的是要保持冷靜，好不好？」

「妳不了解，我今天早上有會要開，」他說道，「非常重要的會。」

海倫差點失聲大笑，但當她一看到那男人臉上的絕望之情，笑意瞬間消失，她知道這絕非異常反應，她曾經聽說過倫敦七七爆炸案當天，有些人滿身是血、踉蹌走到街上，急著告訴警察和醫護人員，非常謝謝，但我不需要去醫院，我還趕著要參加這個會那個會。某些人身上會出現這種「錯位」式恐慌，現況雖然已經十分危急，但卻拒絕接受事實。

一點血而已。這裡不過只是一把槍……

「我想這個會議可有得等了。」海倫回道。

他們兩人互看了好一會兒，她終於看到他的臉上出現黯然認分的神情，他緩緩點頭，又靠在暖氣管上，「對了，我叫史蒂芬。」

「我是海倫。」

店鋪前方突然傳來噪音，兩人立刻轉頭。吵雜嘎響與匡啷聲，史蒂芬看著海倫，她抬高音量，蓋過噪音，「他在關鐵捲門。」兩人靜靜傾聽，一直等到鐵門碰撞聲完全消失，換言之，堅硬鐵門已經完全拉了下來，遮住了大門。

「我們被鎖在裡頭了。」史蒂芬說道。

海倫望著門口，「我想，應該說是其他人被鎖在外頭了。」

當然，他們早就被困在裡面，但隨著商店鐵門降下，也許是光線的變化，造成那男人更加恐慌。他開始大力猛扯，手銬刮擦著暖氣管、發出喀喀噪響，嘴巴還唸唸有詞，海倫知道這動作完全無濟於事。

「別這樣。」

史蒂芬拉扯得更用力，他跪到地上，大聲爆粗口，另外一隻手抓住暖氣管，想要把它從牆上扯下來。

「拜託別這樣——」

阿克塔回來的時候，發現史蒂芬已經不在原來的位置，但他似乎不在意，顯然是對於手銬品質與暖氣管的強度深具信心。他開始奮力移動鐵櫃，只能靠著推櫃角、一吋一吋慢慢來，最後終於讓它貼住後門。

大功告成，他也汗流浹背。他坐在小桌前，以手巾拭汗，然後又從口袋裡取出手槍，擱在桌上。

他看著海倫，「妳來我的店裡光顧，少說也好幾百次了，」他繼續說道，「但我還是不知道妳的名字。」

現在情勢危急，海倫也搞不清楚這句話的用意而心慌意亂，但她卻依然泛湧出一股奇怪的罪惡感，她告訴自己，這實在荒唐，生活在倫敦這種城市裡，處處充斥著他們這樣的關係，每天講幾句話，刻意保持必要的距離。這男人別有所求？他覺得自己……被人看不起？甚至是被排斥？難道他對她有意思？

「海倫，」她回道，「警探海倫・威克斯。」

他點點頭，「我是哈維德，」他又看著坐在暖氣另外一頭的男人，「很抱歉也把你捲進來，您是……」

史蒂芬依然氣喘吁吁，他頭也沒抬，「史蒂芬・米謝爾。」

「米謝爾先生，我只能向您道歉。」

「哈維德，聽我說──」

但阿克塔打斷海倫，「威克斯小姐，妳是哪一種警察？」

這問題讓海倫好困惑，「抱歉？」

「妳在哪一個部門？調查搶案？詐騙？殺人？」

「我在保護孩童組服務。」海倫回道。

「所以不管謀殺案？」

「有時候也——」

「我有急事要找警官。」

「那就跟我說吧，」她努力讓自己的語氣平靜理性，「告訴我你的需求，我們來好好解決。無論你有什麼困難，只要能早點放我們走，問題也會比較好解決。」

「妳不懂，我需要找某位警官，所以需要妳幫我。」

「我很想要幫忙，但我不能——」海倫看到阿克塔的表情生變，而且還伸手拿槍，話也講不下去了，她看得出來，至少在這個時候，他的身上已經毫無歉意或理性。

「我要妳拿自己的手機打電話！」他大吼，「不管妳找誰，反正想辦法把那個警察叫過來就是了！」

他一邊怒吼，還拿著槍在他們面前狂揮，海倫發現只要阿克塔開始猛揮武器、大聲吆喝自己的要求，她身邊的米謝爾也會隨之畏縮。

「現在，就把他找過來，聽到沒有？」阿克塔把海倫的手提包丟回去，她趕緊伸手揮擋，包包差點就直接砸中她的臉。

「快把他找來，等他過來的時候，再聽我的話辦事。」

阿克塔與米謝爾都在看著她，死盯不放，她感受到這兩個人、還有她自己內心所散發出的憤怒與恐懼。背後的暖氣雖然沒開，但她已經燠熱難耐。

「誰？」她開口問道。

阿克塔說出了名字。

「我認識他，」她回道，「不是很熟，但——」

「很好，」阿克塔回答，「這樣對我們雙方都有好處。」

海倫從包包裡拿出手機，手抖個不停。

4

索恩從調查室的老舊咖啡機下方拿起自己的「清晨的第一杯咖啡因」，正準備走向自己的辦公室，總督察羅素．布里史托克卻在走廊上擋住他的去路。

「我看你外套也不用脫了。」布里史托克說道。

「媽的，能不能讓我喝完咖啡啊？」索恩看到長官的表情，也不敢再嬉皮笑臉，「怎麼了？」

「倫敦南區有狀況。」

「南區？」索恩的調查小組負責北區與西區，鮮少冒越泰晤士河，就連他自己下班之後，也盡量避開那個地區。

「斯特里漢姆的保護孩童組接獲某位組員來電，她聲稱自己在圖爾斯丘的雜貨店遭人持槍挾持，」布里史托克低頭看手中的字條，「警探海倫．威克斯。」

「我聽過這名字。」索恩在努力回想。

「護童組利用警部內聯網找到我們，電話直接轉到我這裡，所以——」

「她的男友在公車站被車子壓死，大約是一年多前的案子，」索恩腦中浮現那女子坐在他辦公室的畫面，兩人在她男友葬禮時還曾經有過短暫交談，「他也是警察，記得嗎？」

「不記得，但也許有關聯，」布里史托克搖頭，「我現在還沒有任何頭緒，重點是——」

「等等，這和我們有什麼關係？」

「不是我們，」布里史托克回道，「是你。」

索恩等長官繼續講下去，他覺得頸後已經出現了令人不快的刺癢感，真希望自己今天早上應該打電話請病假才是。

「雜貨店老闆指名找你，」總督察依然盯著字條，彷彿想要從有限的資料中挖掘出什麼內幕，「應該說『喝令』才是，因為他的槍口正對著某名警察。」

「知道對方的姓名嗎？」

「阿克塔。」

又是一個索恩認識的名字，至少，這個姓他還記得，布里史托克顯然也早就猜到了他的反應。

「去年的殺人案，」索恩問道，「對不對？」

「他是那孩子的父親。」布里史托克回道。

索恩想要回溯那男子的長相，但始終無法想起那張面孔，但他記得對方在聆判時怒不可遏的模樣，而且還對著法庭外的索恩與其他同事發飆。索恩對他充滿了憐憫，但還是努力安慰他，提醒他這股不滿應該要發洩在法官身上，而不是針對警察。

索恩記得那男人終於轉身離開時的滿臉淚水。

「所以是和那案子有關？」

布里史托克聳肩，等於告訴他：「我哪知道。」

「不合理，」索恩說道，「審判是多久的事了？八個月還是九個月？」

「喂，我和你一樣摸不著頭緒，」布里史托克揮了揮手中的紙，「你現在立刻過去，我會趁這時候盡量找尋線索。」

「可以帶賀蘭德嗎？」

「去吧。」

索恩迅速返回調查室，呼喚警探戴夫．賀蘭德跟他一起出去，然後三步併作兩步奔下樓梯，到達停車場，他從後車廂拿出磁吸藍色警示燈、丟給賀蘭德，兩人隨即上車。

賀蘭德把燈扔在腳邊，繫好安全帶，「可以透露一下我們要去哪嗎？」

索恩把車開出貝克大樓，準備駛向北環，同時也把已知的有限訊息全說了出來。

「這次狀況很特殊。」賀蘭德說道。

索恩不得不同意，但他不確定現在的自己是否需要來點「特殊」的刺激。

他們到達公園路的時候，正值交通尖峰，索恩突然想起上次見到海倫．威克斯的時候，她正懷有身孕，幾乎快要接近臨盆。

想必她有個一歲的小孩了。

「掛警燈吧。」

賀蘭德從地上拿起警燈，把彎捲的導線插入車內的點菸器。

索恩不難想像海倫．威克斯緊盯著槍口、掛念著孩子的畫面。他開始催油門，等到賀蘭德彎身出去、在BMW車頂掛好藍色警燈之後，索恩立刻全力加速，朝維多利亞區與沃克索赫大橋繼續南進。

「這不太合理，」賀蘭德開口，「為什麼阿克塔突然抓狂？而且還要挾持人質？」

半個小時之前，索恩也問過布里史托克同樣的問題。賀蘭德當初也參與了那個案子，所以也和索恩一樣，直覺事有蹊蹺。

「真傻。」賀蘭德嘆道。

索恩聳肩，「如果大家不做傻事，我們早就丟飯碗了。」

「你覺得他還在怪司法不公？」

在法官宣判之前，阿克塔的殺人案雖然有某些細節交代不清，但基本上就只是個一般案件而已。十六歲的阿敏·阿克塔，還有他十七歲的朋友，在伊斯林頓的某條街上遭到三名年紀相仿的年輕人惡意攻擊，其中一個名叫李·斯勒特的傢伙帶了菜刀，在隨之而來的混戰之中，阿敏為了要保護自己的朋友，刺死了斯勒特。

另外兩名攻擊者為了逃避刑責，自然是拚命和死者撇清關係，而他們的證詞與阿敏及其友人卻是天差地遠。事發當晚地上有積雪，他們堅持只是好玩打雪仗，但最後卻狀況失控。他們否認自己直接涉案，但至少願意承認斯勒特是攻擊者，

不過，他們兩人口徑一致，宣稱阿敏也同樣兇性猛烈，拚命搶奪斯勒特的武器，等到刀子一落地，他立刻撿起來殺人。阿敏與他朋友的說法當然不是這樣，兩造各執一詞，雖然大多數的人都選擇相信阿敏那一方，而且這兩個亞洲男孩都受了傷，但皇家檢察署最後卻判定以攻擊或重傷

害罪起訴另一方並不符合公益原則，最後，他們只起訴阿敏的殺人罪，這算是索恩經手過的最簡單案件之一。

不過，至少還有某些證據顯示被告是出於自衛，而且阿敏先前素行良好，所以檢方預估刑期最多是四年。所以，阿敏·阿克塔獲判八年的結果一出爐，最訝異的人莫過於索恩，而最憤怒的則是男孩的父親。

雖然索恩還想不起那男人的臉，但是他的暴怒神情卻反而令人印象深刻，他在刑事法院的階梯上、在索恩面前大吼大叫，直嚷著法律讓他失望透頂。

「看起來我才是他要找的人，」索恩說道，他沿著南蘭貝斯路前進、準備切入史托克威爾，前方的車輛紛紛避讓，進入公車道，「也許他扣住海倫·威克斯，是為了要換另外一個警察當人質。」

「天哪。」賀蘭德驚呼。

想必她有個一歲的小孩了……

如果真是這樣，索恩義無反顧，他繼續飆車南行，一心想著接下來該如何處理狀況，還有，盡量讓握住方向盤的雙手保持穩定。

想像自己緊盯著槍口。

不知道他的心裡會記掛著誰。

通往雜貨店的道路兩側已經被圍封，拉出百碼左右的封鎖線，警車也擋住主要幹道與小路的的出入口，換言之，受到干擾的不只是當地的數十名住戶，同時也包括了利用圖爾斯丘車站通勤的上班族、以及當地初中的師生，這些人都待在封鎖線之外，安全無虞。

索恩出示警證之後，員警隨即揮手放行。兩邊人行道上有穿制服的小警察在忙著疏散居民，有些人還穿著睡衣。

他放慢速度，開抵事發現場。

那一小排店鋪前面停放了好些汽車與摩托車，索恩猜大部分的車主都已經趕火車上班去了，如果想要領回車子，恐怕也得等上好一段時間。他看到山腳下的車站遠方還停放了一台大型警車與好幾台警車，路旁已停放了兩台武裝機動車，索恩把車停在它們旁邊之後，趕緊下車。

他遠望著那家雜貨店。

鐵門已經拉了下來，上頭全是塗鴉，唯一可辨識的字跡是「巴基佬」。

大約有五、六名武裝警察，站在那兩台經過特殊改裝的BMW汽車旁邊，索恩與賀蘭德走過去，從那幾個人的姿態與近乎在閒聊的內容來看，他們還沒有積極部署的意思。鐵門緊閉，完全沒有可供瞄射的目標，而且這間雜貨店是平房建築，所以裡面的人也不可能對他們開火攻擊。

他們正等待長官下令。

就在索恩與賀蘭德快走到他們面前的時候，索恩的手機響了。

「關於你的疑問，我想我已經找到答案了。」布里史托克劈頭說道。

「我在聽。」

「阿敏．阿克塔八週前在巴達勒少年感化院自殺，湯姆……」

賀蘭德看著索恩，等著他說話。

索恩只是低聲罵髒話，然後繼續朝武裝人員走去，聽著布里史托克講述這起事件的悲慘細節。

特警隊督察奇佛斯是個討人厭的傲慢傢伙。他大手一揮，令索恩與賀蘭德走去對街另一頭的初中，現在那裡是警哨，正匆忙改裝成臨時調查室。索恩邊走邊想，現在的狀況似乎讓奇佛斯很不高興，甚或是很無趣，像他這樣的人，除非能夠破門而入加亂槍掃射，否則一切只是百無聊賴。

其實，如果站在奇佛斯的立場，索恩只希望這宛若一灘死水的渾沌狀態能夠繼續下去，這樣對大家都好。

學校門口還有另一堆穿制服的警察，忙著疏散師生，索恩發現左邊封鎖線後頭聚集了一小群人，許多人火冒三丈，想要知道究竟發生了什麼事，泰半是憤怒不平的父母，但索恩知道大多數的人只是想要看好戲而已，長日漫漫，剛好可以拿來閒扯八卦。

過沒多久，媒體就會大軍壓境。

索恩與賀蘭德在專人陪同下、穿過操場與數道大門，進入空蕩蕩的禮堂。絕大多數的椅子都已經收折好，整齊靠放在牆邊，一排擱板桌被擺在小舞台前面。制服與便衣警在忙著推送器材，靴子在光亮的木地板上發出唧唧聲響，他們在慌張準備，緊張得大吼大叫，頻爆粗口。

還是有學校的氣味。

「這不禁讓我想到小時候，」賀蘭德深吸一口氣，「讓我想到蠟筆，還有汗臭的襪子。」

索恩誇張嘆氣，「我想到的是自己愛上的那位餐廳阿姨，」他說道，「還有喜歡偷我牛奶的小賤人，迪恩．透納。當然，後來柴契爾夫人偷走所有小孩的牛奶，也就沒差了。」

賀蘭德顯然是不知道這一段歷史，「你以前在學校有牛奶喝哦？」

「你是索恩嗎？」

他們轉身，一個穿著全套制服的高挑男子正朝他們走來，索恩不需要特別瞄那肩章上的王冠，也看得出來這位是警司。四十多歲，黃棕色髮色，幾乎貼住頭皮的超短平頭，鼻梁看起來不只斷過一次。警司聲音低沉，還帶有北方口音。他做了自我介紹，麥可．唐納利，身為當地的執勤警司，自然成為現場戰術指揮官。他看起來不怎麼害怕，索恩心想，很可能是因為缺乏處理這類狀況的經驗，但也可能是因為目前資訊不足。

「好，阿克塔的目標是什麼？」

「綜合各方線索，他鎖定的是我。」索恩回道。

唐納利點點頭，顯然這人無論和誰講話，都有點頭和含糊稱是的習慣。索恩很熟悉這種手段，但他自己也只運用過一兩次而已，你貌似仔細聆聽，全神貫注，即使你一無所知，別人也會誤以為你是個深思熟慮的人。

「難道你不覺得這是伊斯蘭的問題？」唐納利的目光移到賀蘭德身上，然後又飄向索恩。

「問題？」

「拜託，你明明知道我的意思。」

「我不覺得。」

「我只是丟出來給大家思考，」唐納利回道，「就目前情勢看來，什麼都有可能是吧？」

賀蘭德聳肩，「也算有道理。」

「和那個無關。」索恩反駁，立刻講出布里史托克方才在電話裡所說的事。

唐納利沉思了一會兒，「這對大家來說都是嚴重的消息，威克斯警探更是莫此為甚。」他準備要離開，因為要到外頭確認疏散狀況，他在臨行前交給索恩一份電話譯文，內容是海倫．威克斯一個小時前打的電話，桌上放有小型CD播放機，唐納利彎腰按下播放鍵，隨即轉身離去。

賀蘭德在索恩背後望著譯文，一起聆聽錄音。

早晨八點十七分，電話號碼〇七七八五　四五五七八七來電。

「這裡是保護孩童組，我是吉兒．貝林格。」

「吉兒，我是海倫，現在什麼都不要說，聽我講話就好，拜託？」

停頓。

「我在聽……」

「我要請你幫我找到探長湯姆．索恩，他在西區謀殺調查小組，至少一年多前他還在這個單位。」

背景出現人聲，無法辨識。

「一定要找到他，好嗎？現在就要。」

「怎麼了？」

「我被人持槍挾持，地點在諾伍德路的某家雜貨店，靠近基督城路的交叉口……就在車站那裡。」

背景出現人聲，「兩百八十七號。」

「兩百八十七號。」

「天──」

「能打的電話號碼都試試看，好嗎？但務必要先找到索恩探長，挾持我們的人要找他。」

「是誰挾持妳？」

「我得掛了，吉兒……趕快打電話……」

背景出現人聲，無法辨識。

通話結束，早晨八點十八分。

「阿克塔似乎很樂意告訴我們他的確切位置。」賀蘭德說道。

「他要我們盡快趕到那裡。」

「她聽起來很緊張。」

「是嗎？戴夫？你真厲害，難怪警察考試輕鬆過關。」索恩看到唐納利回來，揚了揚自己的手機，「不妨讓我打電話給她？」

唐納利點點頭，但依然在四處張望，「我們先確定重要人士都在場好嗎？」他吩咐剛好經過的小員警到外頭找特警隊的頭頭，然後又向禮堂另一頭的年輕女子揮揮手。他面向索恩，「見過奇佛斯了嗎？」

索恩點頭，「軍人出身？」

「他告訴你的？」

「隨便亂猜而已。」索恩說道。

那女子來到了唐納利身邊。索恩猜她年約三十出頭，身材比一般人高瘦，蓬亂的鮑伯頭，剪裁合身的皮衣搭配牛仔褲。她看起來神色自若，但索恩看不出來她此刻在忙些什麼。唐納利介紹兩人認識，他順勢伸手，輕輕擱在她手臂上，她低頭瞄了一眼，然後又抬頭對索恩笑了一下，有些緊張。

「這位是蘇・帕斯寇，」警司說道，「她是受過精良訓練的人質談判專家，大家對她有口皆碑。」

帕斯寇向索恩、賀蘭德握手致意，唐納利告訴她現在就等奇佛斯進來，她點點頭。

「常遇到這種狀況？」索恩問她。

「很多。」帕斯寇回道。

索恩不知道倫敦警察廳裡面有全職人質談判專家，而所謂的「精良訓練」應該只是上過必修課。他幾年前也上過一次，但課程重點是當自己成為人質時該如何沉著應對。某個週末，在外環高速公路附近的某間便宜旅館，他和許多人擠在飯店酒吧裡上課，大家都覺得課程乏善可陳，不然就是忙著眉來眼去。講課內容一如預期：建立自己與挾持者之間的聯結關係；找出共同點；想辦法讓對方把你當成有血有肉的人，諸如此類的技巧，將有助於你爭取最大空間的活命機會。

他希望海倫．威克斯也上過一樣的課，千萬不要成了歹徒性覬覦的對象或是嚇到尿濕牆壁。

奇佛斯邊走邊脫頭盔，他把索恩、賀蘭德，還有帕斯寇都當成了空氣，只對唐納利點頭打招呼，他的手自然而然擱在腰間、格洛克十七手槍的握柄上頭，旁邊還有一對閃光彈。

警司吩咐索恩可以準備打電話了。

「態度要和善、從容，」帕斯寇說道，「我們需要越多資訊越好，但最重要的是要讓對方安心，目前這個階段不會有什麼問題。」

「我會謹記在心。」索恩看著紙上的電話號碼，開始撥號，等到它開始鈴響之後，隨即轉成擴音模式。

「大家注意了。」唐納利說道。

電話幾乎是立刻被接起來。

「海倫？」

「喂？」

「我是湯姆．索恩，妳還好嗎？有沒有人限制妳講話？」

海倫．威克斯說沒問題。

「轉告阿克塔先生，我知道他兒子所發生的事了，很遺憾。」

他們聽到索恩的話被轉述了一次，但沒有回應。

「海倫？我可以和他說話嗎？」

海倫代問之後，回道：「目前他只希望你和我講話就夠了。」

「嗯，聽好，妳告訴他，我很樂意與妳交換，當他的人質。他要找的人是我，所以如果他願意放了妳，我可以進去。」索恩知道帕斯寇正在猛揮手，對他示意「不可以」，唐納利也擺出憤怒手勢，顯然對於這樣的先斬後奏非常光火，但索恩轉向電話，「海倫……？」

「他不要。」海倫回答。

唐納利靠近索恩低語，「問她那裡還有誰，有目擊者指出店內還有另外一名顧客。」

「是不是還有其他人質？」

「史蒂芬．米謝爾。」海倫回道。旁邊有個男人在說話，她隨即又說出了圖爾斯丘的某個地址。

「好，所以他要什麼？」

接下來的對話內容夾雜了好幾次的停頓，還有含糊不清的對話，因為海倫必須轉述索恩的問題，等阿克塔聽完之後，再重複他的回答。「他說他兒子不是自殺……這孩子絕對不會自殺。他還說有人掩蓋了真相，把他兒子送入監牢的人是你……所以你必須要找出殺人兇手。」

索恩抬頭，發現大家都在盯著他，「告訴他，我們會準備對他兒子的死因展開全面調查，但現在必須要先放人。」

就在他們等待回應的同時，唐納利草草寫下「釋放米謝爾？」的字條，塞給索恩。

「他說等到你找出真相，他才會放人。」

「告訴他，我們很樂意聽從他的吩咐，」索恩回道，「我會盡力而為，但我們也需要看到他展現誠信，告訴他，至少要先釋放米謝爾先生。」

蘇・帕斯寇在旁邊猛搖頭，「絕對不可能。」

「他說不要。」蘇珊回道。

他們現在已經可以聽到雜貨店老闆的吼叫聲。

「他說，他『曾經』深信法律，但如今蕩然無存……所以你必須照他的話去做，否則他絕對不會善罷甘休。」

索恩抬頭，看到唐納利與奇佛斯互看一眼，心照不宣，唐納利閉上雙眼。

「你必須證明阿敏不是自殺，」阿克塔大嚷，「找出兇手，還有為什麼要殺人，不然……」

「海倫，沒關係，別講了。」索恩與其他人都已經清楚聽到阿克塔所說的話，索恩希望海倫就此打住。

他不想聽到她聲音裡的恐懼。

「不然我就殺掉他們兩個人。」

6

通話結束之後，海倫把手機放到自己面前的地板上，抬頭看著坐在小桌前的阿克塔，他上氣不接下氣，嘴裡唸唸有詞。對於剛才的那一段與湯姆．索恩的對話內容，他似乎很滿意，他回望著她。

「謝謝妳。」

「發生什麼事？」海倫問道。

阿克塔拿著手槍站起來，海倫發現一旁的史蒂芬突然在畏怯抽搐。

「關掉手機。」阿克塔下令。

「萬一有了什麼進展，他們要怎麼找你？」

「等我準備好再說。」

他拿槍對著她，海倫只好乖乖照做。

「現在你們要想辦法讓自己舒服一點，希望索恩探長能夠說到做到。」

「一定的。」海倫回道。

「而且他工作表現也很優秀。」阿克塔聽到這句話，沉思了好一會兒之後，從拱道走回店內。

海倫與米謝爾沉默了一分鐘左右，然後他頭也沒抬，輕聲細語問道：「為什麼他不肯放我走？」

「我不知道。」

「他是針對妳吧？」他抬頭，怒目以對，「因為妳是警察，所以他知道他們會更加謹慎行事，」他說話急快，咬牙切齒，「所以我到底為什麼要待在這裡？有必要抓兩個人質嗎？」

「你別說了，先保持冷靜，」海倫回道，但米謝爾卻別開目光。海倫看得出來他說出這種話之後心情惡劣，而且也恐懼萬分，「沒關係，聽我說，其實怕死的不是只有你而已。」

米謝爾緩緩點頭，他們也聽到阿克塔在店裡走動的聲響。

「他們會通知我太太嗎？」米謝爾問道。

「當然。」

「她一定會崩潰，」他強顏歡笑，「這女人比我還膽小。」

「他們會好好照顧她的。」海倫回道。

米謝爾嘆了一口長氣，伸直雙腿。

「你從事哪一行？」

「我在銀行業，」他回道，「在托特漢廳路上班，今天是我升官的日子。」

「真抱歉。」

「你知道嗎，有瘋子拿槍對著你，應該是在銀行裡才會發生這種事，要不然也是在郵局吧，他媽的怎麼會在雜貨店！」

「挑錯了地方，挑錯了時間。」海倫嘆道。她太清楚了，大部分暴力犯罪的背後成因都是如此，不該走進那間酒吧，不該在那個街角轉彎，不該散步到那個區域。這不難理解，帶刀的小孩或是藏有炸彈的男子固然令人膽顫心驚，但人們真正害怕的其實只是自己運氣不好。

「外頭已經有武裝警力了，對嗎？」米謝爾朝後門張望，「狙擊手什麼的，我看過新聞頻道上有那種畫面。」

海倫告訴他，她覺得現在應該已有特警隊在現場待命，已經封鎖了這間商店，她還告訴他，無論外頭現在主導的人是誰，都很清楚接下來要採取哪些行動。

「所以他們要做什麼？」米謝爾的聲音壓得更低，「通常遇到這種狀況，他們會有什麼計畫？」

「沒有這種東西。」海倫答道。

「哦……好吧。」

「每次情況都不一樣，所以沒有制式的……程序，他們現在就是靜觀其變。」

米謝爾似乎是接受了，無論如何，當下也不可能出現什麼變化，但海倫看得出來他依然難以安心，她也不能怪他，除非阿克塔解開他們的手銬、打開鐵門、把他們放出去，否則無論發生任何狀況，都有危險之虞。

她靠在牆上，靜靜聆聽外頭的動靜，阿克塔不再繼續走動，反而傳出了翻動紙頁的聲音。

「他在看報，」米謝爾低語，「彷彿若無其事在瀏覽閱報。」

海倫還是想要弄清楚阿克塔的行事作風，這是關鍵，這男人持槍的模樣彷彿手中拿的是一條毒蛇，難道真能如此冷靜？或者他只是在故作鎮定？

姑且不論真相以及湯姆・索恩接下來會有什麼行動，但如果他們還想要活命的話，都需要讓哈維德・阿克塔保持冷靜，她和這位銀行業上班族必須要想盡辦法讓他放鬆下來。

老闆再次出現在門口，兩人都僵住了。他舉起手，似乎是為了讓他們心焦而感到抱歉，他把槍放在桌上，問他們想不想喝茶。

索恩在操場上，忙著講手機。

他已經與布里史托克通過電話，報告最新進度，還有與巴達勒自殺案相關的所有文件都要送到他在貝克大樓的辦公室。他也要求驗屍報告必須要立刻傳真給菲爾・漢卓克斯。最後，索恩告訴布里史托克，聯絡當初負責偵辦阿敏・阿克塔的探長，並且請對方立刻打電話給他。

馬丁・達維斯這傢伙不錯，十分鐘之內就回撥電話給他。

「阿敏・阿克塔當初出事身亡，是不是也應該讓我們知道？」索恩問道。

「那與你經手的殺人案無關。」

「那也應該基於禮貌通知一下吧。」

達維斯顯然不是願意讓步的那種人，「所以每個被你送進監牢的人，你都一定要知道他們後來怎麼了嗎？」

的確是有好幾個——那些讓他嚇得要死的傢伙——索恩總是會密切注意他們的動態，但達維斯說得有理，索恩也沒有時間和他多做什麼無聊爭辯。

「能不能簡述一下就好？」

達維斯告訴索恩，兩個月前阿敏・阿克塔服用過量藥物自殺，死在巴達勒的醫護室病房裡，感化院的醫生一早發現狀況，當場宣布病患死亡。

「他怎麼會住進去？」

「出事的前四天，他遭到另外一名男孩攻擊，反正就是被人劃破了臉。」

「什麼理由要突然自殺？」索恩問道，「我的意思是，他已經在那裡待了七個月不是嗎？」

「他也遭到性侵。」達維斯回道。

「在醫護室的時候嗎？」

「有可能，病理學家無法判斷精確時間，但監視男孩病房的攝影機一週前被搬移到其他地方，所以很難說。」

「為什麼？」

「為什麼被性侵？我要知道這個幹嘛？」

「我要問的是為什麼要搬走監視器？」

達維斯大笑，「抱歉……顯然是因為藥劑室有大量物品失竊，強效止痛劑什麼的，所以院方決定移動監視器。阿克塔很可能知道攝影機的位置，發現既然無人監視就吞藥自殺。」

索恩沉思了一會兒，「沒有其他監視器？」

「通往病房入口有一支，另一間單人病房裡還有一支，我全看過了。」

索恩望向操場的另外一頭，發現賀蘭德與帕斯寇相偕進入學校，賀蘭德不知道說了什麼，引得她哈哈大笑。

「是出了什麼大事？」達維斯問道，「你的總督察有點神秘兮兮的。」

索恩猜布里史托克應該只是來不及解釋，他覺得似乎也沒有必要對達維斯隱瞞什麼，所以就大致交代了一下。

「老實說，我不意外。」

「抱歉？」

「他爸爸每次看到我的時候都快要抓狂了，你知道我的意思嗎？」

「你怎麼沒說？」

「哦，我正要講，在審理結束之後，他變得有些激動，站在角落對每個願意聽他說話的人咆哮，他直嚷著有陰謀，還對著我們說搞錯了。」

「什麼時候的事？」

「兩三個禮拜前吧，他真的是瘋了。」

時間緊迫，索恩這一次就不客氣了。

「我再問一次，難道你不覺得應該打通電話讓我們知道嗎？」

「讓你知道什麼？有個雜貨店老闆抓狂？少蠢了。」

「你才是白痴。」達維斯正準備要回嘴，但索恩卻搶先掛了電話，走向前方，唐納利正從操場另外一頭朝他而來。

「他太太到了，」唐納利說道，同時朝大門那裡點點頭，索恩轉頭一看，發現女警正扶著一名中年印度女子下警車，「娜蒂拉。」

索恩記得她，她的面容和上次他見到的一樣，充滿困惑與失落，那一天，正是她兒子被送入監牢的日子。「我得和她談一談，」索恩說道。他看了看手錶，他與海倫．威克斯講電話、聽她重述阿克塔的要求，已經是半個多小時之前的事了，「我可以讓她上我的車，一起去巴達勒感化院，讓我好好問問她。」

唐納利想了一會兒，「但如果我們需要她怎麼辦？蘇．帕斯寇覺得可能會需要她對她先生喊話。」

「那就多派一台車跟在我後頭，等我談完之後再把她送回去，」索恩回道，「我只需要十分鐘而已。」

此時傳來直升機盤旋的聲響，兩人同時仰頭望天，索恩覺得警方部署陣仗的規模實在驚人，但後來卻發現機身側邊有「天空」電視的台徽，他直盯著唐納利。

「遲早的事。」唐納利回道。

幾秒鐘之後，奇佛斯邁出禮堂大門、穿越操場，準備向他們興師問罪，他指著那架盤旋的直升機，「一定要把他們弄走！」

唐納利嘀咕了幾句什麼媒體自由的話，但奇佛斯完全不為所動。

「給我聽好，我們完全不知道歹徒在鐵門裡的狀況，是不是?但如果他有電視，那麼光靠這些白痴，他就能知道我們在做些什麼，我講得夠白了吧？」

唐納利點頭，「我會努力。」

「好，那他太太呢？」索恩問道。

唐納利似乎很不安，顯然奇佛斯話還沒講完，他回道：「只給你十分鐘。」

索恩走向自己的座車，同時呼喚賀蘭德過來，他與帕斯寇雖然聊得起勁，但也只能被迫中斷。索恩告訴他立刻趕回辦公室，「找伊芳．基絲頓一起去，我在巴達勒的時候，你們兩個剛好可以去訪查，任何有動機置阿敏於死地的人都不要放過，可以先從李．斯勒特的家人開始著手，值得好好研究一下，然後再找那天晚上與斯勒特在一起的那兩個小孩，我們電話保持聯絡，記得嗎？」

賀蘭德搔頭，「搞不懂。」

「搞不懂什麼？」

「為什麼要做這事呢，」賀蘭德停下腳步，「小男孩自殺，是很可憐，我也知道他老爸生氣難過，但我們全力追查一個根本不存在的殺人犯也無濟於事啊。」

「你自己也聽到了他的要求，」索恩退了幾步，繞到賀蘭德背後，大手擱在他的肩胛骨之間，逼他盯著那間鐵門緊閉的雜貨店，「而且要是沒找出答案的話，他很可能會開槍殺人。」

「我有聽見，但找殺人犯也不能無中生有。」

「如果他是對的呢？」

「機率有多高？你自己也知道，他是個瘋子。」

索恩動怒了，但也沒有因此提高聲量，「所以？你覺得我們什麼都不管嗎？」

「他不知道我們在幹什麼，對不對？為什麼就不能告訴他我們盡力調查但卻一無所獲？」

「聽起來可行，戴夫……要是沒有人拿槍對著海倫．威克斯就好了。」

賀蘭德搖頭，這番話依然無法說服他。

「快給我去工作就是了，」

索恩向照顧娜蒂拉的女警招手示意，同時也加快腳步離開操場，準備開車。等到雜貨店老闆娘坐定之後，索恩向她點頭致意，隨即上路；他起初開得很慢，不發一語，穿越封鎖線之後，才有了動作。

加足馬力。

他開口說道：「跟我講妳兒子的事。」

7

「跟我講你兒子的事……」

阿克塔坐在小椅的邊緣，侷促不安，他低頭看著海倫，從桌上拿起茶杯，又放下去，隨即開始整理散落桌面的紙張。

「哈維德，這小孩個性怎麼樣？」

阿克塔正準備講話，清了清喉嚨之後，又再次開口，「一直都很乖，」他說道，「妳記得嗎？」

「是啊，」有幾次是阿克塔的兒子幫海倫結帳，但她其實不確定是哪一個，但這種時候也不重要了，「他在店裡的時候很有禮貌，也很熱心。」

「他總是循規蹈矩，」阿克塔說道，「我們都是，但妳看看我們現在是什麼下場。」

「他為什麼會坐牢？」

阿克塔搖搖頭，彷彿說來話長，或是連他自己也依然不敢置信，「他想要保護朋友而已，他們什麼壞事都沒做，被人圍毆，一團混亂，一發不可收拾……」

海倫點點頭，想讓他繼續講下去，旁邊的米謝爾一片死寂。阿克塔為他泡的茶，他根本沒喝，打從雜貨店老闆一回到後頭的儲藏室，他就不發一語，只是低頭喘息，緊盯著地板。

「他們總說他不會有事，」阿克塔繼續說道，「他們拍胸脯保證，警察與他媽的律師都是，他們說，他沒問題，他們一定會從輕量刑。撒謊，大家都在說謊，滿口胡言的王八蛋。」他的聲音裡聽得出怒氣，但依然隱忍下來，「拜託，他還是個小孩子，我們信任他們，因為我們想要照規矩來，妳懂嗎？」

「當然。」海倫立刻接口。

他點點頭，似乎很滿意，不過他也在打量她。

能聊一聊畢竟是好事，海倫很清楚。她必須要讓他相信她真的了解他，而且還很同情他，兩人是站在同一陣線，而且會同心協力解決所有問題。

等到一切結束之後，他們會像朋友一樣，一起走出店外。

「他怎麼了？」

阿克塔悶哼一聲，「唉，真相與他們的說法截然不同。」

「他們怎麼說？」

「被攻擊，又一次遭人欺負。攻擊事件過後，他自殺身亡，但我很了解自己的兒子，相信我，這絕非實情。」

「你去看他的時候，他都還好嗎？」

「不開心，這是當然的。我們談了與上訴有關的事，然後互相打氣，但我看得出他滿臉落寞，他在那種地方撐不了太久的，」他激動舉手，想要強調自己的話，「但不表示他會傷害自己，他絕對不會做出這種事。」

「他在那裡有沒有朋友？」

「他有提到過某個男孩子，但我覺得他應該還是偏好獨處，他很安靜，妳知道嗎？總是在看書，看書，一直在看書。」

「聽起來是個聰明的孩子。」海倫回道。

「對，沒錯，真的是非常聰明，但我覺得這反而更糟糕，像我孩子這樣的人，到了那種地方之後，挫折感會更嚴重，他不屬於那裡。」

「最後一次看到他是什麼時候？」

阿克塔慢慢眨眼，回憶過往，「他死前的一個禮拜。那天他很開心，我們討論他姊姊的生日禮物，應該要讓我買什麼禮物給她，等於是為他送的禮物，妳懂嗎？他很想念姊姊和哥哥……非常想念，這也是我認定他不會自殺的另一項原因。」他搖頭，又揮了揮手，話語中的篤定讓他的臉上增添了些許笑意，「他絕對不會選擇與他們永別的路。」

「你覺得他們為什麼要這麼說？」海倫的措辭小心翼翼，她搖搖頭，彷彿也覺得這事太不合理。

「妳去問他們，」阿克塔啐道，「因為他們就跟警察和皇家檢察署的混蛋律師一樣，都在說謊，也許是因為這樣比較簡單了事，不會招惹太多麻煩，沒有人想要承認那裡會出現兇殺案，居然會坐視這種事情發生。」他身體向她的方向前傾，怒火再度飆升，「但他們明明就是縱容，現在阿敏再也沒有辦法看到姊姊結婚，他一路辛苦奮鬥，再也沒有機會享受成果了。」

他搖搖頭，強抑住情緒波動，他把手伸到桌上，又把槍向內挪移了幾英寸，整個身子靠在椅背上，「現在就只能靠妳的朋友湯姆．索恩找出真相。」

一年前，索恩調查保羅死因時的表現，曾經讓海倫留下良好印象，但她也不能真的算是認識這個人。現在，她發現自己和阿克塔一樣依賴他，湯姆·索恩頓時成為她最好的朋友。

「我知道他一定會全力以赴。」

❖

「我兒子死了。」娜蒂拉·阿克塔回道。她聲音輕柔，聽不出有什麼情緒，「就這樣，一切結束了。」她把頭別過去，凝視窗外倏忽而過的A40公路水泥糊影。

索恩加速，超過一台白色貨車，還狠狠瞪了司機一眼，「哈維德覺得還沒有結束。」

她又看著他，「我先生……」她把話吞了回去，繼續張望著窗外。

「妳是要說他愚蠢？還是固執？」

「他不蠢，他不是這樣的人。」

「他在做蠢事，」索恩說道，「超蠢。」他在等待回應，但只得到一陣沉默，「妳知道店裡出事了嗎？」

她點點頭，「他們告訴我了。」

「妳知道他會做出這種事嗎？」

「當然不知道。」

「但妳知道他很火大，對不對？」

「哈維德已經氣很久了。」

巴達勒是一間中型感化院，位於倫敦西北方三十五英里處，地處蒼翠的白金漢郡郊區，附近的喬利伍德與阿莫夏姆的富有居民也因而抗議不斷。索恩離開哈維德．阿克塔的雜貨店之後，一路北行，經過了跨越泰晤士河的雀兒喜大橋，藍色警燈在伯爵府與肯辛頓的車陣之間殺出一條通路，到達懷特城的西道之後，索恩也就不再繼續閃燈，走外側車道，只需十分鐘即可進入M40高速公路，然後再經過兩三個交流道，續接M25高速公路，即可到達目的地，全程不到四十分鐘。

「哈維德認為阿敏不是自殺，」索恩說道，「他希望我能找出證據，挖掘真相。」

娜蒂拉笑了，表情譏諷，「我也想贏樂透，所以呢？」

「但妳不會拿槍對著別人。」

她轉頭看他，臉色死白，「你究竟要我說什麼？」

「妳可以先告訴我，妳也覺得他做錯了，還有巴達勒感化院的事。」

「我兒子自殺，」她開了口，索恩本來以為她會講出兒子的名字或是年紀，但卻只是簡單陳述事實，「他無法面對自己的遭遇，那日復一日的狀況，他不是一個……堅強的孩子。」

「所以妳先生為什麼認定他是遭人殺害？」

她思索了半分鐘之久，「也許，這種想法會讓他舒服一點吧，他總覺得每個人都在騙他。」

她伸長雙腿，但依然碰不到車席的前底，「他幾乎夜夜失眠，所以有許多時間胡思亂想。」

「妳呢？」索恩問道。

「日子總是得要過下去。」

「我？什麼？」

「妳睡得好嗎？」

她微微聳肩，順整了腿上的紗麗，「我有吃藥，還好，」她看著索恩，「日子總是得要過下去。」

娜蒂拉．阿克塔看來狀況好多了，她不像她先生，反而能夠坦然說出兒子的事，不過索恩依然感受到那淡漠外表下的憤怒。他知道有時候伴侶會以這種方式處理狀況，面對災難。雙方都崩潰也無濟於事，要是其中一個不行了，另一個至少也要佯裝能撐下去。在露易絲流產之後，他和她不也做了相同的事嗎？

當然，只是做個樣子，但至少要有一個能暫時守住。

娜蒂拉還有其他子女，還得過生活，必須好好做生意維持生計，所以對於幼子的死訊，她至少在表面上調適得比哈維德好多了。

「妳一定要好好幫他。」索恩說道。

娜蒂拉還沒開口回答，她的手機先響了。她從包包裡取出手機，以興地語講了好久的話，她似乎是動怒了，但等到電話結束的時候，又恢復正常神色。

「我的大兒子，」她開始解釋，「正在等我回去警察那裡，他非常生氣。」

「我會盡快送妳回去。」索恩瞄了一下後視鏡，舉手向後方的南倫敦警車示意，警車也閃燈回應，「現場有一位處理這類狀況的專家，」他說道，「她認為妳也許可以幫得上忙，如果妳能夠和哈維德喊話，也許會有轉圜機會。」

「我們只會吵架，」娜蒂拉回道，「他不會聽我的。」

「試試看好嗎？」

她深呼吸，閉上眼睛。

「店內還有另外一名女子，她才剛當媽媽，非常害怕。」

「他不會傷害任何人。」

「妳確定嗎？」

娜蒂拉把手伸入包裡，拿了面紙，緊捏在掌心裡，「如果在阿敏死掉之前，聽到你告訴我哈維德所做的事，我一定會哈哈大笑，這就像是電視節目上表演的喜劇節目一樣好笑。他絕對不會傷害任何人，你知道嗎？要是有調皮孩子在他店裡偷東西或是搗蛋，他只會好言相勸，以非常心平氣和的態度問他們為什麼要浪費自己的時間拿巧克力棒什麼的，讓他們無地自容，而多數的小孩也絕對不會再犯，他教導他們什麼是尊重。他一直是冷靜沉著的人，絕對不會想要揚手傷人，」她以面紙擦拭雙眼的眼角，「但到了現在，我也不確定了……」

他們接近出口匝道，索恩告訴她，只要一離開公路，他就會靠邊停車，後面那台警車會載她回去、與她的長子會合。

她搖頭，「我要和你一起去，我想看看那個地方。」

索恩望著她。

「我從來沒有去看過他，」娜蒂拉語氣平靜，「我沒辦法。我會做好餐點給他，請哈維德一起帶過去，但我沒有辦法去那個地方見他。」

「我懂。」

「真的嗎？」

索恩媽媽的模樣突然浮現心頭，雖然她的形影總是潛伏深處，但出現的時候總是令他驚喜，因為長據他腦海當中、對他喊叫的幽魂是父親而不是母親。當然，這也合理，畢竟，如果不是因為索恩，他的父親也不會命喪黃泉。

他悠悠想起他們參加完派對回家時的種種細節，鑰匙插入門內，他們與另外一對朋友返家，示意安靜的噓聲與笑聲，還有保姆離去時的道別話語，然後音樂響起，母親溜進他的房間裡，他還記得她彎身親他的時候，他聞到她胸脯上的紅酒味，樓下傳來淙淙的吉他與人語。

「這裡很漂亮。」娜蒂拉開口。

他們離開高速公路，行駛了幾分鐘之後，進入鄉間。沿途經過喬利伍德公園，然後北行過運河，進入一條小路，兩旁是蓊鬱樹林，路緣佈滿藍鐘花。

「我真沒想到居然是這樣的地方。」

他睡不著，穿上了睡褲，當時應該不超過九點或十點吧，她上完廁所出來，發現他坐在樓梯上。她把他帶到客廳，他坐在沙發上，被她和他父親夾在中間，待了約半個小時，他們與朋友繼續喝酒聊天。她哼唱著派西．克萊恩與喬治．瓊斯的歌給他聽，然後他看到爸爸翻白眼，就像是賀蘭德和基絲頓現在的表情一樣，他從來沒有告訴他們，自己對於鄉村樂的興趣源自於她。

足球來自於老爸，音樂則是來自於她。艾倫．基路臣、史蒂芬．佩里曼，還有帕特．詹寧斯，從父親承襲而來。漢克．威廉斯、梅洛．海格，還有強尼．凱許，從母親承襲而來。那節拍與隨意撩撥的弦聲，不禁讓他睡衣領口的寒毛直豎，後來他才知道那叫作踏板電吉他。

當時所有的聲響，還有她胸脯的酒味。

「你知道嗎，我真的好意外，」娜蒂拉說道，「這裡居然如此綠意盎然。」

巴達勒感化院逐漸映入眼簾，她陷入沉默，等到兩人再度開口交談的時候，索恩發現她臉上出現一切盡在不言中的表情，這裡再也不美了。

他的BMW緩緩駛向安檢門，娜蒂拉請索恩停車，車子才剛停妥，她立刻下車。

這個監獄是依國防部的老舊空軍基地改建而成，多年來已經增建了多棟牢房，但每一棟簇新的建築看起來比老舊牢房更加蒼悲，當事者似乎沒有預算、也沒有想像力，能讓這裡變得令人耳目一新。柵欄之後隱約可見許多磚鐵建築，大門兩側的綠色圍牆上頭還佈滿了刀絆網。

娜蒂拉眼睛眨也沒眨，炯炯目光穿透了鐵絲網。強風來襲，颯颯疾嘯穿越剛收割的玉米田而來。她開口說話，索恩必須要傾身向前，才聽得清楚她在說些什麼。

「我不能怪他……」

她還說了些其他的話，但狂風蓋過了她的聲音，索恩聽不到，但顯然那些話是講給她自己聽的。

約莫過了一分鐘之後，她面向索恩，點點頭，她已經親眼見到自己需要看到的一切。她走向後頭等待的警車，走了幾步之後，她突然停下來說道：「我會好好想一想該怎麼勸哈維德。」

索恩望著那台警車掉頭，朝高速公路的方向而去。他回到車上，繼續向前開，經過了檢查哨，對方立刻放行，並且告知他訪客停車場的方向，但他卻停在員工停車場，因為比較靠近感化院，而且，反正他就是想停在那塊地方。

下車之後，他朝阿敏．阿克塔身亡的那棟建築物走去。

8

羅傑．博拉斯威爾，索恩沒想到這位典獄長居然這麼年輕，一頭軟綿綿的頭髮，談吐得體，就是個戴著潮男眼鏡的休葛蘭。他把貼有標籤、以粗橡皮筋紮好的一大疊檔案從桌上推過去。

姓名，出生日期，犯人編號。

「這是阿敏．阿克塔的所有資料，」典獄長說道，「入獄文件、成績單、試卷等等，」他靠回椅背上，「他們要求我要趕快準備資料，所以……」他暫停下來，彷彿在等待感謝或解釋，但索恩什麼都沒說，「但沒有人打算讓我知道到底什麼事情這麼緊急，我想我們不該多問才是。」

索恩抱起檔案，擱在椅子旁邊的地板上，「我們正在調查阿敏．阿克塔的死因，」他說道，「『重新』調查。」他不覺得需要向博拉斯威爾多作解釋，他不希望巴達勒裡有任何人在與他會談之後、知悉他的計畫，而且，他們只要打開電視或是翻開晚報，也馬上就會知道消息了。

「了解。」博拉斯威爾回道。

典獄長辦公室位於監獄行政區的某間連通辦公室尾端，內有現代傢俱，窗戶裝設了百葉窗，與索恩以前拜訪過的某些獄政主管辦公室相比，這裡樸素多了，看不到古董鐘，牆壁上沒有佈滿灰塵的狩獵場景油畫，更沒有女王的畫像。

「辛苦了，」博拉斯威爾在索恩剛到的時候就泡好了咖啡，現在剛好趁勢將杯子遞過去，「要不要為你準備餅乾或是其他東西？」

索恩說不需要，啜飲了一口咖啡。

「這顯然是我們遇到的最壞狀況，」博拉斯威爾輕拍木桌邊緣，「幸好我們這裡甚少傳出自殺事件，但畢竟百密一疏，如果他們決心求死，一定會找得到辦法。」

「我想知道阿敏在這裡的狀況。」索恩說道。

博拉斯威爾又靠在椅背上，雙手握住咖啡杯，「很封閉自己，」他繼續說道，「用功念書，很聽話，從來不惹麻煩，」他彎身指著地板上的檔案，「都寫在裡面了。」

「這裡實施學長制，我引入這個制度將近一年了，我們將比較值得信任的大孩子與可能會有調適困難的小孩子混編成組，你也可以稱之為夥伴制度，我本來也想要找阿敏擔任我的輔導學長。」

「為什麼沒有？」

「他就要換地方了，這樣沒有太大意義。」

「到那裡去嗎？」索恩的下巴朝窗外點了一下，指向花木扶疏大庭院的另外一頭、距離約百碼的某棟建築。巴勒達是一間分散式監所，犯人依年紀分別安置在三間不同的房舍。阿敏待的是青少年區，專門容納十五歲到十八歲的犯人，此外還有年紀較輕的少犯觀護訓練中心，以及感化院直接收容的十八到二十一歲的犯人。這三個地方各有不同的典獄長與管理團隊，雖然這是三個獨立自主的單位，但主要的工作人員會常態性輪調，同時也共享運動設施、會客區，還有醫護室。

「不是，」博拉斯威爾回道，「他要轉去別的監獄。」

「哪裡？」

「他想要上純數之類的高級課程，但很不幸的是我們這裡除了木工課之外，沒提供有這麼厲害的課，他向東米德蘭的感化院申請修課，你知道隆敏感化院？」

索恩搖頭，不知道。

「反正，雖然青少年司法委員會出現某些愚蠢的強烈反對意見，我還是很高興申請最後還是批准了，而且，我記得轉監的時間也安排好了……就是這個月。」

索恩立刻抄記下來。

「他在這裡的表現很好，」博拉斯威爾繼續說道，「也沒有幾個男孩子能讓我說出這樣的話。他表現好，幾乎都住在金色房區，那裡的房間比較好，而且還有額外的特權什麼的，而且看來他也能夠一直維持下去，很可能有機會在刑期結束之前、改服外役監。」他笑了笑，又搖頭，「很不幸，現在說什麼都只是空想而已。」

「很有用的資訊。」

「是嗎？」

「具體描繪出這孩子的樣貌。」

典獄長點點頭，望著索恩，「唉，要是我真的看到他轉監，一定會很不捨。」

「但你不是還批准了嗎？」

「因為這樣對他最好，而且也是他自己的期待。」

「那為什麼青少年司法委員會要反對？」

「這個嘛，我猜應該是新監獄距離他的家人比較遠，但如果你真要問我，有時侯這些負責安排監所的官僚就只是喜歡把事情搞得很複雜，我想你一定遇過這種人。」

索恩說他見過不少，他認識的某位高階警司就是這個調調。他盯著博拉斯威爾書桌後方的白板，有好幾個潦草大字：再犯率；還押之正當性；年齡／犯罪／種族。白板的下方，不知為什麼充滿了違和感，上頭寫的是，買牛奶、雞蛋、冰沙。

「他怎麼會進了醫護室病房？」索恩問道。

博拉斯威爾聳肩，「某人被他多看了幾秒鐘，又或是某人不爽他因為表現良好而享有特權，有時侯這些孩子傷人是不需要任何理由的。」

「出了什麼事？」

「有人走進他的房間，劃破他的臉，我們徹底搜查過了，找不到兇器。」

「你們檢查得可真仔細。」

「我們謹守所有的正常搜查規範。」

索恩點點頭，典獄長回話的態度尖銳，但也站得住腳，索恩很清楚這些小孩，一旦下定決心，幾乎什麼都可以弄到手。

「阿敏被送到本地醫院的急診室，傷口縫合之後，在當天下午就送回來了，警方有做筆錄。」

「我還沒看。」索恩回道。他開始覺得雖然時間緊迫，但就查案的角度來看也未必是壞事，正因為他沒有時間看資料，所以對於原始的調查結果必須保持超然中立，而且也只能把阿敏．

阿克塔之死當成剛發生的案件一樣、努力找尋線索。如果他和馬丁．達維斯有一樣的結論，那就無計可施了，面對當前的狀況，他只能拿出看家本領查案，這正是哈維德．阿克塔的要求。「我想我還是從零開始最好，」索恩回道，「讓我可以把今天得到的線索與同僚先前的資料進行比對。」

博拉斯威爾露出會心一笑，「看看是否有人前後說法不一。」

索恩也微笑回應，「什麼狀況都有可能。」他望著典獄長，看著對方喝下最後一口咖啡，「知道是誰攻擊阿敏嗎？」

「有幾位同事心裡有底，」博拉斯威爾說道，「但要能證明就全然是另一件事了。那男孩自然矢口否認，而阿敏也拒絕告訴我們行兇者是誰，何況在這樣的地方也很難找到目擊者，我想你一定很清楚。」

「我要找他談一談，」索恩說道，「無論有沒有證據。」

「很不幸，他在兩三個月前出獄了，其實就是在阿敏遭到攻擊的幾天之後。很令人扼腕，但我們也無能為力。」

「那就給我名字，還有他出獄文件上的地址。」

博拉斯威爾說沒有問題，但是當索恩強調由於案情關係，無法也不能適用調閱資料的正常程序，沒有時間管什麼枝微末節或是道德的時候，典獄長不禁面露遲疑，但依然表示能夠諒解。不過，索恩看得出來，這男人不但還是很想知道究竟發生了什麼事，而且也面露不安。

「發現屍體的人是誰？我也要找他談一下。」

「是伊安．麥卡錫，」博拉斯威爾回道，「麥卡錫醫生。我想他現在應該在辦公室，等一下我請同事帶你去找他，這樣可好？」

索恩謝過他，博拉斯威爾開始打電話安排一切，他才剛掛上，電話卻又立刻響起，只聽得到他嘆道，「天啊」，「好」，通話結束之後，他靠回椅背，猛搖頭，彷彿整個地球的重量壓住了他漂亮的西裝肩線。「有個男孩把他的牢房毀得稀巴爛，十七歲的波蘭小孩，完全不會說英文。」

「好辛苦。」

「倒不會，我的同事會盡最大努力，但任務畢竟相當艱鉅。」

「我指的是那男孩。」

索恩記得監獄門口的彩色標誌，十幾種語言，寫的是同一個字。這想法很不錯，但可惜的是，這番翻譯的美意卻看不出任何效果，犯人很可能以為這是什麼惡整的笑話，懷疑自己究竟身在何處，這個字是不是寫錯了。

歡迎光臨。

「哦，不是這個意思，」博拉斯威爾結結巴巴，「當然不是……我是說，顯然，這種狀況對每一個人而言都是考驗。」

監所人員到了，索恩站起來收拾檔案，博拉斯威爾也迅速起身，想要知道自己是否還有可以幫得上忙的地方。典獄長緊緊握住索恩的手，索恩道謝，他說這一切他銘感在心。

他轉身離開，在監所人員的護送之下，離開了辦公室。

他心想，女皇的小畫像被塞在抽屜的某個角落也說不定。

在學校的大禮堂裡面，臨時調查室正熱鬧沸騰。通訊組架設好傳真與電話，截取當地監視器的畫面，螢幕上面開始出現兩個不同角度的店鋪門口的黑白即時影像，此外，他們還在店後巷內匆忙架設了攝影機，店鋪後門的景象也能一覽無遺。目前沒有聲音，幾乎看不到動靜。只是偶有緊急車輛會經過鏡頭前面，或是大家來不及阻擋的野狗突然衝過去，雜貨店對面的那兩台武裝機動車依然停在原處，某名特警隊的成員在那裡晃來晃去。

依然在等待長官發號施令。

學校裡約有二十多名警察進駐，多數坐在電腦前面，將目前找到的店鋪位置與老闆的資料回報給特警小組。還有些人去了海倫．威克斯位於斯特里漢姆的辦公室，主動想要幫忙，但卻發現幾乎無事可做。

唐納利與蘇．帕斯寇站在螢幕前面，奇佛斯也過來加入他們。

大家盯著畫面，看了好一會兒。

「有接到電話嗎？」奇佛斯問道。

帕斯寇搖頭，「他刻意讓我們苦等。」

他們很早就知道店內有一支市內電話，但也隨即發現阿克塔早已把話筒拿了起來，他們每隔十五分鐘就會撥電話到海倫．威克斯與史蒂芬．米謝爾的手機，但全都立刻轉到語音信箱。

「我想有得熬了。」唐納利說道。

奇佛斯聳肩，「這就全看你了。」

「我看決定權在阿克塔手上。」

「如果讓他交出控制權，事情就不一樣了。」

唐納利看著螢幕，「我洗耳恭聽。」

「你看那道鐵門，」奇佛斯指著螢幕，「底部已經翹起來了，看到沒？應該是小孩子搞的鬼，我們破門而入也花不了多少時間。」

「但如果他會有什麼動作，卻綽綽有餘。」

「我們需要盡快解決才行。」奇佛斯堅持。

「我們『需要』的是，」帕斯寇反駁，「與挾持人質者展開溝通管道。」

「我們至少要派出科技小組過去，」奇佛斯看著唐納利，「在屋頂上裝設麥可風，聽屋內的動靜。」

「太危險了，」帕斯寇回道，「如果他察覺異狀的話，可能會做出傻事。」

「我們連他的槍有沒有裝子彈都不知道，」奇佛斯的手指頭又猛戳螢幕，「拜託，他只是個雜貨店老闆。」

唐納利看著帕斯寇，她拚命搖頭。

「我們要是粗率行事，」她回道，「恐怕會逼他上新聞。」

9

海倫豎起耳朵，滿心期待能夠聽到回應。

阿克塔待在店內已經有十分鐘左右，而前方頻頻傳來某名女子的回音——尖細，偶有爆音——她正透過大聲公在喊話。

「阿克塔先生，我們只想要和你講話而已，我們想要知道裡面的每一個人是否安然無恙，如果我們能夠通電話，展開對話，那麼我們可以好好談一談該如何解決，在沒有人受傷的情況下、達到你的期望。」

阿克塔終於回到儲藏室，抱了一堆巧克力棒和洋芋片，停了下來，以好幾步之遠的距離、低頭打量海倫與米謝爾。

「所以，你覺得呢？」海倫問道。

「什麼？」

「也許至少應該打開我的手機？」

阿克塔眨眼，舔唇。

「如果你不和他們溝通的話——」

「我早就講過了，」他大吼，「等我準備好再說！」他彷彿像個任性小孩一樣憤恨跺腳，又搖搖頭，似乎想要釐清頭緒或是重新凝聚專注力。然後，他突然對著海倫與米謝爾微笑，態度平和，張開手臂，讓食物落在他們的腳前。

海倫望著他走回桌旁，拿起手槍。她現在沒有心思想胃口的事，不知道何時才會終結恐懼，體會到飢餓感。

「該吃東西了。」他說道。

她慢吞吞拿起巧克力棒，以牙齒撕開包裝紙，咬了幾口，下巴指向洋芋片，「我沒辦法以單手撕開袋口。」

阿克塔說了聲對不起，他慢慢彎身，槍口依然對著他們，打開了他們附近的兩包洋芋片之後，伸出腳，把東西推過髒兮兮的塑膠合成地板、送到他們面前。

米謝爾似乎對於食物沒有興趣，他的目光一直不曾離開槍口。

「可以給我們飲料嗎？」海倫問道。

阿克塔再次道歉，現在的他似乎怒意消退，取而代之的是慚愧不安，他趕緊又衝回店內。

「你應該要吃點東西。」海倫叮嚀米謝爾。

「很難吃得下。」

「吃條巧克力就好。」

「反正我也不舒服，」他鼓起腮幫子，搓揉腹部，「胃痛，妳懂那感覺嗎？」

「是，我知道。」她伸手過去，放在他的臂膀上。

阿克塔回來了，手上拿著三罐飲料：可樂、健怡，還有雪碧，他刻意舉高，讓海倫與米謝爾挑選。

「如果可以的話，」海倫說道，「我想喝健怡。我嘴巴裡塞著巧克力，心裡還在擔心卡洛里，恐怕也只是浪費時間而已，不過請相信我，」她勉強擠出微笑，「盡點努力也好。」

阿克塔點頭大笑，他打開易開罐，放在海倫能夠拿得到的地方，然後雙手各舉一罐，「米謝爾先生？」

他說隨便。

「那就可樂好了。」阿克塔把飲料放在地上，又坐回桌前，把槍放在桌上，打開自己的飲料罐。他看著海倫，拍拍自己的大肚腩，「我早就不管體重了，」他說道，「都怪我太太，不管煮什麼都愛放印度酥油。」

「我可沒辦法，」海倫望著他，猛嚥口水，「自從艾飛出生之後，我就一直和體重奮戰，雖然我一半的時間都花在那小鬼頭身上，但就是甩不掉那多出來的幾磅肥肉。哦，你真應該要看看他有多麼精力旺盛。」

阿克塔轉頭，喝了一大口飲料。

看到阿克塔渾身不自在，海倫安心多了，她想要激發對方的罪惡感？或是懊悔？也許她只是剛好點到他，讓他想起自己的兒子。她覺得這一點可能不太妥當，無論她說什麼，都不需要多加提醒這男人的喪子之痛才是。

畢竟，他們就是因為這件事才被困在裡頭。

她啃完巧克力，開始吃洋芋片，「哈維德，你在哪裡弄到槍的？」

「什麼？」

她又問了一次，語氣和善輕鬆，彷彿在問他鞋子是在哪裡買的一樣。

阿克塔拿起槍，掂著手中的重量，彷彿這是他第一次握住這東西。左輪手槍，看起來頗有歲月的痕跡，「有個常來店裡的男人，」他開了口。

海倫等他繼續說下去。

「我知道他和某一行很有淵源，妳懂的吧？他的外表，還有他的部分談話內容。就像是我也知道妳幹哪一行一樣。」他開始把玩手槍，宛若自己也很好奇它的來源，「我對那男人瞎編了一段故事，說店裡有小孩讓我很困擾之類的鬼話。他說只要我願意付錢，不難弄到能讓我自保的東西。他告訴我可以去某間酒吧找人。所以，好幾個晚上，我騙我太太要去批貨，但其實是坐在臭得要死的酒吧裡，假裝我本來就想要在那裡喝一杯，然後我東問西問，終於找到樂意收我錢、給我東西的傢伙。」

「你一定很害怕。」海倫說道。

「威克斯小姐，我嚇死了，我也不怕妳見笑，我這一生從來沒有這麼害怕過，但其實到頭來也沒什麼，妳記得今天早上店裡的那幾個男孩子嗎？他們隨時隨地都可以弄到槍，」他捻了一下手指，「就那麼簡單。」他猛搖頭，「我原本以為是什麼困難危險的事，但沒想到和買其他東西沒什麼兩樣，真的，」他低頭看著海倫前面的地板，「就像是買洋芋片或他媽的可口可樂……」

當然，海倫知道哈維德．阿克塔所言不假。對抗刀械的戰爭已經節節敗退，當大家在酒吧停車場買槍就像買私菸一樣容易的時候、很難想像還能有其他對策處理槍枝犯罪問題。

其實他去買槍，也算是批貨。

「你怎麼不把槍放下來？」海倫問道。

「不，我不要。」

「拜託，」米謝爾開口，簡單平靜的一句話，卻充滿了悲絕，「不需要，」他猛扯暖氣管上的手銬，「我們哪裡都去不了。」

「何必多此一舉，」海倫勸他，「如果你希望一直銬著我們，也沒有關係，但只要把槍拿出來，對我們三個人來說都有危險。」她點頭作狀鼓勵，「哈維德，你一定了解這個道理，對不對？只要把它放下就好……」

「我兒子從來沒有帶過任何武器，」阿克塔回道，「看看他有多慘。」

「我知道，但一起悲劇還不夠嗎？只要放——」

「『危險』？」阿克塔嗤之以鼻，「他們在法庭裡就是這麼說阿敏的，然後他唸出『危險性程度』這幾個字，那是什麼啊？有意義可言嗎？」

海倫很熟悉這個法律用語，她在保護孩童部門工作的這些年當中，也曾經遇過許多適用此一條件的罪犯，法官會據此加重刑期，而且就算在服刑完畢之後，也會延長他們的觀護期。

「所以你覺得呢？哈維德？我說槍的事。」

阿克塔站起來看著她，彷彿他不知道她在講什麼，「那是什麼啊？我問妳？」

「我不知道，」海倫回答，「只是個專有名詞而已。」

阿克塔搖頭怒吼，「不！不！不是！怎麼可能『只是』！」他突然滿臉通紅，猛揮著槍。

海倫發現隔壁的米謝爾嚇得在發抖，而且嘴裡唸唸有詞。

「哪有這麼可惡又愚蠢的字？」他看著海倫，然後目光又移向米謝爾，他想要一個答案，卻等不到任何的回應，他再次搖頭，怒氣沖沖回到店內。

幾秒鐘之後，開始出現恐怖噪音，不斷傳出東西碰撞、破碎的聲響。

海倫再次笨拙伸手，輕輕擱在米謝爾的肩膀上，「沒事的，史蒂芬。」

他慢慢轉頭看著她，他的皮膚濕黏，嘴唇毫無血色。

「我沒辦法。」

當唐納利從男學生廁所出來、準備回到禮堂的時候，有名女子過來找他，她自我介紹警銜與姓名，警員吉兒．貝林格，「我是海倫的同事。」

「剛好，」唐納利說道，「是這樣，我們現在正在盡最大努力，但目前狀況是一片渾沌，恐怕還得靜觀其變。」

「不知道您打算怎麼安排海倫的小孩？」

唐納利又回了一次「剛好」，而且還猛點頭，彷彿他也正在思索同一件事。

貝林格點點頭，但她看得出來，他現在才猛然發現也應該處理威克斯小孩的事。「他在保姆家裡，」她說道，「我只是在想，是不是可以安排一下，把他先接回來？」

「是，當然，有家人吧？」

「她有個姊姊珍妮，應該是住在梅達谷，我不知道她們姊妹親不親，不過……」

「好，我會想辦法處理，吉兒，謝了，」唐納利四下張望，「我不確定——」

「要不要我來處理？」

「太好了，」唐納利退後一步，「我的意思是，既然妳是海倫的朋友，那靠妳就沒問題了。」

吉兒．貝林格告訴他，等到她安排好之後、會立刻讓他知道，但他早已邁步走回監視器前面，只是舉手表示知道了，隨即坐回椅子裡。

「害我走進了時光隧道。」他開口說道。

蘇．帕斯寇抬頭看他，「什麼？」

「小男生的廁所，」唐納利微笑，「我記得以前常常衝去女生廁所，一大群人，跑進去大吼大叫，想要知道裡面是什麼模樣，她們會在裡面做什麼，」他看著帕斯寇，「好笑的是，女生對我們的廁所似乎從來沒什麼興趣。」

「嗯，滿好笑的，」帕斯寇回道。

「我剛才去撇尿的時候，有沒有出現什麼重大狀況？」

帕斯寇搖頭，「投降或是對某人開槍嗎？沒有，但可能也快了，」她的下巴指向禮堂遠方，奇佛斯正在和某人講話，「他在找你。」

「他要幹什麼？」

「他說他的手下聽到店內傳出摔東西的碰撞聲，」帕斯寇回道，「瓶子破碎什麼的，感覺他好像在砸店，」她盯著監視器，緩緩吐了一口氣，「看來是失去耐心了。」

「所以妳覺得該怎麼辦？」唐納利問道。

「我們真的得想辦法與他對話。」

唐納利看到奇佛斯結束對話，迅速朝他走過來。這男人的表情一向沒有什麼變化，所以很難確定他的喜怒，現在，雖然隔了一大段距離，也看得出這位特警隊的頭頭因為情勢變化而喜不自勝。

10

獄卒和其他族群一樣，充滿了各式各樣的人，想要歸納出共通的特徵，也未免太荒唐了——沒有意義，太過簡化——但可以省下不少時間，所以索恩覺得沒差，就這麼辦吧。

好，在索恩的心目中，獄卒可分成嚴肅的照本宣科型、還有稍微敏感一點的類型，這種人要不是因為很喜歡穿制服，不然很可能會去當老師，更精確的標籤應該算是「老派」或「改良派」，但索恩覺得更容易的分法是「麥凱」派或是「巴拉克勞夫」派；這兩種原型的名稱是為了紀念他小時候深愛的情境喜劇《吃牢飯》，麥凱鐵面強悍，而巴拉克勞夫善良懦弱，剛好是兩種不同的獄卒類型。

有時候，遇到特別沉悶的審判過程，他還是會想到劇中的主角。

監獄常客，諾曼·史丹利·費切爾……

帶引索恩離開典獄長辦公室、進入醫護室病房的獄卒名叫道布森，身材粗壯，禿頭，五十多歲。他就和其他工作人員一樣，穿著深色長褲，黑色馬球衫，上頭繡有姓名，不過，一直等到索恩開口問起那些男孩的衣裝時，道布森才露出自己的本性。索恩在其他感化院看到的男孩都是穿運動褲，而這裡的男孩子卻是深藍色汗衫或T恤搭配工裝褲，讓他嚇了一跳。

「這是典獄長的意思，」道布森回道，下巴又指向其中一名男孩，「也幸虧他想出了這個好方法。這些小孩以前穿運動褲的時候，老是喜歡把手伸進褲襠裡面抓卵蛋，自以為是什麼黑幫混混。那個時候，我們得忙著把那些小畜牲的手從褲子裡拔出來，每天一百次跑不掉吧，」他扮鬼臉，「所以……」

對道布森這類的人來說，每天晚上被他們關進去的那些男孩，只不過等於是還沒有長大的成年犯而已，他們不在乎這些小孩是否已經進入青春期，而自己和同事的服裝要求是為了營造更活潑體貼的管理方式，也不是他關心的重點。索恩認識某些從事獄政工作的人會自動請調感化院，他們很喜歡和少犯相處，因為他們覺得還有機會看到真正的改變。不過，也有另外一種人——所幸是少數——知道自己被分派到少監的時候會很不爽，可能是因為他們受到自己先前待在重犯成人監獄、殘忍慣了，也不覺得管理少年犯有什麼不同之處。

道布森屬於哪一種人，不難理解。

當他們到達醫療室病房的時候，伊安．麥卡錫已經在門外等候他們，道布森說了一句「就是這裡」之後，隨即轉身離去。

「這傢伙還真是可愛。」索恩冷道。

麥卡錫為索恩開門，請他入內，「刀子嘴豆腐心，」他說道，「他們多半是這種人。」

索恩一開始好天真，萬萬沒想到巴達勒監獄主治醫生年紀這麼輕，而且也沒穿白袍。這男人帶索恩進入自己的明亮寬敞辦公室之後，隨即坐在凌亂書桌的後面，他和典獄長一樣，比索恩想像的還要年輕個幾歲，而且精心的衣著打扮更是出人意表。他體格結實，茂密的深色頭髮，山羊鬍剃修得整齊漂亮，講話帶有北方口音。

「羅傑說你在調查阿敏．阿克塔的自殺案。」

索恩點頭，抱起從博拉斯威爾辦公室帶出來的那一疊檔案，「我得要盡快消化這些資料，不過我想先從你這裡開始，簡單了解一下狀況。」

「沒問題——」

「只是要找到我的基本方向，你懂吧？」

「沒問題。」

「是你發現阿敏死掉的，對嗎？」

麥卡錫站起身，脫去外套，將它掛在椅背，又坐了下來。他嘆了一口長氣，顯然阿敏．阿克塔之死令人沉重難言。

「我調到這裡的時間並不長，」他說道，「只有一年左右，但此一事件卻像是最驚恐的惡夢。在我到任的幾個月之前，有個小孩曾經在牢房裡割腕，我知道這種事情會持續在監獄裡上演，但阿敏卻是在『這裡』自殺，」他兩手一攤，「在我的監控範圍內，所以……」

「告訴我事情經過。」

「大約是在早晨七點三十分，我到了病房，」麥卡錫說道，「典獄長八點召開高層管理會議，我刻意早到，因為得要交代辦公室一些事情。趁會議還沒開始，我想要巡房一下，第一個訪視的就是阿敏的病房。」

「為什麼？」

「我一定先看單人病房。」麥卡錫回道，「而且那時候只有他住院，」他低頭整理桌上的文件，「嗯，你也知道我看到了什麼。」

索恩提醒自己：一切從零開始，「我還沒時間看筆錄。」

「真的嗎？」

「驗屍報告也沒有，所以如果你現在能說出來，我會很感恩。」

麥卡錫清了清喉嚨，「阿敏吞下過多的曲馬多，這也是他固定服用的治療藥品，類似鴉片……」

索恩點頭。

「在六點半到七點之間的時候，醫護人員已經巡過兩次，她目前已經被停職，雖然她沒有發現異狀，真的也不能怪她，我的意思是，老實說，就算是我自己值班可能也一樣。他就躺在那裡，所以要是有人透過窗戶看個幾秒鐘，也只會覺得他在熟睡，一切安好，」他雙手一攤，「她沒看到病床附近的地板上有塑膠杯與幾顆散落的藥丸，就這樣。」他搖頭，看著索恩，不知道他是不是還要聽更多的細節。

索恩等他繼續講下去。

「他咬舌，所以嘴邊流血，而且他……還失禁了，但顯然從病房外頭是看不出來的，」他繼續看著索恩，「對，如果值班護士能多一點警覺，我們『也許』有機會可以救他一命，我進入病房的時候，阿敏已經死了，屍體還是……溫熱的，但我檢查過了，已經回天乏術，所以——」

「還溫熱？所以他是什麼時候吞藥的？」

「哦，我也沒有看驗屍報告，不過當驗屍官過來的時候，我問過他，死亡時間應該在清晨六點到七點左右……那個時段剛好是我們最後一次投藥。」麥卡錫苦笑，「我剛好也是在那時候起床、下樓煮開水，」他嘆了一下，繼續說道，「滿心期待迎接這一天的到來。」

「這是你犯下的第一個錯誤。」索恩回道。

「什麼？」

「多年前我就不再對工作充滿期待，」他傾身向前，假裝賣關子，「你的假設前提應該是『今天一定糟透了』。只有抱持這種想法，就算是普通倒霉的一天，你也會覺得挺有成就感的。」

麥卡錫的目光飄向對著走廊的大窗。他牽強微笑，看起來既困惑又惱怒，「兩個禮拜前在驗屍的時候，我都講過了，」他繼續說道，「他們已經知道一切細節。」

索恩聳肩，「又是一份我沒看過的文件。」

「我不懂。」

「有個……突發狀況，所以我們重啟調查，」索恩又停了一兩秒，「恐怕我就是得從頭開始。」

麥卡錫又躺靠在椅背，思索半晌之後，舉起雙手，「好吧，但我知道的就是這麼多，但如果有什麼我可以效勞的地方……」

索恩站起來，「如果能做個導覽，就是幫大忙了。」

麥卡錫說沒有問題，所以索恩直接往外走，在門邊等著醫生拿外套。

索恩一邊等待，一邊在心裡思索不知為何頸後寒毛直豎，剛才麥卡錫提到的某些事情，還需要進一步觀察。

「準備好了嗎？」麥卡錫準備關辦公室的門。

「當然。」

他心想，清晨六點自殺，實在是件非常奇怪的事。

蓋文．斯勒特似乎不想讓賀蘭德和基絲頓進入他的屋內。他怒瞪他們的警證，又刻意拉掩大門。裡面傳來高分貝電視聲量，樓上有女人在大吼大叫在罵狗兒亂叫。

賀蘭德和基絲頓也沒什麼興趣想進去。

「阿敏．阿克塔兩個月前死了，你知道嗎？」賀蘭德開口。

斯勒特眨眨眼，露出微笑，「我不知道，但謝了，很少遇到條子敲門報喜。」

「我們只是要問你幾個問題。」

斯勒特大笑，「好，事發時我人在哪裡？我是不是潛入那小人渣嗝屁的什麼監獄？你要問我這些東西對吧？」

「差不多。」基絲頓回道。

「所以是怎樣？」斯勒特悶哼一聲，「有人拿刀捅他還是怎樣？」

「我們無權披露事發狀況——」

「對啦對啦，隨便你。」斯勒特開始摳大門上的剝落漆塊，「如果你們知道哪個人下的手，通知一下，好讓我可以送盒巧克力什麼的。」

「也許你可以幫我們找到人。」賀蘭德說道。

斯勒特再次大笑，裡面的那女人尖聲吼狗，叫牠閉嘴。

一小塊白漆落在基絲頓的外套上，她伸手輕拂，「所以聽到阿敏的死訊，你也不怎麼難過就是了？」

斯勒特面向她，端詳了好一會兒，「倫敦警察廳的人還真是正面樂觀啊？」他別開目光，抬頭望向大馬路的兩股可怕車流，東行往安傑區，西行往國王十字區。就在一年多前，距離國王十字區幾條街的地方，他的長子被阿敏．阿克塔刺死，兇器是他兒子自己帶的刀。

「這起意外還牽涉了另外兩個男孩，你還有跟他們聯絡嗎？」基絲頓問道。

「『意外』？」

「到底有沒有？」

「自從葬禮之後就沒看過人了。」

「確定嗎？」

「他們幫忙扶棺，除了他們兩個，還有李的其他好友，」斯勒特瞇眼打量基絲頓，「如果你們當初有來的話，也早就知道了。暴力犯罪的受害人下葬的時候，你們不是應該現身致哀嗎？或者這是要看膚色而定？」

「這要看你怎麼定義『受害人』。」基絲頓回道。

斯勒特深吸一口氣，雙掌啪答啪答，拚命甩弄手中的乾漆，「嗯，再次感謝兩位來訪，真令人開心。如果我想到有什麼事情可以幫上忙，一定守口如瓶，絕對不會告訴任何人。」他準備轉身進去，又丟了一句話，「現在給我滾！」隨即砰一聲關上大門。

賀蘭德與基絲頓往停車方向走去。

「他騙人，」基絲頓說道，「他一定還看過那兩個小孩。」

「那也不代表什麼。」賀蘭德回道，「小心哪！」他繞過一坨狗大便，「像他那種人渣，看到條子就撒謊也是自然反應。」

基絲頓從包包裡拿出車鑰匙，按下遙控鍵開車鎖。

「我還是不知道他到底要叫我們幹嘛，」賀蘭德說道，「他覺得我們『還能』查到什麼呢？」他看到基絲頓滿臉疑問，「我說索恩，」兩人進入車內，基絲頓發動引擎，「我們實在找不出阿敏死於他殺的理由。」

兩人繼續坐著不動，還聽到斯勒特的狗在對街狂吠，賀蘭德發現基絲頓露出忍俊不禁的表情。

「怎樣？」

「你啊，」她說道，「你也不是當初那個頭髮軟蓬蓬、一臉稚嫩的小夥子了，但還是一直把湯姆．索恩的話當成聖旨，如果他命令你去跳崖，你也會撲通下水。」

他支支吾吾，梳抓那一頭金髮，近來頭髮比以前短多了，「對啦，嗯……」一臉稚嫩也是過去式了。

「然後你發現他也會犯錯，」基絲頓說道，「他就和大家一樣。」

賀蘭德望著她，驚覺改變的人不是只有他自己而已，她也變得……溫和多了，但也不知道什麼原因，他卻朝另外一個方向行去。他心想，如果你是公認有望成為倫敦警察廳最年輕的女性總警司，但是卻因為和長官搞在一起，毀了婚姻而必須一切從頭再來，對，那就是所謂的犯錯。賀蘭德回道：「對，大家都一樣。」

基絲頓調低後照鏡，望著自己的映影，她噘嘴，眼睛睜得好大，「有其他兩個人的地址嗎？」

「有，最多就是這樣了。」

「你還有沒有別的線索？」

「我只是想告訴妳……」

基絲頓把鏡子調回原來的角度，又張望蓋文・斯勒特的房子，「他的小兒子也在坐牢是吧？」

賀蘭德點頭。偉恩・斯勒特步上父兄後塵，因為闖空門而進了曼徹斯特附近的感化院，待了四個月。

「所以那裡可能會有些情報，對吧？那間感化院的某人，剛好認識巴達勒感化院的某人，你也知道可以這樣搞。」基絲頓轉進大馬路，「不無可能，你說是不是？」

賀蘭德聳肩，「應該吧。」

他心想，他們兩人唯一有機會做出的貢獻，恐怕只是將車子掉頭，撿起那一坨他差點踩到的狗屎、扔進蓋文・斯勒特的信箱裡面。

11

監獄的味道已經夠難聞了，但醫院更可怕。血污、繃帶，或是消毒拭物用品的惡臭味，無論來源為何，總是會引發索恩的痛苦記憶，讓他渾身不舒服。說來奇怪，他在停屍間的時候還比較自在，在工作時聽到鋸骨聲，心情不會出現太大起伏，剛摘下來的新鮮器官，也不像便盆和爛水果那麼令人驚嚇。

也許是因為停屍間裡的受苦受難者，皆已往生。

麥卡錫的辦公室就在其他工作間的門口附近，他們走過了駐警與護理站、檢查室、手術室，還有改建成休憩小區的大型儲物間，藥劑室在另外一頭，與這些辦公室遙遙相對。

索恩停下腳步，想要找尋達維斯所提到的閉路監視器，但卻找不到蹤影，他開口問麥卡錫。

「對，之前有一個，但危險藥品儲藏室先前發生了竊案。」

「危險藥品？」

「嗎啡和美沙酮之類的東西。」

「所以那台攝影機就在阿敏身亡之前被移到別的地方？」

麥卡錫想了一會兒，「沒錯……兩三個月之前還在這裡，」他嘆氣，甚是惱怒，「現在又被搬走了。」

「因為有自作聰明的傢伙建議我們該把攝影機放在藥劑室，我們才有機會看到竊賊大剌剌從前面進來，」他拍了一下腦袋側面，「很絕吧？」

「抓到人了嗎？」

「還沒有。」麥卡錫答道。

「監看顯示器放在哪裡？」

「護理站。」

索恩點頭，四處張望，「還有另外一台攝影機不是嗎？」

「沒錯。」

「放在哪一個房間？」

麥卡錫露出苦笑，「阿敏隔壁的病房。」

「為什麼要放在那裡？」

「說來真諷刺，」麥卡錫回道，「那是專門監視有自殺企圖病人的病房。」

醫生以門禁鑰匙打開數道白色金屬鐵門、帶引索恩進入第一區的多人病房，每間有六張床，一邊三張，全滿。

「總是這麼多病人？」索恩問道。

「天，對啊，」麥卡錫回道，「而且人手嚴重不足，就連我在這裡的時候，也得經常埋頭準備假釋聽證的病歷報告，安排矯正課程之類的事，所以我需要委託家醫科醫生代我巡房，發放利他能，我們也繼續與本地的基層醫療基金會簽訂合約，請他們提供額外的護理人力支援，別誤會，這些公衛人員做得很好，但就算有他們的支援，我們還是非常忙碌，而且多數人只接受過非常基本的醫學訓練。」

「以為阿敏死掉的那個人也是其中之一，對嗎？」

「很不幸，是的。」

他們放慢腳步，走入病房，角落各有獨立的小衛浴設備，玻璃隔間，沒有鎖。索恩放眼所及，病患如果不是在睡覺，就是在看雜誌，他本來以為這些小孩會展露強烈攻擊性，但懶洋洋的模樣卻讓他大感意外。畢竟會在監獄走動的人，如果沒穿制服，八成就是律師或條子。

而索恩看起來不像律師。

他心想，也許這裡的小孩吃藥吃得太昏沉，根本也沒興趣搭理他，也許他該找個更可信的醫生問清楚才是。

他知道菲爾．漢卓克斯對此定有一番解釋。

有人調高收音機的聲量，卻馬上被出聲制止，索恩的下巴指向麥卡錫手中的那串鑰匙，「誰還有這裡的進出鑰匙？」

麥卡錫看著他，儼然這是個不得體的問題。

「我得問問。」

索恩看著他，「達維斯警官沒問你嗎？」

麥卡錫慢慢點頭。索恩心想，他誤以為當初問訊的那傢伙是個大笨蛋，看來是低估他的智商了。

「哦，有的人包括我，這不用說，還有公衛人員，所有的獄警……」

他們穿越某道已經敞開的大門，另外一頭就是第二區病房，走廊上有三間單人房。

「持有門禁鑰匙的人也可以進來嗎？」

麥卡錫搖頭，拿起整串鑰匙，挑了其中兩支給索恩看，「門禁鑰匙可以進出所有的辦公室，但只有這個才能打開這裡的牢房。」

「牢房？」

「我的意思是病房，」他的臉微微泛紅，趕緊搖頭擺脫尷尬，「病房，牢房，病人，犯人。」

索恩瞭然於心，男孩，小畜牲都對，端看說話的對象是誰、心情如何而定。

「阿敏的是哪一間？」

麥卡錫指向最左邊的那一間，同時走過去開門。索恩也趁機走近隔壁未上鎖的房間，這裡裝設了監視器，可以觀察意圖自殺病人的一舉一動。他經過房門之後，又立刻回頭，然後才慢吞吞朝開門等他的麥卡錫走過去，而且索恩還刻意讓步履貼牆而行。

麥卡錫一直盯著他，但索恩覺得要是這醫生腦袋不夠靈光、看不出來他在做什麼的話，也就不必多作解釋了。等到他出去的時候，他會去護理站看一下剛才的錄影畫面。

「就是這了。」麥卡錫說道。

醫生不知該怎麼稱呼的百般猶豫，其實不難理解，雖然這裡是金色房區，但索恩面前所看到的這個地方，算是病房，但也像牢房。十英尺乘以八英尺的空間，

白色牆面，有一小塊裝設馬桶與洗手台的內凹空間，已經被圍起封鎖線。兩側可拉起扶欄的

傳統式醫院病床，佔據了房間的大半空間，一邊放置了點滴注射架，另一邊是美耐板小桌。屋內無窗，僅有金屬門上的一扇小窗能讓執勤者可以觀看病人動靜，不過，要是只有匆匆一瞥，也很難發現床上躺的人早已斷了氣。

「我知道，這比不上保柏醫療集團。」麥卡錫說道。

索恩走到病床旁邊，這裡的味道聞起來很潔淨，但枕頭上卻看得到黃褐色的污漬。不知道自從阿敏．阿克塔死掉之後，還有沒有其他人睡過這張病床。「嗯，要是你們把這裡弄得太好，恐怕只會招來『監獄搞得像度假營』的攻擊，」索恩說道，「《每日郵報》抱怨你們的病人住得太舒服了。」

麥卡錫點頭輕笑，「幾個月前，我們的體育部主任下令，給這些男孩弄了一個高爾夫球短桿練習洞，一個禮拜之後，某家報紙居然宣稱我們在監獄裡蓋了十八洞球場。」

「所以阿敏服用的是什麼藥？」索恩走到了另外一邊的牆，不過只是兩三步的距離而已，「曲馬多。」

「一次給兩錠的五十毫克曲馬多，每天給四次，強度適中的止痛藥。」

「沒給別的藥？」

「只有低劑量的抗生素，滴劑，你知道的吧？」

「服藥過量致死需要多少錠？給我大概數字就好。」

「我不知道，三十錠上下吧。」

索恩想了一會兒，「撒落在地板上的那些藥片也該算進去吧？所以他沒吞下去、偷偷藏起的藥片數是三十多片，對嗎？」

麥卡錫點頭，「差不多是這個數目。」

「好，他在這邊住了四天，所以為了要取得足夠的藥量，幾乎每一次給藥都沒吞，全藏起來了。抱歉，我就直說了，但醫護人員不是應該要親眼確見病患吞藥嗎？」

「是，理論上是如此。」

「哦？聽起來有人極其敷衍。」

「有幾次是我親自給藥，」麥卡錫回道，「我知道自己絕對沒有敷衍了事。」

「我不是說你，但你是否可以給我其他解釋？」索恩在病房裡踱步，轉身貼靠房門。

「也許有人帶藥進來給他。」麥卡錫說道。

「從外面？」

「為何不可能？」

「這表示阿敏早在被攻擊之前就想自殺，」索恩搖頭，「但這一定是被送進這裡之後才發生的事。在他住院的時候，有其他男孩子過來看他嗎？」

「有，我想至少有一個吧，我可以給你名字。」

「謝了。」索恩說道，「但同一個問題依然沒有答案，是誰給了阿敏足夠的藥量自殺？又是從哪裡給的？」索恩已經想到了可能性最高的答案，但等著麥卡錫的反應，不消幾秒的時間，他也想到了。

「藥劑室的竊賊？」

「我覺得很合理。」索恩回道。

醫生點點頭，為自己的推理能力感到十分開心，「危險藥品清冊記載得很清楚，所以要找出是否掉了曲馬多、究竟是何時發生的事，應該不難，所以——」索恩口袋傳出聲響，打斷了他的話，「是你的手機嗎？」

麥卡錫聽到手機聲，面露驚訝之色，索恩對於他出現這種反應，倒是不意外，監獄裡嚴禁使用手機，工作人員與犯人一體適用。索恩一向不鳥這規矩，而且警場資深長官已經打電話給典獄長疏通過了，事況緊急，索恩有豁免權。

索恩拿出手機，查看來電者姓名，「我得接這通電話。」

麥卡錫站在原地不動，但發現索恩不打算開口講電話，顯然是不希望有人聽到他的對話內容，表明了請他出去外面等候。

索恩關門之後才開口。

「海倫？」

「他想知道究竟出了什麼事。」

索恩把手機抵在胸口，低聲罵幹，他還聽得到走廊傳來病房區的收音機聲響。「轉告他，我正在努力，」索恩說道，「我盡快，好嗎？」

「好。」

「可能得花一點時間。」

海倫頓了一會兒，「我會轉告……」

「我在訪談清查，一個都不放過，」他低頭望著阿敏斷氣的那張病床，伸手撫摸金屬床杆，「我人就在事發現場，告訴他，我們絕對沒有輕忽他的話，好嗎？」

「真相，他要的是真相。」

「我知道……無論如何，我一定會還原一切，」他坐在床邊，「請務必要讓他知道。」

「我會轉達。」

「海倫……？」

她上氣不接下氣，他聽得出她的緊張不安，強作樂觀。他猜阿克塔也在聽，「妳和米謝爾還好嗎？海倫？阿克塔呢？」

又是一次停頓，這次沉默的時間更久了。索恩聽到海倫．威克斯的呼吸，也彷彿聽到了拿槍對著她的那名男子的緊張喘息。

「大家都不太好。」

12

索恩離開醫護室病房，決定要花半小時徹底研究阿敏．阿克塔的文件資料。根據過往經驗，監獄的圖書館鮮少有人走動，如果想要找安靜不受干擾的地方，算是個不錯的地點。

他在路上打電話給唐納利，想了解圖爾斯丘的最新狀況。他也告訴唐納利自己與博拉斯威爾、麥卡錫的會面經過，還有，接到了海倫．威克斯的電話。

「感謝老天，」唐納利說道，「帕斯寇很心急，想和對方建立暢通的對話管道。」他又追問索恩，海倫．威克斯在電話裡聽起來如何。

「還撐得住，但聽起來不是很好。」

「我覺得阿克塔有點不太穩定，」唐納利說道，「但現在似乎冷靜下來了。」

「不太穩定？什麼意思？」

「砸店，大吼大叫，我們也不知道是什麼事情惹毛了他，所以大家還是有些緊張。」

「奇佛斯呢？」

「督察奇佛斯的反應……並不意外。」

「你一定要制住他才行。」

「多謝，但我不需要有人來指揮辦事。」

索恩躊躇了好一會兒。唐納利是警司沒錯，但並不是他的長官，如果他與現場戰術指揮官不和，不會有任何好處，尤其對海倫．威克斯最是不利，他應該要多注意這種細節才是。

「長官，我的意思正是如此，」索恩努力展現平和語氣，「長官，你知道某些從軍中退下來的人，就是有那種調調，只要現場出現武器，他們就覺得該輪到自己發號施令開火。」

這招似乎很管用。

「如果我需要詢問別人的意見，自然會開口，」唐納利回道，「但如果要開火，也應該是由我下令。就目前狀況看來，還不適合動武。」

「應該還不是時候。」索恩嘴上附和，但卻在想這哪是可以丟銅板決定的事，但他還是忍住沒說。他希望自己已經點出奇佛斯的問題，先前他一直很擔心這個特警小組的頭頭，對海倫．威克斯來說，這傢伙的危險程度與持槍雜貨店老闆可說是旗鼓相當。

「我要立刻過去，得掛電話了。」唐納利說道。

「你確定他已經冷靜下來了嗎？」

「帕斯寇也擔心，所以才急著要和他建立聯絡管道。我們得想辦法和他講上話，不然至少也要透過威克斯警官間接傳話，一定要讓他知道我們正竭盡努力要解決問題，不過，首先要確保他精神狀態穩定。」

「當然，決定權在你身上，但這樣海倫會不會承受太大壓力？」

「也沒辦法，她算是我們中間的媒介，我們也沒有什麼其他選擇。」

「我想也是。」索恩隱約聽到有人在講話，是帕斯寇與娜蒂拉．阿克塔。

「如果溝通順利，」唐納利說道，「希望他願意與妻子一談。」

幾個小時之前，索恩才和娜蒂拉．阿克塔坐在車子裡懇談，他還記得她的臉龐，思索她先生是否會傷害任何人，然後，捏皺了手中的淚濕面紙。

但到了現在，我也不確定了……

「你在擔心她嗎？」

「他太太？」

「我說的是威克斯警探。」

「我現在最擔心的人就是她。」索恩回道。

牢房區遠方的噹啷聲響在走廊上迴盪，隨後又立刻傳出嘲笑與噓聲，口哨與鼓掌，最後獄警示意住嘴，才讓大家安靜下來。

「我和她的幾個同事聊了一下，」唐納利說道，「就他們所知，她從來沒有遇過這種生死危機，不知道她是不是能妥善處理。」

「她不會做蠢事。」

「確定嗎？」

「她有小孩。」

「是，我知道，但這也表示她的反應可能會……很激動，這樣對大家都不妙。」

「她不會有問題的。」

「希望真如你所說的一樣，」唐納利回道，「我知道你過去曾經和她交手過。」

索恩心想，海倫．威克斯現在的同事應該都不知道她一年前的遭遇。男友被殺，還有她為了追查真相而遇到的種種危險。他自己並不清楚詳情，但想必是一場煎熬。

他知道她熬過來了。

「我們應該要相信她才是。」索恩說道。

就和她相信我們一樣。

和她信任我一樣。

索恩抬頭，一群男孩在獄警的陪同下慢慢從他面前晃過去，他們低聲啐罵，敵視的眼光盛氣凌人，索恩也無懼目迎。「我想，不可能有人比她更沉靜自若了。」

阿克塔在店內發完飆之後，又回到儲藏室，沒多說什麼。他滿身大汗，脫掉了開襟毛衣，猛抹臉與脖子，雖然他的髮頂幾乎全禿，但耳朵上方依然還有稀疏霜髮，他伸出小巧雙手撫平了亂翹的髮絲。等到他終於坐定之後，海倫發現他滿臉潮紅，簡直就像在大庭廣眾之下勃起一樣尷尬。

「蠢哪。」他嘆道。

然後他把海倫的手機交還給她，命令她打電話給索恩。

電話結束之後，他坐著沉思了好一會兒，隨即起身，拿起擱在貨架旁的掃把。他把槍放在桌上，不想太靠近人質，開始清掃空空如也的洋芋片袋、空罐，以及巧克力包裝紙，小心翼翼掃到自己的面前，然後又把垃圾收進塑膠袋，拿到角落的黑色塑膠垃圾桶那邊。

他再次坐下來，拿起手槍。

「這麼認真掃地是不是有點蠢呢，」海倫說道，「反正之後還是會有一堆垃圾。」

阿克塔的臉又是一陣紅，「我知道，蠢歸蠢，但也不能任由垃圾發臭卻置之不理啊。」

海倫還穿著外套，全身出汗，手臂內側發黏，襯衫也濕透貼背，「我想發臭的應該是我吧，」她舉起那隻未被銬住的手，「我是不是可以……？」

「當然，沒問題，」阿克塔回道，「拜託，慢慢來。」

海倫扭動肩膀，手臂終於掙脫外套的袖身，動作笨拙，褪到背後，再慢慢把它抖落下去、卡在被銬在暖氣管的那隻手附近。「謝謝，」她說道，「真的很熱，居然被你說中了。」

阿克塔問米謝爾是否也要脫外套。

「我還好，」米謝爾回道，「謝謝。」

「抱歉讓兩位這麼窘迫，」阿克塔說道，「但情勢所困，所以……」

「何苦呢，」海倫回他，「你也聽到索恩的保證了。」

「我只聽到妳講的話。」

「他正在訪談清查，要找出阿敏真正的死因。」

阿克塔笑了，「我覺得大家都愛撒謊，在警察面前更是不老實，沒有人會說真話。」

「哈維德，如果我向你保證我絕對不撒謊？」海倫望著他，「你願意相信我嗎？」

雜貨店老闆聳肩，「妳現在只會講些迎合我的話，因為我拿槍對著妳啊。」

「我不會說謊，好嗎？我需要你的信任。」

阿克塔轉身，看起來興趣缺缺，但海倫發現他正在思索這句話。

他再度回神，下巴朝米謝爾點了兩下，「他還好嗎？」

除了剛才開口婉謝脫外套之外，他已經半小時沒說話了，只是死盯著膝蓋間的那一小塊地板，全身發抖。

「受了驚嚇而已。」海倫回道。

「妳呢？」

「我擔心的是我兒子。」

阿克塔點頭，目光又飄向他方，雙手交疊胸前，海倫知道他佯裝堅強冷漠，但演得一點都不像。

「妳總得習慣的。」他冷道。

索恩走向圖書館，一路上遇到越來越多的敵視與粗口相向，這並非第一遭，而且他們的怒罵話語也很老套，但攻擊最猛烈的都是年紀最小的男生，這倒是令他有些意外，有一組令人印象深刻的雙簧，年紀不超過十四歲吧，火力全開；毫不留情發表對索恩的觀感，一股腦全說出來，還有，他們很樂意對他老婆媽媽的效勞之事。最後，他們終於被一名獄卒溫聲制止，顯然此人是走巴拉克勞夫風格，而非鐵面麥凱。

意料中事。

圖書館近在眼前，索恩看到有好幾個小孩聚在門外，又準備要好好伺候他，但他靠近的時候，小孩卻匆匆散去，他大感意外，但也暗自竊喜。但他聽到後頭傳來腳步聲，回頭一看，才發現小孩閃避的另有其人。

十幾個小孩，全都超過了十六歲，聚在一起走過來，有黑人白人，也有亞洲人。每個都穿著標準的藍色T恤與工裝褲，但頭上還戴有灰色無邊小帽。他們越來越接近索恩，他才注意到這群男孩前呼後擁著某名中年男子，亞洲人，一身素白袍，紫色繡紋無邊帽。他們現在距離索恩只有幾英尺，男孩們全都退到兩側，讓位給那名男子領頭前行。

他把手抵在心口，另外一手伸向索恩，「我是米爾·哈米德·夏契爾，」他自我介紹，「我是巴達勒感化院的客座伊瑪目。」

索恩也握手回禮，下巴指向對方的肩後，「看到你這些隨行保鏢的陣仗就知道了。」

男孩們站在夏契爾背後，面無表情，讓這位伊瑪目自己回應。

「聽說你在查問阿敏·阿克塔的事。」

索恩沒否認。

「那我們得談一談。」

13

賀蘭德與基絲頓拿到了史考特．克拉克森的地址——斯勒特出事當晚的另外兩個朋友之一——他家位於海布里與伊斯林頓車站後街的某棟五層樓公寓。電梯想當然耳是不能動，他們兩人奮力爬了五層樓，這些石面樓梯顯然還具有公共廁所與垃圾堆的多重功能。賀蘭德與基絲頓按了門鈴，無人應答。

「我們應該事先準備來訪未遇的卡片，」賀蘭德說道，「前來拜訪，適逢您外出。我們想請問您是否與某起疑似自殺案有任何關係？或是您有沒有什麼其他留有DNA跡證的垃圾？如果您有任何線索，麻煩請撥打以下電話與我們聯絡。」

「不然我們就先找下一個人吧。」基絲頓回道。

「我們可不可以先吃午餐？我快餓死了。」

基絲頓轉身準備下樓，「我們可以在路上吃個三明治什麼的。」她向牆外張望，發現車子安然無恙，輪子一個都沒少，「遇到現在這種狀況，花個一小時吃點東西應該也無礙吧，你覺得呢？」

「應該沒差。」

賀蘭德跟在她後頭，兩人緩步下樓，「阿姆斯壯住哪裡？」

「我們運氣不錯，拿到的是工作地址，所以我覺得先試這個好了，」基絲頓從包包裡拿出字條，「當然，這也可能是一種無可救藥的樂觀。」

「今天不都是幹這種事嘛。」賀蘭德小聲回道。

基絲頓望著她手中的字條，露出微笑，「還好，他在艾賽克斯路的快餐店工作，所以我們可以一石兩鳥，問案順便買個漢堡什麼的。」

「不用了，我不想吃到被吐口水的漢堡，」賀蘭德回道，「搞不好還有更可怕的東西。」

「如果你就是擺出一臉難搞的樣子，那也難免。」

賀蘭德趕緊追上她，「說真的，伊芳——」

「我知道，我們就好好去幹正事，行嗎？」突然之間，基絲頓的語氣少了那麼一點親切的味道，擺明提醒賀蘭德，她的警階還是比他略高一等，「對，最後應該是一無所獲，但索恩也沒有什麼其他選擇，而且還有個可憐小女警被人拿槍指著頭，我們好歹能提供一點貢獻吧？你說是不？」

賀蘭德應該是聽懂了，他也點頭稱是。

「而且，離開辦公室一天也挺不錯的。」基絲頓說道。

兩人從樓梯井走出來之後，進入街道前的茂盛草地，兩張剛上過漆的休息長椅，還有一台老舊單車斜倚在發黃冰櫃旁，「偶爾出來繞繞，看看外頭風景。」

他們聽到左邊傳來汽車逆火聲，兩人同時回頭，發現左方五十碼左右處有兩個人影，躲在水泥屋簷下方的陰影處。他們看到對方正在伸手交換東西，顯然不是什麼遊戲卡之類的東西，其中一個朝他們的方向張望，猛然驚覺有人在注意他們。那兩個傢伙迅速把手插進口袋裡，但都沒有想要走開的意思。

「可惜我們在趕時間，」基絲頓轉頭，迅速走向自己的車子，「戴夫，你看，」她說道，「要不是我們遇到棘手狀況，而且心急如焚，應該有機會破了那起小案，所以，再怎麼黑暗，還是看得到光明——」

他們兩人都心裡有數，就算是手邊沒事，會出手干預這種小販毒案的機會也是微乎其微，甚至是零，不過賀蘭德很樂意繼續陪她再玩一會兒。

「可我什麼都沒看到。」他趁勢放慢步伐，退後了一兩步。

索恩跟隨夏契爾與其信眾、慢慢走到房區的另外一頭，足足花了十分鐘之久。每每遇到巨大鐵門阻路，就必須耐心等待獄卒放行，最後，他們終於走下樓梯、到達一樓，轉入窄廊，停在一道毫不起眼的木門之前。

外頭貼有標誌，「信仰室」。

伊瑪目開鎖，邀請索恩入內，但卻讓那些男孩留在外頭。索恩進入這間監獄之後，還不曾看過如此寬敞的空間，全白無窗。六張靠牆長椅、放在架上的寬螢幕電視、藍色薄地毯上面散落著許多塑膠椅，遠方掛有一個巨大的金屬十字架，下方是紫色帷幕小祭壇。

夏契爾坐在長椅上，索恩則拉了張塑膠椅入座，距離他約有數英尺之遠。

「對，相當奇怪，」夏契爾開口，他看著索恩在東張西望、打量周邊環境，「目前我們只有這個地方能舉行禮拜，所以被迫與其他宗教共用場地。」這位伊瑪目約莫五十多歲，蓄有灰色細鬍。他個子矮小，如鳥般精瘦，無框眼鏡背後的雙眼燦亮，幾乎與他微笑時所露出的皓齒一樣，「和別的宗教神職人員相比，我們的準備工作費事多了，因為輪到我們的時候，需要……移走他們的好多東西，」他對著祭壇大手一揮，「我們除了祈禱墊之外，什麼都不需要。」

「從容簡單。」索恩回道。

「而且，我們祈禱的次數當然也比較多，」他對索恩微笑，「希望我們能夠盡快擁有自己的祈禱處所，對大家都方便。」

「你想要談阿敏．阿克塔的事。」

夏契爾點點頭，隨即又垂斂目光，喃喃自語，「是，是的……」

索恩又等了好幾秒，「是不是有什麼事情可以讓我知道？」

夏契爾抬頭，「為什麼要走上這條路之類的嗎？」

「這絕對是很寶貴的資訊。」

十五秒鐘過去了。索恩低頭看手錶，希望這位伊瑪目能夠懂他的意思。

「大部分來到這裡的年輕人，都想要找到一些寄託，」夏契爾回道，「他們苦尋無果，這或可解釋他們為什麼會投向暴力或是毒品的懷抱、填補生命中的空缺。當然，到了這裡之後，那些當然是不可能的選項，所以他們也開始找尋其他的替代可能性。幫派是一定的，就連在高牆之內也不例外，不過，那些期待生活能夠有所改變的少年，想要尋找的是能夠滋養他們、為他們指引其他明路的事物。我深信伊斯蘭能夠給他們這樣的機會。我不知道你是否虔信宗教，不重要，但我講的話是不是言之成理？」

索恩心想，多少算是吧，他點點頭。

「你光看數字就知道了。一個小時之內，就會有二十多個男孩進入這個房間，黑人、白人，什麼人都有，大家都在禱唸與閱讀可蘭經。我可以向你保證，天主教神父不敢期待自己底下會出現這麼多人，或者……牧師也一樣。」他講出「牧師」這兩個字的時候，發音格外清晰，而且還露出微笑，彷彿覺得這個字詞甚是有趣，「在外面的世界中，伊斯蘭教徒的比例還不到百分之三，」他刻意強調，還特別伸出三根手指，「這裡足足是四倍，其他類似這裡的機構亦然，許多人找到了自己的信仰，你說是不是？」

索恩做出吃驚狀，但其實他一點也不意外。

他曾經看過相關資料，英國監獄的伊斯蘭人口不斷增加，泰半原因是因為犯人入獄之後改宗所致。這種數據固然讓夏契爾振奮不已，但某些人憂心忡忡的程度也不遑多讓。他們舉出理查德·雷德的例子——俗稱的「鞋子炸彈客」——他待在費爾特姆感化院，就此成為伊斯蘭激進派，還有穆克塔·薩伊得·亞伯拉罕——倫敦七月二十一日攻擊未遂案的主嫌之一，也曾經在漢特科姆感化院服刑兩年半。許多報導指出，那些在伊瑪目眼中、不斷尋索寄託的迷徒，最後都是在伊斯蘭信仰的激進教理當中找到歸屬。

不幸的是，對於那些懷抱極右派企圖的人、以及誤以為宣禮塔底下等於密謀犯罪溫床的無知者來說，這無異是火上加油。

但這種解讀方式也未免過慮了。

夏契爾顯然有讀心術，他點頭稱是，「當然，我知道這種……繁花盛景在某些人的口中別有意涵，他們會編造的謠言可想而知，我很了解，『聖戰的搖籃』、『恐怖主義大學』，」他搖搖頭，「以前被別人叫作幫派和慣犯的那些男孩子，現在明明是乖乖坐著在唸經，卻被當成恐怖份子，但那些在研讀聖經的男孩，似乎就不會被貼上這樣的標籤，我想這一點應該不需要我提醒你了。」

「阿敏也是你的男孩之一？」

「阿敏……失去了方向，」夏契爾說道，「非常明顯。」

索恩想到典獄長對阿敏的描述，好學，安靜，只和一小群朋友往來，「我的印象並非如此。」

「我不管你有什麼印象，阿敏就像這裡的其他人一樣，內心空虛，我想要伸出援手，但可惜我愛莫能助。」

索恩記得這個男孩雖然出身穆斯林家庭，但看起來完全不像虔誠教徒。

他直接開口問夏契爾。

「我知道，但如果他想要重新找回自己所失去的信仰，還有比這裡更好的機會嗎？這股導引的力量，能夠帶給他們希望與寬慰，相信我，在這種地方很難找到這種寄託。」

「好，所以你剛才說『伸出援手』……」

「這裡有幾個已經洗心革面的男孩，一直與阿敏保持接觸。」

索恩想到了夏契爾站在門外的那一群隨從。他忍不住心想，這種「接觸」方法不知道會何其

「溫柔」，還有，當戴著灰色無邊小帽的男孩走到囚房敲門的時候，裡頭迎門的人應該根本開心不起來才是。索恩甚至懷疑，搞不好是其中一人刺殺阿敏、把他送進了醫院。

他拒絕信仰，是不是觸怒了別人？

夏契爾似乎又展現了讀心術，「我也親自和他詳談，」他說道，「其實，談過了好幾次，但我之前也說過了，我沒有辦法打開他的心房，我看得出來他很迷惘，老實說，最後會出這種事情，我也不意外。」他舉手，搗在自己的單薄胸膛，「我必須承認，他做出那種事情……我的失敗，至少也算是難辭其咎。」

在伊瑪目尖細的聲音裡，完全藏不住他的厭惡。索恩問道：「你不喜歡他自殺？」

「在阿拉賜予人類的所有贈禮之中，最珍貴的就是生命，」夏契爾靠近索恩，「我們有了生命，但那並不是我們的財產，也沒有資格拋棄它。可蘭經裡面說得一清二楚，自殺與奪走他人生命恐怕是同樣罪孽深重。」

索恩心想，不知道穆罕默德．希迪克．汗或其他七月七日攻擊事件的自殺炸彈客有沒有想過這件事，但他沒有說出口。

「絕大多數的其他宗教也抱持相同想法，相信你一定可以找得到，在這個國家，自殺曾經是非法行為。」

「沒錯，」索恩回道，「理論上，要是沒有兩週練一次箭也會被痛扁一頓。」

夏契爾微笑，這次露出的牙齒沒那麼多了，「你們習慣把屍體埋在十字路口。」

「抱歉？」

「我說的是那些自殺者。晚上的時候，你們束樁穿屍心。」

「我不知道有那種事，」索恩也微笑以對，「你認為我們也該以同樣手法處理阿敏的屍體嗎？」他拿起擱在椅邊的檔案，「也許請他的父母親自動手？」

伊瑪目咯咯笑，慢慢起身，「我想，這玩笑有點過頭了，但沒關係，我看得出來你破案心切。」

索恩向夏契爾道謝，感激他撥冗會面，不過，當兩人握手道別的那一刻，索恩依然不知道這位伊瑪目為什麼覺得這一席話會對他有任何幫助，他覺得好像看到對方在耀武揚威。索恩開門走出去，穿過外頭那一群虔誠的會眾，現在的人越聚越多，已經超過了十多人，除了有人刻意以肩膀撞他之外，倒也相安無事。

索恩準備離開現場，發現夏契爾正示意男孩們進入信仰室，他不發一語，眾人魚貫入內，看來午禱即將開始，那些不受歡迎的設備也即將被清得一乾二淨。

14

當然，她無時無刻不掛念著艾飛，而這種思念也發揮了力量，讓她得以鎮定面對哈維德．阿克塔與坐在她身旁的焦慮男子。

逼她要在險境中奮戰不懈。

海倫看著手錶，一想到兒子的臉龐就讓她無法喘息，保姆潔寧在餵過孩子吃中餐的一個半小時之後、哄他入睡的畫面也浮現眼前，她抱著寶寶，輕輕撫背，讓他安靜下來，在他的下背處劃著小圈圈——雖然潔寧自己有三個小孩，早已經駕輕就熟，但海倫還是親身示範給她看。

這小孩就是喜歡被這樣哄。

她突然一陣恐慌，兒子睡覺的時候喜歡緊抓不放的那個絨毛玩具，不知道有沒有帶過去，那個破破爛爛的綠褐色小東西，看起來像青蛙，也頗似小熊。

有，她有放入袋內，什麼都裝進去了。

每天早上她都要重複一次相同的混亂過程，才能讓她自己與艾飛順利出門。她嘴裡咬著吐司忙著換衣服化妝，艾飛總是一如往常四處亂爬，找尋所有的銳角物品，或是想要碰觸隨時有可能倒下來砸傷他自己的大型物件。她忙著把東西塞進自己的包包，還有艾飛的包包，她的是瘀傷流血小孩的法院文書與照片，而他的則是尿布、玩具，還有出牙凝膠。

然後，奮力把嬰兒車弄下那該死的樓梯，推個十分鐘，送到潔寧家裡，最後一次擁抱，她自己再走到車站，買口香糖與巧克力。

最後一次擁抱……

她想到當他大哭時的哽塞聲，總是讓她揪心欲死，還有他緊貼著她的臉、雙手抓住她的頭髮不放的模樣。

還有她湊到他頸後時所聞到的味道。

阿克塔在雜貨店的前頭，海倫聽到他在挪移東西，還發出掃玻璃的噪響，她猜他現在正忙著清理自己剛才發飆之後的凌亂現場。

她心想，有心想要維持整潔，這是好事。

史蒂芬·米謝爾直挺挺坐在她旁邊，全身冒汗，搔抓個不停。他緊閉雙眼，嘴裡唸唸有詞，但她聽不清楚他究竟在說些什麼。

再兩三個小時之後，就得接艾飛回家。潔寧一向嚴格要求父母要準時接小孩，因為她還有做課輔班，而且必須照料剛下班回家的老公。即使只是晚個五分鐘，海倫也一定會先打電話……

總是在她滿頭大汗、從火車站急奔而去的時候。

他們一定會安排好一切，她很確定，也許潔寧已經聽說了這件事，看到了電視新聞。海倫希望千萬不要是穿制服的警察去敲潔寧的大門，某個笨手笨腳的粗漢硬把艾飛挖起來，把他帶到警車裡。不，他們一定已經告訴珍妮了……這樣最好。

危機之中總還有可靠的人，她的姊姊，有條不紊，冷靜。

她扭動被銬住的手腕。

當然，一切都證明珍妮是對的，她總有先見之明。光靠妳自己一個人是不行的，不要再回去那樣的工作崗位，反正先別急，想想妳的寶寶啊。

現在看看妳把自己搞成什麼樣子！

她不知道珍妮和她爸爸是不是已經在外頭了，那老傢伙一定會拚命抓住每一個經過他面前的警察，逼他們說出現在的進度，珍妮則是拚命安撫他，想要控制場面，忙著找茶和餅乾放在哪裡。

像個媽媽一樣。

她努力不要多想，但這就像是控制自己不要呼吸一樣困難。

至少珍妮知道要怎麼哄他入睡，海倫已經在姊姊面前示範過好多次，她在他的下背處，劃著小圈圈──

「應該不會有狀況吧？」米謝爾突然開口問道，「妳先前曾經這麼說的。我的意思是，妳應該不只是隨口說說而已吧？」

她望著他，他眼睛眨得急快，努力擠出微笑，模樣就像是個小男孩。

她電話響了。

她低頭看手機──它在雙腿間的地板上來回抖動，拜震動功能所賜。

「是索恩嗎？」

海倫搖頭，她不知道這個號碼是誰，她的頭朝店鋪前方點了兩下，「可能是他們打的，」她回道，「他們想要找你談。」

阿克塔坐在桌前，拿起手槍，又讓手機多響了一會兒之後，點點頭。

「接電話。」

在走回感化院圖書館的路上，索恩趁空鑽進獄卒的休息室打電話給賀蘭德，他躲在角落，拿出手機，他對著裡頭的其他兩名獄卒微笑，不過他們的目光也沒有比剛才梯台上的男孩好到哪裡去。

「有沒有什麼消息？」

「斯勒特的老爸果然是王八蛋，」賀蘭德回道，「但他聽到阿敏的死訊倒是十分驚訝。」

索恩對此倒不意外，現在如果就能查到什麼消息，也未免太快了，「李．斯勒特的同夥呢？」

「克拉克森不在家，我們現在正準備要去找阿姆斯壯。」

「好，戴夫，盡快趕過去。」索恩聽到背景出現基絲頓講話的聲音，她在嘀咕找不到地方停車，「隨便停哪裡都可以！」索恩忍不住大吼。

賀蘭德在講話，但索恩沒聽到，一陣警笛聲呼嘯而過。

「戴夫？」

「我剛才說，你呢？」

「什麼？」

「有沒有消息？」

索恩在巴達勒的所聞所見還來不及全部消化：包括了博拉斯威爾與麥卡錫對阿敏之死的反應，還有夏契爾的心理分析。他低頭看錶，然後又偷瞄那兩個手捧馬克杯的獄卒，看起來已經等不及要下班了。

「有一點寶貴的小收穫。」索恩回道。

15

蘇．帕斯寇鬆了一口氣——雖然喇叭已經架設好準備監聽——但幸好她手機麥克風沒那麼靈敏，感應不到她的激烈心跳聲。

電話依然在響。

截至目前為止，她已經竭盡全力，蒐集人質與挾持者雙方的所有情報，研擬談判策略，但如果第一通電話不對盤，先前的演練也是枉然。與挾持者的第一次接觸，永遠是所有營救計畫中最棘手的部分。根據教科書的說法，只要踏穩了第一步，接下來就可以循序漸進。

問題是，哈維德．阿克塔並非是教科書裡的挾持者。

除了家庭紛爭或是心生不滿的員工之外，挾持者多可分為四種類型：暴徒、精神異常、罪犯，或是恐怖份子。他們如果不是隸屬於某個嚴密組織，要不就是情緒不穩的個人，而被挾持的人質如果不是經過縝密計畫挑選，就是隨機行事。

阿克塔屬於哪些範疇，再清楚不過了，但他挾持人質之後的行為卻詭譎難測。

妳的訓練專長沒辦法對付那種人。

大家通常以為挾持者有三種選擇，向警方投降，放寬自己所設下的條件繼續談判，再不然，就是殺了人質和／或自己壯烈成仁。當然，阿克塔還沒有做出任何選擇，不過，想要知道他會走上哪一條路，並且慢慢導引他、讓大家都能全身而退，完全要看他所提出的要求是什麼而定。

如果挾持者要求的是金錢、毒品，或是釋放同夥，都有相對的完整因應方案，為了引起對方的注意力，對於對方的簡單需求，當然能在許可範圍內做出具體回應。不過這一次卻不一樣，當蘇．帕斯寇聽著電話鈴聲響個不停的時候，她卻覺得自己必須與歹徒低聲下氣，因為這個拿槍對著兩名人質腦袋的傢伙顯然什麼都不要，只是要他的答案而已。

但索恩能夠找出真相嗎？她不確定。

常遇到這種狀況？索恩一開始就這麼問過她，這不要臉的王八蛋顯然覺得自己很厲害。

當對方接起電話的那一瞬間，學校禮堂裡的每一個人都不禁微微傾身向前。唐納利對蘇．帕斯寇點點頭，這位人質談判專家也開始對著電話的另外一頭輕聲細語。

「海倫？」

「哪位？」

帕斯寇看著唐納利，他會意點點頭，從海倫．威克斯電話的回音來判斷，對方也轉成了擴音模式，阿克塔也在旁邊聽。

「我是警探蘇．帕斯寇，我和工作小組準備要營救妳出來，知道嗎？」

「嗯……」

「首先，你現在還好嗎？」

「顯然現在好多了。」

帕斯寇對唐納利比出讚好手勢，要是人質能夠輕鬆面對當下的處境，總是好事，表示挾持者還給了他們開玩笑的空間。「好，我向妳保證，一切都會盡快解決。」

「那我兒子呢？」

帕斯寇又看了一眼唐納利，他只是聳肩。先前他們已有共識，避免談到海倫．威克斯的小孩，但如果是她自己主動提起，終究也還是得要面對這個話題。

「海倫，我們都安排好了，不需要擔心這個，」帕斯寇話一出口就知道自己講錯了話，她當然會放不下，「我們已經妥善處理好了，知道嗎？」

「嗯……」

「史蒂芬還好嗎？」

「他……還可以。」

帕斯寇深吸一口氣，「海倫，我可不可以和哈維德講話？」

一陣沉默。帕斯寇猜海倫正望著阿克塔，等待他給一個答案，她看著槍口，仔細聽著對方的聲音，讓自己做好心理準備。

要記得：積極聆聽，態度篤定，讓對方安心。

「他不想。」海倫回道。

帕斯寇提高聲音，「哈維德，聽得到我說話嗎？如果你可以聽見我的聲音，你也有意願的話，我很希望能和你直接溝通。」

「我只和索恩講話！」阿克塔大吼。

「我了解，哈維德，」帕斯寇回道，「你只想要和湯姆．索恩講話，」她小心翼翼重複挾持者的話語，這是她最近才剛學到的技巧，把注意力放在對方身上，清楚表明她了解他的期待，

「當然，但現在他人不在這裡，他正忙著去查訪你所需要的資訊。」

「不是『資訊』！」阿克塔大吼，「是『真相』！不一樣……根本不一樣！」

「對，當然不一樣，」帕斯寇接口，小心表達關切，但千萬不能壓過對方，必須要讓他知道她對此也感同身受，「哈維德，我們知道你想要的是什麼。」

阿克塔不發一語。

「哈維德，娜蒂拉在這裡，」她停頓了好幾秒鐘，才謹慎說出下一句話，「她等著和你說話。」

「不要！」

帕斯寇必須加快速度，不能讓阿克塔有機會掛電話。她對他太太招手示意，又對她點點頭，她接下話筒，張望著周邊一起聆聽對話的警官們。唐納利舉起雙手，以嘴默示，「保持和善冷靜。」

「哈維德……」娜蒂拉的聲音就和她的表情一樣緊張，帕斯寇把手放在她的手臂上以示鼓勵，娜蒂拉露出遲疑的微笑。「是我。」

「我現在沒辦法和妳講話。」

「一定要，拜託你好不好？」

「不，我不要。」

「哈維，這樣做真是太蠢了。」

阿克塔講了一串興地語，娜蒂拉依然以英語回應，「不，我一定要和你好好談一談。」他依然繼續講興地語，而且這次講的時間更久，一旁雖然有個年輕女子拿著紙筆側聽當翻譯，但先前他們已經與娜蒂拉取得共識，盡量讓她先生說英語。娜蒂拉一臉驚慌，望著帕斯寇，她蓋住話筒，低聲說道：「他不肯和我講英文。」

「沒關係，」帕斯寇安慰她，「讓他繼續說下去就好。」

兩人交談了好幾分鐘，大部分的時間都是阿克塔在講話，一開始是大吼大叫，接下來冷靜多了，卻只是在重複一樣的話，他的妻子想要插話，卻始終沒有機會，她最後棄守，開始縱聲大哭。

阿克塔掛了電話，帕斯寇接過話筒，摟住娜蒂拉，還誇讚她的表現，但目光卻望著唐納利，而娜蒂拉猛搖頭，以面紙頻頻拭淚。唐納德向翻譯員點頭示意，請她過來，但娜蒂拉卻揮手叫對方走開，因為她想要親自和他們解釋。

「他說，他很愛我們一家人，他很抱歉，」她強忍啜泣，「他說，這麼做都是為了阿敏，而且還說這是他欠兒子的，」她低下頭，「如果能以自己的性命換回兒子，他很樂意，但現在他別無選擇，大家的生活都……」

她再次潸然落淚，這次她也忍不住了。唐納利立刻叫負責接待家屬的女警員過來，護送娜蒂拉離開，在被帶離禮堂之前，她又回頭再次道歉，但唐納利、帕斯寇，以及奇佛斯三人已經聚成一團。

「我很不喜歡那最後一句話，」奇佛斯開口，「拿自己換回別人的命，這種話我聽太多了。」

「他不是恐怖份子。」帕斯寇回道。

「難道不是嗎？」

唐納利舉手，想要出口緩頰，但帕斯寇不打算讓奇佛斯繼續說下去。

「他只是一個失去愛子的父親，我們就不要給他亂貼標籤了。」她的談判職責就此開始，要等到人質安全獲釋之後才能卸下重擔，換言之，她必須維持平和氣氛，同時也要確保每一個人——就連同事也不例外——不能有太過激動的情緒起伏。

奇佛斯毫不掩飾他的不屑，唐納利請他們不要再爭執下去了。對於研判人格和心理狀態，帕斯寇曾受過相關訓練，也累積了一些經驗——她覺得奇佛斯就是個混帳無誤。

「夠了……」唐納利希望停戰。

走廊上傳來聲響，他們全都轉頭，同時也趕緊過去，因為有人尖叫，似乎有人準備要破口大罵。唐納利領頭，匆匆走出禮堂，走向充作家屬接待區的教室。

他們才剛進入教室，看到有名女警正努力拉住一名黑皮膚的年輕女子，她正在對嚇得半死的娜蒂拉發飆，不但罵她賤貨，而且還嚷嚷要是她先生有個三長兩短，一定會逼她和她的家人付出代價。

唐納利大吼，要求女警說明現在究竟發生了什麼狀況。

「長官，抱歉，」滿臉通紅的女警總算是多少壓制住那名女子，「這位是史蒂芬．米謝爾的妻子，我不知道該把她安置在哪裡是好。」

帕斯寇挽住娜蒂拉的手臂，將她帶離現場，奇佛斯挑眉，跟在她們後頭一起出去了。

唐納利怒氣沖沖看著那名女警，「幹得好啊。」

16

索恩終於到達圖書館，他在角落的書桌上攤開檔案，花了十五分鐘看完阿敏．阿克塔的這趟旅程，從第一次在法庭現身，一直到葬禮結束。

從刑事法院出來的所有少年犯，都會先被轉送到費爾特姆感化院，阿敏的案子也不例外，他在那裡羈押候審了五個月之久。最後，被送到了巴達勒感化院，於此度過了八年刑期的前六個月，之後再準備移監到成人監獄系統。

阿敏雖然其情可憫，但法院卻給了他最嚴厲的制裁，阿敏顯然是運氣不佳，遇到了決意嚴懲持刀犯罪的法官，阿敏的律師們花了六個月積極準備上訴也不令人意外，但現在當然沒有機會聽到他們在法庭上的慷慨陳詞了。

搞不好，海倫．威克斯也會是運氣不佳的受害者。

索恩想要與阿敏的律師見面一談，他立刻發簡訊給博拉斯威爾，希望能夠要到律師的電話號碼。

他聽到笑聲，忍不住抬頭張望，原來遠方電腦前有兩個男孩依偎在一起開心談笑。靠近門口處還有個年紀較長的男孩正沉醉在書香裡，這間感化院裡應該只有他們對索恩為什麼出現在此毫無興趣，感謝老天。電腦前的那一對男孩又嘻嘻哈哈，坐在書桌前的女獄卒原本在看八卦雜誌，也在此時抬起頭來，告訴他們講話要放低聲量。

索恩覺得阿敏．阿克塔應該經常待在這個地方，充滿亮蠟味、還混雜了某種東西，也許，是潮氣吧。他打開筆錄，拿出檔案最上方的男孩照片；雙唇翻開，下巴有凝血，滴流在脖子上，彷佛出現了一條條的鏽痕。

他很好奇，不知道阿敏喜歡看什麼樣的書。

索恩研讀了一會兒之後，發現這份原始調查紀錄相當難得，並沒有他一開始所想像的那般草率。達維斯恪守調查職責，也確認了阿敏突然死亡並無任何可疑情事。他看過了閉路監視器的影帶畫面，詢問所有人關於門禁鑰匙的事，他也注意到阿敏所吞服的藥物可能是從醫護室病房外頭所偷渡進來，至於那個前來探病的男孩，他也約談過了。他甚至還檢查了地板上的塑膠杯，但也只有留下阿敏與最後投藥的公衛人員的指紋而已。

達維斯也詢問了事發當晚的其他病人，十一名少年，分別來自三間不同的房舍，病狀各不相同，好些是因為斷了骨頭，還有幾個是在當地醫院動完小手術之後、回到監獄休養身體。

想當然耳，沒有人看到或聽到什麼異狀。索恩親眼看到這裡的許多病人因為吃藥而何等昏沉，他沒辦法相信這樣的供詞，但他也只能接受達維斯所蒐集到的證據，找尋現場目擊者，是不可能的任務。

但還是有什麼部分遺漏了。

索恩又仔細看了一次筆錄資料，完全沒有提到藥劑室的竊賊、或是其中一個可能剛好是提供曲馬多給阿敏自殺的人。

所以這份調查未竟全功，最後只看到簡單俐落的一行話，確保後續的例行公事可以快速解決。

根據達維斯所收集到的資料，他做出完美的合理結論，再加上驗屍報告結果也與其一致，驗屍官也樂得輕鬆，可以在幾天之內將大體交還家屬下葬。在顯然缺乏新事證的狀況下，兩週前的正式鑑識報告已經夠了，死因陪審員也沒有理由推翻判決，不需要多所懷疑，也沒有任何人會注意那位悲痛逾恆的父親。

現在，索恩卻開始有了焦慮感。

當然，他還得找其他人談一談，也許這一切都是因為他「想要」找到蛛絲馬跡，能夠對哈維德·阿克塔有所交代，給阿敏父親一個他殷殷期盼的答案，讓海倫·威克斯能夠毫髮無傷走出來。但也許賀蘭德是對的，索恩正在尋索一起不曾發生的兇殺案……

他看到電腦前的那兩個男孩起身朝他走來，他立刻闔上檔案，還把照片塞在底下。

「你是不是在調查自殺男孩的那個人？」

索恩發現圖書館獄卒出現困惑表情，不知道是否該出手干預，他搖搖頭，對她示意沒事。開口發問的是個高瘦的亞洲男孩，十八歲左右。他吸了吸鼻子，推高鼻梁上的眼鏡，然後又緊握揣在胸前的碟片。他身邊的那個男孩子年紀較輕，個子短小精悍。白人，平頭，還有一口爛牙，索恩看得很清楚，因為自從他走過來之後，笑容一直沒有停過。

「對，就是我。」索恩回道。

亞裔男孩拉了一張椅子坐下來，他的朋友也如法炮製，獄卒又看了一眼，但索恩沒有理會她。

「我叫湯姆・索恩，我是警察。」

亞裔男孩聳肩，彷彿心中早已有底，「我是阿濟斯，」他以下巴指了一下自己的朋友，「他叫達倫。」

達倫還是一直在笑。

「那個自殺的男孩，叫阿敏，」索恩開口，「你認識他嗎？」

「看過，」阿濟斯回道，「但也不能算認識。」

索恩又看著達倫。

「我也是。」

「反正，你在這裡不可能真的會認識什麼人的，希望你了解我的意思，」阿濟斯說話速度極快，帶有倫敦腔，講話幾乎是一氣呵成，「這裡的人都在努力要做那種自己永遠學不來的人，或是偽裝成別人期待的那種人，後者比較容易，是吧？」

索恩點頭，「那你呢？」

阿濟斯大笑，全身往後仰，連前面兩隻椅腳都離了地，「不，太辛苦了，而且我在這裡橫豎也已經待了好一段時間，所以我知道要如何自處，遠離是非，」他伸開雙臂，碟片依然拿在手上，「你看到什麼，就是什麼，我一切透明。」

達倫突然前傾，看著索恩，「嗯，你喜歡這間圖書館嗎？」

「不錯，」索恩回道，「很安靜。」

「那你喜歡嗎？」

達倫指著阿濟斯，開懷大笑，「是他喜歡這地方，真的，他總是待在這裡研究外太空科學之類的鬼東西，簡直像個教授還是什麼超屌的傢伙。」

索恩發現阿濟斯微微臉紅，然後又聳肩，朋友這麼描述他，顯然是讓他開心得不得了。

「快啦，問他問題嘛，」達倫語氣興奮，「只要是和科學有關的事，他無所不知，我發誓，他絕對可以去上益智節目，把其他人打得落花流水。趕快問他問題，不管多難都可以。」

阿濟斯將椅子慢慢回正，開口叫他朋友住嘴。

「沒這個必要，」索恩回道，「反正我是科學白痴。」

「他可不是白痴，」達倫又指著阿濟斯，「真的，他就像是坐在輪椅上的神秘博士，是不是叫達勒克來著……不過那個輪椅人不是巴基佬。」

「你應該找那個黑人小孩談一談，」阿濟斯的目光飄向在門口旁讀書的男孩。那孩子發現有人在注意自己，抬頭看了他們一兩秒鐘之久，他面無表情；一張俊帥而堅毅的臉。

「為什麼？」索恩反問。

「他是那個死掉小孩的好朋友，我看他們經常在一起，在牢房裡聊天什麼的，有時候也會在這裡看到他們。」阿濟斯壓低聲音，不只是因為獄卒在瞪他而已，

「在幾個禮拜以前他闖了大禍，因為打人而被踢出金色房區。我猜應該是有人講他好友的壞話，他聽了很不爽，你懂我的意思吧？」

索恩又望了那男孩一眼，但現在除了他的頭頂之外，什麼都看不到。

「要不要看好玩的東西？」達倫問道。

索恩轉頭，心裡依然還惦記著那男孩，「什麼？」

「給他看啦。」達倫哈哈大笑，伸手去拿碟片，但又被阿濟斯搶了回去。

「你在看什麼？」索恩問道。

阿濟斯把碟片扔在桌上，封面是子宮裡的人體胚胎照片，「我要給他看和繁殖有關的東西，基本的人類生物學，如何運做什麼的，他想知道，所以……」

「我早就告訴你了，」達倫很得意，「他無所不知，無所不曉。」

「你看過之後覺得怎麼樣？」

達倫搖頭，但臉上的笑意一直沒有消失，「我跟你說，裡面真的有些東西很古怪，除了試管嬰兒之外，還鬼扯了一些其他東西，說真的，我絕對不會想要什麼試管嬰兒。」

阿濟斯看著索恩，忍不住翻白眼。

「他們的手腳……就像是長蹼了一樣，」達倫伸出雙手，扭動手指頭，「沒騙你。」

阿濟斯搖搖頭，「你為什麼覺得他們長蹼？」

「才能游出試管啊。」

索恩拚命憋笑，但還是忍不住。

「他平常不會這麼瘋瘋癲癲，」阿濟斯說道，「最近有點興奮過頭。」

「為什麼？」

「你自己告訴他。」

「再過兩個禮拜，我就可以離開這裡，」達倫一臉喜孜孜，「我馬上就要當爸爸了，因為我女朋友馬上就要生小孩，」他驕傲拍了一下胸口，然後又指著碟片上的子宮胚胎，「我們自己的小寶寶，就和這個一樣。」

「很好，」索恩回道，「但真的不要再回來了。」

達倫點頭，一臉肅穆。

「你在這裡待多久了？」

「十八個月，」達倫回道，望著索恩，然後又看著自己的朋友，「什麼……？」

索恩收拾檔案，阿濟斯依然在哈哈大笑，女獄卒也躲在雜誌後面竊笑，達倫滿臉困惑，但依然保持微笑。索恩再次轉頭，剛好看到角落的那個男孩準備走出圖書館。

17

丹尼・阿姆斯壯工作的快餐店，距離艾賽克斯火車站只有五十碼左右的距離，夾在乾洗店與某間破敗的商店之間，店內櫥窗裡依然擺放了好幾台老舊的吸塵器。賀蘭德與基絲頓透過霧濕的玻璃向裡頭張望，看到一個應該是青少年的員工正在櫃檯後面切番茄。他們兩人才剛進去，那孩子立刻抬頭，把番茄收進塑膠袋內，雙手在牛仔褲後頭抹了抹

「需要點什麼？」

這地方賣沙威瑪、漢堡、雞肉，只要是能下油鍋、填塞麵包的東西應有盡有。如果是半夜十一點半、喝了幾杯下肚之後過來，這裡的氣味可能宛若天堂，不過，現在是滴酒未沾的午餐時間，賀蘭德突然發現自己也沒像剛才那麼餓了。

他亮出警證。

「丹尼，有事找你談一下。」

阿姆斯壯神色緊張，望向他右側的門，果然就在這個時候，某個魁梧的中年男子捧著裝滿雞翅的鐵盤出現了。賀蘭德猜這傢伙應該是希臘或土耳其人，他眼睜睜看著基絲頓走到大門口、把營業招牌翻過去，現在成了「休息中」。

「喂……」

賀蘭德再次亮出警證，但那男人猛搖頭，對著基絲頓大吼，「妳不可以這樣！」

「我就是可以。」基絲頓回嗆。

賀蘭德開口，對此造成不便很抱歉，但他們只需要耽擱那男孩幾分鐘而已。那男人放下鐵盤，手指著阿姆斯壯，「這錢就從你的薪水扣！」隨即轉身離去。

阿姆斯壯望著賀蘭德，「謝謝你哦。」

基絲頓走到櫃檯前面，拿出五英鎊的鈔票，「那我們買兩包薯條吧，」她說道，「讓你老闆開心一點，可以嗎？」

阿姆斯壯嘀咕了兩句，走到炸鍋旁，掀起蓋子。

「阿敏．阿克塔，」賀蘭德問道，「記得他嗎？他幾個月前在獄中身亡，不知道你有沒有聽說這件事？」

阿姆斯壯根本沒抬頭，「沒有。」

「確定嗎？」

「對，我不是講過了嗎？」他抬頭，「我發誓……真的不知道。」

「史考特．克拉克森有沒有和你講過這件事？」基絲頓開口，「或是李．斯勒特的爸爸？」

「沒怎麼聯絡。」

「不過很快就會見面了吧？喝個幾杯慶祝一下。」

「對，不行嗎？」阿姆斯壯剷起薯條，放入保麗龍盒子裡面，「他死掉也快一年了，我們當然可能會聚一聚。」

「李的弟弟也快出獄了，」賀蘭德接口，「我想他聽到阿敏的死訊也會相當開心，你說是不是？」從阿姆斯壯的表情看來，賀蘭德的反應讓他丈二金剛摸不著頭腦，而且也不知道為什麼他們要問他這種問題。賀蘭德瞄了一眼基絲頓，發現她也有相同想法，無論他們如何旁敲側擊或拚命想要挖出什麼真相，這小孩聽到阿敏死訊的驚訝程度，就和斯勒特的爸爸一模一樣。

阿姆斯壯準備裝第二份薯條，「要鹽和醋嗎？」

基絲頓傾身，自己加了醬料，然後又把薯條盒交給阿姆斯壯打包，「還是讓你知道一下，他是自殺，所以你們喝酒的時候至少知道自己在慶祝什麼。他生前被攻擊住院，而且還曾經被性侵。」

「是哦，他一定很爽。」阿姆斯壯低聲咕噥。

「抱歉，你說什麼？」

「沒有，只是……」阿姆斯壯臉紅了，趕緊拿另外一張紙包裹外帶盒，然後放入塑膠袋，看著基絲頓，「他咎由自取不是嗎？我不是說他死掉，我根本……不知道那件事。但被人幹就很活該啊。」

「你為什麼這麼覺得？」

「因為他對李做出那種事。」

「你指的是在你和朋友先攻擊阿敏之後、他所採取的自衛舉動嗎？」

「才不是那樣。」

阿姆斯壯想要抗議，但是賀蘭德卻先發制人打斷他，「我知道，你們只是在玩雪仗而已對不對？」

「他刺死了李。」

「哦，是啊，」基絲頓回嗆，「不就是因為你們帶刀嗎？」

「喂，我什麼時候才能開店？」

大家都回頭，發現老闆又出現在門口。

「薯條一共三鎊。」阿姆斯壯說道，他收錢丟入收銀機，又把兩鎊的銅板放在櫃檯上。

賀蘭德把零錢推給基絲頓，自己拿起食物袋，同時又抬起下巴，指了指那堆圓錐狀的灰色死肉，然後慢慢轉身，對角落啐口水，「丹尼，你就和那團東西一樣噁爛。」

❖

海倫累了，她閉上眼睛，仰頭靠在冰涼的暖氣壁掛管。

艾飛在笑，保羅在他旁邊，也笑得開心。她幾乎忘了他的模樣，她沒有辦法立刻回想起保羅的臉龐，線條日漸模糊，最後的記憶全部消失，只記得輪廓而已。他入睡時半張的嘴，或是生氣時的暴怒狂吼，都成了模糊的影像。一週週過去了，他的每一個表情也越來越朦朧難辨，她只好在兒子身上拚命找尋保羅亡魂的痕跡。

但現在好清楚。

她多麼希望這個白日夢是曾經發生的過往，甚或是一種未來的想望。

這幸運的小傢伙長得很像我。

你真這麼覺得？

拜託，他帥斃了好嗎！

我只能說，他長得讓人不敢恭維，但脾氣比你好多了。

「我要喝東西。」

海倫睜開眼睛，聽到米謝爾終於開口說話，讓她嚇了一大跳。她轉頭過去，發現米謝爾對著阿克塔點頭示意，而他依然坐在桌前，雙眼瞪著他們頭上的白牆發呆。

「我要喝東西，」米謝爾又說了一次，「可以讓我喝點飲料嗎？」

阿克塔點頭，站了起來，「要可樂還是其他東西？」

「都好，謝謝你。」

老闆走進店內，當他一離開，米謝爾立刻挨到海倫身邊，低聲說道：「我們現在必須要有所行動。」

「什麼？」

「我告訴過你，我沒辦法這樣坐以待斃。」

「史蒂芬，冷靜好嗎？」

「不行，」他搖頭，「我們會困在這裡多久？誰知道？而且他橫豎還是會殺了我們。」

「如果我們好好聽他的話，他不會下手的。」

「拜託，妳是警察，應該要想辦法把我們弄出去才是。」

「我是啊，你要相信我的判斷。」

「我們不能只坐在這裡。」

「可以，沒問題，」海倫回道，「我們不需要輕舉妄動。」

「可以試試看奪槍。」

「拜託，你只要——」

「我正在計畫。」

「不行……」

阿克塔一走進來，海倫趕緊挺直身子，現在的她突然喘得上氣不接下氣，希望不要被他發現才好。阿克塔右手持槍，身體前傾，將左手裡的飲料交給米謝爾。

「謝謝，」米謝爾打開飲料，喝了一口，「只是太熱了一點。」他露出微笑，也未免咧得太開了，嘴角還在微微顫抖，「這個國家的天氣總是讓人高興不起來，是吧？」

阿克塔只是逕自回座。

海倫聽到米謝爾正在大口吞飲，她沒辦法看他，她只是死盯著阿克塔再次放在桌上的槍，祈禱米謝爾有聽進她的話，不要做出任何傻事。

「抱歉，」米謝爾開口，「我現在想上廁所。」

海倫轉頭，狠狠瞪了他一眼，但米謝爾始終不肯看她。她悄聲呼喚他的名字，但他依然置之不理。

阿克塔思考了幾秒鐘，最後還是點點頭，慢慢起身，拿槍，然後取出手銬的鑰匙。

「多謝，」米謝爾繼續講話，「我快爆了……」

阿克塔把鑰匙丟到海倫面前，又把槍口對著她，「麻煩妳開鎖，一定要慢慢來。」

她撿起鑰匙，慢慢向右邊擠過去，彎身靠在米謝爾的大腿上，也聞到了他身上的汗味。兩人的臉雖然只隔了幾英寸的距離，但米謝爾的目光依然停留在阿克塔身上，完全不願多看她一眼。當她奮力把那小小的鑰匙插入鎖孔的時候，手也不禁在微顫。

「好，現在請你慢慢站起來。」

米謝爾起身，轉動手腕，抖伸雙腿時還發出了呻吟。他吐了一口長氣，又指了指廁所門，「現在可以了嗎？」

阿克塔點頭，持槍的那隻手緊緊追隨著米謝爾的腳步、一直到他推開廁所的門。就在他準備關門之前，海倫瞄到了那髒兮兮的馬桶與黑色馬桶蓋，這次他總算看了她，也只有一兩秒而已，但她難以判斷他的表情。

空茫或專注，很難說，但雙眼無神。

海倫和阿克塔互看對方，長達十五秒之久，廁所裡一直沒有傳出聲響。終於，她聽到米謝爾尿尿的聲音，但之後又一片靜寂，約莫一分鐘之後，他開始啜泣。

他們兩人都轉過去，望著那斑駁的木門。裡面的聲響低沉而規律，要不是因為米謝爾在啜泣節奏間喘氣呼吸、在喉間發出了高頻聲響，否則聽起來還真像是他在大笑。

又過了一分鐘左右，哭聲漸歇，他在擤鼻子，咳嗽，沖完馬桶之後，廁所門終於開了。

「史蒂芬，你還好嗎？」海倫問道。

他沒有回答，只是直挺挺站在廁所門外，也完全不掩飾剛才在廁所裡所發生的事。米謝爾眼睛眨也不眨，死瞪著阿克塔，老闆終於舉槍，喝令他坐下來。

米謝爾不為所動，阿克塔向前推進一小步，再次叫他坐下。

「尿出來比憋著好多了，對吧？」海倫故作輕鬆，「史蒂芬？」

米謝爾轉頭看她，彷彿他直到現在才發現到有這個人的存在。他閉上眼睛，好幾秒之後再度睜開，慢慢走到了暖氣管旁邊。

「你看，很簡單吧。」海倫回道。

阿克塔瞄了她一眼，「好……麻煩妳了。」

海倫屏住呼吸，直視著米謝爾的雙眼，尋索他發動奇襲的欲念，企圖——當她的身體再次壓制住他的時候，她死命不放，然後慢慢挨過去，把手銬套住他的手腕。

18

「裡面有別的訪客。」

秘書的警告似乎有些敷衍，所以索恩努力擠出最友善的微笑之後，還是邁開大步前行，去敲典獄長的門。

還沒有等到對方邀請入內，他就直接走進去。

博拉斯威爾正在與夏契爾談話。

兩人正站在典獄長辦公桌的前方，同時轉頭過去看著索恩，他開口道歉叨擾，還說只耽擱幾分鐘就走人，他們也以沉默點頭回應。

然後典獄長與伊瑪目剛好同一時間開口。

「沒問題……」

「我們剛好談完了……」

索恩說他準備要離開感化院，只是過來感謝典獄長的幫忙，他看著夏契爾，也向他道謝。

「真的，不需要這麼客氣，」夏契爾回道，「如果能多花一點時間暢聊就更好了。」

「當然當然。」索恩露出微笑，心裡思忖不知道是哪一個人比較假。

典獄長趨前握手，「如果還有什麼需要，打我的直撥電話，你有號碼吧？」

索恩說他有，同時也將自己的名片給了典獄長，上面有手機號碼與居家使用的電子郵件，

「哦，還有一件事，你懷疑下手攻擊阿敏的那男孩叫什麼名字？」

「沒問題，我說的是這個人……」典獄長走回書桌前，拿起一張紙交給索恩，「上面有名字與住址，如果你有需要，當地假釋辦公室的聯絡人我也一併附上了。」

索恩謝過典獄長，把字條塞進檔案裡，正要離開的時候，卻停下腳步轉身，「對了，麥卡錫醫生提到了藥劑室竊賊，他說如果有進展會讓我知道，」索恩補充說道，「危險藥品儲藏室。」

典獄長點點頭，「沒問題。」

「我想他一定很忙，但如果你能夠幫我追蹤後續消息的話，我會十分感激，一有消息就請他打電話給我。」

「當然。」

「還有，遭停職護士的地址能給我就更好了，我已經有她的名字，但你也知道，如果能現在拿到資料，我就不用費事去找。」

「能爭取一點時間總是好的。」

「我去請醫生找出來。」

「呃，我終於知道為什麼會這麼兵荒馬亂。」

索恩看著他。

「我有一名部屬，看到了晚報上的圍封消息，雖然新聞裡沒有透露太多細節，但他認出了那個名字，我們拼湊之後也就猜出答案，」他鼓脹著雙頰，「太可怕了。」

「悲痛會對人造成非常特殊的影響，」夏契爾說道，「可能會影響他們的……判斷。」

索恩沉默不語，但伊瑪目說得沒錯。索恩很清楚這一點，失去摯愛，很可能是生者的一場浩劫，他看過有人一開始是樂觀否認，之後怒不可遏，也看到有人將暴怒內化在心，最後醞釀出自我憎惡的情緒。它的危險性也許不如刀鋒或是子彈那般急迫，但殺傷力卻同樣可怕。

所以去質疑哈維德．阿克塔的判斷，自然也不意外，就像警察、驗屍官，以及陪審員一樣，把他的控訴簡化為純粹的悲痛，把這個飽受喪子之痛的父親當成偏執狂，對於他的意見嗤之以鼻。

但這一切都對海倫．威克斯毫無幫助。

「不打攪了。」索恩開口。

他聽到典獄長在他背後祝他好運，夏契爾也希望他一切順利。

索恩伸手開門，心裡在想：我的判斷可沒有問題。

他回到牢區，數十名男孩正在忙著從事下午的社團活動，有的在健身或是玩桌球，但大多數的人似乎寧可無所事事閒晃。索恩走出行政區的時候，已經聽到他們的吵鬧聲，還有獄卒從梯台傳出的回音。現在，他面向大門口，發現男孩三三兩兩聚在角落，他必須從中穿越，走廊上也有好幾撮人，而階梯頂端與底部更是群聚了一大批人。

無論人數多寡，這些小集團看來可說是涇渭分明。

白人，黑人，亞洲人。

擋在索恩面前的一群年輕人散開了，他也在這個時候認出先前在圖書館看過的那個男孩。應該是十八歲左右，超短的平頭，從他的體格看來，花在健身的時間應該比閱讀還多。他靠在牆上，彷彿在等人，當索恩望著他，他卻立刻別過頭去。

索恩穿越走廊。

他記得阿濟斯說過的話，猜測達維斯警官兩個月前應該也曾向這個男孩問案，因為他去看過阿敏。

「你是安托萬．丹尼爾斯？」

男孩依然沒正眼瞧他，只是悶哼一聲，輕輕點頭。

「我想和你聊阿敏的事。」

「我不想講。」他的聲音低沉，從口音判斷，是出身哈克尼或哈里斯登的人。

「你明明想講，」索恩回嗆，「所以你才在這裡等我。」他乾脆站著不動，表明了他哪裡都不去了，男孩終於點頭看著索恩，「你是阿敏的朋友，我一定得找你好好談一談。」

丹尼爾斯小心打量四周，看著大家來來去去長達半分鐘之久，然後終於離牆起身，他走過索恩面前，輕碰他的肩膀，然後在離開之前、以幾乎無人能夠察覺的眼角餘光看了他一眼。

邀請他隨後而來的意圖似乎再明顯不過了。

他們大約走了五分多鐘，索恩與他保持十步左右的距離，當他們穿過遊樂區、進入一堆圍在撞球桌的人群之中的時侯，丹尼爾斯還特地靠牆而行。所有的男孩都穿著工裝褲搭T恤，唯一的獨特識別標記就是自己挑的球鞋。許多人的鞋子都是由家人從外頭寄來，很可能會被人給幹走，但只要能留在腳上，光看其價格與款式，就等於向大家展示鞋子主人的來頭。

看你穿什麼鞋，看你怎麼走路。

你昂首闊步，你拖著腳走路，你大搖大擺。

我自信，我對人無害，我是大壞蛋。

橡膠鞋底在合成地板上的摩擦聲逐漸在他們背後消失，兩人爬上二樓的梯台，進入走廊，又過了幾分鐘之後，丹尼爾斯轉進某間囚室。

索恩走到門口，丹尼爾斯正站在房間角落，對著金屬馬桶尿尿。索恩說了聲抱歉，隨即別過頭，聽到沖水聲之後才轉頭走進去，這時候丹尼爾斯已經坐在床鋪邊。

「把門帶上。」

索恩照做，整個人也順勢靠在門上。囚室的大小和醫護室病房的大小一樣，不過這裡的牆面有上漆，不只是一片灰泥而已。床以水泥連固在牆邊——上頭放了藍色橡膠床墊，摺得方正的灰色毛毯——還有張小書桌，面積只不過和茶盤一樣大。除了少數資深獄友或是金色房區的囚室之外，幾乎所有的牢房都可以看到這種「耐操」的陳設。索恩不禁想到先前聽到的波蘭男孩故事，如果他沒有大榔頭，要怎麼砸毀這種房間？

「安托萬這名字有意思，」索恩開口，「法文？」

丹尼爾斯聳肩，「我不懂法文，我只愛吃薯條（French fries）而已。」

床頭的記事板上黏了幾張照片，動物與船隻，船身還塗有編號。索恩還發現小桌邊緣整齊排放著從早餐袋裡拿出的果汁盒與果醬包，標籤全部向外，而且水槽上方的小瓶洗髮精與香皂也以同樣方式陳列。這可能是一種自尊或是宣示主權的簡單方式，也可能兼而有之。

「你在這裡待多久了？」

「兩年多，」丹尼爾斯抬頭看著他，「還得再待一年多。」

索恩不需要多問這男孩究竟是犯了什麼罪而進來，刑期這麼長，他猜絕非是偷東西或是打架被抓之類的小案。「所以阿敏才剛進來，你們就變成了好朋友？」

「可以這麼說。」

「你很照顧他？」

「只是教他一點基本事項而已。」丹尼爾斯微微側臉。這孩子膚色很深，現在近距離觀察，可以看到他臉上的痘疤，「他不需要別人照顧。」

「是嗎？」

「他不具任何威脅性。」

「那攻擊他的那個男孩又怎麼說？」

「對，是很奇怪，」他說道，「通常在這種地方你會聽到耳語，你瞭吧？你會聽到某人很火大或是某人想要整誰，但這場攻擊來得莫名其妙。」

「有沒有聽說是誰幹的？」

「是有風聲，」丹尼爾斯回道，但又過了好幾秒之後才繼續說下去，「某人下的手，但據我所知，阿敏根本沒和他講過話，而且事發兩天之後他就出獄了，所以……」

「所以你來不及採取行動。」

丹尼爾斯默不作聲。

「有沒有可能是伊瑪目旁邊的人？」

丹尼爾斯哼了一聲，「如果他們遭人拒絕當然是會不高興，就像是一種……冒犯什麼的，你瞭吧？」他思索了一會兒，然後又搖搖頭，「阿敏對那種東西沒興趣，但我想他們也不至於要特別找他麻煩。」

「他為什麼沒興趣？」

「就是沒有。」

「你是說他對宗教沒興趣？或是對於夏契爾的小團體沒興趣？」

「都一樣，」丹尼爾斯回道，「不適合他，如此而已。」

「聽起來你很了解他。」

丹尼爾斯抬頭望著索恩，他的手指緊抓著床緣，「對。」

「他還好嗎？」索恩問道，「我的意思是你去醫護室病房看他的時候？」

「被某個王八蛋劃傷了臉，你覺得他會好到哪裡去？」

「但有憂鬱症嗎？他有沒有講出哪些奇怪的話？讓你懷疑他會想自殺？」

「完全沒有，」丹尼爾斯回道，「他很生氣，你瞭嗎？但那天晚上他都還好好的，日後臉上會留疤，他還能拿這個開玩笑，而且他也覺得上訴很有希望。」

「以及轉到隆敏感化院。」

「對，沒錯。」

「好，我得要問你一件事，當你去看他的時候，有沒有夾帶東西給他？」索恩解釋，「你知道嗎？他自己不可能有那麼多藥丸。」

「絕對沒有。」丹尼爾斯搖頭，憤恨踢腳，「我發誓。」

「好，我知道了。」

「只有帶一些書給他而已。」

「還有其他人去看他嗎？」

「都是獄方的人，典獄長、夏契爾，一堆這樣的人，」他抬頭看索恩，露出詭譎笑容，「各式各樣的上帝好兄弟。」

「對，很合理，」索恩也報以微笑，感化院裡的多數病患經常得面對這樣的訪視，簡直和打針或灌腸的機會一樣多。索恩多走了幾步，靠在牆上，直視丹尼爾斯，「阿敏有沒有告訴你其他的事？」

「像是什麼？」

「他們說他被強暴。」

接下來的十五秒鐘，只聽得到囚室外頭傳來的聲響，遠方梯台的吼叫，附近某個地方發出的電視噪音。丹尼爾斯緩緩搖頭，抓住床鋪鐵欄杆的手指頭也越掐越緊。

「你不知道，還是……？」

丹尼爾斯望著地板。

「我聽說你和人打架，」索恩問道，「就只是因為阿敏的事。」他望向角落櫃的上方，空空如也，在其他的囚室，那裡應該會有電視，甚至是電動遊戲機。

「而且還因此沒了電視，喪失了你在金色房區的好房間。」

「我會拿回來的。」

「跟我說打架的事。」

「不是打架。」

「你出拳揍人。」

「那只是我的最後一擊。」

索恩再次打量安托萬．丹尼爾斯的身材，不難想像當時的情景，「到底是怎麼回事？」

「只是某個白痴講了一些讓我生氣的髒話，不是什麼大不了的事好嗎？」他站起身，「喂，我得去上課了，所以——」

「和阿敏有關的髒話？」

丹尼爾斯從小桌上拿起作業簿和鉛筆盒，斜眼看著索恩，彷彿是在下逐客令，但索恩依然動也不動。

「你和他是密友，對不對？」

他看到丹尼爾斯的胸膛在激烈起伏，他想要逼視索恩，但卻已經無能為力。

他只是輕輕點頭，「對。」

就這麼一個字，輕輕柔柔，但索恩卻覺得自己被它一把推倒在白磚牆上，被壓出了氣。對方只是做了簡單確認，卻引發了一連串的尖銳問題。

對，你之前都沒有仔細聽嗎？

你明明是個警察，怎麼連這點能耐都沒有？

你花了多久時間才搞清楚狀況？

有人推囚室的門，露出了幾英寸的隙縫，他們看到了一隻閃亮亮的白色耐吉球鞋。站在門口的是一對年輕男孩，先前也曾經想找索恩麻煩，他們不懷好意賊笑，先望著索恩，然後是丹尼爾斯，「怎麼了？小怪胎？最近是喜歡老男人囉？」

他的夥伴被逗得大笑，還拍了拍他的肩膀。

「你們兩個怎麼還不快滾？」索恩喝斥。

他的這句話起不了什麼作用，但丹尼爾斯的惡怒目光卻讓他們匆匆逃跑，這兩個傢伙一路上繼續嬉笑怒罵。說也奇怪，那神情——死硬的目光，下巴之下的暴怒肌肉——似乎變得更為可怖，因為淚水正從安托萬．丹尼爾斯的臉龐潸然而落。

19

賀蘭德與基絲頓靠在她的Mondeo車前、一起吃薯條，他們盯著對街小學，父母們正忙著接小孩回家，而賀蘭德則趁空打電話給女友，詢問女兒今天在托兒所的情形。班上有個小男生開始出現咬人的習慣，所以蘇菲和他都有點擔心。

「克洛伊還好嗎？」等到他們通完電話，基絲頓開口問他。

「手指頭都還在。」賀蘭德回道。

天空積雲密佈，下午的涼意漸起，飄落第一波毛毛細雨。

「要不要收工了？」賀蘭德問道。

基絲頓嘸了嘸口水，「也許可以再去找一次克拉克森，或者打電話給總督察，也許他可以指引一條明路。」

「隨便你。」

「我們一定得做點什麼才行。」

賀蘭德低頭看著薯條，「其實很好吃，」他又抓了一把塞進嘴裡，「但應該要配點喝的，最好再加點香腸什麼的。」

基絲頓的下巴指向前方，「我們去伊斯林頓的那個公園吧。」

「下雨耶。」

「走十分鐘就到了。」

「那是哪裡？」

「阿敏．阿克塔和他朋友遇襲的地方。」

「然後？」

基絲頓已經邁步往前走，「然後，我不希望自己的車子沾到薯條味。」

海倫低身，看著自己被銬在暖氣管的那隻手腕，想要知道現在是幾點鐘了。他們被困在這裡差不多將近八小時，通常在這個時候，她應該已經下了火車，心情歡喜，因為馬上又能看到艾飛，當天的不快可以全都拋諸腦後，等到明天再說。

她的胃突然一陣翻攪。

距離潔寧規定的接小孩時間，只剩不到十分鐘了。

珍妮會帶他回家嗎？她不知道，或者她會把艾飛先丟在外公家，然後自己再回到圖爾斯丘？對，海倫心想，姊姊就是會做這種事，總是喜歡待在現場。

如果有所謂的典型車禍目擊者，想必她就是其中一個。

海倫心想，也許這正是她對我和保羅的「關係」如此痴迷的原因吧。當然，她姊姊提供了許多的建議與援助，但她似乎不知為什麼……似乎總是樂在其中。

海倫需要姊姊的幫忙，這一點也讓珍妮原本完美的生活變得更加完美無瑕，但其實珍妮是個神經兮兮的人，還有一個誤以為人的一生就是在釣魚與修老爺車的無聊笨蛋老公。

海倫深吸一口氣。

她心想，天，我好壞。萬一我沒辦法脫困，珍妮一定會傷心欲絕，她和她的超和善老公會好好愛我的孩子，我居然這麼壞……

她轉頭看著史蒂芬．米謝爾，「說說你太太的事吧。」

米謝爾睜開眼睛，看起來有些驚慌，彷彿這是個陷阱題。自從他上完廁所回來之後，兩人沒什麼交談，看到他鎮定下來、接受了事實，也讓她鬆了一口氣。

「她叫什麼名字？」

十分鐘之前，阿克塔進去店鋪，海倫一直沒聽到動靜。他在前頭待的時間越來越長，留她和米謝爾兩人在儲藏室裡，海倫猜他應該是靜靜坐在收銀台前吧，努力保持冷靜，企圖向自己、或許是死去的兒子進行解釋，為什麼會搞到一發不可收拾。

為什麼沒有回頭的機會。

她心想，他一個人坐在那裡，因為他沒有辦法面對自己所做的一切。

「她叫迪妮絲，」米謝爾開口，「和我在同一家銀行工作，她坐前台，我坐樓上，」他露出微笑，比先前看起來自在多了，「我被綁在電腦前面，玩別人的錢，搞不好妳的錢也在裡面。」

「我沒有錢可以給銀行玩。」

「她很漂亮……性格火爆，」他沉吟了一會兒，「不肯受人擺佈，妳懂嗎？」

「聽起來我們一定會很合，我等不及想看到她了。」

「對，她很容易動怒，也許是因為她比我更在乎政治、動物權……環保議題什麼的。她有時候會對我發飆，指責我應該要更關心周遭事物……但我覺得自己只想好好過著平靜生活。」

「那也很好。」

「對，」他舉起手臂，「看看我現在是什麼樣子。」

兩人一起哈哈大笑，海倫心想，真希望他也能聽到。昏暗之中，他死盯著店鋪的鐵門，心想沒有人能夠體會他的痛苦，或仇恨。她不知道自己是不是應該給阿克塔看一下自己包包裡的某些照片，將某些目擊者的證詞唸給他聽，這些人的小孩的遭遇遠比入獄還要悲慘。

他們沒有跑去買槍，也沒有做……做出這種事。

「你知道嗎？要是我面試沒問題的話，」米謝爾說道，「我們今晚本來應該要出去慶祝的，不是什麼了不起的大餐，就只是吃點不錯的牛排，搭配好喝的紅酒。反正牛排也只有我吃，她吃素。」

「幾年前我也試過，」海倫回道，「但要是沒有培根三明治，叫我怎麼活得下去。」

米謝爾點頭稱是，「丹妮絲喜歡喝酒，真的很愛。對了，我們兩個都不是懂酒的人，純粹只是喜歡喝而已，她曾經說過『什麼酒要配什麼人』、聞香之類的事只是刻意裝厲害。我們銀行的某位經理有次砸了一百鎊、買了自己也不清楚的某某莊園紅酒，她居然就把自己的理論講給他聽，」他想起過往，又笑了，「真的，她總是大無畏說出自己的想法。」

「這一點很不錯。」

「而且，她真的超正，」他猛力嚥口水，「妳懂嗎？」他的笑意突然藏不住，得拚命忍抑，

「所以……」

「你們結婚多久了？」海倫問道。

「下個月就滿三週年，」他眼睛一亮，「真不敢相信時光如此飛快。」

「有小孩嗎？」

米謝爾搖頭，「我們最近常討論這件事，想要找出最佳時間點什麼的，妳知道嗎？我很愛小孩，我的意思是我們兩個都想要，不過丹妮絲還想要努力工作一陣子，而且她表現非常優秀，所以……」

「不容易。」

「妳有小孩對嗎？我之前……聽到妳和他講到了小孩。」

「對，我有個小寶寶，男生，」現在努力掩蓋笑意的人輪到她了，「相信我，如果說有哪個人是挑錯時間生小孩，非我莫屬，所以千萬不要擔心。」

「好。」

海倫執起米謝爾的左手，放在自己的右手掌心裡，捏了一下。

「丹妮絲在外頭等你，」她說道，「所以讓我們做好該做的事，好嗎？史蒂芬？」海倫終於等到他看著她，又捏了一次他的手，「我們一定要平安無恙離開這裡，還有慶祝牛排，未來的小孩在等著你。」

他們從上街西行，經過利物浦街，再從小巷子抄近路，到達位於足球場與兒童遊樂場之間的巴那德公園，這裡就是一年前阿敏．阿克塔慘遭李．斯勒特、史考特．克拉克森、丹尼．阿姆斯壯聯手攻擊的地點。

「他到底為什麼會到這裡來？」基絲頓問道。

兩人立刻發現阿敏・阿克塔對於當晚事發地點有所隱瞞。一開始的時候，他宣稱本來要去自家附近的酒吧參加益智比賽、沒想到提早結束，但之後又說他與朋友去了某個派對。兩人都沒有提供派對的地址，只說是從某人那裡聽來有派對的消息，兩人相偕去一探究竟。這兩個男孩的父母管教都很嚴格，所以不肯吐實似乎再正常不過了，而且這件事與兇案也沒什麼關係。重要的事實是兩人最後到了伊斯林頓，在白雪覆地的巴那德公園與人一搏生死。為什麼會在半夜十一點半、跑到離家幾乎十英里之外的倫敦另外一頭？其實也只有他們與自己的父母在意這個問題而已。

「難道妳從來沒對妳爸媽撒過謊？」賀蘭德問道。

「有啊，當然。」

他們朝大型遊樂園走去，牆面有明亮壁畫作為裝飾，還有木頭攀爬區、繩橋，以及戲水池。

「我想阿敏的父母一定管他管得很嚴，」賀蘭德說道，「所以他想偷偷去參加派對而說謊，也是情有可原，可能是在吸大麻什麼的。」

「我才不是。」基絲頓反嗆。

「男孩子嘛。」

「但我也只不過在搞未成年性行為和吸海洛英而已。」

雨勢未歇，所以他們又繼續留在那裡好一會兒，看著面前的兩三個小孩在攀爬巨大的木龍，小孩的母親則在附近的長椅上抽菸。賀蘭德很喜歡這地方，還說以後要找時間帶克洛伊來玩。他家附近的遊樂設施位於大象與城堡地區，裡面根本沒什麼東西，除非你喜歡和酒鬼玩躲貓貓，或是覺得讓小孩玩吸毒用過的針筒富有教育意義。

「你這個人有南北偏見。」基絲頓回道。

他們走到哥本哈根街，過了馬路，準備朝車子方向走去，經過了公園門口對面角落的一間大型酒吧，吵鬧的音樂從裡頭流瀉到了街頭，有一群人坐在外頭的桌子喝酒，似乎完全對雨勢視若無睹。

酒吧門口的窗戶上貼有大海報，宣傳每晚的不同主題活動。

週四：狂野西部之夜（現場備有電動牛！）

週五：八〇懷舊之夜

週六：同志之夜

基絲頓指著海報，「也許你可以趁週六帶克洛伊來公園，她在公園玩，你到酒吧玩，也許會有同志請你喝一杯。」

「妳別搞笑了。」

「戴夫，拒絕承認不是好事。」

兩人走回上街，抄草地後方的小路，到了艾賽克斯街，車子近在眼前，但他們還不知下一步何去何從，賀蘭德的電話在此時響起。

「我剛從巴達勒監獄離開。」索恩開口。

「然後呢？」

「我發現事有蹊蹺，難怪哈維德．阿克塔覺得警方搞錯了。」

「真的假的！」賀蘭德大吼，基絲頓不禁挑眉看他，他張嘴默聲示意，「等一下告訴妳。」

「好，我還得繼續找人詳談，」索恩說道，「我還不敢說已經找到可以對他有所交代的確切證據，但等到講出口的那個時候，恐怕他很難承受。」

「什麼樣的事？」賀蘭德走到人行道邊，等待車流稍歇的穿越空檔。

「可能和其他事情毫無關聯，」索恩說道，「但我猜阿敏應該是同志。」

賀蘭德再次望著基絲頓，想起剛才在丹尼．阿姆斯壯面前提到阿敏可能生前遭強暴的時候、他曾經冷言冷語嘲笑阿敏一定很爽，賀蘭德聯想到巴那德公園對面的酒吧。

「戴夫，你還在聽嗎？」

「李．斯勒特被刺死的那一天是星期幾？」

「星期六，為什麼要問這個？」

「阿敏和朋友事發當天晚上為什麼會到伊斯林頓，為什麼會被攻擊，」賀藍德回道，「我想我有答案了。」

20

索恩知道馬上就要遇到M40號公路的下班尖峰時間，他決定拿出藍色警用燈快速穿越車陣。如果運氣不錯，應該花個四十分鐘左右即可回到圖爾斯丘，不過，索恩覺得現場就算有什麼重大進展，唐納利也不會讓他知道。

現在他得要讓哈維德．阿克塔知道，自己的確依照哈維德的要求行事。

他拿起電話撥號，遲早得去買一套車用免持聽筒設備才行，但此時此刻，就算因為開車講手機而被攔下，他也不在乎了。

海倫的電話響了約半分鐘，轉進語音信箱。他聽完海倫自錄的短語，掛了電話，再打一次，而這次她幾乎是立刻接聽。

「抱歉，」她說道，「他在隔壁房間，所以我沒辦法接電話。」

索恩心想，海倫那一段自錄的留言聲音信心十足，與現在是天壤之別，簡直是判若兩人。

「他在嗎？」

「是。」

「我能不能和他說話？」

索恩等待海倫轉述要求。

「他希望你和我講話就好。」

「好……告訴他我一整天都待在巴達勒監獄，找了很多人詢問阿敏的事，包括了典獄長、主治醫生、阿敏的朋友，麻煩妳轉告了。」

他再次等待，同時切到外線道，加速到九十英里，海倫．威克斯正在對阿克塔重複他的話。

「好，他知道了。」

「但妳也得要告訴他，這需要時間。我現在馬上趕回去，他要知道，今天雖然有問案，也沒辦法能逼大家開口供出些什麼。」

海倫正準備開口轉述，但索恩卻打斷她。

「但我一定會找出事情的真相，」他告訴海倫，「請妳轉告，不，妳告訴他，我一定說到做到。」

海倫如實傳達。

「還有一件最重要的事，海倫，妳在聽嗎？」

「是。」

「告訴他，我相信他。好嗎？」

21

「天，太可怕了。抱歉我剛才的反應有點太……」

「沒關係。」

「好，有沒有什麼地方我可以幫忙？」

這個男人花了六個月的時間、準備了一場永無機會平反的上訴，在晚上八點半的時候接到警察來電，自然不會有什麼好口氣。但當索恩對著卡爾．奧德曼解釋自己身分以及當下狀況之後，這位律師立刻改變態度，回答問題義不容辭。

「阿敏死掉的前一週，我曾與他面會，」奧德曼說道，「就在他被人攻擊的前一天，我猜，我應該是最後一個探視他的人。」

「他那時候狀況怎麼樣？」

「我記得他精神很好，我把我們的上訴內容解釋給他聽，他很開心，我們的確有相當的勝算能讓他獲得減刑。」

「原因是？」

「原因是法官他媽的真是太過分了，根據此案的案情與先前的判例，阿敏至多判三年而已，但法官卻不斷重複強調可笑的『危險性程度』，根據筆錄，這種主張根本是無的放矢，這顯然就是一起單純的自衛意外，何況阿敏的品行幾乎毫無瑕疵，就算是笨蛋也看得出來他對任何人都不具威脅性。」奧德曼長嘆一口氣，「有些白痴一見刀就想要下重手，你知道我的意思嗎？」

「是，我遇過不少這樣的法官。」索恩接口。

「對，我告訴你，我本來摩拳擦掌、打算要好好對付這個案子。」

這位律師顯然相當火大，但很難判斷是針對這個問題法官，或是因為他再也沒有機會挑戰他先前代理訴訟的判決結果。

「所以你看到他的那個時候，不覺得他憂鬱沮喪？」

「根本沒有。」

「或是有顯露任何的自殺徵兆？」

「好，我不是心理醫生，」奧德曼回道，「我也不知道他遭受了什麼樣的攻擊，但就我看來，他似乎很正常。能夠上訴，他非常興奮，同時對於即將移監也很開心。我想他應該會想念一些那裡的朋友，心情難免有些低迷，但能夠因為表現優異而移監也是他極力爭取而來，所以……」

「所以你對於這起事件深感意外？」

對方停頓了一會兒，索恩聽到奧德曼在喝東西的聲音，他的腦中立刻浮現畫面，這位律師坐在設計師款的沙發裡，手裡拿著紅酒，面露不爽的妻子或女友伸手指著逐漸變涼的菜餚。但他也認識許多的案件當事人，獨自住在寒傖的小公寓裡面，只能靠著狗食罐頭與泡麵度日。

「我很失望，」奧德曼繼續說道，「而且氣憤難平，我的大半生都在為人渣辯護，但阿敏是個好孩子。」

索恩謝過奧德曼，掛了電話，走到音響旁邊，將威利．尼爾森的CD送入播放器裡，他坐在地上、整個人靠著沙發，抬頭看著沙發上的菲爾．漢卓克斯，他正在看驗屍報告。索恩揚了揚依然拿在手中的電話，「這小孩絕對不可能自殺。」

漢卓克斯也揮了揮報告，「看起來的確是自殺。」

「『看起來』而已，」索恩回道，「這就是重點。」

漢卓克斯低頭看著報告，快速翻閱，「就我看來，這個驗屍官已經盡了本分，當然，他的文筆顯然是沒有我好。」

「你真是夠了，菲爾。」

漢卓克斯在過來的路上買了一份印度外帶餐。他彎身朝地上的盤子抓起冷掉的炸洋蔥餅，咬了一口，「這男孩的血液裡有過量的曲馬多，胃裡也留有好幾錠。證明他用藥過度，也沒有其他跡象顯示非自殺，」他看著索恩，「你為什麼覺得不是？」

「首先，時間點不對。」索恩回道。

「願聞其詳。」

「大家不會一大早搞自殺，通常是凌晨時分，深夜。」

「什麼？你是不是從哪一集的《摩斯探長》看來的？」

「我記得在哪裡看過這樣的文章。」

「哦，你搞錯了，」漢卓克斯回道，「通常大家會挑下午四點鐘左右的時間自殺。如果你有興趣的話，我可以繼續告訴你，三月、四月，以及五月是最熱門的自殺月份，而全世界最普遍的自殺方式是上吊，但美國除外，顯然美國人比較喜歡用槍。還有，年輕人的自殺比例比老年人高、聖誕節是自殺旺季——都是鬼扯，聖誕節的自殺率其實低於常值。」他把剩下的炸洋蔥餅丟入口中，「我參加過研討會。」

「看得出來，」索恩說道，「所以，現場沒有發現遺書，這一點也不重要對嗎？」

「會留遺書的人不到百分之二十，」漢卓克斯解釋，「我好像幫不上什麼忙。」

索恩悶哼一聲，「菲爾，他沒有動機，完全沒有。他的上訴進行得很順利，每一個看過他的人都說他開心得不得了。」

「有的人得了憂鬱症也可以裝得很不錯，我就看過你這樣。」

索恩搖頭，「那些都是和他很熟的人好嗎？他的爸爸、律師，還有好友。而且，什麼事會讓他這麼沮喪？」他指了指漢卓克斯放在大腿上的報告，「暫時先忘掉那些藥，好嗎？就我的理解，這所謂的『自殺心理狀態』似乎起因於持刀攻擊還有遭受性侵，所以我想要請你幫我確認。」

漢卓克斯假意誇張嘆氣，翻到了報告的相關頁面，仔細閱讀，索恩耐心等待，威利．尼爾森的歌聲沙啞滄桑，彷如牧師發出嬰孩的啼哭。

「好，所以其實不能說是『性侵』，」漢卓克斯說道，「我們只是記錄屍體上所找到的證據，也沒什麼。從這些資料裡做出結論，並非病理學家的工作……拜託，你自己也很清楚。」

「對，我知道，現在你給我閉嘴，好好跟我說結論行不行啊？」

漢卓克斯繼續讀下去，「證據顯示這男孩的肛門曾遭人插入。」

「但沒有精液對嗎？」

「強暴犯很清楚DNA能幹嘛，所以大多數都有戴保險套。」

「在監獄裡也一樣？」

「驗屍結果顯示有內部撕裂傷，軟組織也出現損傷……」

「所以不可能是雙方合意發生的性行為？」

「無論是否合意，一定是很……激烈。」

「所以有可能不是強暴？」

漢卓克斯仔細想了一會兒，「好，如果你覺得這是長期性伴侶所為，那我『推測』他男友的屌應該像驢子一般雄偉。或者，他就只是喜歡狂野風格，」漢卓克斯露出淺笑，「你知道，我們當中有人就是會這樣玩。」

「菲爾，我不需要知道這個。」

「哦，好啦……你說的假設有其可能，但是——」

「對吧，」索恩打斷他的話，「所以你的自殺動機根本是個屁。」

漢卓克斯低頭張望，彷彿在找是不是還有食物殘屑，然後又把雙腿擱在沙發上，躺了下來。

「好啊，那請問無所不知大師，你的謀殺動機又在哪裡？」

索恩伸手撕了一塊抛餅，「我還沒找到全部的答案。」

「就我看來是完全沒有答案。」

「對，我還真傻，覺得你可以幫上忙。」

「想也知道不可能，」漢卓克斯回道，「不過的確可以先從證據著手，閉路電視應該錄下了惡人行跡。」

「行兇者知道要怎麼避開攝影機，不難，我檢查過了。」

「好，裝藥丸的杯子上應該留有指紋的，怎麼都沒找到？」

「病房區要弄到塑膠手套還不簡單，我早就想到了。」

「你應該改行當殺手才對。」漢卓克斯回道。

「那些藥丸，是別人『餵』給他的，」索恩把抛餅丟回盤中，「這一點毋庸置疑。」

「你沒有懷疑是安托萬那小孩下的手？」

「安托萬愛他。」

「正因為愛得夠深切，所以願意幫他自殺？」

「其他病患？」

索恩搖頭，「一定是病房裡的某人所為，可以進入危險藥品儲藏室的人。」

「不可能。」阿敏被殺害那晚還有其他病人，但索恩也懶得去一一找來問話。他知道某些人應該已經出獄，至於那些還在服刑的小孩，達維斯也早就盤問過了，他也不可能問出什麼新線索。

這樣只是浪費時間，他現在必須分秒必爭。

「先回想一下，阿敏當初為什麼會住院，」索恩說道，「如果裡面的小孩想傷人，使用的武器會是拳頭或是土製刀具，桃子罐頭的利齒狀罐口。他們才沒有閒工夫琢磨什麼細膩的手法，反正，一定是有鑰匙的人。」

「那個護士呢？我的意思是她巡房的時候剛好什麼都沒看到。」

「她是頭號嫌疑人。」

「但看不出動機。」

兩人沉默了好幾分鐘，整張專輯都已經放完了，但索恩也懶得起身去換。他不敢碰啤酒，擔心等一下突然得趕去什麼地方，不過漢卓克斯早已離開沙發、走進廚房，為自己又拿了一罐啤酒。

「其實，我覺得藥丸才是你最大的難題。」他回到客廳的時候，對索恩開口。

「為什麼？」

「你有沒有在對方抵死不從的狀況下餵藥？有沒有把藥片成功塞進貓咪的嘴巴過？」

「阿敏在半昏睡狀態，」索恩說道，「已經被迷昏了。」

「這樣更難下手。好，就算我們認定有人對他用藥好了，我真的不知道他們怎麼辦到的，至少得餵個三、四十片吧，強行塞入阿敏的喉嚨裡、卻沒有發出任何吵鬧聲響，這是絕對不可能的事。無論是誰下的手，一定得要速戰速決，對嗎？」

「對，必須要在下次巡房之前完成。」

漢卓克斯搖頭，「湯姆，抱歉，不可能那麼快。」

索恩啐罵，「靠！」他閉上眼睛，仰頭靠在沙發上。

「聽我說——」

「一定有漏洞才是，」索恩開口，「挾持海倫．威克斯的那個人不想再聽這種話，我不能空手而回，總不能讓我這樣告訴他吧，『我想你是對的，這樣可以嗎？對，你兒子應該是被人謀殺沒錯，但就是不知道怎麼發生的，也查不到兇手是誰，我也找不到辦法證明這是一起兇案，所以我看你是不是就別氣了，把槍放下好不好？』我真的沒……辦法做這樣的事好嗎？菲爾？」

漢卓克斯的表情寫得很清楚，只要索恩出現這種情緒，繼續爭辯下去也無益，「夠了，」漢卓克斯開口，「我會好好想一想。」

「嗯，想快一點。」

「冷靜點，老兄，我知道你的意思了，」漢卓克斯打開啤酒，「你就專心去查兇手和動機好嗎？」他喝了一大口，「我會想辦法來研究犯案手法。」

漢卓克斯離開之後，索恩坐在筆記型電腦前，看到伊安．麥卡錫醫生所寄來的電子郵件。他首先向索恩致歉，應該要盡早給他資料才是，但他整個下午都忙得團團轉。麥卡錫給了索恩那位遭停職處分的公衛人員的姓名，還有某個地址，位於波特斯巴。此外，他還檢查了危險藥品儲藏室，自從阿敏．阿克塔住院之後，一共有六十錠的曲馬多不翼而飛。

索恩闔上筆記型電腦，喃喃自語，「真是他媽的太巧了。」

他打電話到臨時調查室。

唐納利告訴他，現場一片沉寂。大夜班小組即將要在十一點半到達現場，帕斯寇也準備在一小時之內再打一通電話過去，也就是交班之前。

大夜班小組……

當然，一定是得換人的，索恩了解，新的資深指揮官，精神充沛的人質談判專家，重要的是還有一組獲得充分休息的武裝小組在場支援，他只希望新的特警隊領導人不要像奇佛斯一樣令人心驚膽跳。

「我們會通知你最新狀況，」唐納利說道，「現在先瞇一下吧，我是一定得去休息了。」

索恩又再次播放〈紅髮陌生人〉，關掉了燈，朝朋友剛才坐的位置倒了下去。他把手機拿在胸前，閉上雙眼。音樂——寥落清簡——包圍著今日對話的細碎內容，各式各樣的影像不斷冒出漂浮，他的確把唐納利的建議聽進去了，但依然失眠。

海倫・威克斯的顫抖聲音。

安托萬・丹尼爾斯的潸然淚水。

然後，當那些畫面終於開始漸漸黑糊、倦意逐漸來襲之際，威利・尼爾森卻開始對他低聲吟唱〈大慟之亂〉，索恩陡然想起他對阿敏・阿克塔父親所許下的承諾。

22

海倫看著阿克塔開始移動箱子、把它們堆到托貨板的頂端，多挪出一點空間。然後他打開矮櫃，拉出草綠色的帆布行軍床，展開之後抵住了牆，他又回頭取出兩個破爛的靠墊，拍撢了灰塵之後，把它們高舉過頭，仔細檢查。

「我們大家都應該要睡一下，」他把靠墊丟到海倫與米謝爾面前的地板上，「抱歉讓兩位委屈了，但還是盡量多休息。」

海倫伸手拿了靠墊，以下巴指著六、七英尺之遠的行軍床，「你以前睡在店裡？」

「哦，對啊，睡過很多次了，」阿克塔回道，「這間店曾經一個月內被人闖了三次，三次！」他特別伸出手指強調，「那些傢伙直接搗爛大門，拿走了我所有的存貨，什麼都不剩。」

「你有保險吧？」

他搖搖頭，「有次我丟了一批菸，價值三萬英鎊，保險公司拒絕理賠，一毛錢都不肯付，因為他們說我應該要安裝保全系統才行。」他坐在行軍床邊，「可惡的小偷、可惡的保險公司和銀行，全都一樣。」

海倫轉頭看著米謝爾，「銀行？史蒂芬，你怎麼說？」

米謝爾笑得勉強，「不予置評。」突然之間，他看起來好疲累。

「所以我在這裡睡了好幾個禮拜，以防他們再回來偷東西，」他拍了拍身旁髒兮兮的帆布床面，「非常舒服，但後來娜蒂拉命令我回家睡覺，叫我不要再做傻事。」

「原來你太太叫作娜蒂拉。」海倫說道。

他點點頭，「對，娜蒂拉，意思是『珍奇難尋之人』，妳也知道，就像是鑽石什麼的，」他的手不安拍弄著膝蓋，「真的是很適合她的名字……」

當阿克塔不在店裡的時候，海倫經常和他太太聊上幾句。娜蒂拉很靦腆，講起話來總是輕輕柔柔，也不像她先生經常笑口常開。「哈維德，今天發生這樣的事，她會怎麼想呢？」

阿克塔盯著她。

「她會覺得驕傲？或是羞愧？你說呢？」

她靜靜等待，但是阿克塔看起來並不打算回答這個問題。她把靠墊拿起來，塞在頭部下方，聞起來有霉味與老鼠味。她看到米謝爾沒有動作，隨即自己傾身拾起另一個靠墊，拿在他面前。過了幾秒鐘之後，他不發一語，側頭，她動作輕柔，把靠墊塞在他的脖子後方，定住不動，等到他往後靠之後才把手移開。

「這樣就對了，比較舒服……」米謝爾沒說話，只看到他肩頭微顫，但海倫知道他又在哭了。

「對不起。」他開口道歉。

「別說傻話。」

他們就這麼靜靜坐著，動也不動，好一會兒之後，海倫覺得尿意難忍，她開口先向阿克塔道歉，然後下巴又指了指廁所門的方向。

阿克塔起身，拿了桌上的槍，正當他準備伸手去拿手銬鑰匙的時候，他開口了：

「我太太很了解我為什麼會這麼做，而且她也不會論斷我的不是，娜蒂拉絕對不會怪我的。」

蘇·帕斯寇喝了一小口保麗龍杯裡的濃咖啡，再過半個小時左右，等她打完這個執勤時段的最後一通電話，她就可以回家了，但在能夠真正放鬆之前，她依然必須保持警戒。

監視器裡沒有任何動靜，她手中的電話依然溫熱。

她不禁在想，等一下會是誰接替她的夜班，不知道會不會比她更稱職，搞不好是曾經在美國維吉尼亞州受過訓的人。幾個月前她才剛提出申請，想要參加聯邦調查局的維州匡蒂克學院的人質談判進階課程。

她還在等候通知。

一早接獲這通任務電話，她立刻情緒高漲，迄今仍未消退。她享受口中所散發的銅腥味，那是咖啡也無法沖淡的腎上腺素，那是一股激昂鬥志、知道自己能展現所長——獨自與挾持人質者對話，戰術運用得宜，全然歸功於她。

她當然和奇佛斯的調調不一樣，他是那種覺得女人不該出現在高壓力場合的王八蛋，會對你頤指氣使，但正眼也不瞧你一眼，就算是工作以外的時間，只要逮到機會也不忘修理你，對於那些不理會他的女性警官，甚至會罵她們是「咖小」。

九成的挾持事件是靠談判而和平落幕，她提醒自己不下千百萬次了。

她到底為什麼要擔心自己或別人的表現？她知道自己的長官認為她表現優異，而且她的成績也和別人一樣好，其他的人質談判專家被分派的任務，都是忙著勸站在停車場頂端想跳樓的瘋子別做傻事，只有這個領域的高手才會被派到有武器威脅的對峙現場。

「蘇，再等個十分鐘？」

唐納利拉了張椅子坐在她旁邊，她抬望他，點點頭。她一度想問他今晚接替她守夜的人是誰，但轉念一想，還是別多問比較好。等到她確定他的目光從她身上移開之後，她放下電話，擦了兩下，手掌緊貼著大腿。

帕斯寇和唐納利開始進行打電話前的會報，一想到剛才自己充滿了不安全感，她不禁開始斥責自己，自己明明做得很好，每一次的行為與反應都確實遵守自己的所學，最重要的是，人質依然很安全。

唐納利講話，她只是應和點頭。

只要她今日收班、走出學校禮堂的時候，裡面的人都能安全無事，那麼，她今晚就能一夜好眠。

米謝爾上了第一次廁所之後，海倫上了兩次，也建立起他們的如廁規範。阿克塔先把鑰匙丟到地上，米謝爾一看到他點頭首肯，就會撿起鑰匙越過海倫的大腿、奮力打開她的手銬。

阿克塔總是站得遠遠的，而且槍口不忘對著他們兩人。

這動作有難度，因為米謝爾是右撇子，但卻被迫以左手幫人解銬，前幾次他花了約一兩分鐘的時間，但這次他似乎怎麼弄就是弄不開。

「放輕鬆就是了。」海倫安慰他。

他的手在顫抖，而且嘴裡在低聲啐罵。

「你真的不想讓我去上廁所。」

米謝爾深呼吸，又試了一次，他以大拇指與食指掐住鑰匙，動作笨拙，想要把它塞進小小的鎖孔裡，眼看就要成功的時候，鑰匙卻掉到了地板上。

「可不可以讓我自己來？」海倫問阿克塔，「拜託好嗎？」

阿克塔搖頭說道：「還是照先前的方法。」

米謝爾發出痛苦呻吟，努力撿起鑰匙，他想要把它推進鎖孔，失敗了，他又試了一次，索性仰頭後靠，把鑰匙重摔在地。

「我沒辦法。」

鑰匙落在滿是刮痕與灰塵的地板上，就在他前方幾英尺處。

「史蒂芬，放輕鬆，」海倫鼓勵他，「再試試看。」

「不要……」

海倫看著阿克塔向前兩步，把槍伸了出來，她的心口突然一陣冷，她的眼角餘光發現米謝爾的臉色有異，但就算看到也來不及了。

阿克塔的目光盯著地上的鑰匙，不過只是一瞬間而已，但已足夠讓米謝爾猛撲向前，伸臂抓槍。

海倫尖叫，大喊米謝爾的名字。他使勁奪槍，也把阿克塔拉到了自己的大腿上，雜貨店老闆驚慌喘氣，猛搖頭，然後兩人都大吼大叫，「拜託，不要這樣！」「把槍給我！」米謝爾拚命拉扯阿克塔手中的搶，金屬手銬也不斷敲打著暖氣管，發出匡啷聲響。

海倫靠過去，抓住米謝爾的手臂。

她正準備再次開口喊他的名字，但轟然巨響把她震得往後退、整個人撞到暖氣管。

槍響在耳畔迴盪，她只能緊閉著眼睛。

23

禮堂裡的每一個警察都驚愕不已，唐納利站起來，「難道出事了？」

他和帕斯寇盯著監視器，看到原本四散靠在車邊的武裝小組成員紛紛就戰鬥位置、將槍口對準雜貨店，他們轉向奇佛斯，他已經拿起頭盔、黑克勒－科赫卡賓槍，立刻衝出禮堂與小組隊員會合，二十秒之後，他們已經在監視器上看到奇佛斯，也已經就定位準備開火。

「啊，天哪！」帕斯寇驚呼。

唐納利望著監視器，長達半分鐘之久，沒有動靜，他指著帕斯寇手中的電話。

「撥過去。」

雜貨店的電話號碼早已設定好了快速撥號鍵，帕斯寇按下按鈕，屏息以待，喇叭傳出了接通的聲響，海倫．威克斯手機的尖細刺耳鈴聲，迴盪在學校禮堂裡。

電話轉到了語音信箱。

嗨，我是海倫，我正忙得要命，所以請——

「再打一次。」唐納利下令。

帕斯寇切斷電話，按下重撥鍵，響了三聲之後，有人接起電話。

「海倫？」

沉默許久之後，海倫．威克斯才開口，「是我。」

「我是蘇・帕斯寇，」她等了一會兒，「海倫？」

「是……我在聽。」

「一切都沒問題嗎？我們好像聽到了槍響。」

「抱歉。」

「海倫，是槍響嗎？」

「只是小意外而已——」

「妳還好嗎？」帕斯寇問道，「米謝爾先生沒事吧？」

「我們都很好，只是……意外，沒什麼，大家不需要驚慌。」

帕斯寇覺得自己肩頭、以及（禮堂）裡的壓力稍微舒緩了一點。她看到唐納利靠在桌邊、鬆了一口氣。接下來的問題大家心裡都有數，也有可能是挾持者對自己開槍。

「阿克塔先生？」

「他也沒事。」海倫回道。

禮堂裡有好些人難掩失望之情。

「發生什麼事？」

「槍枝走火，如此而已，大家毫髮無傷，但我耳鳴得好厲害。」

「只要一切沒事就好。」

「對……嗯，害大家操心了，很不好意思，一定把大家搞得有點緊張兮兮吧。」

帕斯寇的聲音裡有一絲笑意，「對，只是一點點而已。」

海倫又沉默了一會兒，繼續開口，「接下來的話有點難啟齒，但我（真的）得去上廁所，所以……」

「好，」帕斯寇回道，「我們等一下再說。」

掛線了。

帕斯寇望著唐納利，但他已經忙著在講無線電，把剛才的電話內容轉述給奇佛斯。一分鐘之後，這位特警隊督察又大步走回禮堂，他把頭盔放在監視器旁邊的桌上，拿起一瓶礦泉水。禮堂裡的每個人都放鬆下來，但他卻依然面色緊繃，「換作是我，我就下令衝進去了。」

唐納利點點頭，撫弄著自己外套上的某顆鈕釦。

「怎樣？」帕斯寇問道。

「怎麼能確定那只是一場意外？」

「我和威克斯警探通過電話了。」

「我很清楚她（說了什麼），但我們到底怎麼能肯定她不是被迫講出那樣的話？為什麼對她的話深信無疑？」

「完全聽不出有強迫的意味。」帕斯寇回道。

奇佛斯搖搖頭，手裡拿著他的格洛克手槍，輕抵著太陽穴，「只是一場小意外，不需要擔心，」他眼睛瞪得大大的，開始以機器人般的單音語調講話，「我們沒事，其實，我們相處得很愉快——」

「夠了。」唐納利阻止他繼續說下去。

「她的說話模式很正常，」帕斯寇回道，「無論是節奏還有呼吸的方式都沒有問題，這是我的專長。」

奇佛斯把手槍放回槍托，但給了她一個不以為然的表情，彷彿她剛才說的是自己學過如何剪圓圈或是判讀各種茶葉的種類。

唐納利坐下來，「所以，依妳的專業判斷……？」

「長官，沒事，」帕斯寇說道，「沒有人員傷亡。」

奇佛斯灌了一大口水，「好吧，至少我們知道他的手槍有上膛。」

索恩作了一個惡夢，混合了悲傷與愛慾的模糊之夢，但他胸口的手機突然鈴聲大作，夢境也隨即消失無蹤。他望著亮光小螢幕上的時間，發現自己還睡不到半個小時。

「雜貨店裡傳出槍響。」唐納利說道。

「什麼？」索恩立刻坐了起來。

「不明原因發生槍枝走火，但無人受傷，蘇．帕斯寇已經與威克斯警探通過電話，她向我們保證一切平安無事。」

索恩心頭浮現痛苦殘夢，大約只有一兩秒的時間，名叫安娜．卡本特的女子死而復活，肌膚上帶有鹹味。

「我馬上過去。」索恩說道。

「沒必要。」

「反正我也睡不著。」

「好，隨便你，但我認為你如果能好好睡一會兒的話，對我們來說比較有利，對她亦然。」

很合理。索恩知道自己依然會輾轉難眠，但他的確疲倦萬分，他也沒有辦法多加掩飾。

「我們即將與夜班交接，」唐納利說道，「我會告知資深指揮官，如果現場有任何狀況會立刻通知你，好嗎？」他告訴索恩明天一早到臨時調查室會面，而且還向他保證，海倫．威克斯很安全，因為他們有專家在場。

掛了電話之後，索恩在一片漆黑之中靜思，回憶過去二十年當中以為自己即將送命的生死關頭，那些以慢動作播放、逼近死亡的瞬間，清晰可怖，說也奇怪，也有那麼幾次他差點就要殺人，但感受卻比瀕死經驗更痛苦。

索恩希望海倫可以將那些情緒拋諸腦後，不過，他知道就算暫時擱下，等一下又會出現在你的身邊。

他不想再沉溺下去，決定要專心思考案情，這對他才有助益。他想起漢卓克斯先前說過的話，想像自己把藥片塞進阿敏．阿克塔的嘴裡，逼他吞下去，阿敏反胃想吐，拚命又踢又咬，他的手趕緊摀住男孩的鼻子。

他知道漢卓克斯說得對，偷藥的竊賊就算再怎麼會抓算時間，也無法掩人耳目，所以一定是以其他方式殺人。

他站起來，打開大燈，然後把小桌上散落的文件收拾好，答案會不會就隱身在報告的哪個地方？如果他今天還沒有遇到必須對阿敏之死負責的人，或者，明天有機會嗎？

他打開電視，收拾依然擱在地板上的油膩碗盤，拿進廚房，他打開熱水，沖去食物乾渣，把它們留在水槽，然後伸手打開冰箱。

索恩心想，如果啤酒沒被漢卓克斯喝光的話，現在也沒有拒絕喝它的理由了。

24

過了五分鐘之後，海倫已經無法確定腦中的轟轟噪響是不是槍聲留下的後遺症，那不只是面對剛才狀況的沉默驚吼：她的頭狠狠撞到暖氣管，眼前一陣黑，那具屍體慢慢倒在她的身上。

還有之後的事。

她在電話裡講出的事……

她使勁把自己從史蒂芬．米謝爾死重的屍身下方拖移出來，她滿臉憎惡把他推開——她的手因為碰觸他而變得濕滑——當他的頭砰一聲撞地的時候，她不禁為之抽搐。海倫的哭聲漸漸轉為抽咽，她轉頭一看，發現阿克塔踉蹌後退，整個人貼在牆上。

她聽到他自言自語，但聽不懂是什麼語言。

她猜他在禱告。

然後，電話響了，他們兩人動也不動，盯著電話，它在海倫的大腿與米謝爾的頭之間的塑膠地板上跳動，明亮藍光映照出鮮紅血斑。

電話響了第二次，她的大腦才反應過來，然後，它冷靜命令她的手撿起電話，讓她的嘴說出該說的話……

現在，她抓住背後靠墊的血濕一角，把它朝浴室門口扔過去，她整個人靠回牆上，努力控制呼吸，她知道自己的上衣又濕又黏。鮮血……黏附在象牙白的緊身布料……她挺直胸膛，不想讓皮膚沾到那股血氣。

「我可以穿回外套嗎？」

阿克塔看著自己的手，手槍還在他的掌心裡。

「拜託你，我不想看到血。」

阿克塔依然沒有抬起頭來，只是猛搖頭，彷彿想要穿透水面或是如糖漿般稠密的空氣，「我在幹什麼？」他不斷重複，低語聲越來越激動，「我在幹什麼？我在幹什麼？我在幹什麼？」

海倫只聽到自己的聲音，沙啞又緊張不安，在腦中的高頻噪音之下模糊浮現。

她也在問自己同一個問題。

派對辦得不錯，在一整天忙著與白痴打交道之後，真是令人爽快的慰償，到處可見美好的胴體，提供的毒品也一如往常是高等極品。他脫去外套之後的第一管大麻——讓他略微放鬆心情，紓壓解憂，等到重頭戲開始的時候，他就會享用更刺激的毒品。

燈光漸暗，準備關上臥室房門的時候。

他已經物色了一兩個等一下可以回頭賞味的對象，而且還與某人眉來眼去了好一會兒，他希望對方和自己一樣渴望進一步的接觸。雖然只是眼神交流，但在初始階段，這通常就夠了，再來，他得先暫時退到走廊，把手伸進內褲裡，準備事前的必要工作。

那些東西當然會讓他更加興奮，它的滑膩感，還有那手中所感受到的重量。完事之後，他又在廁所裡待了幾分鐘才出去。

電話響起的時候，他正忙著在把格蘭利威倒入酒杯裡，他伸手去取水瓶，看到來電者的代號，不禁遲疑了一秒鐘，就讓它響吧。然後，等到他啜飲了一口、吃了點東西之後，他才拿著自己的酒杯、走到陽台，準備回撥電話。

涼風習習，依然是個溫暖之夜，外頭有三、四個男孩正在談笑抽菸。他們對他露出微笑，但他沒有理會他們，逕自走到最遠的角落，眺望著群落樓頂遠方的金絲雀碼頭的粼粼波光。

「是我。」

電話另外一頭傳來濃重的呼吸聲，「聽我說……今天有人問起我們那個老朋友的事，我想應該要讓你知道才行。」

他喝了一大口威士忌，「恐怕得麻煩你講清楚一點。」

「別裝了。」

「你指的是我們許久未見的那位朋友嗎？」

「天，當然。」

「我以為早都處理好了。」

「你多久沒看新聞了？」

他們的對話又持續了好幾分鐘，一派閒話家常，至少陽台另一頭的那些男孩如果在偷聽他講話，鐵定以為他只是在講一點公事，如此而已。

等到他進去的時候，他又斟滿了酒，坐在一群人的對面，他一個月前在同樣派對場合裡和他們打過照面，在工作場合中，他還偶爾會遇到其中某個人，但在這種地方就免了，彼此點點頭，夠了。

他含著威士忌，慢慢吞下去，閉上雙眼，讓酒熱傳遍胸膛。對於自己剛才被告知的事情，他需要思考，至少幾分鐘是跑不掉的。顯然，有麻煩了，但還在可控制範圍之內，他絕對不會讓它破壞了自己的好興致。

他還要繼續玩個開心。

還有兩三個對象可以玩，他準備來點古柯鹼提振精神，暢旺血氣，等到他興奮鼓脹、滿身大汗的時候，他將會送給幸運的某某人難得一見的美好一炮。

第二天
謊言種下一切惡果

25

索恩剛好在七點三十分之前走出家門，當他開著自己的BMW、轉進肯特鎮路北行的時候，嘴裡還在啃吐司。他希望可以避開早上最可怕的尖峰時段，盡早到達波特斯巴，而且他也覺得應該得趁一大早來拜訪蘇珊・休斯，因為搞不好巴達勒監獄會有哪位好事長官，覺得應該要讓她知道索恩已經到獄內問案了。

也許她早已在等待索恩來訪。

還不到八點，他已經上了M25公路，十分鐘之後到達目的地，主街後面某棟現代風格排屋的其中一間整潔小房，他把車停在對面觀察動靜，一、二樓的窗簾依然緊閉，屋外停了一台本田喜美，車窗上有張「出診護士」的貼紙。索恩不知道蘇珊・休斯是不是已經找到其他工作，或者只是刻意把貼紙留在那裡躲停車費而已，他自己就常常幹這種事。

如果這女人真知道他要來的話，顯然是根本懶得費神打點自己迎接客人。一大早穿著白色睡袍並不令人意外，但看得出來裡面的運動褲與灰色T恤還準備要穿好一陣子。她一打開門，索恩立刻聞到滿室菸味，而在他表明身分與來意之後，蘇珊・休斯露出了想要馬上再來一根的表情。

「茶？」她只簡單講了一個字，索恩應好，隨她進了屋內。

這間房子算是勉強隔成了兩層公寓，休斯住在一樓，進入她家大門之後，她帶引索恩穿過客廳，進入小廚房裡，木條地板，純白色櫥櫃，還有一個灰色的大理石流理台，每個地方都一塵不染，收拾得整整齊齊。

這裡最髒亂的東西就是蘇珊．休斯。

她個子矮胖，大約是三十多歲，深色髮根的金白鮑伯頭，顯然好一陣子沒整理頭髮了。「你去過巴達勒對吧？」她按下煮水開關，綁緊睡衣腰帶，「我想你也和麥卡錫講過話了。」

她完全不掩飾聲音裡的憎惡。「看來妳不喜歡他吧？」

她聳肩，「如果你是代罪羔羊，難道會喜歡這個人嗎？」

「應該是不會。」

「你不覺得他應該要負起一點責任？」

「事發當時他不在現場。」

「不重要，」她搖頭，心意堅定，「他是主任，理當扛起責任。」

這顯然是休斯為了自身利益的一廂情願想法，但索恩對她不免有些同情。他自己身邊有許多勤奮工作的朋友與同事，因為沒肩膀的長官而被迫犧牲，就連他自己也揹了多次黑鍋。「其實，他有幫妳說話，」索恩回道，「他告訴我，發生這起事件，不能真正怪在妳頭上。」

「是嗎？」她嗤之以鼻，「可惜我被停職的時候怎麼沒聽到他這麼說？」

壺內傳出水滾聲，詢客如何備茶的基本問答就乾脆跳過去了，兩人默默等水燒開。茶泡好了，她走回客廳，坐在沙發邊緣點菸。索恩端茶到了窗邊，從窗簾的隙縫向外張望，看到對街有個女人在遛小狗，她停下來，向某個似乎準備要去上班的男人講話，西裝筆挺，面容枯槁消瘦。

「想看的話就拉開窗簾啊。」休斯說道。

索恩的視線離開了窗戶，「沒關係。」

她靠著沙發椅背、盤腿而坐，這姿勢也未免太隨性了一點，「所以麥卡錫怎麼說的？」

「他說，是妳負責巡阿敏的病房，」索恩回道，「巡了兩次，妳看過病房，以為他安好無恙。」

她拿出一直含叼在口中的菸，傾身向前，彈掉末端的那一截長菸灰。

「我想妳應該進去病房裡面，而不是只在窗前隨便張望，妳說是不是？」

「我已經上了連續十二小時的班，」她把頭別過去，又吸了一大口，吐出煙霧的同時還不忘順便喃喃啐罵，「我知道這不算理由。」

「對我來說算是了。」

「我也只有這個理由而已，」她伸手抓髮，「過幾個禮拜就要舉行懲戒聽證會，這也沒啥意義，相信我，我真的希望自己能找出更好的理由，但他們會讓我復職的機會根本等於零，我的十五年護士生涯只落得一場空。」她捻熄手中那根抽了一半的菸，滔滔不絕說下去，「你知道嗎？做這一行的人，消息傳得快，以後再也不會有人找我去上班。」

索恩坐在那裡喝茶，他不是很在意她未來的出路，但也只能等待她自己轉移話題。她話興又起，他發現她的語氣盡是委屈。

「我以為他在睡覺，」她說道，「你知道嗎，他狀況一直不錯，應該再一兩天就可以出院，所以當我巡……我以為一切沒事，而且先前一直沒有狀況，所以我以為……」

「他咬舌。」索恩說道。

「我知道——」

「整張臉都是血。」

「他的頭轉向另外一邊，所以我看不到，我沒有……就是沒看到好嗎？我只看到一個在病床上熟睡的男孩。」她彎身向前，拿起桌上的菸盒、又掏出一根菸，

「你真以為我不後悔？我當初應該走進病房的，不是嗎？」她激動掐住睡衣，然後揚起雙臂，指間依然夾著那根還沒有點燃的香菸，「你以為我半夜睡得好嗎？事發之後我夜夜失眠，拜託，你看看我現在什麼樣子！」

索恩真的盯著她看，但也只有一兩秒而已，他覺得有些扭捏，因為蘇珊．休斯也回瞪著他，索恩的打扮是比她正式多了，但他猜自己的臉色與她一樣頹喪蒼白。

「好，蘇珊……我來這裡的目的並不是因為妳怠忽職守。」

「所以你來幹什麼？」

「我想妳知道危險藥品儲藏室有小偷的事。」

她點點頭，燃菸，「你覺得那也是我的錯嗎？」

「妳知道阿敏入院之後有六十錠的曲馬多不翼而飛？」

「你覺得是阿敏偷的？」

「不，我覺得不是。」

「啊？所以有人幫他偷藥？」

「我連是不是他自己吞下去的都很懷疑，」索恩說道，「我想阿敏是被人殺死的。」

她盯著他好一會兒，嘴角吐出菸氣，「為什麼有人要……？」

「這就是我遇到的難題。」索恩回道。

「他非常周到有禮，」她說道，「我的意思是我在他入院之前並不認識他，但我聽說這孩子個性不錯，也長得好看，至少在那個死小孩劃傷他之前、那張臉還是很俊俏。」她思索了幾秒鐘，身體前傾，搖搖頭，恍然大悟，「所以你才來找我對不對？我是頭號嫌犯？是嗎？」

索恩一口喝光了剩下的茶，「能動手犯案的人也沒幾個。」

「天哪。」

索恩查案不靠直覺，這習慣老早就改了，直覺，給他惹了太多麻煩，它們救人與害人的次數不相上下，他曾經被殺手玩弄得死去活來——男的女的都有——太多次了，他完全憑內心的感覺或是腦中的執念行事，兩者都令人深信不疑，但卻也同樣變化難測。

他一直認為阿敏．阿克塔是被人謀殺，除了心中徘徊不去的猜疑之外，可有其他證據？

索恩提醒自己，不要再相信直覺，同時還繼續盯著這個穿睡衣的女子，看到她在重重煙霧之中狠瞪著他，他知道她沒殺人，也許她並不是個稱職護士，但她不需要為阿敏．阿克塔之死承擔直接責任。

他很篤定，同時也把這個想法告訴了她。

「我知道我不是殺人兇手，」她的怒氣又回來了，「但就算這樣也沒辦法保住我的工作，不是嗎？」

26

海倫突然醒來，屋內的某個角落似乎盈滿光亮。她眨眨眼，發現阿克塔在一片漆黑中看電視，他的肩膀垮塌，雙手攏在大腿上，光點在他臉上飄舞。紅色與藍色的亮斑映著他的臉龐，毫無表情，但他雙眼周圍的水痕卻格外清晰。

他的目光飄向海倫，看到她醒來似乎很詫異。

他開口道歉，「對不起。」

海倫不發一語，她心想，是為了把我吵醒而抱歉？還是因為我脖子上乾涸的血痕？還是因為這個？因為……這件事？

她再次閉上雙眼，雖然她不知道自己剛才睡了多久，也不清楚自己是否在作夢，但她的確有意識到他站在她身邊，手裡拿著熱茶與一包餅乾。他客氣輕咳，「吃點早餐。」

他走開了，把茶與餅乾放在她附近的地板上，讓她伸手取用不成問題，隨後自己坐了下來。槍放在桌上。

「我其實是想要謝謝妳，」他開口說道，「我說的是，昨晚妳在電話裡講的話，謝謝妳沒有告訴他們這裡所發生的狀況。」

海倫拿起馬克杯，她嘴臭難聞，能有滾燙的茶水潤口清味自是好事。她低望身旁地板上的褐紅色乾血，還有延伸到前頭店鋪的大片血污。昨天晚上，阿克塔解開史蒂芬・米謝爾的手銬、把他的屍體從儲藏室拖出去的時候，他的口中還不斷喃喃質問自己，他在商鋪裡伴屍，海倫坐在原地發抖，單手抱著膝頭護胸，期盼自己的雙手能夠活動自如、壓住自己的耳朵，不要再聽到他以興地語碎唸個不停，或是對著自己大吼大叫。他在嚎啕大哭，尖高音頻宛若女子在啼哭，睡意來襲，她終於沉沉睡去。

「我真的很感謝妳。」現在她剛醒來，他立刻道謝。

海倫點點頭，但笑意已經難以像先前一樣、可以一直掛在臉上。有個無辜男人陳屍在昨天的報紙堆裡面，只因為哈維德．阿克塔認定這整個世界都在算計他，還到外頭買了一支槍。當然，為了維護自己的安全，能說能做的她絕對會想盡辦法，她也會展現無比的同情心，與這個挾持她的人建立聯結關係，讓他相信她可以幫得上忙，她會為他設想，如有必要，她願與他站在同一陣線。

但史蒂芬．米謝爾就這麼死了，她絕對不會原諒他。

「妳為什麼對他們撒謊？」阿克塔問道。

「我那時候也沒多想。」海倫回他。

其實真的差不多就是如此，直覺反應。但如果外頭坐鎮的長官要是知道裡面的人質有死傷，她很清楚接下來會發生什麼事，必須出手干涉的強大壓力旋即浮現，運用必要武力快速排除狀況，以免第二名人質也遭到殺害。

以免他們損兵折將。

她知道長官一旦下達了那種命令之後會出現什麼狀況，子彈在空中齊飛。她只能想到以謊言躲避那種慘況，雖然她知道此話一出恐怕會就此終結她的警察生涯，但她也知道這可能等於救了自己一命。

我的死期還沒有到。

我的寶寶也還不能失去媽媽……

阿克塔喝了一口茶，開始滔滔不絕，他說平常這個時候自己已經起床好幾個小時了，早已開車出門工作，送報，在開店之前準備新貨上架。他的講話速度急快，看得出有些刻意想讓場面輕鬆，而海倫則是忙著在塞餅乾，現在她才突然發現自己飢腸轆轆。

她心想，艾飛現在也差不多要起床了，精力旺盛，吵著要人餵，不知道珍妮有去買了艾飛的食物嗎？可有準備他最愛吃的東西？

「所以，你覺得他們接下來會怎樣？」阿克塔突然問道。

海倫抬頭，她其實沒在聽他講話，「抱歉？」

「外頭的那些人。」

現在他的聲音聽起來真的很焦慮，海倫望著他癟著嘴，心中湧起一絲暢快，這是他自找的。拜託，她是訓練有素的警官，而在他這間破爛小店外頭有數十名警官嚴陣以待，只要能逮到一絲機會，絕對樂意出手、把他的頭轟爛……

這種幸災樂禍感也沒持續多久，她必須要讓他冷靜安心才對，而且，當她看到自己大腿上的斑斑血痕，想到史蒂芬·米謝爾的太太在外頭某處殷殷期盼丈夫平安歸返，原本的拚搏信心也瞬間潰散。

丹妮絲，喜歡喝紅酒，從來不擔心在人前說實話，她想要多等一陣子，再考慮與史蒂芬生兒育女。

「我不知道外面現在會怎麼樣，」海倫回道，「抱歉。」

「沒關係。」

「我想他們很快又會打電話進來。」

阿克塔微笑，伸手拿遙控器，「也許等一下就知道了。」他轉高音量，然後又調整電視機角度，讓海倫可以看到螢幕，「這樣不錯吧？」

兩人看電視看了好一會兒，半點鐘的時候，《早餐時間》的主持人油腔滑調把現場交給英國國家廣播電台的倫敦連線，但當地主播神色嚴肅，因為她的背後出現的是某個武裝警察的檔案照。

「倫敦南區雜貨店的挾持人質事件，今晨並沒有任何進展。據說昨晚建物裡傳出槍響，但警方拒絕評論。就在幾分鐘之前，他們向媒體保證，兩位人質，其中一名是未透露姓名的警官，均安然無恙，警方也已經採取一切可能措施，希望能讓這起案件早點和平落幕。」

另外一張照片，主播露出不一樣的神情，她準備要訪問當地的體操選手。

「嗯。」海倫開口。

阿克塔咕噥了幾句，又回頭喝茶，彷彿剛才他們所聽到的新聞與他完全無關，他的頭朝電視的方向點了一下，「還要繼續開著嗎？」

「我沒差。」

「那我們就繼續看好了。」

海倫心想，真是超現實的場景。他雖然努力要讓這裡的狀況稍微恢復正常，但這也未免太扞格不入了，有個人被他銬在暖氣管上，他自己拿著槍，隔壁房間還有一具逐漸冰涼的屍體。

「通常這時候我絕對沒機會看電視，」他說道，「妳知道的，店裡忙得要命。」

海倫撥去血裙上的餅乾屑，與阿克塔一樣，靜靜坐著，他們就像是其他的普通人一樣，享用早餐，看完晨間新聞。

27

索恩在九點半回到了臨時調查室。操場上停著小型的警方支援餐車「茶壺一號」，看到還有熱騰騰的培根捲，索恩忍不住食指大動。他發現蘇．帕斯寇正躲在學校主建築旁邊抽菸，來回踱步。

「要是被老師抓到偷抽菸，一定會罰妳留校。」

她又吸了一大口，下巴指了指索恩手裡沒剩幾口的培根捲，「你吃這種東西會得動脈硬化。」她的小指摸著嘴角，「你那裡……」

索恩抹去番茄醬，「所以昨晚是什麼狀況？我說的是槍響。」

帕斯寇搖頭，「槍枝走火，這是她的說法，可能是掉在地上什麼的。」

「或是刻意開火證明有上膛？」

「海倫告訴我那是一場意外，我相信她是基於自由意志所說的話，」她轉身，把菸屁股抵在背後的牆面、用力捻熄，「不管怎樣，已經足以讓奇佛斯的老二都翹起來了。」

「我認為他的反應不必這麼激烈。」

從帕斯寇的表情看來，索恩知道她和他一樣，都很提防那位特警隊督察。許多人都認為武裝部隊太過嚴肅，而且沉迷於精銳部隊的那套嚴謹文化，帕斯寇顯然也抱持相同看法。去年發生了一起小醜聞，他們當中有人在驗屍陪審團面前講歌名當證詞，這也在倫敦警察廳裡成為一大笑料來源，不過，很可惜，許多特警隊的那些超級鐵漢無法接受別人的戲謔態度。

「所以整夜都沒有動靜？」

帕斯寇對他解釋，昨晚她已經與接替的夜班團隊達成共識，等到今天早上再打電話給海倫．威克斯。當然，沒有人覺得屋內的人能好好睡覺，但無論是對人質或是挾持者來說，讓他們得到充分休息實為上策。接替的談判專家與武裝小組依然整夜保持警戒，不過就戰術面來看，對方並沒有出現積極動作，而且他們也沒有接到從雜貨店裡面撥出的電話。

「第一夜總是相安無事，」帕斯寇說道，「不過，隨著時間點滴消逝，裡面的每一個人會越來越疲倦，行為更加難以預測，對於那些想要盡快落幕的人而言，加強火力準備猛攻是最好的解決之道。」

說也真巧，奇佛斯在這個時候現身了，他對索恩點點頭，然後盯著帕斯寇，「唐納利在找妳，」他說道，「該是打下一通電話進去的時候了。」

帕斯寇趕緊衝回禮堂大門，索恩與奇佛斯跟在後頭，距離她有幾步之遙。

「所以你那裡怎麼樣？」奇佛斯壓低聲音，似乎不想讓帕斯寇聽到他們的對話。

索恩望著他，「哦，還沒有逮捕任何人，不知道你是不是要問這個。」

「我想知道的是，店裡那個男人提出的要求，你有多少把握？需要多少時間？」

「我沒有辦法回答。」

「嗯？我看你最好還是想個答案給我。」

索恩保持微笑，「我盡力。」

「聽好，等到他失去耐心的時候，」奇佛斯說道，「你懂嗎？」他伸出食指、朝雜貨店的方向點了兩下，「我得要思考我自已的對策。」

「好，我知道，」索恩回道，「我又不是白痴，」他順勢以肩膀推開大門，面向禮堂，「不過，對我來說，你似乎才是那個正在逐漸失去耐心的人，」他又向前走了幾步，「夥伴，也許你應該要放輕鬆一點，別那麼緊張，千萬不要靠祈禱活下去。親愛的耶穌，一天一次就夠了。」

奇佛斯瞪了他好幾秒，終於聽懂索恩的意思，「原來是歌名，」他說道，「神經病。」

唐納利站在監視器旁邊，看著索恩與奇佛斯走過來，然後對帕斯寇做出可以打電話的手勢。她點點頭，微調連接自己手機的藍牙耳機位置。

索恩看到兩名人質的照片已經被黏在監視器的邊側，他猜這是帕斯寇貼上去的，提醒她自己現在處理的是攸關人命的大事。

照片中的史蒂芬．米謝爾穿著花襯衫，戴著太陽眼鏡，笑容燦爛，度假照，應該是他太太提供的照片。

海倫．威克斯的照片顯然是從倫敦警察廳人資部門傳過來的照片，簡單證件照，但索恩認出了這個女子，最後見到她是在一年多前的葬禮，柔和的臉部線條，金白色的頭髮。照片中的她看起來相當嚴肅，但他記憶中的她亦復如此，大腹便便，男友猝死，昔時的她不可能有太多笑意。

帕斯寇站在他旁邊，撥出電話，她把小麥克風湊到嘴邊，清了清喉嚨。

索恩心想，現在的她應該也笑不出來。

海倫．威克斯的手機響了三聲，接起電話的人是阿克塔，當喇叭裡傳出這位雜貨店老闆聲音的時候，大家憂心忡忡，面面相覷。

「喂？」

「哈維德……我是蘇．帕斯寇，昨天和你通過電話。」

「我知道妳是誰。」

「我需要和海倫講話，可以嗎？」

「怎樣？為什麼要和她講話？是真的有事找她？還是要確定她平安？」

「可不可以讓我和她說話？」

阿克塔的聲音飄向遠處，「他們想知道妳現在人怎麼樣。」然後，過了一兩秒左右，海倫大叫，「蘇，我們兩個都很好，不過我現在好餓，真想嗑一大杯咖啡和香腸三明治。」

帕斯寇回道：「我來想點辦法，」但阿克塔立刻把電話搶回去。

「這樣可以了嗎？」

「是，謝謝你，哈維德，」她瞄了一眼索恩。阿克塔的聲音中有股特殊的拘謹，這是以英語為第二語言的人的普遍現象，她並不陌生，但他的聲音中也的確透露出緊張不安，「你自己呢？晚上都還好嗎？」

「我很好，」阿克塔回答完之後，一陣長長的沉默，「妳呢？」

「謝謝問候，還不錯。聽我說，有沒有什麼需要我們協助的地方？讓你們待在裡頭能舒服一點？任何——」

「我們很好，」阿克塔打斷她，「不准派人過來，知道嗎？警察裝成送披薩小弟的那一套就免了。」

「我了解，」帕斯寇回道，「哈維德，不會有人過去，我們只是想要盡可能幫助你，依照你期待的方式、解決所有問題。」

「索恩在嗎？」

帕斯寇看著唐納利，他點點頭，「是，他也在這裡。」

「讓我和他講話。」

帕斯寇取下自己的耳機，交給索恩，他坐下來，調整麥克風之後，立刻開口，「我在。」帕斯寇頻頻做出「冷靜，冷靜下來」的手勢，索恩點頭，心裡在想原來還有另外一個人把他當成白痴，「哈維德，我在聽。」

「不，我才是要聽你講話的人，我要知道你現在查到了什麼線索，我兒子到底怎麼了。」

「你記得我提到的事嗎？」索恩說道，「海倫有沒有轉述給你聽？」

「你說你相信我？對，她有說。」

「很好。」

「現在就得靠你讓大家相信我們。我不管你相信什麼，只要你找到那個殺死我兒子的兇手就好。還有，我不是笨蛋，所以請不要一直告訴我查案很花時間。」現在阿克塔的聲音更加緊張，怒意急顯，「你的同事判定阿敏自殺似乎也沒花多久時間，而且那荒謬的驗屍陪審團花不到一個小時的時間就確認我兒子是自殺，我只希望你能夠以同樣的速度證明他們是錯的。」

「哈維德，我一直全力以赴，我──」

「你坐在那裡講電話，」阿克塔回道，「對我們兩人有何助益？難道這樣就能幫助你的朋友威克斯小姐嗎？」

索恩望著帕斯寇，急著想要說些什麼，但還來不及講出任何一個字，對方已經切斷了電話。

28

索恩詢問唐納利，可否在他離開之前與娜蒂拉・阿克塔再談一次，索恩說，希望自己運氣好，可以從她口中探知一點方向。

「你覺得她是不是知道什麼？有助釐清案情？」

「我不知道，」索恩老實回答，「但我也別無選擇了。」

「記得，無論你去哪裡，記得保持聯絡好嗎？」唐納利陪索恩一起走向某間教室，那裡已經被安排成為家屬接待區。這位警司今天的穿著打扮比較休閒，短袖白上衣，搭配黑色領帶。少了外套與警帽，會讓其他警官與圍觀民眾誤以為他與底下的工作夥伴一樣苦幹實幹，但也許可能只是因為他太熱了，一直在流汗。「當然，如果你與海倫・威克斯有任何聯絡，一定要馬上讓我知道。」

「我一直都有回報。」

「那你和海倫通話的內容呢？」

「什麼？」

「你提到的事。」

「你不也知道了。」

「真的嗎？」唐納利停在教室外頭，「他堅持兒子被人謀殺，你相信嗎？」

「是，我也這麼認為，」索恩回道，「不過，這和我能否及時找出證據給他是兩碼子事。」

「他沒有設時限。」

「你自己剛才也聽到他說的話，」索恩回頭，朝禮堂的方向點了一下，「還有，如果你問我的話，別忘了有個動不動就亮槍的武裝小組長官已經在蠢蠢欲動。」

唐納利對索恩使出警告眼色，然後伸手敲教室大門的窗戶，把裡面的女警員叫出來。他告訴她，索恩必須與阿克塔太太講話，女警員走出來，面露感激，可能是因為有機會透透氣，或是能夠稍微換手休息一下也好。

課桌全部靠牆堆好，教室中間有幾張塑膠椅排成了圓圈，有張矮桌上面放了茶與餅乾，雜誌散落四處，但娜蒂拉·阿克塔似乎沒有興趣翻閱那些娛樂雜誌。

她坐在靠窗的椅子上。

索恩拉了張椅子靠過去，瞄到課桌底下放有一個打開的手提袋，裡面有衣服，還有碎花盥洗包，「妳昨晚睡在這裡？」

「我自己想留下來，」她回道，「反正家裡也沒人。」

「妳兒子呢？」

「他有自己的家庭要照顧，」這是她第一次望著索恩，「他等一下會過來，不過我寧可一個人在這裡，不瞞您說，我們一定會吵架。」

「為了什麼而吵？」

她揮揮手，不想多說。

「就不能讓妳女兒來陪妳嗎？」

「我告訴她別多事，」她搖搖頭，把一綹灰髮塞到繡花頭巾裡，「我不希望讓她看到她爸爸這個樣子，把大家都嚇壞了，」她望向門口，「而且這裡的每一個人都好恨他。」

「沒有人恨他，」索恩回道，「大家只是恪盡本分而已。」

娜蒂拉轉頭，再次望向空蕩蕩的操場。一群穿著制服的員警聚在靠近爬架的角落，遠方隱約可以看見行道樹後方停了一排各式各樣的緊急支援車輛：武裝機動車、警車，還有救護車。

「妳還有和拉辛．傑佛見面嗎？」索恩問道。

娜蒂拉臉上出現緊張神色，不過，一閃而逝。

阿敏出事那晚，與他在一起的那個男孩。

當阿敏刺死李．斯勒特之後，想要盡力捍衛朋友的那個男孩。

「當然，他有來參加阿敏的葬禮，」娜蒂拉回道，「他的好多朋友都來了，有些我從來沒見過，」她點點頭，頗是驕傲，「他的人緣真的很好。」

「那拉辛呢？」

「之後就再也沒見到了。」

「有什麼特別原因嗎？」

她又輕輕揮手，彷彿想開口說這是個不值一哂的問題，「我們本來和他父母常有往來，但自從出事之後就……有些彆扭。也許他們以為我們會怪罪他們的兒子，也許是因為拉辛保有自由之身，而我們的兒子卻慘死在那種地方。所以我們好一陣子沒看到他們了，偶爾還是會聽到他的消息，但只是因為他的表弟三不五時會來店裡走動。」

「他現在呢？」

「我想，應該是在認真苦讀吧，」她的雙手擱在大腿之間，講話的時候不停互相搓揉，「他在念南岸大學，主修會計還是經濟什麼的，他是個很聰明的小孩，就和阿敏一樣。」

索恩謝謝她花時間回答他的問題，同時對於她沒有追問昨天在巴達勒的辦案進度也心存感激。無論她的內心是否也認同先生的疑慮，但顯然她寧可只記得兒子是個受人歡迎的陽光男孩，而不是在監獄裡抑鬱孤死的模樣。

索恩很想問娜蒂拉是否知道兒子是同性戀，也許她早就知道了——母親不都是無所不知無所不曉嗎？——然後偷偷瞞著老公。他知道反正遲早有一天得告訴他們，但最後他還是忍住了，再等等吧。索恩很清楚，雖然表面上看起來只有一個秘密，但通常底下還蘊藏了其他的秘密，不斷滋生繁殖，何其容易。他猜拉辛．傑佛應該至少知道阿敏不為人知的性傾向，現在他總算找到可以查案的切入點。

「如果你見到拉辛，」娜蒂拉說道，「請你務必轉告他，我們從來不曾怪罪過他，好嗎？」她又再次面向窗戶，閉上雙眼，躲避突然直射入窗的陽光。

索恩說他一定記得，不過，就在他把椅子放回教室中央的時候，他想到娜蒂拉幾分鐘前所說的事。明明好多人告訴他，這男孩自閉得不得了。

他覺得奇怪，這一大堆朋友不知道是從哪裡冒出來的？

29

賀蘭德和基絲頓開到哈克尼，找到了他們要找的那個地址，正準備在附近停車的時候，看到一個年輕人從那間房子的大門走出來，還經過他們面前。十九、二十歲左右，黑髮，剃得超短，近乎是光頭，他猛扯著後頭鬥牛㹴小狗的繩子，手臂上的刺青凸脹刺目。

賀蘭德低頭查看放在腿上的檔案夾，裡面有張黑白大頭照，「好，就是我們要找的傢伙。」

「算他走運，」基絲頓回道，同時也低頭看檔案，「裡面有沒有提到他愛好動物？」

檔案詳述了彼得・大衛・艾倫打從十四歲之後所犯下的大小罪行，也讓他待了三間感化院：傷害、偷竊、恐嚇、性侵。九個禮拜之前，他還是巴達勒裡的少年犯，他想要偷車，被女車主發現制止，反而被他以木椿攻擊，他因而遭判刑十三個月，其中有八個月都在巴達勒服刑。

賀蘭德把檔案丟到後座，「看來艾倫很愛動物，但他不喜歡人類。」

他們望著他拖拉小狗、經過了他們的車子，等了一兩分鐘之後，兩人下車開始跟蹤。

「真是標準的英國人，」他們走在艾倫對面的人行道上，距離他約有一百碼左右的距離，基絲頓突然有感而發，「你知道嗎？防止虐待動物協會每年得到的錢比防止孩童受虐協會還要多，身為英國人，真值得驕傲不是嗎？」

「這個國家要換狗當主人了。」賀蘭德接口。

「真荒謬……」

艾倫走到街尾，左轉進入達絲頓街，他鑽進某間雜貨店，出來的時候手裡捏著一罐紅牛，嘎嘎作響，還忙著拆開萬寶路菸盒的包裝紙。他又走了一百碼左右，把狗兒綁在路燈下面，隨即消失在賭馬彩券行裡面。

幾分鐘之後，他抓著彩券走出來，基絲頓靠在路燈旁玩手機，賀蘭德則蹲著玩小狗，狗兒十分開心，咬著他的袖口。

「媽的你玩夠沒？」艾倫開口。

賀蘭德抬頭看他，開口說道：「好乖的狗，把牠養大之後還會不會這麼聽話就很難說了。」他最後揉了一下小狗的肚子，站了起來，「這就要看你的養育方式而定，對不對？和養小孩是一樣的道理，但這一點就不需要我提醒你吧？」

「你要怎樣？」

艾倫依然氣焰囂張，但顯然是相當困惑，他正要開口，嘴巴卻馬上又合了起來，眼睛根本來不及多眨一下，因為基絲頓拿出警證、在他面前晃了兩下，他的雙肩也隨之頹垂。他不發一語，轉身過去鬆開狗繩，準備回家去。

賀蘭德和基絲頓亦步亦趨，包夾在他的兩側。

「找到工作啦？」基絲頓開口。

「這和妳有什麼關係？」

「只是閒聊而已，我猜你應該是有工作了，不然就是拿自己的救濟金白白送給賭馬彩券。」

「是我自己的錢。」

狗兒突然停下來，蹲在艾倫幾分鐘之前停留的雜貨店外頭。他把小狗拖過人行道，自己點了一根香菸，看著狗兒在街溝裡解放。

「希望你的彩券能贏錢，」賀蘭德說道，「這樣可是得要罰兩百英鎊的。」

艾倫勉強牽了一下嘴角，他們繼續往前走。

「你出來多久了？兩三個月了吧？」賀蘭德問道。

艾倫聳肩，「差不多。」

「生活恢復正常沒？」

「慢慢來。」

「總而言之，一定比阿敏·阿克塔好多了。」

艾倫反問，「誰？」

他們轉進艾倫所住的那條街，整排房子幾乎有一半都是老屋，不過遠端的聯排屋已經都被拆除，取而代之的是一排國宅小房，大門口的小花園多半整理得不錯，但絕大多數的門窗都裝了鐵條。艾倫快要走到自家門口的時候，刻意加快腳步，他伸手拿鑰匙，轉頭發現他們居然繼續跟上來，他猛搖頭，「想都別想。」

「我們只是想要聊聊而已，」基絲頓說道，「何必這麼神經兮兮？」

「反正你們沒有搜索令，這樣等於是擾民。」

「如果是你請我們進去坐一坐，就不需要那東西了。」

「對，沒錯。」

艾倫開門，但當他準備要關上的時候，發現賀蘭德的腳卡住了門。

「艾倫，真是謝謝你的好意，」賀蘭德用力推擠進去，基絲頓隨即跟上去，「但我們也只能待個幾分鐘而已……」

走過了兼具門廊功能的狹小通道之後，他們直接進入起居室。艾倫大步跨超賀蘭德與基絲頓，把狗兒帶入廚房。他們兩人看著他打開後門，讓小狗進入種滿草坪的小後院。基絲頓打開通往另外一道狹長走廊的門，她猜裡面應該是臥室與浴室，而賀蘭德則走到起居室的另外一頭，仔細研究那套高級的黑色音響以及上頭櫃架所擺放的音樂與影帶碟片。

艾倫從院子回到起居室，剛好看到基絲頓從走廊門口走出來，賀蘭德正在信手亂翻他的鞭笞金屬音樂與性虐色情片，他站在中央，憤怒猛揮雙手。

「真是太過分了。」

賀蘭德的下巴指了指音響：Denon音響與藍光播放器，起居室兩端放了一對Bose大喇叭，牆上高處還安裝了好幾個小喇叭。「艾倫，這玩意很高檔，我自己要是也能弄來一套就太好了。」他又轉身看著佔滿整面牆的大尺寸電漿電視，「看來我們得待久一點才行。」

「我都有收據，」艾倫回道，「這樣總可以吧？」

賀蘭德故作吃驚狀，「想必你拿了不少錢。」

「什麼？」

「賭馬的彩金。」

「哦，我的確贏了好幾次。」

「所以我們可以對帳囉？」基絲頓接口，「你的下注站老闆一定有保留派彩資料，」她坐在老舊的褐色搖椅裡，「你知道的吧？為了繳稅，這一定要的。」

艾倫的火氣似乎立刻爆發，他走到牆邊，整個人靠在上面，「你們是要怎樣？」他的雙手插入口袋，「是等著我送上茶水餅乾嗎？去吃屎比較快啦！」

賀蘭德一屁股坐在電視前面的椅子上，同時迴轉椅身，現在他與基絲頓都面對著艾倫，「為什麼要害阿敏．阿克塔進醫院？」賀蘭德問道。

「我沒有。」

「確定嗎？」基絲頓開口，「五分鐘之前，你還說不知道這個人是誰。」

「我只是……不算認識他，如此而已，你知道那裡關了多少人嗎？」

「你認不認識他很重要嗎？」賀蘭德反問，「被你拿木椿打的那個女人，你跟她又有多熟？」

「反正不是我幹的。」

「有些獄卒認為是你下的手。」

「去死吧！你也一樣！」艾倫努力裝出輕蔑模樣，但是當他死命瞪著賀蘭德與基絲頓的時候，眼神卻藏不住緊張，「喂，我從來就沒拿刀碰過他，你們要叫我說什麼？」

「誰跟你提到刀子了？」

艾倫看起來慌了手腳，但一兩秒之後恢復正常，還露出微笑，自鳴得意，「大家都知道他的臉被劃傷，可見你們也沒有多厲害。一旦發生那樣的事，可憐小王八蛋的血還沒流完，耳語早就傳遍整間監獄了。而且，那些死獄卒早就翻過了我的囚室，不是嗎？什麼屁都沒找到。」

「說得真好，」基絲頓回道，「的確是沒有證據，而且就算你現在坦承是你幹的好事，我們很忙，也沒時間處理這檔子事。我的意思是，那小孩現在死了，看起來應該是和你沒有關係，」她停頓下來，端詳他的臉，「但我們就假設一下好了，如果是你出手攻擊他的話——」

「不是我。」

基絲頓揚手，「討論一下而已，好嗎？如果是你的話，為什麼要動這個手呢？就像你說的一樣，幾乎不認識這孩子？看起來不像是你們吵過架，或是他曾在福利社裡講過什麼讓你不爽的話，對嗎？我的意思是……你幹得很不錯，不知怎麼就讓你逍遙法外，你想辦法把兇器藏了起來，撇得一乾二淨，但其實敗露的風險還是很高。」她面向賀蘭德，「你說是不是？」

賀蘭德點點頭，「你真是大白痴。」

「你為什麼會在出獄前幾天出手傷人？要是被逮到的話，恐怕得繼續蹲牢，所以你會這麼做一定有非常充分的理由吧？我的意思是，給你的獎勵應該很可觀才是。艾倫，你不是益智節目裡的金頭腦，但應該也不笨才是吧？」

艾倫囁嚅想要講些什麼，最後終於說出口，「狗屁不通。」

「也許有人教唆你犯案。」

「什麼？」艾倫搖頭，勉強擠出笑聲，但很緊張，做作。

「你哪來的錢買這些東西？」賀蘭德問道。此時狗兒在廚房外頭哀鳴，猛抓後門。「別跟我們說那是從坎普頓賽馬場贏來的錢，我們可不是白痴。」

艾倫冷哼一聲，看來是想要吐痰在地上，但後來發現這裡是自己家裡的起居室而作罷。他挺起身子，離開牆面，「我得去餵狗了。」

賀蘭德與基絲頓望著艾倫慢慢走進廚房，關門，他們又聽到他打開後門的聲音，小狗伸爪猛刮地板瓷磚，艾倫在逗狗，他還刻意提高聲量，就是要讓他們聽到他根本不鳥他們。

「如果你告訴我們誰是幕後指使者，我們可以保證你的傷人事件絕對不會被起訴。」基絲頓對著後院大叫。

賀蘭德看著她，他們並沒有權力可以做出這種保證，但基絲頓只是聳肩。

廚房裡沒有回應。

半分鐘之後，他們起身準備離開，但是當基絲頓走向門口的時候，賀蘭德卻緊貼著廚房的門講話，「祝好運。」

經過一陣長長的沉默之後，艾倫終於開口，「什麼？」

「我在跟狗說話。」賀蘭德回道。

30

抓狂的好人，一直是最難對付的人。當然，他們的惡行與那些喪盡天良的連續殺人魔所犯下的罪孽並無二致，所留下的災難也同樣可怕，但還是……

很難一視同仁。

索恩開車北行，想到曾經在雜誌上看過的某篇報導，有名俄國人的妻小因為空難而過世，而這起意外的罪魁禍首是某名失職的瑞士航管控制員，這名俄國人的手裡拿著死去家人的照片、追查到航管員住所的大門口，航管員卻推開他的手，俄國人失去理智，衝進屋內，刺死了這名屋主。

「我覺得他簡直像是要再次奪去我的家人。」俄國人事後回憶時是這麼說的，幾年之後，他服刑期滿獲釋，還有人列隊歡迎他榮歸故土。

抓狂的好人。

他又想起了一個老師——根據家長與其他同事的說法，他是「學校的模範老師」——因為被某個十五歲的男孩搞得忍無可忍，一氣之下拿起板球的門柱、把他打到昏迷不醒。

索恩親眼看到那老師在偵訊室裡崩潰的模樣，宛如小孩一樣哭得淒慘，只不過短短發狂數十秒鐘，卻毀了對方，也害了自己。「氣急敗壞，」老師是這麼告訴他的，「我的小孩曾經在作文裡使用過這個名詞，但被我劃掉了，我說那是『老掉牙』的形容詞，但當時的情景卻是如此，我看著這隻手臂緊抓著門柱，然後才驚覺是我的手，但我就是忍不住，拚命猛揮，簡直是殺紅了眼。」

這位老師因殺人未遂而遭到判刑，索恩覺得他出獄的那一天，應該是不會有人列隊歡迎，但他發監執刑的那一天，倒也不至於會有人在酒吧裡狂歡慶祝。他猜圖爾斯丘事件逐漸落幕之後，應該也是相同的情況，除非，哈維德．阿克塔做出什麼天大的傻事。

他正慢慢經過大象與城堡地區的主圓環，索恩知道這裡距離賀蘭德家不遠，經過聖喬治路之後的某個路口轉進去就是了。他只去過那裡兩三次而已，最後一次剛好是克洛伊出生後沒多久，但蘇菲直接擺臭臉給他看，之後自然也不可能再請他到家中作客。

他不知道賀蘭德是否曾因此與女友吵架。

或者賀蘭德也和女友一樣？覺得他是個王八蛋？

他繼續開了半英里，到達南華克，正準備找地方停車的時候，手機響了，他趕緊接聽電話。

「現在狀況如何？」

馬丁．達維斯警官強忍好奇，語氣故作高亢，「查我的進度？」索恩反問，「擔心我發現了你的疏失？」

「別鬧了。」

「你覺得阿敏怎麼弄到那些藥的？」達維斯一陣沉默，彷彿是在思考這問題是否另藏玄機，所以索恩繼續追問，「你覺得會不會是別人準備的？或是他自己偷偷藏藥？」

「哦，都有可能。」

「危險藥品儲藏室的竊賊呢？難道不覺得事有蹊蹺？」

「你聽我說，這一點我也考慮過了。」

「真的嗎？曲馬多是從他入院的那一天開始遭竊，你知道嗎？」

又是一陣沉默。

「你從來沒想到這一點對不對？」

「嗯，我後來也發現了，」達維斯慌了，「調查報告裡面有寫，其實別以為你破了什麼奇案。老實說，反正結果都一樣，我實在不知道你查這個要幹什麼。」

「你看不出來？」

「如果是他自己藏的藥，當然還是自殺不是嗎？」

「如果是他自己藏的藥。」

達維斯顯然沒有聽出索恩的用意，「沒差。」

「真的有差，」索恩回嗆，「我昨天說你是白痴，真是大錯特錯，你根本是死蠢。」

索恩把車停在布洛路的當地歷史博物館後方，下車回頭走向奇沃斯街，這條路剛好把南岸大學的南華克校區切分為二。

他在離開圖爾斯丘之前已經先打過電話到學校，請校長秘書薩米爾．可林幫他調閱資料，可林詢問註冊組之後，查出拉辛是行銷與會計學三年學程的新生，然後可林又打電話給他的導師，確定了當天的課表。

早上十點半到十二點：計量基礎入門。

索恩找了一群女孩問路，雖然她們英語不怎麼靈光，但還是努力熱心幫忙。他雖然知道了目的地，但還是花了十五分鐘才找到地方。

他看了一下手錶，距離下課還有十五分鐘。

當拉辛．傑佛看到索恩出現在課堂門口的時候，他的表情出現了兩次變化，引人注目。拉辛本來與另外一名學生在聊天，他朋友不知道聽到什麼哈哈大笑，他也在這個時候瞄到走廊座椅旁邊站了一個穿皮衣的男人。他的笑意完全出於本能，看到認識的人的自然反應，但不消一兩秒的時間，拉辛立刻認出是在什麼場合見過這男人。

還有，上次見到他是什麼時候的事。

索恩當時是負責調查李．斯勒特命案的警官，負責為檢方提供證據，而拉辛則是護衛朋友的重要證人，畢竟是九個月之前的事，所以拉辛沒有馬上認出他來也不令人意外，當然，這也沒什麼大不了的。而且，當時兩人在那種狀況下相遇，恐怕也讓拉辛再次看到索恩的時候，很難出現什麼開心的表情。

「記得我嗎？」索恩問道，他看得出來這孩子記得他，但只要一有機會做謊言測試，他絕對不會放過，許多事情可以立見分曉，布里史托克稱之為「引蛇出洞」。

拉辛點點頭，伸手打招呼。

索恩也伸手回禮，他告訴拉辛有事必須找他談一談，「不會花你太多時間的，反正你的數位行銷研討會是中午一點鐘才開始，所以綽綽有餘。」

拉辛眨眼，嚇了一大跳，「好……」

這又是簡單到不行的另外一招。不過，如果你不確定與對方的談話會導引到什麼方向，一開始的時候還是採取守勢為宜。

索恩帶他到了某個小型休息座位區，他剛才打發時間的地方。這裡有幾套金屬桌椅，提供零食和冷熱飲的自動販賣機，讓他可以喝咖啡，翻閱學生報。索恩請拉辛坐下，又詢問對方想喝什麼飲料，他買了一瓶礦泉水之後，拉了張椅子坐在男孩的對面。

拉辛在東張西望，索恩告訴他不必擔心。

這個位置是他特別挑過的，不會有別人聽到他們談話的內容。

「好，」索恩開口，「所以『計量基礎入門』到底在上什麼東西？」

「讓你處理數字的時候可以得心應手，」拉辛回道，「可以好好應用在日常生活，所以……邏輯與推理、代數、幾何、或然率、統計學等等。基本上就是數學，名稱比較炫而已。」

「喜歡嗎？」

「是啊。」

索恩點點頭，「我的工作和這個也一樣，只是少了代數與幾何的部分而已，我也需要研究推理、或然率這些東西，也許我應該開始叫自己計量探長才對。」他結結巴巴唸了幾次，自顧自笑了，「等到我唸得順的時候再說吧。」

拉辛也笑了，但與先前一樣，笑意持續不了多久，他開始把玩手中的礦泉水瓶蓋。

「你現在幾歲？十八？」

拉辛點頭。

雖然索恩立刻就認出了他，但自從他上次見過這男孩之後，拉辛的模樣已經發生了很大的變化。也許這就是從第六學級中學生跳到大學生的差異，頭髮上膠，抓成了整齊的尖鰭狀，昔日的純灰色西裝也換成了垮褲與緊身T恤。前臂上的刺青清晰可見，雙耳還戴了一對鑽亮耳環。剛才當他還沒有發現索恩的時候，看起來似乎很開心快活。

「你知道我為什麼來找你吧？」索恩問道。

「你是說阿敏爸爸的事？對，我看到新聞了。」拉辛的身子往後退，「還好嗎？」

「目前沒問題。」

「那，和我有什麼關係？」

「你說謊，沒有說出你們的去處，」索恩回道，「我是說，你和阿敏被攻擊的那個晚上。」

索恩等待拉辛開口，但他不發一語，「我們其實當時就知道你撒謊，但覺得無關緊要，不過，現在狀況不一樣了。」

拉辛喝了一大口礦泉水。

「拉辛，我知道你是同性戀。」索恩其實並不清楚，但從男孩臉上的表情看來，他賭對了。

「怎樣？」

「阿敏也是。」

「你聽我說……」拉辛放下水瓶，「我們沒辦法說出口，是因為我們的父母都不知情，我爸媽到現在都還不知道，他們很嚴格……非常嚴格，我要是透露隻字片語，他們一定跟我沒完沒了。印度文化就是如此好嗎？你不會懂的。」

「我懂，」索恩回道，「我絕對不會告訴他們。」他望著男孩的臉，原以為會看到安心或釋然的表情，但完全沒有，顯然他心中另有顧忌。

「我還是不——」

「哈維德．阿克塔認為阿敏並非他殺。」

「抱歉，我不——」

「他認定阿敏是自殺。」

「什麼？」

「我也同意他的判斷。」

「天哪……！」

這應該是驚訝的呼嘆，但也未免稍微長了一點，在索恩的耳中聽起來，比較像是恐懼。「拉辛，事情是這樣的，」索恩向前靠在桌前，「現在，我找不到殺人動機，如果我要抓出主事者的話，一定得知道行兇原因。所以……運用『邏輯』和『推理』，再加上一點基本的猜測功力，我認為阿敏很有可能藏有一些我不知道的秘密，而其中之一剛好引來了殺機。」索恩刻意停頓了一會兒，讓拉辛好好沉澱，終於等到男孩抬頭望著他。「好，或然率你比我厲害，但我敢說他不只有一個秘密而已，我需要等你告訴我其他的答案。」

拉辛往後仰，雙手向上一攤，「就是……沒有。」

「你確定嗎？」索恩的聲音突然變得嚴厲，他已經不求能問出什麼結果，但能把這一天半來所累積的挫敗感發洩在對面這個男孩身上，他倒是有一絲爽快。

「我真的想……不出來，我發誓。」

「你最好再給我認真想想！」索恩大聲怒斥，看到隔了兩桌之遠的那群學生也為之側目，他開心得很，「他是你的朋友，要不是為你挺身而出、阻止小流氓拿刀捅你，他也不需要入獄。」

「我當然很清楚，難道你真覺得我這麼不知好歹？」

「很好，那就好好動一動你了不起的腦袋，趕快想一想，」索恩抓起喝了一半的礦泉水瓶，用力扔進販賣機旁邊的垃圾桶，「你知道他爸爸店裡出了什麼事，所以你也清楚我們在與時間賽跑。」

「是，我知道……」

索恩給了他一張有手機號碼的名片，「隨時都可以打給我，知道嗎？現在給我你的手機號碼。」

拉辛乖乖照做，然後把名片收進包包裡，他看起來快哭出來了，「我得在上課之前吃點東西。」

索恩看著他默默離開。

他突然好同情拉辛．傑佛，自己勃然大怒，他也感到很懊悔。他很確定這男孩是無辜的。當他拿出手機撥號的時候，他想到自己發火固然情有可原——遇到棘手狀況卻無計可施——但應該把滿腔怒火留給罪魁禍首才是。

如果，他還有抓出真兇的機會的話。

「戴夫？」他聽得出來，賀蘭德與基絲頓正在開車，「艾倫那裡查得如何？」

「我真想扁他一頓。」賀蘭德回道。

索恩聽到基絲頓哈哈大笑，「所以你覺得攻擊阿敏的人就是他？」

「當然，但事情絕對另有蹊蹺。」

「他快嚇死了。」基絲頓對著手機大吼。

「當我們說到他受人指使的時候，他緊張得要命。」

「有什麼重大發現？」

「哦，他比一般剛出來的人出手闊綽多了，我很識貨，」賀蘭德解釋，「他客廳裡的音響與電視得要七、八千英鎊。」

索恩吩咐賀蘭德盡快與基絲頓趕回辦公室，然後登入全國警務電腦系統找尋拉辛．傑佛的資料。

當他站起來的時候，發現那群學生正一臉狐疑看著他，他望向他們，大部分的學生趕緊低頭看自己的可樂罐。索恩朝出口走去，經過他們身邊的時候，臉上掛著微笑，他很想整一整這些學生，朗聲宣布自己是客座犯罪學教授，但想想還是作罷。

事情絕對另有蹊蹺。

也許是剛才等拉辛時喝下的那兩杯咖啡，但更可能是因為與他們剛結束的那通電話。另有隱情，也許會出現其他的發展方向。

無論是哪一種原因，他突然熱血奔騰，精力充沛。

現在他只需要找到某件事，或是某個人，緊盯不放。

31

「萬一索恩找不到你想要的答案？」海倫問道，「哈維德，那你打算怎麼辦？」

阿克塔坐在桌前，他先前到店內拿了一些雜誌，半個小時過去了，他一直死盯著汽車雜誌的同一頁，他望向海倫，「他是個優秀的警察吧？」

「我想是的。」

「好，」阿克塔聳肩，彷彿沒什麼好擔心的，「所以我們要相信他會順利完成任務，至少比他的那些同事稱職。」他的目光又回到雜誌上，開始翻頁。

「有時候這與你的優秀程度無關，」海倫說道，「也與你投入的心力無關，也不是每次的結果都能盡如人意。」她等待阿克塔的回應，但他連頭也沒抬，「你知道嗎？我有多少次只能眼睜睜看著罪犯逍遙法外？明明是曾經傷害小孩的人，卻只能縱虎歸山。」

阿克塔闔上雜誌，「妳知道我為什麼再也不相信法律嗎？」他搖頭，「司法真是他媽的笑話，妳自己剛才也講得很清楚了。」

「世事未必能依循正道而行。」

「相信我，我深受其害。」

「但那並不表示……你現在的行為是對的。」

「對錯無法適用於現在這個狀況，我自己知道不對，但我被逼得走投無路。」

「你當然可以有別的選擇。」

阿克塔起身，從櫃架上取下一條菸，他憤怒猛揮，「妳知道嗎？我大可以像別人一樣，開著貨卡去法國或比利時、走私個幾千個這類的東西回來賣，我可以省下一大筆錢。但我堅決不肯，因為我從來不覺得應該做這種犯法的事，你觸犯小罪，之後很容易就疏忽犯下更嚴重的罪。所以我總是照規矩來，因為對我來說，最重要的事就是能夠睡得安穩，不需要擔心有人半夜來敲門，妳懂嗎？」他狠狠把那條菸丟到地上，「我真蠢，」他說道，「我以為法律會照顧我兒子，會好好公平對待他。」他深呼吸，以襯衫袖口抹臉，「他死掉的時候，我居然還傻傻相信歹徒一定會被繩之以法。」

兩人突然同時轉頭，因為聽到店外的某處有人在大聲講話，他們等了一會兒，海倫猜應該只是哪名警官在吼下屬，她搖搖頭讓阿克塔知道無須緊張。

他也點頭回應，坐下。

「有時候人難免會出差錯。」她又開口。

「這次出差錯的人是我，」阿克塔接口，「因為我以為那些人比我聰明，而且盡忠職守，我完全信任他們。」他拿起槍，又放了下來，「現在看看我們落得什麼下場……」

海倫為了減輕屁股疼痛、挪了一下坐姿，不禁發出了悶哼聲。然後又伸出未被銬住的那隻手，拉了拉腳趾，舒緩小腿的痠麻感。

「要不要再幫妳找個靠墊？」阿克塔問道。

「沒關係，」海倫往後一靠，「你還沒回答我的問題。」

「哪個？」

「萬一索恩的表現不如預期？」海倫望著他，她臉上的表情很平靜，只有好奇而已。她心想，也許你只是腦袋少根筋的迷糊老頭，而且，就算你沒搞錯好了，你的兒子難道會起死回生？史蒂芬又豈能復活？「如果等不到你要的答案？」

「很簡單，我就一直等下去，我有的是時間。」

「哈維德，我們不可能耗在這裡一輩子，」她的下巴指向店鋪方向，「他們不可能坐視不管。」

阿克塔搖頭，伸手重重向桌面一拍，「不，不可以，這裡由我說了算。」

「是，當然聽你的。」海倫附和。

「很好，因為大家都必須了解這一點，妳和外面的人都一樣。」

「相信我，他們很清楚。」

「妳都還好吧？」他指著她，「我有沒有不周到的地方？」

「非常好，」海倫回道，「謝謝你。」

阿克塔似乎很滿意這答案，開始積極翻找桌上的那一疊雜誌。他問海倫想看些什麼，還說自己特地挑了一些給她，他拿了幾本娛樂八卦雜誌，又加了一本新娘月刊給她，海倫謝過他，說等一下再看。

兩人沉默了好幾分鐘，海倫的下巴指向自己的手機。海倫有隨時攜帶充電器的習慣，手機目前正放在桌上，插在充電座裡，「可以讓我打個電話嗎？一下就好？」

「打給誰？」

「我姊姊，」海倫回道，「我只想知道我兒子好不好，你也知道天下父母心。」

阿克塔面露懷疑，但是他看起來滿面愁容，彷彿覺得自己天生只能有這種表情，「這樣不好，不該打電話出去。」

「拜託，哈維德，只要一分鐘就好。」她的聲音細弱，只比喃喃自語好一點，但還是勉力讓阿克塔聽到，「我想確定他平安無事。」

「不，」阿克塔起身，「這場秀是由我來主導，我決定劇本要怎麼走，」他拿起手槍宣示權威，但並沒有把槍口對著她。他朝店鋪走去，突然停在走廊，變得冷靜多了，「而且，我們必須保持線路暢通，讓索恩可以打進來。」

「我只是想要讓他聽到我的聲音，」海倫說道，「如此而已。」

阿克塔看著自己的腳，過了一會兒之後，進入店內。

海倫閉眼，躺下來。

幾分鐘之後，她聽到他在隔壁哭泣。

蘇．帕斯寇從廁所出來，到外頭的迷你水槽洗手，又對著自己的臉潑了些水。有人拿黑色麥克筆在鏡面上寫下「衛斯理是大笨蛋」。她不禁莞爾一笑。她猜這個衛斯理應該最多十一歲吧，不知道等他長大的時候會不會長進一點。

她這才發現，一整天奔波下來，這幾分鐘，是她第一次能放空自己，放下手中的任務。

也是她的第一次微笑。

她低頭看錶，哈維德．阿克塔拿槍挾持兩名人質已經三十個小時了。唐納利似乎對於事情的進展很滿意，雖然，在這種狀況之下，所謂的進展不過就是不要發生意外而已。奇佛斯還在吵著要更多的科技人力支援，帕斯寇知道，要求縮小封鎖範圍減輕交通壅塞、或者至少重新開放圖爾斯丘車站的壓力，很快就會到來。

千萬別讓通勤族群受苦。

其實這些她都不擔心，但不久之後，要求盡快讓挾持事件落幕的聲浪會越來越大，如果唐納利有所動搖，那麼就得輪到海倫．威克斯開始擔心了。

她擦乾臉，梳理了一下頭髮。看到灰髮茂盛，她不禁發出哀嘆，心想只要一有時間，馬上就要去找美髮師報到，她重新塗了一次口紅，回到學校走廊的時候，心情也好多了。她經過某間教室，從小窗瞄到裡頭的動靜，有個黑人女子正在與女警講話，神情激動，那女人看到她，立刻起身走向門口。

帕斯寇在心底暗幹一聲，準備迎戰，她知道丹妮絲．米謝爾已經看到她了，現在也不可能立刻開溜。

那女子長得很美，皮膚光潔無瑕，玉米鬚髮型，她還沒開門，聲音已經先傳了出來，「喂，沒有人跟我解釋這到底是什麼狀況，我在這裡快抓狂了。」

「每一個人都很努力。」帕斯寇解釋。

「我的感覺不是這樣，」丹妮絲回道，「我只看到大家神色嚴肅，四處奔忙，但完全看不到真正的進展。」

「真的很抱歉，」帕斯寇回道，「要是有任何消息可以告訴妳，我一定會說的。」

「真的嗎？」

「一定。」

「即使是我不想聽的事？」那女子的眼眶突然淚濕，「那是妳的工作嗎？還是他們會派別人來跟我說？」

「妳聽我說，我覺得妳應該待在別的地方，壓力不會那麼大，有沒有人跟妳說去旅館？」

她點頭。

「這樣不是比較好嗎？」

「我不想孤零零一個人。」

「妳的家人呢？」帕斯寇問道，「一定有誰可以——」

「只有我先生而已，」丹妮絲把手伸入毛衣口袋，掏出用過的衛生紙，原本想要擦去臉上的淚水，但卻突然停下動作，把它緊捏在手中。

「每一個人都很努力。」

「對，妳就只有這句話。」

「因為這是事實。」

「真的嗎？」那女子瞇眼，死瞪著帕斯寇脖子周邊的識別證吊繩，女警站在她的背後。「那妳又在做什麼？」

帕斯寇不知道該說些什麼才能撫慰那女子。政府付我薪水，讓我與挾持妳丈夫的歹徒談判，我的職責是讓他活著走出來。

丹妮絲．米謝爾根本不想等帕斯寇的回應，「不公平，」她說道，「史蒂芬沒有招惹任何人，」她提高嗓門，聲音也為之沙啞，「妳不要再說了，趕快把他救出來，因為他真的沒有做錯任何事情。」

現在，帕斯寇真的無言以對。

她望著女警把那女子帶回到教室裡，自己也轉身，退回走廊。

32

「傑佛先生，你今天看起來心不在焉……」

拉辛抬頭，望著他的助教，她沒講話，彷彿在等他解釋自己為什麼精神渙散，或是在等他說出幾分鐘之前、她與其他學生討論內容的梗概。拉辛只能囁嚅道歉，他看到同桌的其他人大笑搖頭，雙頰不禁一陣熱辣。女助教又開始講課，拉辛只能打起精神聆聽，他隨便抄了幾句筆記，其實紙頁上早已塗滿了毫無意義的塗鴉，過了一兩分鐘之後，他手中的筆益發沉重，助教滔滔不絕，但對他來說只是背景噪音。

那就好好動一動你了不起的腦袋……

索恩的話依然在他的心裡激昂迴盪，只要他一閉上眼睛，那個警察的面孔就會清楚浮現眼前，讓他冰冷難解的心結揪得好緊。

我敢說他不只有一個秘密而已。

他緊捏著手中的筆，力道之大，讓指甲底下的半月形也不禁因充血而發紫。他的目光投向助教，勉強自己點點頭，同時調勻自己的呼吸節奏。他要壓抑怒火，自己早就不是小孩子了，他不喜歡自己顯露出幼稚的模樣，他更恨的是自己已經拋下了恥辱與恐懼，將其與父母家中的醜陋地毯與廣藿香臭味一起束之高閣，但現在那可怖的感覺都回來了。

其他學生突然爆出笑聲，助教愛講的低級笑話。

他也跟著笑，但他的內心卻在交戰，他告訴自己，這不是他的錯，阿敏的爸爸犯下蠢行，還有阿敏的遭遇，都不關他的事，他怎麼可能未卜先知？而且他也無力阻止慘劇，再說現在無論他做什麼說什麼都改變不了阿敏已死的事實，不是嗎？

雖然他不需要絞盡腦汁，也知道索恩想要追查的線索是什麼，但人死了就死了，無論他的父母與他們的神父怎麼說，但人死怎麼復生呢？而且，除了那個警察與發瘋的雜貨店老闆之外，這件事的真相究竟為何，又有誰在乎呢？

或者，為什麼該說出口？

他是你的朋友……

拉辛抬頭，助教在喊他的名字，而且露出憂心忡忡的表情。

「我看你還是回家好了，」她說道，「你臉色看起來真的不太好。」

他不需要推辭，立刻起身收拾書本，說了些自己感冒之類的話，連門都沒關就匆匆離開。

他運氣不錯，走個幾步就是廁所。

十秒鐘之後，他的書本與文件散落在廁所間的地板上，他癱跪腿膝，雙手緊緊抓住馬桶的邊緣，大吐特吐。

索恩因為有了進展而雀躍不已，但與拉辛．傑佛談過之後又該去哪裡繼續訪查，他卻毫無頭緒，所以他決定先吃午餐。如果找人一起作伴，至少可以好好討論案情。在太平間裡面用餐，被死人與現場工作者的聲響與氣味重重包圍，也不是第一次了，他知道這裡的病菌數目搞不好還比不上一般的油膩湯匙。

菲爾．漢卓克斯與其他三名病理學家共用太平間的一間小辦公室，這裡老舊骯髒，與走廊上的先進實驗室與驗屍間形成強烈對比。漢卓克斯的書桌與往常一樣凌亂，塞滿了橄欖綠的檔案夾與資料，放眼所及，在成排資料旁的電腦螢幕上的粉紅色捲曲便利貼，是唯一的鮮豔顏色，還有漢卓克斯的必備品，釘在牆上的「兵工廠：七〇年代的傳奇人物」月曆。

這個月的照片是：利亞姆．布拉迪，與自己一九七九年英國足總盃決賽的冠軍獎章合影留念。

「所以這小孩是同性戀，」漢卓克斯說道，「這總算是弄清楚了，但依然不能算得上什麼動機。」

「不算？」索恩把自己手中的塑膠袋交給他，裡面是他剛才順路在特易購買的三明治與點心。漢卓克斯在裡面來回摸找，終於決定要拿火腿、起司，還有一瓶蘋果汁，索恩抗議，「那是我要吃的。」

漢卓克斯回道：「好啦。」又伸手進去撈，拿出一袋洋芋片，「好，總是有一些白痴喜歡把自己的問題歸咎在那些時尚品味比他們好的人身上，但我認為那些專門攻擊同性戀的傢伙通常沒那麼……有創意。」

「但一定是與他的性傾向有關，」索恩拿出自己的三明治，打開礦泉水，「但不知道是哪個環節而已。」

「老兄，你太執迷了。」

「我？」

漢卓克斯早已脫下了無菌衣，現在身上只有牛仔褲與緊身白T。索恩迅速點算了他露出的所有刺青，都是他以前看過的舊圖樣，索恩的這位朋友喜歡在性愛攻略得分之後、到刺青店留個紀念，顯然他最近沒什麼斬獲。當然，也有可能新刺青的位置在索恩看不到的地方，但他認為機率不高，如果漢卓克斯做出這樣的事，那就表示他打炮不想讓人知道。

但他對這種事情從不低調。

「你覺得是勒索？」漢卓克斯問道。

「這種事屢見不鮮，」索恩回道，「趕快給我一千英鎊，不然我就在臉書上告訴你所有的朋友，你在床上鳥到不行。」

漢卓克斯露出諷刺笑容，牙縫裡塞滿了火腿和起司。

「我真的覺得有可能。」索恩繼續說道，「他和某人上過床，對方希望不要張揚，他打算趁機榨一大筆錢。」

「可能吧。」

「但我覺得你最好還是從穆斯林的角度去理解這件事。」

「為什麼？」

「他們討厭自殺的人，但他們更痛恨娘炮，」漢卓克斯咬了一口三明治，「『當一個男人爬騎在另外一個男人身上的時候，神座也隨之搖晃。』顯然，這是穆罕默德所說過的話，」他繼續嚼食了好幾秒鐘，「看來我一直睡錯了對象。」

兩人沉默不語，安靜了約一兩分鐘，只是坐著吃東西，聆聽停屍間傳出的各種噪音，遠處冰櫃的匡啷碰撞聲，還有外頭走廊的輪車在吱嘎作響。

「拉辛這小孩有事瞞著我。」索恩說道。

「聽起來是你把他搞得精神不安。」

「希望如此，」索恩把自己喝光的空瓶朝角落垃圾桶丟過去，但沒有命中目標，「我也沒時間從其他方向著手了。」

「那個在雜貨店裡的警察怎麼樣了？」

「應該算很不錯，」索恩回道，「他們沒料到她這麼堅強。」他開始收拾食物包裝紙與洋芋片空袋、塞入塑膠袋裡，「我覺得那個在銀行工作的傢伙才真是可憐，天知道他是怎麼撐下去的。」

索恩起身，撿起地上的塑膠袋，扔進垃圾桶裡面，他轉身過去，發現漢卓克斯在盯著他。

「你最近有與露易絲聯絡嗎？」

索恩搖頭，「你呢？」

看到漢卓克斯點頭，他一點也不意外。他和露易絲在一起的兩年當中，漢卓克斯與露易絲變得非常要好，會在一起交換八卦耳語，還有他們自己才懂的笑話，索恩經常因此而犯蠢嫉妒，他覺得自己像是局外人，有時候一想到他與露易絲之間夾著自己最好的朋友，他不禁心生怨恨，再加上其他的林林總總，他覺得露易絲是強勢主導的那一方，現在回想起來，不知道為什麼，心裡不太舒坦。

「她怎麼樣？」

「還可以，」漢卓克斯回道，「我的意思是，她不像你過得那麼失魂落魄。」

「我想也是。」

「你應該要打電話給她。」

「好啦，畢竟她也曾經不小心聽完我好幾張艾美蘿．哈里斯的專輯。」

「真的假的？」

索恩點頭，順手拿起椅背上的皮夾克，「喂，藥品的問題還沒解決。」

「我知道，」漢卓克斯假裝不爽，「你過來找我吃午餐的時候，我也正在苦思。」

「這是午餐會報。」索恩回道。

「我告訴過你了，我已經在處理。」

「菲爾，什麼時候才會好？」

「好，再給我幾個小時，我還需要仔細研究兩三本書，」漢卓克斯的下巴指向電腦鍵盤，「還得上網找資料。」

「盡快好嗎？」

漢卓克斯指向門外的驗屍室，「老兄，抱歉，我一直忙得要死，昨天七姊妹路發生車禍，好幾個人死了。」

「反正死人哪也去不了。」索恩回道。

基絲頓向羅素・布里史托克報告今日進展，這位總督察——像是熱情洋溢的業餘魔術師——不斷在切牌洗牌，手法炫奇。他專注聆聽基絲頓與彼得・艾倫的交手過程，紙牌也不斷在他的指間疊合錯落，這個動作除了可以幫助他放鬆心情之外，也能讓他的心緒恢復冷靜，因為，十分鐘之前，馬丁・達維斯的直屬長官才剛打電話給他。

「我只是認為，對於阿敏・阿克塔的這起事件，我們應該要『讓彼此了解狀況』才對，」光是聽到這傢伙講出那幾個字，布里史托克就知道對方是個自以為是的王八蛋。「看來你底下的探長使盡千方百計，就是想要瓦解原始調查報告的可信度，我認為這實在是搞不清楚狀況，他會變成大家討厭的對象，如果他不夠謹慎，還可能會讓我的團隊看起來成事不足敗事有餘。」

「我看你們最多也只能這樣了吧。」

現在，換布里史托克的對手知道自己在和什麼樣的人打交道，「現在不是要打分數的時候。」

「抱歉，想必是我搞錯狀況了。」

「我在想這個倫敦謀殺組的指揮階層呢，這麼說吧，整個倫敦警察廳，裡頭的人都不怎麼樣。」

「吼，你的表現更遜哦，」布里史托克回道，「看起來，倒是你的探長應該得要開始考慮轉職，乾脆去當交警算了。」

「講這種話沒什麼幫助。」

「反正我本來就沒那個意思。」

「喂，如果你不想聽的話，我很樂意直接越級找你的長官。」

「那就放馬過來啊，」布里史托克毫不退讓，「我也會把你的關切之意轉達給索恩探長，不過我認為他現在還有更重要的事情需要操心。」

「很好，我本來期望你應該是個理性的人，沒想到……」

「真的嗎？我們剛才不就只是『讓彼此了解狀況』而已？」

「現在我知道你手下的頑劣態度是從哪學來的了。」

「你先回去練練吧，等到你變成總督察的時候再來跟我說話，」布里史托克嗆了最後一句，「其實，就算等到那個時候，我還是會叫你滾蛋！」

布里史托克把電話內容轉述給基絲頓聽，她哈哈大笑，還告訴他：「湯姆一定很驕傲。」

布里史托克將紙牌攤在桌上，推成扇形，翻面之後，又把紙牌攏整在一起，「好，妳覺得他有進展了嗎？我知道這個狀況非比尋常，妳和戴夫熱心幫他的忙，我當然很高興，但你們手中還有其他的案子。」

「很難判斷，」基絲頓回道，「他聽起來很亢奮，但也有可能只是驚慌而已。」

布里史托克收起紙牌，扔進抽屜裡，「我平常是不會覺得他可憐，」他開口說道，「但現在壓力全在他身上，因為阿克塔指明要他追出真相，要是歹徒挾持的那個女人發生了什麼狀況……」

「又不是湯姆的錯。」

「妳自己去跟他說。」

他們聽到賀蘭德對著早已敞開的門敲了兩聲，轉頭過去，看到他走進辦公室，「我們找到了拉辛．傑佛的某筆資料，」他說道，「很特殊的一條線索。」

布里史托克盯著基絲頓，「趕快打電話給索恩。」

33

他們預定四點鐘撥打電話，現在正舉行最後的簡報，大家聚在禮堂舞台後方的小房間裡面，窗台上整齊排列著混凝紙漿做成的大型頭像，衣架上還掛著一排色彩鮮豔的戲服。索恩心想，今天學校停課，大部分的學童應該都竊喜不已，但也有些人反而會不開心，因為錯失了在學校演出的機會。

這部戲因為外頭的另外一齣劇碼而被迫取消。

唐納利請蘇．帕斯寇簡述她對阿克塔心理狀態的意見，還有評估兩名人質所面對的威脅等級。

「顯然很情緒化，」她低頭看筆記，「偶爾會發火……甚至是暴怒，但這種極端的情緒都很快就消退了，顯然並非是因為疲倦所致。除了第一次的通話內容之外，他再也沒有放話威脅對人質不利，也沒有設下時限。哈維德並沒有提到自殺，而且他之前也沒有任何犯罪紀錄。」

「妳簡直把哈維德講成了坎特伯雷大主教。」奇佛斯開口，臉上帶著微笑，不懷好意的那一種，「顯然我們是瞎操心一場，大家都把槍放下好了，威克斯和那可憐的傢伙在雜貨店裡一定也玩得很開心。」

「夠了。」唐納利阻止他，目光投向帕斯寇。

「我認為威脅性並沒有增加的跡象，」她說道，「我強烈建議除非事態發生變化，不然我們應該繼續按兵不動，因為這麼做可以消耗他的體力。」

唐納利轉向奇佛斯，「鮑勃？」

索恩第一次聽到奇佛斯的教名，他覺得真是相得益彰，明快的單一音節，「鮑勃」，不是什麼「羅伯特」，響亮，簡單，要是怕忘記名字的話，刺青隨便刺哪都很方便。

索恩看了一眼帕斯寇，但她沒搭理他，索恩心想，她一定是怕自己會噗哧笑出來。

「反正，你也很清楚我的想法，」奇佛斯的下巴朝帕斯寇點了一下，「從各方面看來，我的經驗比你豐富得多。到了最後，以靜制動和迅速攻堅的唯一差別，只是不需要浪費過多的時間精力而已，其實，結果通常都一樣。」

「通常？」帕斯寇反問。

奇佛斯自然聽出了問號裡的挑戰意味，這等於是有請他說出自己的豐功偉業，「類似這樣的任務，我有五年的經驗，而且我的小組有三次讓歹徒繳械的成功經驗，」他繼續說道，「一死兩傷，人質安全無恙，這樣夠了嗎？」

帕斯寇沉思了一會兒，現在的她應該是笑不太出來，「我想，你也不覺得那一死算是某種失敗。」

「妳給我聽好，可別搞錯了，我派手下進去，當然相信有可能在不動武的前提下解決問題。但別忘了，我們的挾持者正揮舞著上膛的手槍，所以我不會坐在這裡枯等，佯裝把他的性命看得和我們的人質一樣重要，我講得夠白了吧？」

「我希望每一個人都能平安無事。」帕斯寇回道。

她正準備繼續說下去，但卻被唐納利打斷，「大家稍安勿躁。」

奇佛斯轉向索恩，「你呢？」

「我不喜歡動用武力。」索恩回道。

奇佛斯點頭，但顯然是覺得這句話簡直像是承認自己的某種性怪癖，「我是在問你調查進行得怎麼樣了，」他繼續說道，「他兒子的事。」

「你在乎嗎？」

「你的角色是要提供挾持者所需要的答案，自然直接影響到我的任務，對，他媽的我當然在乎。」

「我認為他兒子的確遭人謀殺，」索恩回道，「我正在努力追查真兇。」

「給我個時間表？」

索恩的表情擺明了這就跟剛才奇佛斯的前一個問題同樣愚蠢，「十分鐘以後？下個禮拜？永遠無解？鮑勃，我沒辦法給你答案。」

唐納利起身，「現在，我們就依照原來的步驟行事，不過我會把剛才聽到的所有意見都納入考量，我們要繼續評估狀況，聽到了嗎？」

與會者都點了點頭，顯然某些人是特別深表認同。

「好，我們準備打電話吧。」

一行人回到禮堂，等到所有人就定位之後，唐納利示意全場肅靜，帕斯寇撥出電話。

阿克塔接起電話，帕斯寇向他問好，他謝過她，告訴她一切都好，所以她繼續詢問是否能證明兩名人質均安然無恙，阿克塔立刻把電話交給海倫・威克斯，她告訴帕斯寇，她與史蒂芬・米謝爾都很疲倦，但心情穩定，而且兩人都得到妥善照顧，然後她又將電話交給阿克塔。帕斯寇向他道謝，他開口問她是否有湯姆・索恩的最新進度。

索恩靠近帕斯寇，大聲回道：「我在這裡！」

阿克塔不發一語。

「我剛和一些阿敏四周的人見過面，我想要讓你知道，事情大有進展，」索恩伸手要拿帕斯寇的耳機，但她似乎很抗拒，兩人同時望向唐納利，等待進一步指令，他點點頭，帕斯寇交出耳機，索恩也立刻坐在她的座位，「哈維德，有聽到嗎？」

「什麼樣的進展？」

「我正要告訴你。」

「好，說吧。」

「我們私底下說。」大家一片驚訝，而且情緒馬上轉為憤怒，拚命搖頭，索恩也立刻感受到了，唐納利咬牙切齒怒道：「不可以！」帕斯寇也舉手以示警告。

「怎麼可能？」阿克塔回道，「我絕對不會讓任何人進來，而且我也不覺得你們會讓我出去……講個話就進來。」

「我們可以隔著鐵捲門講話，」索恩靜靜等待對方的回應，他知道自己旁邊的警官都很火大，而且唐納利警司的手按住了他的手臂，但索恩也不管了，他死盯著監視器畫面裡的雜貨店門口，聽到阿克塔的沉重呼吸聲響，「你只要到鐵捲門旁邊就行了，我會待在人行道上和你講話。」

阿克塔咕噥了兩句，嚥了嚥口水，「好吧。」

「我五分鐘就過去。」

34

唐納利對索恩整整咆哮了近三十秒，無論最後結果如何，就算能平安落幕，也會讓他好看，索恩站著默默挨罵，但最後還是忍不住小小回嘴，然後，他與帕斯寇、奇佛斯一起走出了學校。

「這真的很蠢。」索恩拍了拍身上的防彈背心，奇佛斯堅持他一定得穿。

「以防萬一，」奇佛斯回道，「就這麼簡單。」

他們穿越馬路，往雜貨店方向走去，「如果他躲在鐵捲門後面對我開槍？」

「這不在公開討論之列。」

「你覺得他手中拿的是什麼武器？火箭筒？」

索恩逐步接近店面，他知道所有人都在看他，唐納利，還有其他正盯著監視器的人，以及百碼封鎖線之外的制服員警，他們八成還不知道現在是什麼狀況。最讓他芒刺在背、惶惶不安的，就是那些迅速接獲指令、躲在車輛後方準備開火攻擊的特警，索恩知道這些人朝他投射而來的不只是目光而已。

「我怕的是那些傢伙，」索恩的下巴點向某台富豪汽車的引擎蓋方向，剛好看到好幾個頭盔露出來，「不是他。」

「哦，那麼你最好趕快祈禱那扇鐵捲門千萬不要打開，」奇佛斯回道，他似乎頗開心，「別忘了這是誰提出的好主意。」

索恩也無法多說什麼，他望著帕斯寇，但她只是低頭往前走，自從電話結束之後，她就再也沒有和他講過話。

距離店門口還有幾英尺，他們停下腳步。

「講話就好，」奇佛斯說道，「這是底線，絕對不能提到你要進去或是叫他出來，如果鐵門捲起之後，他手裡拿著槍，你麻煩可大了，聽清楚沒？」

「知道了。」

終於，帕斯寇開口，「如果你無法繼續主導話題，撤退。我好不容易才建立起他的信任感，真的不希望就此前功盡棄。」

「我無意冒犯。」

「我也沒有這個意思。」

「我只是希望他知道我依照他的期待行事，而且我似乎找到了頭緒，他也需要好好信任我。」

「動作快一點行不行？」奇佛斯問道。

索恩往前走，敲了敲鐵捲門，遠方的大馬路傳來隱約車聲，但突然之間，一切變得好安靜。

「我在這裡。」阿克塔回道。

近距離聽到這男人的聲音，感覺甚是詭異。隔了一層玻璃門，索恩必須貼在隔在兩人之間的橫條狀斑駁鐵門，才能聽得清楚。

「謝謝你答應我的要求。」

「你一個人？」

索恩覺得沒必要說謊，「不，還有蘇・帕斯寇以及特警隊隊長，恐怕我也不得不從。」

「我了解。」

「哈維德，但我們的談話內容不會有別人聽到，所以……」

「你要告訴我什麼？」

「我想要親口告訴你，我認為你的判斷沒錯，」索恩說道，「我認為阿敏並非自殺。當然，叫我說出這樣的話討好你，當然很容易，我知道那是你想聽的答案，但我不只是隨口說說而已，我希望你相信這是我的肺腑之言，還有，請你相信我正在竭盡全力尋找真兇，讓真相大白。」

一陣長長的沉默，索恩終於聽到阿克塔的回答，「謝謝你。」

「我已經和巴達勒感化院的主管談過，找了阿敏的朋友，還有一年前攻擊他的那些小孩與他們的親戚，我也找了拉辛・傑佛。」

「為什麼要找拉辛？」

「只要想到的對象我都不放過。」

「你覺得拉辛是不是知道什麼？」

「我想……他可能知道你兒子的一些秘密，但你完全不知情，如此而已。」索恩的措辭小心翼翼，「有些事情我們只想和知己分享，但不願意告訴父母。」

「他什麼事情都會告訴我。」阿克塔回道。

「我想也是。」

「阿敏什麼事都會跟我們說。」

索恩轉頭，看到帕斯寇與奇佛斯正盯著他，而且他也感覺到狙擊手穿透步槍瞄準鏡的目光依然緊緊相隨，「哈維德，我要確定一件事，無論我發現的真相是什麼，你都要有萬全的準備。」

「我不明白你在說什麼。」

「聽我說，我知道你無意傷害任何人，也不想自戕，所以我請你繼續撐下去，保持忍耐，還有，如果最後的真相讓人不舒服，也請你要心裡有數。」

「我的兒子被別人殺死，」阿克塔回道，「真相怎麼還可能會讓人舒服？」

「聽到的時候恐怕沒那麼容易接受，如此而已。」

又是一陣長長的沉默，帕斯寇打手勢叫索恩趕快離開，而且還張嘴默示，「夠了。」

阿克塔開口，聲音突然比先前大聲了一點，彷彿他也靠在鐵捲門一樣，「索恩先生，阿敏在獄中出事，他們所編造的謊言已經撕裂了我們的心，我的，還有娜蒂拉的心。它們吞噬了我的教養規矩，讓我淪落為一個連我自己也嗤之以鼻的人，一個再也不把法律放在眼裡、犯下這種滔天大罪的人。

「謊言讓我們的生活徹底走樣，你了解嗎？所以對我來說，真相還有什麼可怕的？」

35

阿克塔走回儲藏室才不過幾秒鐘，電話立刻響起，他們兩人都望著桌上的海倫手機，但立刻發現鈴聲來自於店鋪。

米謝爾的手機，在他的口袋裡響個不停。

他們靜靜等待鈴聲響完，阿克塔說道：「我本來就想要告訴妳，我盡了最大努力，仔細包整米謝爾先生的遺體，這裡只有黑色塑膠袋，所以——」

「沒關係，」海倫回道，「也沒別的辦法了。」她已經開始擔心不知屍體何時會開始發臭，就算天氣沒這麼熱，也要不了多少時間。

阿克塔坐下來，「害他躺在那種地方……我實在很慚愧，非常不好意思，不過，威克斯小姐，我向妳保證，等到一切結束之後，我一定會想辦法好好厚葬他，我發誓，無論花多少錢都沒有關係。」

海倫只是盯著他，勉強點點頭。他真的以為事件落幕之後、就可以瀟灑離開，回到原來的生活軌道？回家與妻子共進晚餐，隔天清晨四點半起來開店？他真的以為除了死路一條與坐牢之外，還有其他的選項？

她呢？又有什麼選擇？

她不禁又想到自己因為隱瞞米謝爾死訊而可能付出的代價，她打拚多年，如今卻岌岌可危，她突然一陣怒火攻心，好氣隔壁房間躺著的那個男人，為什麼他不聽話？就是要做出蠢事？害她落得如此下場。

逼得她只好說謊，不安難耐，自怨自艾……

她的怒氣終於消失，覺得自己好可恥，羞慚的程度與阿克塔不相上下。她知道自己其實願意不計一切，只要能爬得出去這家店、再見兒子一面，就算是斷手斷腳全身流血也在所不惜，至於工作，根本不算什麼。她也很清楚，當她離開這裡的時候，被垃圾袋緊緊包裹、散發屍臭的史蒂芬．米謝爾，只能被裝在屍袋裡抬出去。

「威克斯小姐，妳還好嗎？」

海倫點頭，努力擠出微笑，「難道你不覺得叫我『威克斯小姐』太拘謹了一點？我的意思是，你也知道我們現在的處境。」

「是，當然，」阿克塔回道，「我真笨。」

「叫我海倫吧。」

他點頭，把椅子靠向她的身邊，「海倫，我想事情很快就會結束了。」

「很好，」海倫綻露微笑，笑意在她臉上漾開，被囚禁了這麼多個小時，她第一次忘卻了背部的僵麻以及腕部被手銬死咬的疼痛，「哈維德，真的太好了。」她不想逼問他剛才與索恩在鐵門邊說了些什麼，她聽到阿克塔在講話，但聽不清楚索恩的聲音，要是阿克塔能透露些什麼就太好了。

不過，反而是阿克塔開口問她，「妳怎麼認識索恩的？」

「說來話長。」

阿克塔聳肩，「反正，我們兩個人暫時哪也去不了。」

「我的男友死了，就在一年多前，艾飛出生前的事。」

「啊，」阿克塔會意點頭，「我一直覺得奇怪，怎麼從來沒有看過寶寶的生父，當然，這種問題我是絕對不會問出口的。」

海倫嚥了嚥口水，又等了幾秒鐘，「保羅……是被殺死的，索恩的任務就是查明案情。」

「所以和現在的狀況一樣？」

「應該是吧，沒錯。」

「好，那結果呢？」

「哦，其實是我自己發現了真相。」海倫搖頭，明明已經一年了，但她依然不敢相信自己居然膽敢冒這麼愚蠢的風險，挺著八個月的大肚子，深入幫派與殺手的禁地，簡直像個死小孩、伸手亂戳黃蜂的蜂巢，而且還像是發瘋一樣，猛力把它扯得稀巴爛。

不過，到了最後，她為自己的表現感到驕傲，而且這等於是為所應為，因為她知道保羅一定也會同感驕傲，而且，這一趟的冒險犯難，也讓她消解了悲傷，還有罪惡感。

「啊，也許我應該請妳幫忙找出阿敏死因的真相才是，」阿克塔露出苦笑，「換索恩坐在這裡。」

「好主意。」海倫回道。

阿克塔起身，按下水壺開關準備煮水，他去拿馬克杯與湯匙，現在的動作突然多了幾分輕快，肩頭也放鬆了，「昨天，妳記得嗎？他自己說要進來當人質，讓妳出去？這件事讓我體會到他是什麼樣的人，找他就對了……」

海倫突然想起一年前曾經與索恩講過話，就在保羅的葬禮上。他穿著硬領襯衫又打了領帶，整個人看起來頗不自在，他告訴她，自己很快就要當爸爸了，「即將來報到，」他是這麼說的，「但沒像妳這麼快……」也就是說，索恩現在也是新手爸爸。

但他依然願意與她交換當人質。

茶點送來了，海倫開始喝茶吃餅乾，心裡百味雜陳，方才的驕傲已經消失無蹤，因為她知道自己絕對沒辦法做出相同的承諾。

36

索恩對大學生的住宿生活想像，完全來自於八〇年代的影集《年輕人》，這些傢伙幾乎都住在髒亂程度驚人的公寓，牆上掛著格瓦拉的海報，蓋住濕氣霉斑，洗碗槽的待洗碗盤已經開始發臭，冰箱上還黏有字條，「別偷吃我的優格！」這雖然是過時的刻板印象，但一想到就令人爽快，可以減輕索恩對這些小孩的妒意。他們的年紀只有他的一半，卻可以過著整整三年無憂無慮的時光，享受盡情縱慾的生活，而且，想像他們的簡陋住所，也可以緩解他從來不曾有過此等青春歲月的遺憾。

拉辛．傑佛的公寓，會讓絕大多數的人心生妒火。

他住在老維克劇院附近，就在卡特街與滑鐵盧路交接地帶，某間改裝倉庫的一樓。索恩毫不客氣，直接透過對講機表明來意，兩人又在門口互瞪了一會兒，最後拉辛帶索恩進入他的起居室，這裡的裝潢擺設，就算登上高檔設計雜誌也當之無愧。

「好漂亮的房子。」

拉辛不發一語。

白色牆面上掛了好幾排鑲框的黑白照片；都是人物照，但索恩只知道其中兩個人，馬龍．白蘭度與伊姆蘭．罕，其他全都不認識。起居室角落放置了一盞大理石台座的巨型圓弧吊燈，十五英尺的細長金屬臂桿，燈光下方放置了一張狀如DNA螺旋構造的咖啡桌，索恩心想，應該是某位日本設計師的作品，但他想不起名字。他知道這裡的東西絕非廉價傢俱品，還有，他發現屋內的電子設備全是Bang & Olufsen的高級精品——電視、音響，甚至還包括了造型奇特的電話——讓他不禁想到賀蘭德曾經提到彼得．艾倫的公寓，不過，品味當然比不上這個地方。

他挑了一張鉻與皮革混搭的扶手椅坐下來，這種椅子顯然是買來擺著好看，不是舒適考量，拉辛自己靠坐在另外一張同款沙發上。這男孩沒換衣服，與索恩早上看到的一樣，但腳上的襪子和球鞋已經不見了，取而代之的是紅色軟皮便鞋。

「拉辛，現在好點沒？」

「抱歉？」

「我和你助教講過話了。」

「為什麼要去找她？」

「哦，因為你不接手機，」索恩回道，「所以我只好從學校下手，其實她很幫忙，告訴我你身體不適，所以提早回家了。」

「沒錯。」

「想必是突如其來的症狀，」索恩調整坐姿，想要坐得舒服一點，但還是旋即放棄，「我們聊過之後沒多久的事，對嗎？」

「應該是感冒吧。」拉辛回道。

索恩點點頭，又望向音響，「你剛才在聽什麼？」拉辛帶索恩進來的時候，早已順手關掉了音樂。

「你一定不知道。」

「我想也是，」索恩回道，「聽起來不是我的菜。」

拉辛只是盯著他，索恩看得出來這男孩很緊張，不過還是勉強開口閒聊了幾句，算拉辛聰明，知道索恩來此另有目的。

「所以你喜歡聽音樂？常混夜店之類的地方？」

一陣遲疑的沉默，「不算啦。」

「確定嗎？」

拉辛身體前傾，「問這個要幹嘛？」但從他的臉上表情看來，他心裡有數。

「五個月之前，警方臨檢布魯爾街的水晶玫瑰酒吧，你遭到逮捕，」索恩說道，「最後因為持有古柯鹼而遭到警告。」

拉辛似乎是想要做出不在乎的表情，但臉上的神經卻不由自主在抽動，紅鞋急拍地板，「怎樣？」

「所以，你是因為音樂而跑去那裡？」

「那家夜店不錯，」拉辛回道，「就只是剛好和朋友一起出去玩而已。」

索恩身體前傾，他發現拉辛也隨之往後一縮，不免心中竊喜，「我才不管毒品的事，」索恩現在的語氣已經不再輕鬆，不再是隨口閒談，「有趣的是，這次的臨檢也不是由緝毒小組所發動，查毒只是次要計畫。他們是因為接獲線報才突襲水晶玫瑰，因為有人在那裡找未成年男孩買春。」索恩等待拉辛回應，但他只是盯著地板，不過他的雙腳開始不停磨蹭光潔的條狀地板，

「我說的是十四、五歲的小男生，」索恩追問，「你知道嗎？對於那些『下流戀童癖』團的傢伙來說，再怎麼下流齷齪的事也算不了什麼。不過，很不幸，對某些客人來說，搞出這種事就準備坐牢了，尤其是無法冒險在大半夜去皮卡迪利圓環附近的暗巷尋找對象的某些人，專業人士。拉辛，你很清楚我在說什麼吧？受到敬重的人士。我的意思是，如果他們想要找到一雙可愛小手幫他們迅速打手槍，總不可能還得擔心被打劫，或是被哪個毒蟲打成重傷吧。

「所以，像是你去的那種俱樂部……呃，簡直是天賜的禮物，你說是不是？可以找到洩慾對象、卻不會沾惹麻煩的完美地點。喝個幾杯，再跳支慢舞，在安全回到他們自己的舒適『單身漢』住所或飯店房間之前，完全不必拿錢出手交易。然後，這些可悲的傢伙可以欺哄自己，無論是把什麼樣的人帶回自己的窩，他們都是心甘情願自己去的，然後，可以好好放鬆，脫下西裝……」

拉辛終於抬起頭，現在，他的臉色就像是先前裝病的時候一樣難看。

「你記得我們早上才提過的事，」索恩說道，「我分秒必爭，我真正關心的是阿敏……所以能否請你直接告訴我發生了什麼事？」

「沒有啊。」

「這答案我不滿意。」

「我又不是未成年。」

「但你當時是未成年，」索恩不肯放過，「阿敏那時候也是未成年。」

拉辛站起來，「你該走了。」

「既然你對父母隱瞞了某些事情，想必他們也不知道你曾經被逮捕的事，」索恩也站起來，節節進逼拉辛，「吸毒的事也不知道吧。」

「你要講就講啊。」拉辛回嘴。

「如有必要，我一定會開口。」

「我不在乎。」

「不，你明明很在意。」索恩死盯著他，男孩強裝勇敢的姿態終於洩底，他低著頭，似乎整個人要癱倒在沙發裡。索恩知道自己擺明了在欺負人，他過去與殺人犯、強暴犯交手過，態度都比這次好多了，但那時候他有充裕的時間，還有團隊為他收集資料。他望著男孩的臉，好恨他自己，不過現在不是體諒別人情緒的時候，想想海倫·威克斯的處境，還有阿敏·阿克塔的遭遇，索恩真想把拉辛推到那高雅的牆面上，伸出手臂壓住他的喉嚨，逼這個男孩說出實話。

「我們一起去了派對，」拉辛說道，「我和阿敏。」

「什麼樣的派對？」

「和男人在一起的派對，可以了嗎？」他厲聲回道，「就像是你說的那些人，受到大家敬重的男人。」

「那些人付錢給你和阿敏，陪他們上床？」

拉辛慢慢點頭，「有些男孩是因為要買毒品，但我們純粹是想賺錢。我們的父母並不富有，你懂嗎？大部分的時候，那些男人……都很乾淨，我們正好是他們的目標。」

大部分的時候。

索恩繼續等待他說下去。

「也很……刺激，」拉辛說道，「我們自己也喜歡，我們不像其他的亞洲男孩，孜孜不倦苦讀，一心想要當醫生和律師什麼的，生活的目的就是要取悅爸媽。你知道嗎？我們可以掌握自己的生活。」

「你真的這麼想？」

「我是這麼覺得。」

「派對都在哪裡舉行？」

拉辛很遲疑，「哪裡都有，市區、河畔的頂樓高級公寓，有時候也會在高門區。」

「我要地址。」

「我不記得。」

「拉辛，快跟我說那些男人的事。」

「我已經告訴你了。」

「你要給我幾個名字。」

「不行。」

「拜託！」索恩怒吼，「他們其中的一個人殺死了阿敏！」

男孩搖頭，拚命搖頭，索恩看著他一次次堅拒回答，呼吸也越來越急促。他知道現在就算把他拖進晤談室也沒有用，沒有合法理由可以扣留他，而且這麼做更不可能逼出他想要的答案。他又再次想要揍人逼供，瘀血不像創痛，反正很快就會消失，之後得承擔什麼結果，索恩也不在乎了。他想要出手的暴怒之氣來得快去得也快，索恩看著拉辛・傑佛的雙眼，發現這孩子露出寧可被揍的表情。

就揍我吧。

不過，索恩卻大手一揮，推開了低垂身旁的那盞消光鉻色的燈罩，任其在細長的金屬燈頸上大力搖盪，索恩走出屋外，那團燈光正來回掃映著男孩的臉。

37

彼得．艾倫最近經常在酒吧鬼混。他本來就經常喝酒，但最近他如此沉溺，倒不是因為享受，反而比較像是一種就是要喝得爛醉的單純需求，無論是啤酒、蘋果酒，還是什麼都好，就是要喝到茫。他心想，自己是怎麼賺到這些買酒錢的呢？真諷刺。

其實他很少進來昆斯布理奇路的維多利亞酒吧，散發臭尿與啤酒味的老酒鬼才會來這種高貴的地方，所以他通常會多走個十分鐘，與他年紀相仿的人一起打混喝酒。那裡有大電視可以看運動比賽，可以吃的東西也不只是花生米而已。這裡不像是惠勒斯普恩那種酷炫夜店，艾倫猜早在他出生之前這裡就已經開張了，因為窗戶還是老舊的霧面玻璃，隔間座位也是同樣風格，讓你以為自己是在教堂之類的地方喝得酩酊大醉。只要有生客第一次走進去，好幾個脾氣暴躁的傢伙就會死瞪個不停，彷彿想要把對方攆出去，但大家通常只是想要玩撞球而已。週五晚上還有現場演奏，也有許多的水果盤機台等著吃你的零錢。

最棒的是，這裡不是愛爾蘭式酒吧，不會到處看到酢漿草之類的鬼東西。

他今天很早就開喝了，早在出門之前已經灌了兩三瓶啤酒，但即使在維多利亞酒吧又喝了四品脫的淡啤酒下肚，他的神智依然很清醒，已經連贏了三盤撞球。他的對手是個傭兵型的大光頭，這傢伙打從艾倫一進來就不懷好意，盯著他笑什麼的，現在能有機會讓他出醜，艾倫自是竊喜不已。

第一盤其實是他自己失誤，不小心敲到了八號球，艾倫只好被迫看著這名雞巴下士對著角落的女友眨眼睛，「超衰的。」艾倫心生不爽，開始盤算是要拿球桿打斷那王八蛋的鼻梁，還是在比賽裡繼續電他。他考量自己才剛出來，決定還是好好打球才是上策。而且，他知道要是自己輸了比賽，或是贏得還不過癮的話，總是逮得到機會好好扁這傢伙一頓。

最後一顆八號球，他瞄得精準，刻意讓球慢慢朝袋口滾去，在球還沒有入袋之前，他已經盯著那個傭兵的肥醜女友，露出開心的笑容，他對她眨眼，「超衰的。」當他走向吧檯的時候，他才突然想到這句話指的可以是比賽，或者也可以說是那女子的不幸，居然有這種鳥到不行的男友，好個一語雙關。

他覺得自己真是聰明得不得了。

他手裡拿著二十英鎊的鈔票，對女酒保足足揮了至少有半分鐘之久，但那個自以為是的臭女人就是不理他，只是和某個穿西裝的傢伙繼續調笑。所以他移到吧檯的另外一頭，一找到空隙就擠進去。他又開始揮鈔票，但卻在此時聽到水果盤機台吐出一大堆銅板的聲響，他回頭看，贏錢的那個人，他居然認識。

「喂！蠢蛋！」

坐在賭博機前面的那個男孩轉頭過來，眼神冷酷無情，但當他一認出艾倫，也笑得開心，艾倫現在不只是在揮手，他伸出整隻手臂，做出手淫動作。男孩撈起自己贏來的錢，慢慢移到吧檯前，一路上被他推開的那些人滿面怒容，但他也不管，他終於擠到了艾倫旁邊，伸拳一碰，「你在這裡幹什麼？」

艾倫也回敬了他一拳，「等著被你扁。」

「噁心……」

「你想喝點什麼？」

其實在巴達勒感化院的時候，他和強納森・布吉斯並不熟，這傢伙是蘇格蘭人，而且艾倫本來就不喜歡和毒蟲攪和在一起。除此之外，布吉斯只和白人小孩混在一起，艾倫對於黑人幫或巴基佬幫也沒興趣，所以對於這些小圈圈的惡鬥，他選擇敬而遠之，他覺得這才是長遠之計。而且，布吉斯以往與他打照面的時候，似乎看起來也不是個難搞的人，與某些專找人麻煩的白痴相比，這已經算是高尚等級的品格了，自然是個請客喝酒的好理由。

「你出來多久了？」

布吉斯想了一會兒，「在你之後沒多久，比你晚兩三個月吧。」他把手伸進口袋，摸弄出藍色塑膠玫瑰念珠，在艾倫面前晃了晃，他咧嘴微笑，露出殘缺歪斜的一排牙齒，「秘密標誌，」他說道，「來吧，讓我看看你的。」

艾倫點頭，也從自己的外套取出念珠。巴達勒感化院的男孩人人都有一條，而且大家都有共識，出去之後，要永遠隨身攜帶，這是一種對過往共同歷史的認同，讓彼此在外頭能夠建立信任感。

那些條子和法官的秘密握手方式不也一樣嘛，艾倫是真心這麼覺得。

他把玫瑰念珠放入口袋，看著布吉斯啜飲啤酒。超短的紅髮，髒兮兮的丹寧布夾克搭配牛仔褲，瞳孔擴張，艾倫看得出來他剛嗑藥。

「嗯，沒戒啊？」

布吉斯緩緩點頭，舉杯作勢敬酒，「而且絕非那種拉稀等級的爛貨。」

「哪來的錢？」

布吉斯的下巴指向水果盤機台的方向，「就靠它們。」

「唬爛。」艾倫早上在那兩個警察條子面前也編了一樣的故事。

「我發誓是真的，」布吉斯說道，「只要等到其他賭客餵飽酒吧的機子，我就過去把裡面的錢一掃而空。我有個朋友在這家公司工作，他偷偷告訴了我致勝秘技。」

「真的嗎？」

「很簡單，我也可以告訴你。」

「好，就等你說。」

布吉斯伸出食指、放在嘴唇上，咯咯笑個不停。

艾倫喝完了酒，布吉斯從口袋掏出一把零錢，扔在吧檯上，滾到地上的零錢他也不管了，他面向艾倫，彷彿心裡有了革命性的計畫，「今晚大幹一場。」

「有什麼好主意嗎？」

「我們要嗨到最高點，」布吉斯說道，「看看能不能找到兩個妞來陪玩。」他再次拿出玫瑰念珠，把它當成了催眠師的金錶，在艾倫面前搖晃，「來吧……為了巴達勒，好好『大幹』一場。」

艾倫盯著他，他覺得酒精開始發揮作用，但布吉斯看起來依然神清氣爽，艾倫想到那兩個混蛋警察來訪之後，自己悶了一天，他當然也很想讓自己放鬆一下。

「聽起來不賴。」

帕斯寇和唐納利坐在舞台後方的小房間裡喝咖啡。再過兩三個小時，夜班小組即將過來換班，再打一通電話給海倫．威克斯，對剛來的小警察做完簡報之後，就可以回去休息。

「對了，妳的表現很優異。」唐納利說道。

帕斯寇看著他，喝了一口咖啡，「謝謝。」

「我只是想要讓妳知道，妳真的很棒。」

帕斯寇別過頭去，她不想讓警司發現她因為這番稱讚而臉紅了。但她隨即又想到另外一件事，為什麼他要特別對她說這句話？因為他對她有意思？想要討她的歡心？或者純粹覺得她是個需要別人肯定的人？

無論是哪一種理由，她都覺得不太舒服。

「很高興你有這樣的想法，」她說道，「請不要以為我不知好歹……但我只是想要知道為什麼你要特別告訴我這件事，難道你覺得我……不夠自信？」

「不，我的意思是妳真的——」

「因為我的確很優秀。」

唐納利舉起雙手，故作投降狀，「我知道，我知道。好，我只是覺得妳剛過來的時候有一點緊張，如此而已，但妳非常稱職，我想要讓妳知道我深感敬佩，就這樣，絕對不是話中有話。」

「抱歉，我沒那個意思。」

「讓團隊裡的每一個人都能充滿信心，我認為這是我的職責之一，」唐納利說道，「大家也要對我們的行動充滿信心，表現會更好，就這麼簡單。」

「很有道理。」

「好，就目前的狀況看來，妳依然有信心嗎？」

「沒錯，」帕斯寇回道，「挾持者的暴力傾向並沒有增溫，不需要當面協商。歹徒只是展現出輕微至中度不等的焦慮，而且人質至少也受過基本訓練。」

「沒錯……」

帕斯寇在說話的時候，唐納利頻頻發出嗯嗯聲，而且還點了三、四次的頭，但她總覺得他似乎想要知道挾持人質事件教戰守則以外的事情。她做出小結，「我認為目前狀況還算不錯。」

「依照妳的判斷，我們繼續採取消耗戰術？」

「完全正確。」

「只要情勢沒有發生變化就好。」

「當然。」

唐納利再次點頭，但臉上又流露出不確定的神情，帕斯寇對此已經隱忍多時。要是真的遇到堅持己見的現場戰術指揮官，她一定會很不爽，但她卻突然緊張了起來，唐納利現在越來越像是一個需要由別人為他作主的長官，他只聽從建議，因為這表示萬一局勢出了狀況，他可以推卸責任。

「剛才妳迎戰奇佛斯的姿態，」他開口說道，「很令人激賞。」

「我只是在捍衛自己的底線。」

「幹得漂亮。」唐納利一臉竊笑。

「是嗎？」

「妳知道嗎？我猜他不太習慣有人對他如此霸氣。」

的確漂亮，帕斯寇想到奇佛斯的表情。索恩顯然也吃了一驚，等到他接力再戰，在一旁坐看笑話的人輪到了帕斯寇。

鮑勃，我沒辦法給你答案……

唐納利說他還想再喝一杯咖啡，問她是否也要再來一杯，她把杯子遞過去，他拿了保溫瓶、倒出咖啡，將它遞還給帕斯寇。

「蘇，妳結婚了嗎？」

「什麼？」

「只是問問而已，」唐納利吸了一口咖啡，「我注意到妳手上沒有戒指，所以覺得妳應該——」

「長官，我想這與你的職責無關，」帕斯寇打斷他，「你說是不是？」

38

雖然儲藏室裡的光線一成不變，但海倫知道現在外頭已經天黑了，後面的區域無窗，而雜貨店的鐵門也早已拉下，閃爍的日光燈管不斷發出微弱閃光，一如她的疲累無力，海倫知道這又是一個難以成眠的夜。

阿克塔躺在行軍床上，他伸臂遮眼，但她很清楚他其實睡不著。

蘇．帕斯寇剛才打進來的電話簡短平和，這是好現象，已經變成了例行公事。海倫心想，這女子表現稱職；公事公辦，但也兼顧了必要的友善態度。海倫相信如有必要，帕斯寇也可以十分強硬，不過現在她只是採取必要措施安撫阿克塔，讓他能夠稍微放鬆一點。

海倫向帕斯寇再次保證，她與米謝爾都安全無恙，心情穩定，等到電話結束之後，阿克塔向海倫道謝，感謝她繼續圓謊下去。他又為她泡了茶，在他準備就寢之前，還問她想看什麼電視節目。

現在，趁他還清醒，而且頻頻對她釋出善意，她決定要開口請他幫個忙。

「哈維德……」

他起身看著她。

「我可以打電話給索恩嗎？」

「為什麼？」

「你不希望我打電話給我姊姊，我能諒解，」她繼續解釋，「但如果我打電話給索恩的話，也許他可以幫我打電話給她，我只是想要知道兒子安好而已。」

當阿克塔望著桌上電話的時候，海倫知道他一定會答應她的要求。不過，她本來以為他會拿槍指著她，再把手機從地上滑過去，卻沒想到他根本沒動槍，直接把電話交給了她。自從上次阿克塔彎身打開手銬、把米謝爾的屍體搬走之後，兩人就不曾這麼如此靠近彼此。

「謝謝。」海倫回道。

阿克塔點頭，回到自己的床邊坐下來，「妳看我對妳有多好，到時候妳可以好好告訴他們。」

海倫撥號，果然如她預期的一樣，索恩立刻接起電話，顯然他已經記住了號碼。

「哈維德？」

「我是海倫。」

「一切都還好嗎？」

「很好。是這樣的，可否請你打電話給我姊姊，我想知道艾飛的狀況怎麼樣？」

「沒問題，」索恩回道，「電話號碼？」

海倫告訴他之後，又加了一句，「告訴她我沒事，請她別擔心。」

「等我打完電話之後，我會回撥給妳，」索恩說道，「哈維德不介意吧？」

海倫抬頭，轉述問題，他想了幾秒，點點頭，她對索恩回道：「沒問題。」

兩人靜靜等待索恩回電，兩人偶爾目光相接，只好露出尷尬一笑，彷如在候診室枯等的病人。海倫的肚子發出咕嚕聲響，阿克塔假裝沒聽見。

手機鈴聲一響起，海倫立刻按下通話鍵。

「湯姆？」

「艾飛很好，」索恩單刀直入，「當然，現在他已經睡著了，珍妮是說他很乖，但沒多提什麼細節。」

海倫想要開口講話，才發現自己的聲音哽住了，她好不容易說了聲謝謝，隔了好一會兒之後才繼續問道：「他吃東西正常嗎？她有沒有告訴你？你知道嗎，這小孩有時候嘴巴真的很刁。」

「他很好，真的。」

「哦……」

「也許他根本沒注意到媽媽不在身邊，」索恩回道，「妳也知道小孩的個性吧？」

海倫勉強一笑，但心如刀割，「對，她應該會寵壞這小子。」

「看得出來。」

「她還好嗎？」

「很擔心，」索恩回道，「畢竟是妳姊姊，但我告訴她妳狀況不錯，很快就能與她相會。」

「她有沒有提到我爸爸？」

「是，她說他很勇敢，當然也很擔心，不過妳姊姊說她已經把妳的關愛讓他知道，也告訴他妳一切安好。海倫？」

「抱歉，是……我有在聽，謝謝你。」她看了一眼阿克塔，「我得掛電話了，」她說道，「真的謝謝你，我想你還有其他要事得忙。」

「我也想不出來還有什麼其他事比這更重要。」索恩回道。

海倫一笑，這次容易多了。

「海倫，一定會順利解決的，所以加油撐下去。」

海倫掛了電話，交給阿克塔，他站了好一會兒，抬頭望著日光燈管猛搖頭，然後又走到昨天拖出行軍床的櫃子前面，伸手進去找東西。

「看看有什麼解決的辦法。」

阿克塔發出一聲叫喊，很滿意的聲音，他取出一盞木頭檯燈，綠色燈罩已經破損。他把它拿到桌前，拉著電線找到了底下的插座。他打開桌燈開關，隨即關了儲藏室的天花板大燈，檢視檯燈的效果。

「還是太亮了，」他很不滿意，「等一下。」

他走到儲藏室的另外一頭，拿起米謝爾遭射殺之後、被海倫拋扔出去的靠墊。他拆掉墊罩，以得意的姿態高高舉起，彷彿在徵求她的認可。海倫只是望著阿克塔，他想要努力撕開墊布，卻始終不得其法，他走回桌邊，從抽屜裡拿出一把大剪刀。等到剪成兩半之後，他把剪刀放回去，小心翼翼把那塊髒兮兮的赤褐色布塊蓋在燈罩上面。

「嗯，」他伸手做最後的微調，「好多了，不是很完美，但至少可以讓妳睡個一兩個小時。之前是完全不可能闔眼，我很清楚。」

「謝謝。」

阿克塔回到自己的行軍床邊，躺了下來。海倫依然覺得入眠的機會微乎其微，但這樣的確比較好，柔和多了——從骯髒棉布與血污之間所散透而出的光。

39

索恩一整天幾乎都沒吃東西，所以一回到家馬上就弄了三片起司，夾配麵包一起下肚。現在，剛結束與海倫．威克斯的電話，他又走回廚房，準備再弄個兩份。

他聽說過吃起司會作惡夢，希望這只是謠言而已。

對海倫說謊，實在讓他良心不安，但索恩也別無選擇。她姊姊的市內電話一直佔線，而且也不接手機。索恩拿著食物，望著電視機裡的十點新聞，已經立刻猜到原因了。無論圖爾斯丘的行動如何保密，媒體就是窮追不捨，而且他們的資源豐厚，風聲一定會走漏出去。最新一節的「挾持現場連線」當中，他們終於提到了海倫的名字，索恩猜想她姊姊一定是刻意把電話拿起來，不想被媒體找到人。

他聞到了怪味，彎腰檢查烤箱。

想必那女子的大門口外頭必定擠了一大堆記者，可憐。

所以，他只好編出一些絕對不會被戳破的謊言，海倫殷殷期盼所聽到的話。聽到她聲音裡的真情流露，也不禁讓他動容，他只希望讓她知道，她深愛的人以及愛她的人正在鐵捲門的外頭守候著她。

在外苦守的，還有米謝爾以及阿克塔的家人。

準備好晚餐之後，索恩把食物拿到客廳，他打開超市買來的淡啤，一邊吃東西一邊亂轉電視頻道。

電視影集，高爾夫球……

我想你還有其他要事得忙……

他打電話給露易絲。

鈴聲響了三十秒，進入答錄機，他開始胡亂留言，但她卻在這時候接起電話。

「湯姆？」

「抱歉，我只是……我以為妳上床睡覺了，」他等著她接話，但沒有回應，「妳好嗎？」

「現在很晚了。」

「我知道，」他回道，「抱歉，我工作了一整天，現在頭昏腦脹。」他告訴她圖爾斯丘所發生的緊急狀況，她一直有在注意新聞，但聽到他也牽涉其中，依然感到十分意外。不過，所幸還沒有任何新聞提到索恩的姓名。

「我還以為你遇到這種事是如魚得水。」

「為什麼？」

「抓人，還有救人。」

「對，嗯，結果還不知道會怎麼樣。」

「含藥而死的小孩，」她不放過他，「我想這簡直是讓你正中下懷。目前屍體數目可能還不夠多吧，但這些陌生人已經夠讓你操心了。」

「小露，別這樣。」

「怎樣？」

「不要吵這個。」

一陣長長的沉默，最後露易絲開口道歉。她告訴索恩，她依然在考慮辭職，離開倫敦，然後，彷彿是要順便解釋什麼似的，她又提到了自己在經手的案子，十四歲羅馬尼亞女孩的綁架案如雪球般越滾越大，現在成了一起走私人口賣淫的重大案件。

「我很難擺脫那些女孩的面孔，」她說道，「只要一想到他們在她們臉上留下的菸疤。」

索恩等了幾秒才開口，「妳就是這樣，惹得我以前常生氣。」

「什麼？」

「妳說我愛擔心別人的事，但妳自己在乎別人的程度與我不相上下。」

「對，但我在乎自己的程度還是多了那麼一點。」

「聽我說，我之所以打電話找妳，」他說道，「我們在圖爾斯丘有個人質談判專家……」

「他叫什麼名字？」

「是女的，應該是蘇・帕斯寇。」

露易絲沒有聽過她的名字，她問索恩這女子的表現如何。

「還不錯，」索恩回道，「但妳更好，也許可以讓我和警司談談看……」

「啊？你想要安排我和她互換工作？」

「也許值得一試。」

「對，你真以為他看到你把前女友帶進去會很開心？你以為我沒別的正經事要做了嗎？」她假裝生氣，但也沒有別的惡意，而且語氣還有一絲輕快，「你真有這個打算？」

「嗯……」

「這根本不是你打電話來的目的，對吧？」

「應該不是。」索恩老實回答。

「反正，我已經沒力氣搞什麼談判了，」露易絲笑道，「和你周旋了兩年，我精疲力竭……」

❖

拉辛從廚房的昂貴刀組中取出一把刀，磨切了兩份古柯鹼，坐下來，盯著它看。他拿起刀子，伸舌舔去刃面的白粉顆粒，讓那片薄金屬抵住自己的舌。

他當然知道阿敏是個勇敢的人，他親眼看過，但當他聽到阿敏在巴達勒對自己做出了那種事情，他的第一個反應是，阿敏真勇敢。

然後，我自己絕對不可能有那個膽量。

就算索恩告訴他的事是真的，阿敏並非自殺，但也絲毫不減阿敏個性勇敢的事實，他最要好的朋友比他強太多了。

阿敏比拉辛更勇於冒險。無論是派對裡某些男人看待他的眼光，或是某些人要求他所做的事，他總是一派大無畏的模樣，而且只要有玩的機會，絕對不輕言放過，拉辛每次提醒他注意安全，總引來阿敏一陣哈哈大笑。

「像我們這樣的印度好男孩，就應該要有這種表現。」他老愛這麼說。

拉辛心想，對，沒錯，一股火氣突然冒了上來，現在是誰還活在人世？又是誰擁有這一切？他環顧自己所費不貲的傢俱，聆聽昂貴喇叭播放出的輕柔爵士樂聲，卻有兩個東西讓他心頭一驚。

毒品，手中的刀。

那晚出事之後，是阿敏想出了關於派對的故事版本。拉辛本來一直很歇斯底里，想要把所有的事情都告訴警方，但阿敏說不必這樣，只要他們兩個人套好就是了。口徑一致。

拉辛從來沒有去巴達勒看過他，也不曾寫過信。葬禮的時候，他與其他在「派對」上認識的男孩坐在角落，講起模糊的往事而哈哈大笑。他吃咖哩角，像大人一樣喝印度啤酒，他根本沒有勇氣多看娜蒂拉或哈維德一眼。

他們其中的一個人殺死了阿敏！

音樂結束，在下一首樂曲開始播放之前，還有好幾秒的靜默，索恩的話又浮現心頭。

拉辛望向手中的刀，木柄剛好緊貼著手掌，他把刀緣貼住手腕，往下壓。

當它劃破肌膚的那一刻，他痛得大叫，趕緊抽開刀子，把手腕湊上嘴唇猛吸，雖然只有短短的一秒鐘，但他怎麼會有這種想法？又是哪裡來的勇氣？他低頭盯著手腕，那一條傷口又開始滲血。

他從桌上拿了張鈔票，捲成細筒狀，低頭開始吸第一份古柯鹼，他看到一滴鮮血滴落在白色粉末裡，他側彎手腕，讓更多的血滴順勢而下。

拉辛想起他的朋友彎腰撿起李・斯勒特掉落的刀子時，不小心滑了一跤，當阿敏整個人飛撲過去的時候，還發出了尖叫聲。拉辛也還記得自己坐在地上，眼睜睜看著這一切在他面前發生，他的屁股又濕又冷，但安全無恙。

他盯著桌面，想起了雪中的血滴。

40

當艾倫與布吉斯離開第四間酒吧的時候，根本還是沒有找到可以陪玩的妞。他們在每個地方都不斷大膽嘗試，但也屢戰屢敗，布吉斯還對著最後一個拒絕他們的女人大罵，「肥豬女同性戀！」然後兩人踉蹌步出酒吧，走到了下克萊普頓路。艾倫說道：「她又不胖！」總算讓布吉斯的反應不再那麼激烈，十五分鐘之後，兩人到了艾倫家的大門口，兩人依然大笑不止。

「你家不錯嘛。」兩人進入屋內，布吉斯開口讚道，他走到音響前面，吹了聲口哨，「你哪弄來的啊？看起來像是托特漢廳路店裡的東西。」

「我剛好有錢進來，不行嗎？」

「哪來的？」

艾倫被問得火大，但還是強抑住炫耀的欲望，他知道不該繼續多嘴下去，所以只是聳肩。

布吉斯似乎也不以為意，「都是你那張醜臉把所有的美眉都嚇跑了，不然我們現在就可以盡情狂歡。」

「喂，長得抱歉的是你吧。」

「去你的！」

兩人又開始哈哈大笑，艾倫的狗從另外一個房間跑出來，兩人逗狗逗了好一會兒。

「啤酒？」

「在冰箱。」

「那就去拿啊。」布吉斯說道。

艾倫從廚房拿了四罐啤酒，等到他回到客廳的時候，布吉斯已經挑好了CD，把音量開得震天價響。他們打開啤酒，站著對笑，隨著音樂搖頭晃腦，手指還貼在啤酒瓶上頭來回滑動，彷彿把它當成了電吉他的琴頸。

「超級殺手！」布吉斯高聲大喊，音量壓過了吉他的尖銳弦聲，「超屌的！」

艾倫點頭，「最強的樂團。」他伸手調低音量，「鄰居會不太爽。」

「誰理他們哪，」布吉斯坐在地板、靠在沙發上，狗兒跳上去，趴在他的背後。

「去死啦。」

艾倫把聲音調低了一點點，隨即坐在布吉斯的旁邊，兩人開始抽菸，各喝了兩瓶啤酒，他們聊起在巴達勒與其他感化院的過往、討人厭的獄卒、爭吵，還有各自的辛酸歷程。

「簡直像是度假營一樣，」布吉斯說道，「我說巴達勒，和某些地方相比，簡直像是度假營。」

「我再也不要去那種度假營了。」艾倫回道。

「回鍋就不會那麼痛苦。」

「跟你說了，絕對不回去。」

「好啦。」

「總之，」艾倫說道，「我弄到了一點錢，準備要好好展開新生活。」他撿起空瓶、把它們帶進廚房。

「幹嘛這麼像歐巴桑。」布吉斯酸他。

艾倫打開廚房門，他看到空罐就心煩，「先前已經住了太久的豬圈，」他回道，「我的家從今以後要維持整齊清潔，」他走進廚房，把啤酒罐扔進垃圾桶，額頭抵在後門的冰冷玻璃。他望著黑漆漆後院裡的塑膠椅輪廓，艾倫希望布吉斯可以趕快閃人，他要是再喝一瓶啤酒就不行了，現在連思考都很困難，他只想要趕快上床，抱著自己的狗兒一起睡覺。

他回到客廳的時候，布吉斯正忙著從他的爛菸盒鐵罐裡拿出吸毒工具，注射器與針頭、黑湯匙、一包錫紙。

「給我一點水好嗎？」

艾倫轉身回到廚房。

「有沒有檸檬汁？」

「媽的你以為我誰啊？大廚傑米．奧利佛？」

「醋？」

「有啦，要找一下。」

「有醋也可以。」

他拿了水和一瓶醋，坐在布吉斯的旁邊，看著他小心翼翼把毒品倒在湯匙裡，然後又灑了幾滴醋，再拿注射器汲水，加在湯匙裡，以打火機加熱。他捏斷了香菸的濾嘴，把它丟入那一團冒著熱泡的褐色物質裡，最後再以注射器汲入混合液。布吉斯開始準備針頭，動作靈敏熟練。他告訴艾倫把皮帶脫下來給他，他綁在手臂上，猛力對著靜脈拍打，開始施打海洛英。他頻頻點頭，等到他終於抬起頭來、望著艾倫的時候，簡直像是高潮剛結束的神情。

「爽。」

「你玩夠沒？」艾倫問道。

布吉斯拿起注射器，搖了搖裡面殘存的液體，「來吧，一人一半，」他開口回道，「你看我多麼大方。」

「免了，」艾倫說道，「你自己玩就好。」

「怕了哦？」布吉斯露出鼠輩般的尖牙，「你從來沒試過？」

「當然有。我只是喝得太醉了，不想要而已。」

「拜託！」布吉斯開始激他，「為了巴達勒，好好『大幹』一場，忘了啊？就像是一場慶祝儀式，我們就要擺脫它了，讓我們擺脫得一乾二淨！」他從自己的前臂解下皮帶，挨身過去，綁住艾倫的手，「一人一半，怎麼樣？」

艾倫盯著注射器，剩下的似乎超出一半甚多，但管他的，他一直想要嘗試看看，好幾次就差點插了進去，而且他不想在布吉斯這種混蛋面前示弱。

他點點頭。

「它會帶你上月球，」布吉斯輕聲細語，「巴達勒的事，根本想不起來……」

當針頭刺進去的那一剎那，艾倫冷不防倒抽一口氣，他看著布吉斯慢慢抽回針軸，細長的血流倒旋進入針筒。

「很爽，你說是不是？」布吉斯看著他，露出微笑，「打靜脈就是這麼過癮，才不像皮下注射，根本不痛不癢。」

「我覺得自己好像蠟燈在融解。」艾倫回道。

「這就對了……」

艾倫突然心口急痛，彷彿像是有人開巴士輾過去，他想要奮力呼吸，也好想嘔吐，但他根本沒有任何機會做出反應，只聽到一聲砰然巨響，還搞不清楚怎麼回事，眼前已經一陣黑。

布吉斯看著艾倫的頭撞地，不禁露出猙獰笑容，隨後，他繼續看著艾倫的眼瞼不斷亂眨，眼球骨碌碌轉啊轉，活像是兩顆水煮蛋。等到艾倫的胸口不再有任何起伏之後，他才站起身來，從廚房拿了清潔劑與抹布，開始在公寓四處走動，小心翼翼擦拭自己可能留下指紋的所有地方。

喇叭依然轟隆隆傳出重金屬音樂，他把音樂調回最大聲量，隨著音樂的節拍一邊搖頭，一邊忙著清理。

「你這個他媽的歐巴桑，我會好好把你的家整理得乾乾淨淨。」

他擦拭音響與CD架，又走進廚房，把手伸進垃圾桶裡，把所有的空啤酒罐擦了一遍。注射器還吊在艾倫的手臂上，他也不忘把它擦乾淨，最後，他仔細噴洗自己的菸盒鐵罐。他會想念這個小東西的，畢竟它曾經目睹過他某些痛苦萬分的時刻，但如果要把一切佈置得合情合理，就必須留下這個鐵罐，他很清楚，不可馬虎處理細節。

他把清潔用品歸位，歌曲也剛好快要播完，所以他乾脆就等下去。聽到最後一個和弦的時候，他的手臂也猛揮大圈，最後一聲鼓擊震耳欲聾，他也隨之往上跳躍，差點失去了平衡，最後還是靠在椅子旁邊穩住了，他咯咯笑個不停。做得有夠漂亮，布吉斯覺得自己太厲害了，他低頭看著艾倫的屍體。

對這種膽小鬼來說，這種死法也未免太豪奢了。

沙發上的狗兒抬頭，對著他搖尾乞憐，舌頭伸得好長。他在想，也許自己也該養隻寵物，要是有機會的話，帶走這隻也不錯，但轉念一想，要是做出這個舉動豈不是太蠢了，前功盡棄。

他伸手撫摸狗兒的肚子，搔了搔牠的耳後，玩了好幾分鐘之後，離開現場。

接到電話的時候，他正躺在床上看新聞。

悠閒躺在乾淨的床單上，手執一杯高級純麥威士忌，這是他的極樂享受之一，甚至比那些偶爾出現在他床上的男體所得到的愉悅更為強烈。那些溫存時刻，只不過是臨時性的安排，一個小時左右，足以滿足他的需求，完事之後他就不需要任何人的陪伴，他只渴求獨處。他絕對不讓他們過夜，他從來不覺得這種事有什麼好開心的，他無法忍受的不只是醒來時旁邊有人，就連和某人相依共眠也是根本無法想像之事。對方的手臂擱在他身上，彼此的腿互貼在一起，又或是在頸後地帶感受到對方的鼻息。

光是想到這些細節就讓他全身顫慄。

也不能說他……不溫柔體貼。他對情人一向細心，這一點讓他深感自豪，但他只是習慣在翻雲覆雨之後，保留自己獨處的空間，他總是會為他們叫計程車，還在他們的口袋裡多塞點零用錢，讓他們去買些毒品消磨時光。有些人會回頭找他，因為他們知道無論是在臥室裡，或是離開了臥室，他都能讓他們歡度一段好時光。

能夠在圈子裡贏得這樣的名聲，他很滿意。

他正在看「天空」電視的新聞台，當類似這種事件發生的時候，這種二十四小時的新聞頻道簡直是天賜之禮。當然，看了一陣之後，同樣的新聞素材——或者應該說其實沒什麼新聞——以十幾種不同的花俏方式出現在觀眾面前，也不免令人乏味，但離奇的是它居然有催眠的效果。

要是沒有最新發展，他再這麼看下去就會睡著了。

有個男記者站在警方封街的路底，距離封鎖線只隔了幾英尺遠而已，記者後方有個穿制服的小警察，滿臉無奈；另外還有一個年輕黑人女子，顯然是比較資淺的記者——站在火車站的外頭連線，當然，車站依然嚴禁出入，她偶爾能找到發牢騷的通勤客做短暫訪問，但其他時候也只能尖聲獨白，戲劇效果自然是沒有另外一位同事顯眼，那個男記者的臉讓人覺得好嚴肅，他的背景畫面除了有警察之外，還有不時穿梭而過的緊急車輛，增添了幾許刺激感，但也只有如此而已。

他躺著不動，自顧自笑了。

畢竟，沒新聞硬要做新聞，也就只有那幾招而已。

他啜飲了一口威士忌，不禁又問了一次自己，在破爛小雜貨店裡的這個男人這麼做到底為了什麼？沒錯，有許多的疑問等待解答，但最後呢？這男人能讓自己的兒子起死回生嗎？

他又喝了一口酒，當然不可能。

現在那個黑皮膚女記者開始高談闊論「社區的緊張關係」，電話在此時響起，他覺得這女子之所以能得到這份工作，純粹就是因為反種族歧視的保障名額政策而已，看來她應該去主持兒童節目才是……

「我剛好在看『一手雜誌一手菸』節目。」他開口說道。

「什麼？」

「我在說那間雜貨店。這些印度人開的店通常都會取個好笑的名字，就像是他們會把理髮店叫作『今日煩惱絲，明天全消失』一樣！真荒唐。」

「現在狀況如何？」

「那個蠢蛋依然拿槍對著可憐小女警，沒什麼特別的。」

「哦，對了，有件與此相關的事——」

「別這麼裝腔作勢，好不好？」他起身坐在床上，甚是惱怒，他按下電視靜音鍵，「每天工作都已經聽膩了。」

電話另外一頭的男人悶哼一聲，繼續說道：「隨便你。我只是打電話讓你知道，事情已經解決了，我想你聽到會開心才是。」

「我們的蘇格蘭朋友拿到酬勞了？」

「嗯，他說任務完成，我就給了，但他自己也很清楚，這種事最好別搞花樣。」

「他有小心處理吧？」

「他對我仔細交代了細節，證明他的確小心翼翼。」

「很好，現在只要他對於所託之事小心低調就好。」

「他拿到的數目足以讓他可以避風頭，所以不成問題。」

「希望這件事到此結束。」

「難道你覺得我辦事不力？」

「你現在人在哪裡？」

另外一名男子壓低聲音，「我在家，樓下。」

「拜託，老兄，回去你的床上，趕快打手槍，不然和你老婆幹一炮更好，看來你應該要好好放鬆一下。」

「明天是不是好好談一下？」

「好，明天應該會在派對上看到你吧？」

「這樣好嗎？」

「就像你剛才說的一樣，事情已經解決了，我們應該要讓自己稍微開心一下。」電視上的那名男記者已經將現場還給棚內，兩名有著明顯曬痕的主播後方，出現了微笑的哈維德·阿克塔的巨幅照片，「要是走運的話，我們的這位雜貨店朋友明天晚上就會幫我們一個大忙，把槍塞進嘴巴裡自盡，我們應該可以開瓶好酒慶祝一下。」

第三天

執法之人

41

索恩一直醒醒睡睡，這一次，他在漆黑的房間裡發呆了好一會兒，想要再次入睡，但胸口突然一緊，彷彿心臟激烈跳動、撞到了骨頭，他知道現在沒有機會回頭入睡了，因為手機鈴聲急催。

「我們發現一具屍體，你應該會很有興趣。」賀蘭德說道。

「只要是屍體，一定有興趣。」

「為了以防萬一，我進入全國警務電腦系統，把我們這幾天訪談過的人的資料欄、輸入緊急狀況通知標記。然後，哈克尼的執勤探長在十分鐘前打電話給我。」

索恩努力回想，誰住在哈克尼？等到他想出答案的時候，嘴角漾起了笑，「彼得．艾倫？」

「掛了。」

「真是太巧了。」

「可不是嗎？」

「我四十分鐘內趕到，」索恩回道，「記得保持現場。」

他起身穿衣，八點半的電視新聞正在播報路況，進入市區的A40公路開始出現車潮，還有，倫敦奧運的建設花費超支了七十億英鎊，圖爾斯丘的挾持事件在昨夜並沒有傳出任何重大進展。

索恩覺得最好還是親自查看一下比較好，要是現場真有狀況，唐納利第一個打電話要找的人也不會是他。

索恩一邊刷牙，一邊端詳鏡中的自己，發現這幾天都沒刮鬍子，也沒洗澡，不過他噴了大量的體香劑，希望別人不要發現他身上的異味。

要是有人聞到的話，第一個告訴他的人一定是漢卓克斯。

他朝洗手台吐水，然後又看著鏡中的映影。他心力交瘁，外表可能沒那麼明顯，但其實痕跡也逐一敗露。最近頭髮越來越花白，某側冒出的白鬢特別多，而且他下巴的線條也以相同的速度逐漸與頸肉連成一氣，黑眼圈也成了半月狀。當然，漢卓克斯都一一數落過他了，去年聖誕節的時候，他還送給索恩一堆男用保養品，現在這些東西依然放在浴室櫃裡，原封不動。索恩倒不是覺得使用男人保養很娘，而是懷疑它的功效。他覺得化妝品公司開始進攻男性市場的確是聰明策略，他們長久以來在女人身上海削了大筆鈔票，也可以拿同樣招數賺男人的錢。

男人也一樣愛慕虛榮，而且搞不好更容易受騙。

布魯斯？這是假髮嗎？相信我，根本看不出來。

他傾身向前，凝望鏡中的自己，吐納之間，喉嚨發出了沙啞聲響。他伸手擦去鏡面上的水氣，男人從什麼年紀開始會散發與眾不同的氣質？也許這種事只會發生在建築師和導演的身上，還有那些懂紅酒、閱讀那些無人聽過的書籍的男性。他周邊年近五十的警察，大多看起來……慘到不行。

被操翻了。

索恩回到臥室，拿起角落椅子上的皮外套，他翻了翻前面的污漬，心想如果再買一件同樣款式與顏色的皮衣，不知道是否也算是為生活方式增添了一點小小的改變。他把阿敏．阿克塔的皺爛文件資料塞進公事包，走出臥室。

他也順手把體香劑放了進去，走出大門。

賀蘭德在人行道上等索恩，一看到他停好車子就立刻舉手對他猛揮。國宅入口已經被封鎖，穿制服的員警在旁守衛，他們宛若雕像一般，站在前院的飄晃黃色膠帶後方。賀蘭德已經穿上藍色紙罩衣，索恩才剛下車，賀蘭德立刻遞上另外一件給他。索恩把自己的外套丟在BMW汽車後座，鑽進罩衣裡，他一手扶住賀蘭德的肩膀保持平衡，順便把臉轉過去，不想看到街道另一邊的那一小撮圍觀民眾。

他們的目光投向這新來的傢伙，而且還彼此交頭接耳，手機紛紛高高舉起，對他拍照。

索恩知道，裡面有部分的人正在熱切期盼屍體——最好是多具屍體——從屋中抬出來，也有某些人是在四處找尋相機與認得出來的面孔，想要拼湊出這齣刑案電影的明星究竟是誰，但絕大多數的人之所以站在那裡，只是跟著湊熱鬧而已。

這恐怕是彼得．艾倫一生當中最受注目的時刻。

「誰發現屍體的？」索恩問道。

賀蘭德面向那一排國宅，「超大聲的音樂放了一整晚，同一張專輯不斷重複，所以鄰居只好打電話給管委會。」

「是艾倫？」

「嗯……應該就是他。反正，管委會找了噪音污染檢測人員過來，最後他們打電話給警察。他們把地址輸入全國警務電腦，發現了我的通知標記，當地警察立刻破門而入。」

「沒有強行闖入的痕跡？」

「除了警察的那一次之外，沒有。」

「是什麼？」

「你問哪個？」

「播放的專輯。」

「你真要知道那麼詳細啊？『超級殺手』的《地獄四季》專輯。」

「死因顯然可疑，」索恩回道，「有哪個正常人會想要重複播放這種歌？」

「不小心嗑了太多藥？」

「拜託，你自己也看過他的犯罪紀錄，」索恩彎腰穿上他痛恨的紙鞋套，「從來沒有靜脈注射用藥紀錄，也不曾因為與毒品有關的案件而遭到逮捕。老實說，就算他是超級大毒蟲好了，但你前一天才找過他，第二天就用藥身亡，也未免太匪夷所思了。」

賀蘭德點頭，「如果他們耐受不住壓力，給他打一針過量的毒品，也是易如反掌。」

「沒錯。」索恩站起來，兩人一起朝公寓方向走去，街道的另外一頭又有好些人舉起手機在忙著拍照和錄影。「但話說回來，……為什麼要放『超級殺手』？」

「想必別有用心。」賀蘭德回道。

「真是，本來可以讓他好好安樂死的。」

艾倫陳屍的第一現場非常擁擠，好幾個人忙著拍照，不過這些相機與攝影機比外頭那些人的專業多了，而且除了驗屍陪審團的成員之外，這些影片與照片也不可能成為大眾的消費品。警方攝影師在法醫附近自由走動，巧妙穿梭在各組鑑識與指紋採集人員之間，大家都在安靜工作，每一個小組對於其他人員的操作流程知之甚詳。

收袋，貼標，刮取。

索恩看到他們在忙進忙出，就會忍不住想到自己相形見絀，辦案笨手笨腳。這些人從事的是真正的偵查工作，但他卻像無頭蒼蠅一樣亂轉，希望有好運氣能查到一點蛛絲馬跡，但卻頻頻碰壁。當他們工作如行雲流水般流暢的時候，看得出有某種……優雅風範，但他們有時會流露出大剌剌的態度，蹲下來查看屍體、從旁邊慢慢走過去的時候，也未必會表現出對死者的尊重。

「要是把那套音響幹走的話，會不會有人發現？」

「哦，如果我拿走寬螢幕電視，我保證不吭氣。」

「不過說真格的，你看到他收藏的那些碟片嗎？」

「有啊，顯然他特別愛看性虐影片。」

「輪暴啦、電鋸什麼的。」

「你知道高達九成的人喜歡輪暴嗎？」

艾倫側倒在沙發前方，雙眼半睜暴凸，嘴唇變成藍色。貼在地板上的臉龐已經腫脹發紫，嘴唇周圍還有一團口沫。

「那天早上，」賀蘭德說道，「我說這次狀況很特殊，」他的下巴指向屍體，「我以為不會看到『這個』了。」

索恩望著彼得．艾倫的蒼白手指，依然緊緊掐著破敗的地毯，他也想起了前一晚通話的內容。

被露易絲說中了。

今天稍早的時候，他也想到了她。

高速穿越哈克尼的連綿車陣，聆聽葛蘭．帕森斯與艾美蘿．哈里斯的合唱，搭在一起似乎有些違和感。他行駛在公車專用道，車頂放著藍色警示燈，隨時準備按喇叭，而這對男聲與女聲──孱弱與純淨的組合──完美貼附在一起。艾美蘿總是堅持她與帕森斯不是一對戀人，但索恩很難相信這是實話，明明在合唱，對唱的歌聲裡聽得到濃濃愛意。

他聽著他們的歌聲，不禁捫心自問，為什麼要打電話找露易絲。

也許他不免有所期待，聽到她說自己過著憂傷又孤單的生活？兩人分手真是天大的錯誤？要是她真的說出這些話，他又會有什麼感受？

他想要找個真正了解他的人一吐心事，但他也知道，真的說出口之後可能會讓場面變得難堪。他想要聽到她的聲音，對，也許他應該放下疙瘩，把話說開，理論上，分手之後的那些改變應該會令人興奮才是……嶄新的挑戰、對未來期待的改變，諸如此類的事，但這種改變也許來得太快太劇烈了？

如果他不怕，那就是笨。

感謝老天，現在沒有時間多想這個。

又被她說中……

索恩催油門，經過老街的圓環，讓自己沉浸在葛蘭與艾美蘿的美妙喧鬧樂聲之中，當他看到賀蘭德在犯罪現場外頭對他招手的時候，胸臆中的那股揪痛也瞬間消失無蹤。

這次值班的病理學家是漢明斯，索恩之前遇過他一兩次，不苟言笑的傢伙。他走向索恩與賀蘭德，那張圓臉上頭的表情告訴大家他早已經完成初步驗屍工作，但被交代必須等到索恩到達之後才能離開，顯然非常不爽。

「死亡時間超過八小時，但還不到十二小時。」

「你怎麼連招呼都不打？」

「有人告訴我你在趕時間。」

索恩很想花一點時間好好回敬他，但還是忍住罵人的衝動，「藥物過量致死？」

「哦，當然也許有其他潛藏原因導致用藥過度，但目前看來……八九不離十，他身上看不出來先前有施打毒品的痕跡。」

「所以，不是他自己打的？」

「我沒辦法遽下結論，但他是右撇子，會在自己的右臂注射毒品是有點奇怪。但我還是要再說一次，你才是警察。」他撂話之後轉身就走，但那說話的語氣，還有最後一抹微笑，顯見這位病理學家對於索恩的專業素養也抱持了相同看法。

像無頭蒼蠅一樣亂轉，笨手笨腳……

「混蛋。」賀蘭德小聲暗罵。

「在你面前，要擺出混蛋博士的架勢，」索恩說道，「他們就是希望讓你記住那種死樣子。」兩人走到在音響前工作的採集指紋人員附近，他拿著磁吸棒掃過表面之後，又小心翼翼拿起沾了粉末的玻璃纖維筆刷輕輕拂擦，宛若在修補古畫，「有指紋嗎？」

「一大堆，」對方回答，「但我猜全部都是死者的指紋。」

「為什麼？」

「因為有些區域完全沒有指紋，許多東西顯然都被刻意擦拭得乾乾淨淨，就連垃圾桶裡的空啤酒罐也一樣，」他的下巴指向屍體，「還有那個注射器，就我所知，還沒聽過幾個人能以完全不碰到手的方式打針，」他露出微笑，「我的意思是，我也不需要廢話，畢竟這是你的工作……」

「這當然多多益善。」索恩回道。

「幹這件事的人，自以為聰明，」採集人員放下筆刷，向前拿起塑膠盒，裡面擺放了已經做好標記的證物，等待進一步的檢查，他把手伸進去，取出某個塑膠袋，裡面放有清潔噴劑。「他把一切清理完之後，卻忘了擦這個。」

「哦哦！」賀蘭德開心叫嚷。

「還有更好的東西。」法醫小組組長顯然是聽到他們的對話，走了過來，還拿出另外一個裝著啤酒罐的塑膠袋，「沒有指紋，」她說道，「但我們還是可以從上面取得DNA。」

索恩望著面前的這兩位專家，手上各拿著自己的證物袋，得意洋洋，像是等待被人稱讚的小孩，「哪一個比較快？」索恩問道。

他們互看彼此一眼。

索恩知道在一般情形下，指紋應該會比DNA快一點，但他也知道如果事況緊急，也有許多變通的方法，兩者化驗結果所需的時間都可能大幅提前。要是能把採集到的樣本親自送交蘭貝斯的法醫鑑識中心，以最速件處理，那麼就只需要幾個小時，而不需要等上好幾天。

法醫小組組長聳肩，「應該是不需要太久。」

「可以運用『先進DNA比對技術』，」賀蘭德問道，當大家的目光轉向他的時候，他的臉微微羞紅，「不到一小時就可以找出相符的檔案了。」

「你怎麼知道的？」索恩問道。

「你知道那些每天被你丟進垃圾桶的通告和機關報？我們有些人是會認真拜讀的，」賀蘭德望向法醫組長，「一個盒子搞定DNA，對嗎？」

她點點頭，轉向索恩，舉起了手，「不到一小時是誇張了一點，但問題在於這並非傳統方法，逮捕不成問題，但是證據力可能不足。所以，就算我得到允許使用它來做檢測，到了上法庭的時候可能不被承認。」

「這種事就之後再來擔心好了。」索恩回道。

「我沒有辦法對你做任何保證。」

「就看妳盡力而為。」

那名指紋採集人員向前半步，「如果真的那麼重要，」他說道，「我想我應該可以在幾個小時之內給你結果。」

索恩知道在一般狀況下，法醫小組組長要同時負責指紋與DNA的證據，取得樣本之後送交實驗室，然後把資料轉到蘇格蘭場的相關罪犯資料庫進行比對。不過，現在遇到這種狀況，他覺得應該讓他們各自分頭進行、慫恿他們彼此競爭，才能讓他盡快知道結果。

「送你一瓶上好的蘇格蘭威士忌，夠意思吧？」索恩看著指紋採集人員，對方點點頭，他又面向法醫小組組長。

「給我梅洛紅酒，我會幫你搞定。」她回道。

「如果妳比他先給我答案，我會為妳煮一頓晚餐，和妳一起喝紅酒。」索恩又回頭望著指紋採集人員，「當然，這一套不適用在你身上。」

索恩走向大門，對著緊跟在後頭的賀蘭德訓話，「每一件事都得要盡快完成，」他再次強調，「絕對不可有任何遺漏。」

「我會處理。」

「還有，去找驗屍官，我也要馬上看到驗屍報告，盯緊他一點，告訴他有名警官的性命危在旦夕，」他開始脫去罩衣，「我要漢卓克斯來驗屍。」

賀蘭德盯著他，「所以你怎麼看？如果讓阿敏受傷進入醫護室病房的是艾倫……」

「就是他，」索恩回道，「有人付錢給艾倫，讓他下手傷人，現在他們又付錢給另外一個人，要確保艾倫永遠無法告訴我們真相。」他倚在大門口脫去鞋罩。

「幕後主使者之所以要讓阿敏入院，就是因為那裡是唯一可以佈置得像是自殺的地方。主使者也很清楚監獄狀況，知道半夜溜進某人的囚房、把人勒死絕非易事，他們策畫了這起謀殺事件，現在我們開始偵查真相，他們又啟動了杜絕後患的殺人滅口計畫。」

「如果我們想要找出指使者，最好的方法似乎是追查出殺死艾倫的人。」

「指使者不止一人。」索恩回道。

他丟掉罩衣，拿出手機，一邊走向自己的BMW汽車，一邊撥打電話。

電話直接轉到電話答錄機。

「拉辛，我是湯姆．索恩。你聽我說，我知道你已經很害怕，但我還是想要讓你知道，阿敏命案的兇嫌又殺了一個人，如果你聽了更害怕，很好。抱歉，但我沒有時間理會你的心情，現在，你是不是該把事情告訴我了？」

42

當他們一起去度假的時候，保羅曬黑的速度總是比她快。其實他們一起度假也沒幾次，在希臘待了兩個禮拜，還有一次待得比較久，在馬約卡的某間破敗別墅。不過，只要他們一出國度假，他總是那種有狗屎運、能曬出古銅色肌膚的傢伙，但她看起來卻像是去了冰島之類的地方度假，她每半個小時重塗一次係數三十的防曬乳，肩膀和大腿只會變成被人打屁股的那種淺紅色。保羅總是愛糗她，惹得她越來越不爽。

「不公平，」她在回國前的最後一天會對他抗議，「你看起來像是住在這裡的居民，但我卻像是從他媽的鬼班機剛下來的遊客。」

他會講一些安慰她的話，像是這樣比較不會有皺紋，也不會得皮膚癌之類的話，但沒有用，她看著他躺在床上，對她嘻皮笑臉，他沒刮鬍子，黝黑的皮膚讓倫敦所有的硬漢警察為之遜色，她的臭臉也沒辦法撐太久。

「我覺得自己好像是那種獨自旅行的飢渴女人，想要找個當地的漁夫大幹一場……」

所幸，艾飛遺傳到了爸爸的曬色基因，現在，三人漫步在沙灘上，海倫偷瞄著這一對父子，兩人都有修長的雙腿，精瘦的胸膛，古銅色的肌膚，穿著五彩繽紛的短褲，好看極了，她的臉龐也終於感受到太陽的濃烈熱度。

海水的顏色就像是廣告宣傳小冊裡的彩頁一樣美麗。

海灘的前方有人在烹煮食物，她的是鮮魚，而艾飛與保羅吃的是牛排。

每一個人都在暢懷大笑……

海倫睜開眼睛。

阿克塔正在水槽旁清洗他們半小時前用完的茶杯，他轉頭望著她，「不是故意吵醒妳的。」

「我也沒在睡。」海倫回答。

阿克塔點頭，拿起骯髒的茶巾布抹手，「是，我知道。」他轉身拿起桌上的面紙盒，交給了她。

海倫不知道自己在哭。她伸手抽了兩張面紙，點頭稱謝，她的指尖掠擦到他的手腕，兩人之間的距離不過只有兩英尺而已。

過了好久之後，他才拿起手槍。

他往後退，環顧整間儲藏室，「沉浸在自己的世界裡，絕對比枯待在這地方開心多了，我也和妳一樣。」

「你都想些什麼？」海倫搶先問他，她不希望他問她這個問題。

「只是回憶過去而已，小時候的事。」

「你的家鄉在印度的哪裡？」

他坐在桌前，「其實，我是在亞丁長大，南葉門。」

「哦，這樣。」

「在二〇年代，我們從孟買舉家遷移過去，一九六七年英國撤出葉門，我們也搬回印度，當時狀況很詭譎，獨立的紛擾不休，妳知道吧？」

海倫根本不清楚這一段歷史，但還是先點頭再說。

「我父親也是在那個時候過世，所以全家人搬回孟買，妳知道嗎？他一直自己做生意，從澳洲進口米糖，」他對自己點點頭，開始回憶過往，「四十二歲撒手人寰，」他擠壓手指，發出喀嗒聲，「從椅子上站起來，突然就撲通倒下去。所以，我們回去老家……家裡的每一個人依然認為孟買才是真正的家……兩年之後，我來到英國，那一年我十九歲。」

「為什麼會來英國？」

「賺錢哪，」他的回答彷彿這是理所當然的事，「我父親過世之後，一家子全靠我一個人，我在孟買的收入難以維持家計，就這麼簡單。我們賣掉我媽媽房子裡的部分傢俱，買了我的車票，我就過來了。」他又露出微笑，「我去了芬奇利！我一到希斯洛機場就立刻搭火車過去，因為大家都叫我去那裡，去芬奇利就對了，那裡有一大堆印度人，總會找到人幫你。我知道，這聽起來很好笑，但他們說得一點都沒錯。我第一天找到了民宿，然後開始打零工，洗車、在餐廳裡面打掃什麼的。我還記得自己嚇了一跳……看到英國人在工作，和我做一樣的事情，我深受震撼，因為在我的家鄉，工作的都只有我們印度人。

「當時是七〇年代初期，也沒辦法找到更好的工作，因為那時候大家還不太接受印度人，還是有很嚴重的……緊張關係，流血衝突不斷。但最後我運氣很好，在尤斯頓路的銀行找到了不錯的工作，一週八英鎊的薪水，就這麼多，我還是寄錢回家，因為孟買有十五、六個家人靠我的薪水生活，母親與其他人每個月都在等我的錢回去。」他揮揮手，「妳知道嗎？其實這沒關係，因為這畢竟就是我之所以來到英國的原因。」他停頓了幾秒鐘，搖搖頭，「我在那間銀行待了有十八年，但薪水調漲的幅度並不高，過了一陣子之後，我的家人陸續過來這裡，母親、姊妹、舅舅。我把大家都安頓好，還向銀行貸了一點錢買房子，小小的一筆錢，買了一棟小小的公寓！

「然後，我認識了娜蒂拉。」

海倫發現他臉色出現變化，一陣喜悅油然而生。「你們怎麼認識的？」

「透過銀行的長官介紹。她出身有錢家庭，家世非常好，所以她父親當然想要確定我是合適人選。他特地來看了我的公寓，還找了我的銀行同事探聽消息。這不是媒妁之言，但最後還是得到了她父親的首肯。

「感謝老天……

「我又在銀行工作了差不多一年多，而我有個表哥在布里斯托開店，我跑去看他，娜蒂拉和我決定要向他看齊。頂下這間店、再加上進貨，需要八千英鎊，但我們沒辦法向銀行借貸，所以把房子拿去押二胎，這是一場大冒險，但我們也只能硬著頭皮幹了。」他伸手壓在胸口，「說真的，我一定得賭下去，我想要自己做生意，就和我爸爸一樣。當時我們的長子與女兒都已經出生，娜蒂拉正懷著阿敏，」他嚥了嚥口水，繼續說下去，「懷著阿敏……」

「想必不輕鬆。」海倫接話。

「真的，不容易。」

「畢竟才剛成家。」

「娜蒂拉來幫忙的時候還得帶著孩子，我記得很清楚，她分娩的前一天還在店裡工作，坐在櫃檯後面，大腹便便！現在，只有當我外出進貨的時候，她才會過來幫忙，大多數的時候只有我一個人，老實說，我覺得滿好的，有許多時間可以閱讀和聽收音機，或者只是沉思，妳知道吧？最近，胡思亂想的時間也可能太多了一點。」

「有沒有想過出去度假什麼的？你的店似乎從來沒有關門休息過。」

阿克塔搖頭，「我每天三點四十五分起床，一個小時之後到達店內，整理報紙，送報，然後回來開店，迎接早晨的上班人潮。週一到週五，我開到下午六點半，週六開到下午五點，週日則是下午兩點，從來不休假。」

「真可怕。」海倫嘆道。

「我覺得自己一直很拚，」阿克塔的臉色又發生變化，他傾身向前，突然大怒，「我以為這樣可以讓別人認真對待我、敬重我，我以為法律會保護我和我的家人。」

「真遺憾。」

「不過，現在他們總算認真多了，」他拿起手槍，另一手指著它，「這種東西可以讓你得到充分的尊重。」他盯著她好一會兒，又看了看手錶，「他們應該馬上又要打電話了。」

海倫閉上雙眼。

她的頭枕靠在暖氣管上，想要忘卻那緊箍手腕的金屬手銬、背頸的僵直感，還有大腿的可怕痙攣。

她想要放空。

回到剛才的海灘，還有她的兩個可愛男孩身邊。

43

索恩從哈克尼趕回圖爾斯丘，已經在路上先打過電話給他們，所以唐納利、奇佛斯、帕斯寇一邊等他過來，一邊在學校舞台後方的小房間裡舉行打電話之前的簡報會議。奇佛斯依然繼續施壓要求科技人力支援，他認為僅從電話內容所掌握的訊息有限，完全沒有進展。帕斯寇只是在靜靜聆聽，唐納利點頭，發出悶哼聲，偶爾會偷瞄帕斯寇一眼。自從兩三個小時之前、與夜班交接之後，他的心情就一直很低落。

「一切都還好吧？」帕斯寇問道。

奇佛斯看著她，他一臉不爽，彷彿幾乎忘記還有這個人的存在。但帕斯寇沒理他，反正她也是以相同態度回敬。

「只是尋常的惱人瑣事。」唐納利回道。

帕斯寇等他繼續說下去。

「我的上司被警察廳總監叮得滿頭包，因為他自己被市長辦公室叮得滿頭包，倫敦交通局開始有意見了。」

「所以你老闆在修理你。」

「大家都需要跑來跑去，」奇佛斯出聲吸了一口咖啡，「他們想要恢復正常生活。」

「海倫．威克斯也一樣。」

「這不是妳需要擔心的問題。」唐納利回道，同時面向奇佛斯，請他繼續說下去。

「我們調一組科技支援小隊過來，讓他們發揮專長，看看情勢有什麼進展，」奇佛斯回道，「我想我們不會有任何損失，至少一切就緒，萬一有事情發生、需要盡快攻堅的時候，我們可以取得絕對優勢。」

「當然，我們都希望不要以那種結局收場。」

「我說的是『萬一』。」

「所以到底要做什麼？」帕斯寇問道。

「在牆壁內安裝竊聽器，如果運氣不錯，地形許可的話，也許還可以加設攝影機。」奇佛斯看到她又準備要舉手表示反對，連忙繼續說下去，「喂，阿克塔絕對不會知道我們在幹什麼，好嗎？那種事情就甭操心了，這些人所使用的某些器材相當精密，就算是把小竊聽器偷偷塞進妳的內褲裡面，妳也不會知道。」

「你確定嗎？」

奇佛斯露出微笑回道：「他們就和忍者一樣厲害。」

大家沉默了許久，只聽到禮堂裡的無線電發出沙沙聲響，還有奇佛斯忙著調整自己腰間的武器，帕斯寇發現他的個人作戰槍枝又多了一把，泰瑟X26電擊槍。

「好，我們先看下一通電話的狀況，」唐納利說道，「如果沒有什麼重大變化，我們立刻派科技支援小組過來。」

奇佛斯點頭，面露喜色。

「這一招只是為了要開放那該死的火車站？」帕斯寇反問。

「不要胡說八道。」唐納利回道。

帕斯寇知道自己失言了，隨即把頭別過去，她心中不免起了一點疑心：這是不是我昨天給你回馬槍的報復？

唐納利起身，「就照我剛才說的方式處理。等索恩過來，我們在一點鐘撥電話進去，再視狀況而定，情勢應該會有所變化。」他收拾自己的筆記，「索恩剛才打電話給我，等一下要向阿克塔宣布重大消息，可能會讓他大受震撼。」

奇佛斯回道：「很好。」而帕斯寇不發一語。

聽到索恩有了計畫，該高興嗎？她不確定。

44

索恩走進學校禮堂的時候，漢卓克斯剛好打電話給他。

「又要插隊啊？」

「什麼？」

「彼得．艾倫。」

「菲爾，事況緊急，我想你的客戶應該也不可能抱怨才是。」

「但我可以抱怨。」

「你也知道，我還需要你幫忙查毒品的事。阿敏．阿克塔用藥過度致死的報告，老兄，動作快一點。」

「我現在知道露易絲為什麼要甩掉你。」

「那是我們兩人的共識。」索恩回道。

漢卓克斯哈哈大笑，「什麼，經過了你們兩人仔細討論之後，得到了你是超級混蛋的共識嗎？」

「差不多吧。」索恩對遠處的唐納利點頭，他與其他人正在監視器前面等他過去，「完成之後打電話給我吧？」他不想受到更刻薄的虐待，趕緊掛了電話，走過去與他們會合。

他坐在帕斯寇的座位上，戴起耳機，她則在旁邊叮嚀一般注意事項，她再次叮嚀他要保持和善語調，和阿克塔講話的時候也要注意聆聽，讓對方安心，索恩感覺得出來，她充滿了疑慮。

索恩告訴她，他準備好了。

「大家真的覺得這樣做好嗎？」她開口問道。

「這是我唯一能想到的方法。」索恩回她。

「我們不知道他會作何反應，我對這一點非常擔心。」帕斯寇面向唐納利，「興奮、憤怒、罪惡感，不管是什麼情緒都不太妥當。」

「他要的是答案，」索恩回道，「所以他才會做出這種事，所以海倫在裡面，我們大家都待在這裡，只有我能夠給他一點答案，事情才可能會圓滿落幕。」

「一點答案。」奇佛斯低嚷。

「好，我是沒辦法給他真正想要知道的答案，但要讓他知道我已經快要查出真相了，這一點當然很重要。」

「是嗎？」唐納利反問。

索恩說是的，而且此話絕對當真，但他功敗垂成的次數自己也數不清了，當殺手總是領先你那關鍵的一步，整個案子到了最後只不過是一疊文件資料夾，還有一段傷痛的記憶。唐納利點頭，但索恩知道這位警司內心的想法其實與他自己一樣。「我要讓阿克塔知道，我已經讓他們心驚膽跳。」

唐納利下達命令，請他打電話。

海倫接起電話，傳來的音質顯現她的手機已經轉成擴音模式。索恩問她是否無恙，她的聲音聽起來比上一次更虛弱了一點，但她說她沒事，一切如常。她還說阿克塔一直妥善照顧她，但她有生之年再也不想看到巧克力棒了，她好想洗熱水澡，想喝口感比七喜汽水更強烈一點的飲料。唐納利對索恩示意，他也隨即開口問起史蒂芬．米謝爾的狀況，但是海倫還來不及回答，已經被阿克塔先一步搶話。

「索恩先生，你有什麼新消息嗎？」他的聲音聽起來幾乎和海倫．威克斯一樣疲倦，「或者你只是要打電話來告訴我你忙得要死？想要再次提醒我辦案需要花時間？」

索恩記得帕斯寇幾分鐘之前的叮嚀，對於阿克塔的反應，她很擔憂。但現在已經不必迂迴行事，而且這個消息如此重大、震撼，索恩想要讓自己的話展現同等力道。

「他又殺了人。」

「誰？」

「那個謀殺你兒子的人。」

大約三十秒左右的沉默。索恩望著帕斯寇，但她只是低頭看著地板。後方有人開門進入禮堂，發出砰響，他們道歉，隨即又立刻安靜下來。

「他是誰？」阿克塔問道。

說出這幾個字實在艱難，「我不知道，」索恩回道，「但是他很害怕，因為我們已經快要追查到他了，哈維德，他很害怕。」

帕斯寇不知道阿克塔會作何反應，但索恩卻希望這消息能夠讓他多少開心一點。不過，當阿克塔再次開口的時候，卻是輕嘆。

「是誰被殺？」

「另外一個從巴達勒出來的男孩。」

「是阿敏的朋友嗎？」

「不，不是朋友，我想他是攻擊阿敏的那個男孩。」

「我不懂。」

「有人付錢給這男孩，讓他下手攻擊阿敏，因為他們想要讓他住院，再計畫殺了他，讓謀殺看起來像是自殺。」

「我早就說過了，是不是？」阿克塔的聲音裡發出怒意，「我跟警察講了好多次了，我也告訴了驗屍陪審團，我兒子絕對不可能自殺。」

「對，你的確說過。」

「你看看現在出了什麼事？你說啊？」

「沒錯。」

「就因為大家不肯聽我說，害另外一個男孩子也死了。」

「那男孩之所以丟了性命，是因為幕後指使者怕他供出實情。」

又是一陣長長的沉默。

「好，如果那男孩死了，現在你要怎麼找出元兇？」

「我正在等其他情報。」索恩回道。

「等哪，」阿克塔哼了一聲，滿是嘲弄，「等得也未免太久了吧。」

「我知道這聽起來不是很明確的答案，但我充滿希望，」雖然話這麼說，但索恩知道自己經常因為「懷抱希望」與「極其渴望」弄混在一起而充滿罪惡感，

「哈維德？好，真相已經快要水落石出了。」

阿克塔沒有回答，喇叭裡只聽到氣嘶與嗶剝的噪聲，有人在低語，但講些什麼聽不清楚，海倫開始咳嗽。

「海倫？」

「是，我在。」

「妳有聽到我剛才說的話嗎？」

「有，希望你可以盡快拿到需要的情資。」

「我馬上就會知道答案，撐住好嗎？」

「謝謝。」

「好，妳喜歡喝什麼？」索恩問道，「我會準備一瓶酒等妳。」

「現在，就算是有去漆劑我也喝。」海倫回道。

然後，是阿克塔的聲音，好大聲，似乎是突然靠近手機，「索恩先生，別想著慶功。你得要先找到這個人再說，而且還要抓到他！」

通話結束了。

索恩拿下耳機，望著帕斯寇，「還好吧？」

「希望沒事。」

奇佛斯的頭朝監視器點了兩下，「你說她不錯，的確如此，我說威克斯，」他回頭看著索恩，「我想她應該可以幫我們的忙。」

「怎麼幫？」索恩回問。

「情資，」奇佛斯說道，「等到科技小組的那群人把東西裝好，然後我們想辦法讓她知道我們在竊聽，那麼她應該可以提供給我們某些訊息。」他看著唐納利，「我們可以在打電話的時候夾帶暗號，告訴她都安排好了，她聽得懂我們的意思，也許當時候到來的時候，她可以想辦法告訴我們阿克塔的位置，還有當我們必須破門而入的時候，另外一頭是什麼狀況。」

唐納利點頭，「很好的安排。」

索恩望向帕斯寇。

她又看著地板。

45

哈維德聽到索恩的最新進度，並沒有出現什麼高興的反應，雖然海倫不知道索恩的反應，但其實她與他同樣驚訝。當哈維德發現自己的堅持果然正確無誤，立刻勃然大怒，他很想知道究竟是誰殺死了他的兒子。電話結束之後，他在儲藏室裡面來回走動了五分鐘之久，忿恨地喃喃自語，揮動雙手，還拍了自己腦袋的側邊，然後，他突然沉默下來，臉色陰沉。

傷心欲絕。

彷彿想起了某些悲慘的過往。

海倫開口，「好消息，」然後又說了一句，「看來你已經得到答案了。」不過阿克塔沒理她。她又開口要水，他厲聲罵人，說自己不是她的傭人，但隨後又不發一語、把水交到她手上。

在過去二十四小時當中，她覺得自己彷彿漸漸了解這個挾持自己的人，她可以配合對方的反應，穩住局面，她不覺得自己需要時時提醒他，她是個小嬰兒的母親，爭取對方的憐憫同情，而且，一個小時之前，當他們在講話，在真正交談的時候，海倫幾度差點忘了彼此的身分。現在，看著他癱在椅子裡，緊閉雙眼，血搏在太陽穴跳動，她知道自己必須要振作，不要忘卻了自己到底是誰。

還有兩人之間的關係。

挾持者與人質。

她很清楚自己也不免感情用事，但她提醒自己，她不會威脅殺人。對，阿克塔看到米謝爾死掉的時候，的確是嚇壞了，但是海倫也記得他在隔壁房間亂摔東西的聲響，她也無法忘記兩天前他在店裡突然轉身、拿槍指著他們兩人時臉上所露出的憎恨。她也想起了隔壁房間出現的暴怒與哀泣，溫柔，然後歇斯底里。

就像是燈光，開了又關，關了又開。

恐懼再度展翅振翼，回到她的心底，她不知道外頭負責營救的那一群人，是否與她一樣惴惴不安？

46

我正在等其他情資。

索恩持續等待，時間一分一秒過去，依然沒有任何進展，等待正在吸耗他的體力，讓他大傷元氣。他坐在學校禮堂的折疊桌旁邊，雙眼緊盯著監視器，心情益發沉重，越來越覺得自己真是沒用。

現在的他極其渴望，而不只是懷抱希望。

科技支援小組剛剛抵達現場，唐納利坐在他們的車子裡，鑽研房屋平面圖，討論牆壁厚度，瓦斯與水電管線的位置。奇佛斯則待在操場上，與武裝小組的重要手下進行沙盤推演，索恩不知道蘇・帕斯寇跑到哪裡去了。

等到科技支援小組的成員忙完幾個小時之後，應該會有其他的新照片可以研究，但現在索恩也沒辦法多做什麼，只能死盯阿克塔雜貨店大門的固定影像。

看著看著，他開始恍神了。

他的四周依然充滿了緊張壓迫的氣氛，索恩暈了一會兒，發現自己的心開始神遊四方，眼前的影像令人昏昏欲睡：監視器畫面偶爾出現的閃光晃動；灰色鐵捲門上的那一團模糊的黑色塗鴉字跡。

他只能認出「巴基佬」那幾個字。

阿克塔的話言猶在耳：阿敏什麼事都會跟我們說。

往事悠然浮現，索恩記得他與父母之間一向都大方坦蕩，但他認真回想，心頭一驚，美好記憶的外相瞬間被撕裂，露出了真實面目。

赤裸，又醜陋不堪。

索恩一直沒有告訴他爸媽自己想要當警察，當然，木已成舟的時候，他也只好說出來，那時候他已經快要去亨頓報到，只剩下幾天的日子可以好好晃蕩。他不曾告訴父母自己不想念大學，他不想參加那些專業考試，當什麼律師、會計師，或是其他能讓父母驕傲得意的專業工作。

他沒有說出口的是，他好害怕，不敢面對任何失敗的結果。

索恩知道父母發現兒子想當警察，一定會失望落寞，但他卻對此不怎麼擔心。他父親的哥哥曾經當過軍人，如果他沒記錯的話，應該是空軍。對，應該可以降低這消息的衝擊力道，想必媽媽聽到消息會淚流滿面，但也許老爸會對他勉強眨眨眼。

但也許不是這麼回事吧？

警察？

當時，警察這行業已經失去了昔日榮光，再也不像五、六〇年代《迪克生警員》影集裡的主角一樣受人尊敬，也不像七〇年代影集《斯維特尼》裡的警探一樣走路有風。在索恩的那個年代，警察這一行已露敗相，太多警察貪污，而且把性侵受害人當成了婊子。說要投身警界，未免太不是時候了。

但索恩已經吃了秤砣鐵了心，也知道父母無力阻止他。他回嗆他們，十八歲的執拗，他們怎麼會是他的對手？他還記得自己第一次見習守夜的恐懼，也只能往肚裡吞。當初那間滿是護胯臭味、令人難以入眠的宿舍大樓，如今卻成了他自己的辦公室，也算是命運的捉弄。

他也不曾在他們面前聊起工作，他總是小心避開這個話題，講八卦和笑話就好，但千萬別講重要的部分。

別提那個連續殺人犯卡沃特。

三個女孩被親生父親悶死在床上，同色系的象牙白睡衣像天使的羽翼一樣張散開來，還看得到六隻細小白嫩的腿。

他和珍一直沒有小孩，莫非就是這個原因？和露易絲懷孕準備生小孩的時候，他為什麼充滿了矛盾情結？幾年前有個顧問也曾經這麼說過，索恩馬上回嘴，這種俗濫理論還是拿到別的地方吧。她露出索恩很難忘記的會心一笑，隨後低頭看著她的筆記。

現在的他，也低頭看筆記。

他隱約覺得後方有人朝他走來，鞋跟的聲音。

珍現在已經和別人生了小孩，露易絲只要找到一個不像索恩那麼遲疑的對象，八成也會做一樣的事，而他也必須承認，自己心裡也懸念著生小孩的事。

日子還是要過下去。

「湯姆……」

索恩轉頭，蘇．帕斯寇剛好拿了兩杯咖啡過來，當他彎身向前的時候，聞到她的菸味，他接過塑膠杯，深深感謝她的好意。

「我需要清醒一下。」索恩說道。

兩人喝著咖啡，整整一分鐘沒說話，聽到奇佛斯的聲音從禮堂另外一頭傳來的時候，他們同時轉過頭去，他正在和兩名制服員警講話，有笑聲，也有示好動作。

「妳知道嗎，其實他的期盼和我們一樣。」索恩說道。

帕斯寇看著他，「希望如此。」

「只是對待事情的態度不一樣而已。」

她吹著咖啡，目光依然飄向奇佛斯。

「我相信他的專業表現很出色。」

「的確是，」她回道，「我打聽過了。」

「妳看果然嘛。」

她搖頭，「你的表現也一樣出色。」

「妳問過別人了？」

「這不需要問。」

索恩點點頭，忍住得意的笑。

「但你還是會有搞砸的時候。」她盯著索恩。

「抱歉？」

「大家都一樣，不是嗎？」

毫無疑問，卡沃特是他的一次重大失敗。他的老闆是這麼告訴他的，總是有個案子會成為他的功過代表作，運氣好不好，最後的是成果還是災難，你自己沒有什麼置喙的餘地。為什麼大家記得的不是勸人打消念頭跳橋自殺的案子？或是攔下拿著武士刀的瘋子、救了操場上的一堆小孩？

抓人，還有救人，你如魚得水。

露易絲太了解他了，知道他如果被迫只能選擇其中一個，他會做出什麼決定。

「是嗎？」帕斯寇又問了一次。

索恩望著她，這種事他不知如何啟齒，也不願多說。

「唯一的問題在於，」她的下巴指向禮堂的另外一邊，「如果他搞砸的話，我也遭殃，」她面向索恩，「奇佛斯當然可以轟爛人質的頭，但最後這筆帳還是算在我頭上，人質死亡是我的疏失，你懂嗎？」

索恩只是啜飲著自己的咖啡。

他看得出來，帕斯寇的目光十分焦慮，但他不知道她是否只是在擔心最後的結果有損她的專業表現。她一心只想到自己的工作表現是否稱職？維持良好的談判紀錄？或者，她其實是真心關切史蒂芬．米謝爾與海倫．威克斯的安危？還有哈維德．阿克塔？索恩心想這也不是很重要，也許她心裡也惦念著那些人，但他還是不知道該如何回話是好。

擱在桌上的手機響起，他立刻接起電話。

「索恩探長？」

「我是。」

「我是溫蒂・瑪可罕。」

索恩等待對方接話，他不知道來電者的身分。

「我是DNA採樣的負責人，哈克尼的啤酒罐，記得嗎？」

「哎呀，抱歉，謝謝妳來電，」索恩突然一陣緊張，立刻坐直身子，他望向對面的帕斯寇，她正挑眉看著他。

「我是不是搶得頭籌？」

「沒錯，」索恩回道，「妳是第一名。」

「很好，因為我們有超棒的好消息要告訴你。強納森・布吉斯，十八歲，前科累累。最近才剛因持刀搶劫毒蟲而蹲了六個月的牢。」

「布吉斯？」索恩努力回想，記得在某份文件上看過這名字，「他在哪裡服刑？」

瑪可罕停頓了一會兒，正在查詢自己的筆記，「巴達勒少年感化院。」

索恩雖然開口問她，但其實也想起了答案，在那張阿敏・阿克塔死亡當夜的醫護室其他病人的清冊上，除了另外十個小孩之外，也有這男孩的名字，達維斯警探曾在八週前盤問過這些男孩子。索恩嚥了嚥口水，想到漢卓克斯兩個晚上前告訴他的話，在這些同房的病人當中，必定有人涉及阿敏的命案。

算是被他說中了一半……

索恩向帕斯寇示意，她迅速交給他紙筆，他趕緊抄下姓名。

「有幫上你的忙嗎?」瑪可罕問道。

「太好了,謝謝。」

「哦,那麼酒呢?還有晚餐?」

「一定送上,」索恩回道,「但我還得忙一陣子再和妳聯絡,梅洛紅酒,對嗎?」

「沒錯——」

「我再打電話找妳。」索恩掛了電話,立刻忙著撥號。

「梅洛?」帕斯寇問道。

索恩搖頭,說來話長。賀蘭德接起電話,索恩給了他頭號嫌犯的名字,告訴他趕快去查詢假釋單位、社福部門的資料,反正只要能最快取得強納森·布吉斯的最新地址,找哪個人都可以。他告訴賀蘭德,有任何消息都立刻回報,並且請布里史托克安排緊急支援小組,只要布吉斯這傢伙還活著,天涯海角都要找到他。

「得到你需要的情資了?」索恩一掛電話,帕斯寇立刻問道。

「我想,對我們兩個都很重要。」他們開始緊盯著電話,殷殷期盼它再次響起。

47

「我剛才失態，該向妳道歉，」阿克塔說道，「我實在太激動，看得出來妳生氣了。」

「沒關係，我了解。」

「不，當然有關係，」他依然坐在桌前，但是緊張神色已經消失，他把椅子挪前，更靠近了她一點，「我似乎反應過度，很不應該是吧？」

海倫告訴他，這算合情合理。

「妳知道嗎？我總是深思熟慮，無論發生什麼事，好事或壞事，我總需要沉澱一點時間，才會產生真實感，但這些日子以來，一切都變得飛快，更加緊張，高潮低潮更加明顯。我會開心得不得了或是過度悲傷，極端易怒……」

「你兒子進了監獄，」海倫回道，「然後又死了，被人謀殺，所以反應自然和往常不同。」

「我想妳說的有道理。」

「你這樣當然不算反應過度。」她的措辭依然小心翼翼，阿克塔現在的心情看起來已經與五分鐘之前大不相同，但她還是得盡可能勸他不要躁動，讓他保持平靜，「真的很難……一切如常，你說是嗎？」

阿克塔搖頭，伸手緩緩摸弄頭頂。

「哈維德，有個人已經死在這裡了。」

他點點頭，表情肅穆，「我要是在店裡的報紙上頭看到這樣的新聞，」他回道，「我會對那個人的作為嗤之以鼻，會與娜蒂拉、店裡的客人討論案情，大家會猛搖頭，發出嘖嘖聲響，批評這種事真是下流，自問這世界究竟是怎麼了之類的事。我只會想到那些受到挾持的人，還有他們的家人。我對天發誓，幹出這種壞事的歹徒要是有什麼三長兩短，我根本不在乎，無論警察採取任何的必要措施，我都會很開心。」

海倫指了指阿克塔，然後，又指向自己，她說道：「你……又不是這種人。」

他問她要不要看電視，但海倫說不要，如果能有機會專注在某些不用動腦筋的有趣事物，固然很好，但她覺得當務之急是繼續聊天，至少等到她確定一切恢復穩定再說。

至少，現在看起來有這個機會。

「妳知道嗎？就連阿敏出事那天晚上回家的時候，我也沒有立刻發脾氣，」阿克塔說道，「妳應該可以猜想得到，娜蒂拉看到兒子身上都是血，簡直要崩潰了，但我和平常一樣，先忍住，就連我發現原來兒子沒受傷，而是另外一個男孩死掉的時候，我也只是在拚命思考，想要找出接下來該做些什麼，彷彿把所有的情緒擱在一旁，之後再找時間宣洩。」

「有的人也是這樣。」海倫回道。

「就連他被殺的時候，我也不像一個失去兒子的父親嚎啕大哭，」他搖搖頭，聲音變得低沉，「妳相信嗎？我覺得自己好丟臉，不像我太太和其他家人一樣痛哭流涕，當然，娜蒂拉以淚洗面，哭得肝腸寸斷，而我依然……我覺得我讓阿敏失望了，我自以為很愛他，其實並非如此。」

「總得要有人堅強面對一切。」

「威克斯小姐，我不認為自己很堅強，」他回道，「我只覺得自己……泯滅人性。」他瞄了一眼手槍，嘆氣，突然之間，他的面容看起來好疲憊，「現在發生的事，宛若閃電般襲來的各種感受，這一片黑暗……我想，我正在為當初的冷淡付出代價，害妳被我拖下水，米謝爾先生也是。」

他站起來，走向廁所，接下來的幾分鐘，海倫只能被迫聆聽他的嘔吐聲、還有如水瀉的排便聲。當他再次出現的時候，海倫忍住嫌惡，告訴阿克塔她也需要上廁所。他從桌上拿了手銬的鑰匙，走到她面前。

「妳呢？」他問道，「保羅被殺的時候妳又是什麼反應。」

海倫心想，早知道剛才答應看電視就好了。「我和你一樣，」她終於開口，「我沒有馬上掉眼淚，我很想哭，也覺得自己該哭，但就是……哭不出來。我不停找事情做，像個傻子一樣忙得暈頭轉向，我只想知道保羅為什麼會喪命。」

「對，妳說過，所以妳也因此認識了索恩先生。」

她點頭，「而且，我還得要擔心寶寶，艾飛隨時會出生，最後因為賀爾蒙作祟的關係，我沒來由地哭了好幾個禮拜。」

「但妳終於還是哭了。」

「終於。」

「感覺怎麼樣？」

「什麼？」

「我的意思是，痛快嗎？」

海倫想了一會兒，追索記憶，「就好像是你挨餓了許久，終於吃了東西，但入口的滋味很噁心，好酸。」

「我還沒有為阿敏掉過淚，」阿克塔說道，「就算曾經哭過，也並非因為我痛失愛子，」他彎身向前，把鑰匙交給她，「不過，如果最後的結局是坐牢的話，我之後會有充裕的時間好好哭泣。」

海倫回道：「沒錯。」她接過鑰匙，他方才提到的「如果」，在她腦海裡嗡嗡作響。

「既然我對米謝爾先生做出了那種事，」阿克塔說道，「最後的收場，如果不是坐牢，就是另外一種。」

「我會把事情經過告訴他們。」

他聳肩，彷彿這並不重要，他似乎已經接受了自己將在牢裡度過下半輩子，甚至面對更可怕的結果也一樣坦然，「在這一切結束之際，我會為阿敏落淚，」他說道，「只要我一知道兒子的死因，我一定要為他好好痛哭一場。」

48

「我只是要告訴你，之所以要準備這些東西，就是因為有人需要嘛，」賀蘭德告訴他，「如此而已。」

「了解。」索恩回道。

「我們貿然過去，一定會搞砸的，這樣等於是幫布吉斯的律師省事，他們一定爽死了。」

索恩的手指敲擊方向盤，「再怎麼樣也是檢方比較爽吧。」他望向車窗外頭，盯著對面那一排房子，二十世紀初破舊老屋改建後的綠色大門，一樓公寓的凸窗，「我們有這麼齊全的法醫報告……」

社福部已經將強納森．布吉斯最後留下的地址交給索恩，他也立刻前往豪恩斯洛，途中剛好接到負責處理彼得．艾倫命案現場指紋的蒐證人員打來的電話。知道自己輸給女同事，他難掩失望，本來期待到手的威士忌飛了，但索恩還是努力安慰他，告訴對方自己何其感激，要是『先進DNA比對技術』的結果在法庭上站不住腳，指紋報告絕對可以派上用場。

不過，索恩心想，這種事情就到時候再操心吧。

現在，他比較想要找到能讓海倫．威克斯與史蒂芬．米謝爾平安獲釋的資訊，能不能將殺死彼得．艾倫的兇手繩之以法，他沒那麼在意。

「貿然過去就算了，」坐在後座的基絲頓開口，「萬一他持有武器呢？」

索恩瞄了一眼照後鏡，基絲頓旁邊坐的是薩米爾・卡林警探，「他的前科裡沒看到持槍紀錄，」他想到了布吉斯最近一次入獄是因為持刀搶劫，「大家都有穿防刺背心吧？」

「先了解等一下的狀況會比較好，如此而已。」

「但願這傢伙還待在家裡。」索恩猜他們的頭號嫌犯應該早就落跑了，但他也了解伊芳・基絲頓的憂心，她的疑問不只是為了自己、賀蘭德，以及卡林，也是為了被臨時簽發派任的支援小組。他們後頭還跟了一台看不出是警車的福特Galaxy，裡面坐了四名警探，此外，還有另外兩個人守在布吉斯住家的後頭，他們完全不知道這個嫌犯與圖爾斯丘挾持案之間的關聯，也不知道事況緊急、更不知道他們跳過了標準程序。

「能提前知道等一下的狀況會比較好。」基絲頓回道。

「伊芳，妳是希望我怎樣？」

「思考，我只希望你好好思考一下。」

通常，他們會在準備搜查的建物前後區域進行審慎評估。透過類似進駐圖爾斯丘的科技支援小組收集情資，交由現場警官彙整，隨時與總部的資深警官保持聯絡，而且還得舉行完整的行前簡報，拉出安全的封鎖線範圍，而不是只派兩台小車停在街頭與街尾。

但在如此急就章的狀況之下，哪能想出什麼策略。

但索恩現在連幾分鐘的時間都浪費不起，何況是幾小時？「我想我們就直接殺過去，按電鈴。」

坐在副座的賀蘭德挪了挪身子，「這樣一來，那些不想讓我們發現的東西，剛好讓他有時間丟光光。」

「有誰能想出更好的方法？」

「反正如果他還留在家裡，八成也是嗑藥嗑到茫。」

索恩拿起儀表板上的無線電，打開車門，「要是運氣不錯，我可能根本不需要諸位的協助。」

他穿過馬路，順手拉起皮夾克的拉鏈，只要有人剛好在凸窗旁邊，都可以清楚看到他的一舉一動，所以索恩想蓋住防刺背心上的倫敦警察廳標誌。他的步履緩慢，因為除了同事之外，還可能會有其他的眼睛在盯著他，索恩很清楚自己的模樣不像是一般的送貨員，或是類似耶和華見證人的討厭宣教徒。

最上頭的電鈴貼了一張紙片，戶名是道森，底下的電鈴空空如也，索恩決定按這個等吧。

如果索恩認為屋內除了布吉斯之外還有別人，那麼他事先會想辦法取得電話號碼，打電話給裡面的嫌犯，建議他們自己出來，以免波及其他的家庭成員，但索恩覺得布吉斯這傢伙應該是獨居，就連個女朋友也沒有。

至於布吉斯會不會受傷，索恩並不在意。

他又等了一會兒，隨後拿出無線電，「伊芳，沒有聲響。」

「我跟你說過了，他應該不在家。」

「那我們的任務不就更容易了嗎？」

「湯姆，我還是覺得幹這種事不太好。」

「我已經決定了，」索恩回道，「先對付門……」

幾秒鐘之後，BMW與Galaxy的車門同時打開，六名警探同時下車衝過馬路，另外兩名火速走到Galaxy的後車廂，拿出金屬撞錘，跟在同事後面一起過去。

比耶和華見證人的宣教徒還沒禮貌。

索恩退到一旁，等他們攻破建物大門，然後是公寓的門。索恩跟在他們後方，距離只有幾步之遙，這間公寓不大，當他聽到領頭警探大喊「沒人」的時候，他很清楚他要找的對象並不在家，他開始脫背心。

「臥室沒人！」賀蘭德也大吼。

這樣也好，但索恩其實早有預感，布吉斯不會坐在家裡等警察上門。他殺死彼得．艾倫之後，把現場清理得乾乾淨淨，無論幕後的主使者是誰，一定也希望布里斯趕快消失，以免礙事。

索恩早就想到了，這可能是永遠無解的循環。他剛才坐在車裡的時候，不禁想到入門之後可能一無所獲，只有一具屍體等著他們，再次碰壁。

繼續等待……

他站在客廳中間，發現住在這間房子的人剛離開沒有多久，沙發旁邊放了好幾個空的披薩盒，還有上個禮拜的電視節目表雜誌，酒吧尺寸的大菸灰缸，裡面的菸屁股都滿出來了。小組成員一個跟著一個進來，就連屋子後方的那兩個待命警察也一樣，索恩望著壁爐台上的啤酒罐，排得整整齊齊，商標面向同一方向，他想起了巴達勒感化院裡安托萬．丹尼爾斯的囚室，有條不紊，充滿了對秩序的偏執。

「現在呢？」賀蘭德問道。

「仔細搜，」索恩下令，「我們要找銀行往來明細、帳單、手機通聯紀錄，這類的東西全都要。」

賀蘭德根本沒動，「長官，我們需要搜索票。」

「戴夫，我再講一次，了解。」

「湯姆，你冷靜一點，」基絲頓回道，「你自己也很清楚，他說得沒錯，要是沒有搜索票，我們找到的證據幾乎全等於是垃圾，而且你還會被修理得很慘，這樣做值得嗎？」

索恩啐罵一聲，一腳踹開地上的其中一個披薩盒。

他一拿到布吉斯的地址時，已經立刻向法官申請搜索票，雖然他進入建物裡面不需要這個東西，但除非拿到簽發的搜索票之後，才能開始翻找證物。他看著兩名員警立刻一屁股坐在沙發上，甚是開心，現在有的是時間哈菸看報，搞不好他們還可以出去吃個午餐。

「我們擔心的是你啊。」基絲頓回他。

索恩看著自己的手錶，「快要三點鐘了，」他開口說道，「我想搜索票應該很快就到，不到半個小時就可以拿到了，是不是？」索恩吩咐薩米爾．卡林去追搜索票的進度，當他一走出去打電話，索恩又立刻開口，「不過，除了這間屋子裡的人之外，有誰知道我們真正開始搜查的時間是什麼時候？我們現在就開始，但萬一有人問起，我們就說是等到搜索票之後才開始行動，這樣總可以了吧？」

索恩逐一檢視每個警官的表情，有些人偷瞄旁人，還有的侷促不安，賀蘭德則是低頭不語。

「好，大家都知道圖爾斯丘發生的事，」索恩說道，「各位想必也知道，裡面有個人質是警察。」每個人都點頭，「現在我們在這裡所執行的任務，可能會是讓她獲釋的關鍵，好嗎？我只是請大家相信我，照我的吩咐去做，因為出了事是由我扛責任，我們真的沒有時間等那一紙沒啥屁用的搜索票。」他略事停頓，「她可沒有時間，」他再次望著每一個人，「有人不願配合的嗎？」

就算有，也憋在心底不敢說。

「很好，那就動手吧。」

索恩與基絲頓搜查臥室，索恩挖出抽屜裡所有的東西，又小心翼翼把手伸到薄木衣櫃的後方，他想到自己對賀蘭德剛才所說的話，自己態度這麼惡劣，讓他心裡很不好受。

我們擔心的是你啊。

他回頭望著基絲頓，她正忙著搜查床邊的小櫃。

她搖頭，什麼都沒有。

索恩已經很久不曾冒這麼大的風險，但他也只能希望，如果自己的行動能讓海倫．威克斯平安歸來，那些在上位的傢伙應該會對這些事睜一隻眼閉一隻眼。

他知道這種話自己聽了笑笑就好，畢竟自己早已留下太多的不良紀錄。他在專業規範委員會那裡的檔案紀錄足足有一英寸之厚，內控人員不需要找什麼特別藉口，就可以直接找他約談。

但他還有什麼選擇？

當然，再怎麼樣，他還是比海倫．威克斯多了一些選擇。

他從衣櫃裡取出一疊雜誌，色情刊物下方有好幾份破爛的「蘇格蘭防衛聯盟」的宣傳小冊，這個性喜四處抗議的極右派團體只要逮到機會，一定跳出來大力反對伊斯蘭主義勢力的擴張，而且似乎總是在找人挑釁。索恩瞄了一眼那拼字錯誤百出的叫囂式文案，不禁懷疑布吉斯與阿敏．阿克塔的命案之所以息息相關，也許不只是為了錢而已，這一點值得注意。阿敏不是伊瑪目夏契爾的跟班，就索恩的觀察，也根本談不上是虔誠信徒，但是對於強納森．布吉斯、以及他的「蘇格蘭防衛聯盟」夥伴之流的人來說，這種細微的差異可能一點也不重要。

巴基佬等於是包頭巾的人，也等於是恐怖份子。

除了色情刊物和政治文宣之外，其他倒是沒什麼特別之處。顯然是沒有任何東西能夠被當成「證物」，如果說這次的搜查行動有什麼斬獲，那就是找到了一堆髒內褲和用過的針頭。索恩請兩名支援警官多待一會兒、等待搜索令送過來，至於其他人，索恩就直接讓他們離開了。

「這傢伙看起來不像是會保留資料的人。」

索恩先讓基絲頓與賀蘭德進入廚房，裡頭傳來東西剛燒焦沒多久的氣味，薯條炸鍋底層可以看到一英寸厚的污油。索恩往後靠，整個身子倚在烤箱上。

「我現在該做什麼？」他開口問道。

「通報所有車站，」基絲頓回道，「向海陸空埠口發出警示。」

索恩知道這是合理舉措，但恐怕已經晚了十二個小時。布吉斯現在應該已經回到了蘇格蘭，搞不好到了法國或芬蘭還是什麼鬼地方。

賀蘭德點點頭，「如果我們沒辦法逮到他，也可以從其他的情報來源下手，手機服務供應商、銀行什麼的，如果他有在使用的話。」

「像布吉斯這種小雜碎，」基絲頓回道，「手裡拿到了一大筆錢，一定會在哪個地方開始大肆揮霍，對不對？」

索恩謝過他們兩人之後，請他們先回辦公室，準備繼續追查，但現在已經很難打起精神好好辦案。他很清楚，屬下的建議無法帶來他所需要的急切答案，當他跟在賀蘭德與基絲頓後面，步出公寓，一個小時前的興奮感，正隨著他每一次的步履，從體內逸漏出來。

那股熱血退了。

索恩口袋裡的手機響起，走到人行道的時候，他才接起電話。

「這到底有什麼重要啊？我真是看不出來，」漢卓克斯說道，「彼得・艾倫就只是一個二乙醯嗎啡使用過量的教科書案例，沒了。對一個從來沒有使用過這種海洛英的人來說，這麼重的量讓他死兩次還綽綽有餘，這傢伙應該在注射後一分鐘左右就掛了吧。」

「所以，絕對不是自己施打的？」

「老兄，絕對不可能，他先前完全沒有靜脈毒品注射的痕跡，只有他右手手臂上的那管針，而且我幾乎可以確定他是右撇子，所以，除非他是馬戲團裡的怪咖——」

「你怎麼知道？」索恩反問。

「頭髮？」

「再說一次？」

「百分之九十五的右撇子的髮旋是順時針生長。哦，這又是另外一場精采研討會聽來的。」

索恩望著賀蘭德和基絲頓走向停放在街尾的那台警車，兩人交頭接耳得很起勁，索恩當然猜得到他們在聊什麼，聊的又是什麼人。

「但你也不能排除這是一場意外，」漢卓克斯回道，「有人第一次嘗鮮，需要別人幫忙，如果他的同伴已經茫了，搞錯劑量也是很可能發生的事。」

索恩知道漢卓克斯說的確是實情，但一個不小心給了艾倫過多藥量的同伴，居然會在事後把現場擦拭得乾乾淨淨，說不過去。

「所以這也不算什麼新消息，對吧？早在他們把屍體送過來之前，你就已經知道這是一起謀殺案。」

「我需要正式的確認，才能讓我把兇嫌繩之以法。」

漢卓克斯笑道：「你也太急了吧。」

「對，沒錯，這次時間對我不利。」

「現在狀況如何？」

「我想也是這小孩給了阿敏過量的藥劑。」

漢卓克斯停頓了一會兒，「我不是早就告訴你了，一定是其他的犯人？」

「他只能算是幫兇，」索恩回道，「設局的另有其人，對他示範要如何操作。」

「我猜你還沒抓到這傢伙吧？」

「他現在跑路了，」索恩回道，「我們現在只能按兵不動，但我不會這樣枯等下去，所以我真的需要立刻知道他們是怎麼對阿敏下手的，我可沒有給你壓力啊。」

「對啦，我知道，我還需要確定幾件事——」

「菲爾，我已經快要無計可施了。」索恩看到賀蘭德與基絲頓正準備要開車門，而一台小車在街上快速迴轉，經過了他們車子的前方，他看到他們停下動作，注視著那台小車、停在距離他自己幾英尺的地方。一名亞洲面孔的警員下車，朝他的方向走過來。

索恩告訴漢卓克斯現在必須掛電話，他等一下會回撥。

「我在找索恩探長。」

「我就是。」

警員的下巴朝自己的車點了兩下，「有人想要找你談一談，」她說道，「他撥了九九九，他們開始找你，結果接達的地點是圖爾斯丘的臨時調查室，你知道吧？那起挾持事件？」

索恩點頭。

「我們花了好一陣子才追到這裡來。」

索恩快步走向車旁，從後座窗戶向裡面張望。他立刻打開車門，內心一陣激動——拉辛・傑佛神色緊張，從車內爬了出來。

49

時間逐漸流逝，蘇．帕斯寇覺得情勢也越來越難以控制。第三天的中午了，通常，在這個時候，她對於事情要如何順利收尾已經有了基本想法，至少，也應該……多了一點感覺才是，雖然，在團隊合作的應對策略之中，她也只是其中的一個角色而已。

通常……

她在開什麼玩笑？

她帶著咖啡與三明治，走到舞台後面的小房間，她提醒自己，如果她真的想要過「尋常」生活，大可以隨時躲回整齊舒服的辦公桌後面，但當初她之所以被人質談判工作所深深吸引，就是在於它的不確定性。工作的基本訓練很重要，這是當然的，不過一旦你走出教室、遇到持槍對著人質腦袋的匪徒時，最重要的就是臨場反應，歹徒只要心情有所波動，情勢也會隨之發生變化，所以重要的是保持彈性，隨機應變。

唯有如此，才能保住每一個人的活口，但也總讓她不禁心跳加速。

她望向坐在桌子另外一頭的奇佛斯，他把半個三明治塞進嘴裡之後，呼嚕喝了一大口黑咖啡助嚥，他伸手又拿了一個，看都沒看就直接咬下去，他這種吃東西的過程等於只是在補充能量而已。

維持旺盛精力，隨時準備應戰。

「當然，大家都不希望看到那樣的結果。」奇佛斯不死心，想繼續先前的話題，「萬一發生與何時發動」，還有「最壞的狀況」，但帕斯寇只是更加覺得這個特警隊的傢伙要是沒有機會開火的話，一定會失望而返。

對他來說，就算只是拔槍也好。

奇佛斯依然在大嚼特嚼，他抬頭望著帕斯寇，點點頭。但她立刻低頭看著自己的咖啡，緊盯那一團漂浮在表面的奶精結塊。

她想到了湯姆．索恩。

一般而言，是屋內的狀況導致戰術充滿了不確定性。人質與挾持者之間的微妙互動、亂發脾氣、突然陷入憂鬱等等，裡面蘊藏了各種恐怖的可能性，但結果都還在可控制範圍之內。不過，這一次，反而是屋外難以掌握，簡直就和那破爛鐵捲門裡面的狀況一樣，根本無法預測。現在似乎只能倚靠一個像瘋子亂轉、憑運氣辦案的警察，他們也很難控制場面或是下達任何指令。

無論最後是什麼結果，情勢應該很快就會明朗，湯姆．索恩和哈維德．阿克塔都是關鍵性角色。

無論是哪一個人，都擁有終結對峙的能力。

無論是哪一個人，都可能會讓場面變得一團混亂。

「妳做得很好。」奇佛斯突然開口。

帕斯寇抬頭，「抱歉？」奇佛斯正拿著餐巾紙擦嘴。

「我只是想要告訴妳，妳把阿克塔安撫得很好，威克斯也是。」

帕斯寇點頭，媽的，又來了？這傢伙也以為她必須接受稱讚？他真以為他隨便誇她兩句之後，她就會比較喜歡他一點？或者他是在試探她？就像是唐納利一樣？雖然帕斯寇想到有這種可能性，但她知道自己也未免太好笑了，奇佛斯八成是獨居男子，會在家裡對著《重裝軍武》月刊裡的超閃手槍照片、開心打手槍。帕斯寇望著他把皺巴巴的餐巾紙丟回桌上，她不禁心生遲疑，什麼都不說的話，可能會引起不必要的敵意，但如果說了「謝謝」，似乎感激之意又太超過了一點。

她開口，「謝囉。」此時唐納利剛好進來，她立刻轉頭望向長官。

「好，現在要去哪裡？」奇佛斯問道。

這位現場戰術指揮官剛才花了半小時的時間、待在停於餐車旁的科技支援小組機動車的後面，聽取警官與民間技術專家的進度簡報。他轉述他們的初步調查結果，人質顯然是被押在雜貨店後方，某個拿來當作儲藏室的小房間。他們可以從隔壁建物著手——某間格局與雜貨店差不多的乾洗店——利用中隔牆架設監聽設備。

「等到這個麥克風弄好之後，」唐納利說道，「也許可以在後門旁的後牆再裝一個。」

「能架設攝影機更好。」奇佛斯回道。

「他們告訴我，這不是明智之舉。」唐納利說，攝影機所牽涉的裝設工程更加複雜，甚至還必須動用精密儀器與光纖電纜，鑿的洞必須更深，而且很可能會打草驚蛇。「根據他們的判斷，我們是可以從店鋪前門弄一個攝影機進去，但這有什麼作用？只會看到一個被砸爛的店鋪而已是吧？我告訴他們，裝設那兩個麥克風就夠了。」

「需要多久？」

「如果按照規矩小心行事，需要兩個小時。」唐納利望著帕斯寇，「有什麼理由需要加快動作？擔心人質？還是阿克塔的心理狀態？」

奇佛斯嗤之以鼻，「如果是這兩個原因還需要提嗎？你應該是要問有什麼其他考量吧？」

「帕斯寇警探？」

帕斯寇說目前完全不需要擔心。

「趁他們在安裝器材的時候，我們依照原有模式打電話進去，」唐納利宣布，「一切如常，」他看了看手錶，「兩點鐘對嗎？」

帕斯寇點頭，還有三十分鐘。「索恩那裡有沒有消息？」

「沒有。」唐納利回道。

「剛才他的確是很振奮，有個涉案的傢伙因為吸食毒品過量死在哈克尼。」

「我告訴他如果有重大發現就立刻回報，我沒有接到來電，所以——」

「最好還是別靠索恩了，」奇佛斯回道，「再這樣下去，收場會很難看。」

帕斯寇張開嘴巴，但沒講話，只是把另外一個三明治塞進去。

50

索恩帶著拉辛繞過街角、走到某間土耳其小吃店，一個小時前，在他開車前往布吉斯公寓的途中，剛好瞄到了這間店。兩人一路走著，男孩沉默不語，剛好也讓索恩正中下懷，他想要花點時間好好思考，究竟是什麼原因讓拉辛．傑佛最後決定拿起電話，所以多等幾分鐘也無妨。

這一段沉默，只會讓稍後的過程更加緊張刺激。

雖然兩人都沒說話，而且眼睛都盯著前方幾英尺的人行道，但拉辛就在索恩的身旁，他知道這男孩的呼吸急促濁重，吸氣的時候還發出了輕喘，彷彿剛才一陣急跑，現在需要猛吸氣恢復精力。

這地方生意很好，廚房裡傳出嘈雜人語與鍋具碰撞聲響，索恩示意拉辛在角落的小桌入座。服務生馬上跟了過來，拉辛說他不餓，但索恩還是點了兩份餐點，鮪魚美乃滋三明治配可樂。他望著拉辛，男孩點點頭，怯生生說了謝謝。

「你得吃點東西，」索恩說道，「我餓死了，早餐沒吃，感覺像是餓了一整天。」

拉辛盯著桌面。

桌子正中央放著插著食譜單的木架，索恩把它推到旁邊，然後又把番茄醬、鹽罐、胡椒罐一併移開。現在他的視線清楚多了，但男孩戴著棒球帽，帽簷壓住了額頭，索恩依然無法看到對方的眼睛。「去了謀殺案現場，才剛出來就吃東西，我真是太蠢了，」他露出苦笑，「讓你知道也好，看到屍體之後，很難讓人胃口大開。」

「何必這樣。」拉辛小聲回道，同時也抬起了頭。

「什麼？」

「一直講這種事，我有聽到你的留言。」

「抱歉。」

「我不是過來了嗎？」

「看到你出現，我真的很開心。」

「好……那，你就不需要……」

飲料送上來的時候，索恩往後一靠，雙手抱胸。服務生為他們打開拉環之後，又到隔壁桌去了，索恩看著拉辛伸手拿了一瓶可樂。

「怎麼搞的？」

「啊？」

「那個。」

索恩指了指拉辛的手，他立刻移動可樂罐，想要遮蓋手腕上的那一圈貼布，他喝了一口飲料，聳肩，再次低頭，「意外。」

索恩拿了餐巾紙，擦乾拉辛剛才不慎噴濺出來的可樂珠滴。他張望四周，終於知道這間小店為什麼生意這麼好，因為販賣的食物應有盡有。他們旁邊坐了一個體格魁梧，穿著閃亮緊身西裝的男子，正在狼吞虎嚥英式早餐，而另外一邊坐的是狀似學生的兩個年輕女孩，吃的是雞肉沙拉。索恩現在才注意到有每日特餐的告示牌，雖然剛才他告訴拉辛自己不是很餓，但看到地中海蛋捲配上費塔起司與彩椒、辣味牧羊人派，還是令他眼睛一亮。

他之所以找一個沒那麼正式的地方談話，就是因為感覺比較好而已，也許可以排除些許壓力，畢竟比在街上或是在小警車後座談話舒服多了。

「為什麼打電話給九九九？」索恩問道。

「我要找你。」

「我給了你手機號碼啊。」

「我扔了。」

「哦，那現在為什麼又想到我？」

「因為，就和你說的一樣，我很害怕。」拉辛抬頭，而且還伸出食指對著索恩，「不要再跟我說抱歉了，因為你自己知道要逼我說什麼。」

「只有這樣才能讓你說出實情。」索恩回道。

「難道你覺得我一定會講出來？」

「嗯，截至目前為止，你什麼都沒說。」索恩壓低聲音，傾身向前。「拜託，拉辛，就連當初你以為阿敏是自殺的時候，都覺得事有蹊蹺，不是嗎？」

男孩雖然穿著鋪棉外套，但索恩依然看得到他瘦弱的胸膛在震顫，而且眼角還盈滿淚水。服務生將餐點擺放在他們的面前，但他們似乎沒有食慾，等到他走開之後，兩人還是沒理會食物。

外頭的人行道上，有個女子彎身，輕拍小孩的雙腿。

隔了幾桌之遠的地方，那對吃沙拉的年輕女孩正暢懷大笑。

索恩說道：「無論你想要告訴我什麼事，好好說出來就是了。」

拉辛點頭，慢慢眨了幾下眼睛，手伸進外套口袋裡，拿出蘋果手機，開始搜尋。

「什麼？」

拉辛搖頭，又在螢幕上按了幾個按鈕之後，終於找到了自己要找的東西，他把手機擱在桌上，推過去給索恩。

索恩拿起來，一張照片，立刻映入眼簾。

清晰的畫質，銳利的顏色。

三名男子。

三人挨在一起，勾肩搭背，手裡拿著酒杯，派對現場。背景有其他人在飲酒談笑，還有一對顯然是在熱舞的男子，餐桌上擺滿了食物。

索恩抬頭望著拉辛，他別開目光，緊張兮兮喝可樂。索恩伸出拇指與食指按壓螢幕，然後輕輕放開，將三人組的那一個區塊放大之後，移至畫面中間。

三個男人……

全是開襟襯衫打扮，只不過左邊的那個比其他兩個老多了。中間與右邊那個似乎是聽了老傢伙的話之後在哈哈大笑，索恩最近才看過最右邊那個人，立刻就認了出來。

他悶哼一聲，怒火攻心，吐出憤恨長氣。

當然，他花了比較久的時間，才認出左邊男子。

「天啊……」

「對，」拉辛說道，「你懂了嗎？」

索恩盯著照片，想要拼湊這些事情，找出邏輯。他心中浮現許多問題，逐一找出答案，爬梳出辦案的角度，建立合理假設。

「原因」有了，各式各樣的「原因」，還有三分之二的「兇手」。

「這是阿敏的手機嗎？」

「是我的。」

「你拍的照片？」

「對，但是阿敏也在那裡，也參加了派對，他……後來與其中一個離開了，不知道是哪一個。」

索恩又盯著手機，「他們知道有這張照片嗎？」

「應該不知道。」

「你確定嗎？因為要是他們以為這是阿敏拍的，」索恩把手機轉面，逼拉辛看個清楚，「這張照片很可能就是全案關鍵。」

「他們不知道。」

「阿敏呢？」

拉辛也搖頭。

「他可以拿照片來勒索——」

「不可能。你看，他們根本不知道我在拍好嗎？」

拉辛指著照片，索恩再次細看，顯然他們不知道自己被拍，三人的目光焦點都在別的地方。

索恩又把照片推到拉辛面前，以食指輕點左邊男子的臉，那個他剛才花了一點時間才認出來的人，「阿敏認得他嗎？」

「我不知道，」拉辛答道，「沒有機會問他。」

「但你認得。」

「沒錯。」

「不過在派對現場你不知道他是誰？」

「我們永遠不知道他們的姓名或是職業，」拉辛開始解釋，「不可能的，他們只是客戶，而我們只是……隨便你怎麼叫都可以。」

「當你又看到他的時候，想必很震驚。」

拉辛點頭，嚥了嚥口水，「你知道嗎？我以為自己差點要吐出來，我不知道該怎麼辦，只能說該說的話，趕緊逃離現場，我想要忘了這一切。然後，當我知道阿敏是被人謀殺之後，我覺得之間必有關聯。」

「沒錯，」索恩低頭看著三人組，輕浮的微笑，勾肩搭背，「這三個人都脫不了關係。」他指著中間大笑的那一個，「你知道這是誰嗎？」

拉辛說不認識，然後他又指著右邊那男子，問索恩同樣的問題。

「哦，別擔心，」索恩回道，「我很清楚這位先生的身分。」

「所以究竟是哪一個人殺了阿敏？」拉辛問道。

服務生經過他們的桌邊，發現食物依然原封不動，趕緊開口問他們是否餐點有問題，索恩說沒事，他們只是趕時間而已，他把手機丟入自己的口袋，從皮夾裡拿出十五英鎊買單。

「我安排車子送你回去，」索恩說道，「需要找人陪你嗎？」

「我沒事。」

索恩推開椅子，又瞄了一眼男孩手腕上的貼布，「我們就豁出去吧。幫我這個忙，好嗎？」

51

蘇・帕斯寇準備從女廁出來的時候，恰好遇到娜蒂拉・阿克塔要進去如廁。兩人低聲打招呼，帕斯寇欠身禮讓長者先行。然後她到了外頭，與陪伴家屬的女警閒聊了幾句，告訴對方可以休息喝茶，阿克塔太太這裡就由她來負責，大約耽擱個十分鐘就好。娜蒂拉一出來，帕斯寇立刻笑臉迎人，「我猜妳應該想透透氣，被警察跟前跟後了這麼久……」

「太好了。」

兩人沿著蜿蜒在學校禮堂周邊的寬長走廊散步，又經過了小型衣帽間。鐵籃裡整齊擺放著運動鞋，一排排低矮衣鉤上還掛著色彩繽紛的袋子與外套，全是學生兩天前匆匆留下的東西。後門沒鎖，她們走進了四周都是圍牆的遊樂區，裡頭有各式各樣的幼童遊戲與設施，保養得很好，此外還有迷你足球場，白漆畫出的跑道，上頭散落了許多障礙賽的紅黃角錐。

「我真的嚇了一大跳，妳居然還待在這裡。」帕斯寇開口。

「我不想離他太遠。」娜蒂拉回道。

「妳壓力這麼大，一定要這樣嗎？」

帕斯寇知道，在類似這樣的狀況下，警方會盡一切努力，讓當事人的家屬遠離現場。當然，他們如果不情願，也無法強制執行，但警方會說只要有任何消息一定會隨時通知，讓他們疑慮盡消，然後，這些親友會被「強迫鼓勵」到別的地方休息。通常，他們會被帶到附近的旅館，萬一現場有所需要，可以讓他們盡快趕回去，但距離也不能太近，以免妨礙警方的行動，萬一要強襲破門而入的時候，也不需擔心人質或是挾持者的親友得承受過大壓力。

他們必須待在聽不到槍聲的地方。

帕斯寇知道一定早已有人對娜蒂拉解釋過了，但她還是又講了一次。她改變勸說的重點，強調飯店的舒適與便利，而且對於警方不希望有人干擾的事絕口不提，她說道：「米謝爾太太已經在昨天下午住進某間高檔飯店。」

「哦，顯然我們不能住同一家，」娜蒂拉回道，「先前我們曾發生衝突。」

帕斯寇伸手拿菸，正準備要點火的時候，瞄了娜蒂拉一眼，詢問是否可以在她面前抽菸。

「可以也給我一根嗎？」

「哦……請便。」帕斯寇把菸盒遞過去，「我沒想到該問妳，抱歉。」

娜蒂拉謝過之後，拿出一根菸，趨前就火，姿勢略顯彆扭。帕斯寇點燃自己的香菸之後，端詳面前的這個女子，顯然她平常沒抽菸，吸進第一口之後，立刻吐出來，菸氣完全沒有進入體內。

「哈維德要是知道，一定會殺了我。」她又抽了一口，露出微笑，輕側著頭，然後又側向另外一邊，諷刺的是，顯然娜蒂拉對於自己剛才說出的話，並沒有放在心上。

「妳覺得哈維德平常是怎麼解決問題？」帕斯寇問道，「他……面對壓力時的表現？」

娜蒂拉吐出一大圈藍色煙霧，目光從中穿透而來，「壓力？現在這狀況應該不能與平常的壓力相提並論吧？」她回道，「這又不像是文件遲遲不下來，批貨的時候信用卡被拒刷。」

「我知道，」帕斯寇的手指頭開始玩弄警證，「我只是要問一般狀況，如果出事的時候，他會保持冷靜？還是會立刻陷入恐慌？」

「阿敏那天晚上回來的時候，他很平靜，」娜蒂拉回道，她的聲音突然變小，「我們不是馬上知道，但當我們知道狀況之後，妳知道嗎？他就是……按部就班慢慢來。我慌了手腳，歇斯底里不知所措，我想妳一定能夠想像那是什麼狀況。」

「願聞其詳。」帕斯寇說道。

娜蒂拉又抽了一口菸，「因為他是家中最小的孩子，我覺得，也是最天真無知的一個，所以凌晨一點半的時候，我走來走去，不停自言自語，像是個發瘋的媽媽。我一直打他的手機留言，壓抑自己聲音裡的恐慌。叫他趕快回家，還罵他好自私。

「我知道，這種行為很愚蠢，他畢竟也算是大人了，但當你一心只想到小孩的臉龐，擔憂他會出事的時候，也顧不了理智了。」她望著帕斯寇，「光是想到那些可怕的事情，我就已經自責不已。我們早就知道這樣不對，十六歲還太小，不該去夜店玩，但是他和朋友只是去參加裡頭舉辦的益智問答比賽，所以我們就答應了。他說他們絕對不喝酒，因為要保持頭腦清晰，我覺得他說得頭頭是道，上帝給了他一顆好腦袋，讓他有機會贏點小錢。他還給我看他們上次得到的現金，而且他都拿來買大專教科書，所以我們心想，也沒什麼關係吧，妳懂嗎？」

她繼續抽菸，輕輕點著頭，回想細節。

「哈維德當然已經在床上睡了好幾個小時，再沒多久就該起床了。我告訴自己，阿敏只是錯過公車了吧，還有，等到他回家的時候，我一定要好好訓他一頓，然後上床的時候要想想早餐該弄什麼給他吃。」她面露微笑，將頭上的細長圍巾向前攏了一下，「當我聽到鑰匙插入大門的聲音，不禁笑了，我真是白操心。」

「天哪，但當我看到他的臉……」

「他的眼睛只剩下一條線，嘴巴看起來像是被狗咬了一樣。我看到他外套上有污斑，而且所有鈕釦都扣得緊緊的，就連脖子上的也不例外，我看了很火大，因為外頭很冷，我早就告訴他應該要在裡面多添件毛衣什麼的。我問他出了什麼事，他只是從我旁邊衝過去，直接上樓，把自己鎖在浴室裡面，我跟在他後面慌了，趕緊大聲呼叫我先生，哈維德穿著內褲起來，對著浴室又罵又吼。

「我告訴他，阿敏受傷了，而且不肯從浴室出來。哈維德說，這小兔崽子一定得給我出來，他開始狂罵，搥門，對兒子下通牒，『他媽的快把這臭門給我打開，不然我馬上就踹爛！』」她猛吸一口菸，菸氣幾乎同時從鼻子與嘴裡飄散出來，「在哈維德拳起拳落的短暫空檔，我聽到兒子的哭聲，所以我抓住丈夫的手臂，我們站在梯台等他，約莫一兩分鐘之後，阿敏開門了。」娜蒂拉搗嘴，她對於自己又做出當晚的本能反應渾然不覺，「我們都看到了血。我幫他熨燙的那件襯衫……筆挺雪白……他最喜歡的襯衫，現在卻一片血濕黏身。

「我開始尖叫，問他是哪裡受傷了，哈維德也問他同樣的問題，我們兩人趕緊伸手去檢查他的傷勢，當他看到我驚懼的模樣，哭得更大聲了，他說他沒事……他沒事，告訴我們不必擔心他身上的血跡。

「『媽媽，沒事的，』他這麼告訴我，『真的沒關係，那不是我的血。』」

帕斯寇四處張望，想要找地方捻熄菸屁股。如果這裡只有她一個人，隨便扔當然沒關係，但在這女子的面前，她覺得必須要得體處理才行，在別人面前得表現出基本規範，她彎身，把菸屁股丟在花盆底座下方、積水約有一英寸高的集水盤裡。

「可以幫我嗎？」

帕斯寇轉身，看到娜蒂拉．阿克塔掐著自己的菸屁股，帕斯寇接過去，也丟進了集水盤。

「妳有小孩嗎？」娜蒂拉問道。

帕斯寇搖頭。

「我覺得，妳的工作壓力好沉重，照顧小孩也未免太辛苦了。大家隨時都得要仰賴妳，責任重大。」

「差不多就跟妳說的一樣。」帕斯寇回道。

「妳也得去勸服那些想自殺的人嗎？」娜蒂拉伸手指向操場的另一端，「上個禮拜，那邊的大橋上有人想要……」

「以前有，」帕斯寇繼續解釋，「老實說，這種工作通常會交派給那些比我資淺的人。」她本來還想要說下去，但突然住口，她不知道自己為什麼要在這女子的面前吹噓，誇耀自己戰功彪炳。

她告訴娜蒂拉，也是該回去的時候了。

娜蒂拉點頭，遠望操場，「那妳呢？」這次換她問帕斯寇，「妳面對壓力的表現如何？」

52

「挺住……」

上一通電話即將結束的時候，帕斯寇輕聲對海倫說了這句話。海倫說，她得掛電話了——現在的她只想要草草結束電話，以免有人問起史蒂芬．米謝爾——帕斯寇告訴她，一個小時之內會再回撥，然後，這幾個字就出現了。

挺住。為什麼帕斯寇會突然冒出這句話？

聽起來好奇怪，太親暱了，好熱情。海倫覺得對方不該說出這種話，未免太……不專業了。但也許該從帕斯寇的職務來理解這句話，她的角色就是努力扮演海倫最好的朋友，或許，當人質也是警察的時候，她的反應會有所不同。

再不然，就是帕斯寇的這句話其實稀鬆平常，只是海倫的腦袋又在胡思亂想。她曾經在拘留室裡看過許多這類的酒鬼和毒蟲，腦袋沒辦法正常思考的傢伙，

暫時的，或是永遠好不了的，她看多了，她聽過他們碎碎唸個不停。

她認得這種行為模式。

她覺得好熱，全身濕黏，除非聚精會神，否則她根本想不起來今天是星期幾。她閉上雙眼，眼瞼後方的游移光團群起爆裂，幻化成一張張的面孔：珍妮、保羅、她的父親，還有某個幾週前在火車上對她微笑的男子，讓她遐想了好幾天之久。過了好一會兒之後，光團宛若即將燃盡的煙

火一樣，慢慢消失，這些人的臉部輪廓也隨之溶解。她努力回憶湯姆・索恩的模樣，但就是想不起來，只有輪廓、形狀，令人覺得又憂又懼。

她想到了泰國菜、美酒，還有熱水澡。

又想到保羅破裂的頭顱，還有那如花綻放的血灘。

她想到了艾飛。

她最後一次讓兒子吸奶，已經是九個月，不，更久以前的事了，但現在，想到兒子滴在她脖子上、逐漸變乾的口水，還有他的小肥腿，她的胸部感到一陣劇痛，彷彿隨時會漏奶。

壓力，正在積累。

她在想擱在桌上的手槍，還有抽屜裡的剪刀。

阿克塔從前方的店面回來了，他清空上一餐所留下的垃圾：洋芋片包裝袋和空的飲料罐，冰淇淋的包裝紙。他坐在桌前，臉色凝重，好幾分鐘過去了，兩人都沒說話。

「看來能聊的話題都聊完了，」阿克塔終於開口，「也許該看電視才是。」

海倫說都好，但阿克塔沒有任何動作，他只是盯著她，揉臉，掌心搓弄著鬍碴。他伸手撫順頭側的髮絲，海倫正好看見他手臂底下的深色補釘。

「這時段有些節目，妳應該會喜歡。」

「我跟你說過了，隨便都好。」

「我覺得妳應該會喜歡，如此而已。」

「你要看什麼都行。」海倫努力壓抑自己聲音裡的怒意。

阿克塔傾身過去開電視，然後又坐回座位，緊抓著遙控器，找到了頻道，這節目的畫質顯然比其他台好多了。

「這些節目都是娜蒂拉告訴我的，」他倒靠在椅背上，「她下午在家的時候看的就是這些節目，窩在沙發裡喝咖啡吃巧克力，妳知道嗎？弄得像是公主一樣，節目裡談的都是古董、度假，還有那些搬到鄉間的有錢人。」

海倫點點頭。

「真人實境秀，謀殺解密，真實與罪行。妳這幾天想到的都是這些，對不對？」

海倫又點頭。

「我知道，我知道啦，」阿克塔回道，「妳坐在那裡心想，哦！看看現在我們待在什麼鬼地方！」

海倫緊盯著電視螢幕，看著裡頭的那一對情侶被人帶入花園參觀，她打起精神聆聽單調平淡的旁白，她只希望自己能分心。

艾飛、手槍、剪刀、艾飛、手槍……不要再想了。

「妳一定覺得很煩，他媽的為什麼我們還得要看電視？」

挺住……不要再想了。

53

索恩在前往巴達勒感化院的路上、打電話給唐納利。

索恩把最新進度全講了出來，包括豪恩斯洛那間空蕩蕩的公寓、以及強納森．布吉斯涉嫌彼得．艾倫命案的鑑識證據。他還告訴唐納利，這傢伙也曾經住在醫護室病房，幾乎可以確定此人就是毒殺阿敏．阿克塔的兇手，當然，還有傑佛手機所拍的照片。

唐納利想知道索恩為什麼不立刻趕回臨時調查室，這不就是哈維德．阿克塔想要知道的事情嗎？索恩解釋，既然他還沒有找出所有的答案、揪出主使者的身分，那麼他現在回去也毫無意義可言。對，阿敏為什麼被殺，我現在已經非常清楚，而且幾乎已經就要破案，但是他還不能確定真正的主使者是誰——總不能這麼告訴阿克塔吧。索恩告訴唐納利，除非他可以給阿克塔一個完整交代，否則現在說什麼也無益。阿克塔對於索恩先前的進度沒什麼正面反應，要是他依然沒有找出真兇，也無法讓海倫．威克斯安全獲釋。

「就聽你的吧，」唐納利回道，「但越快越好。」

索恩說道：「結局只有兩個，不是真相大白，就是空忙一場。」

索恩打電話給賀蘭德，把等一下要找的那個人的姓名告訴了他。

賀蘭德問索恩對於把人逮捕是否已經有了腹案，索恩說他沒有任何計畫，只能臨場隨機應變。他現在根本不需要那種形式化的東西，浪費時間的流程與文書往返。而且，他也沒什麼立場，因為目前雖然有間接證據，但除此之外，他什麼也沒有。賀蘭德為自己太過悲觀而向索恩道歉，然後又問他，要是那名男子不打算立刻認罪的話，他又會如何處置？索恩回道，一定會嚴刑拷打逼他吐實。賀蘭德沉默了幾秒，索恩哈哈大笑，他說自己只是在開玩笑。

「要不要我和你一起過去？」賀蘭德問道，「我四十分鐘之內可以到。」

索恩回他，「戴夫，我是在開玩笑沒錯，至少是半開玩笑……」

他打電話給海倫．威克斯。

兩人交談的時間不到三十秒，但她的緊張不安卻在聲音中表露無遺。她突然變得遲疑，只能說出單音節的簡單詞彙，而且聽起來有奇怪的疏離感，彷彿這通電話剛把她吵醒，而她不知道自己是否仍然在作惡夢。索恩聽到背景傳出聲響，海倫告訴他，阿克塔和她在看電視，她、阿克塔、米謝爾三個人。索恩回道，能有事情分散注意力總是好的，感覺時間會過得比較快。她說，自己好累，但睡不著，一直無法集中注意力，她很擔心自己，因為她知道隨時會有突發狀況，必須隨時保持警醒。

「我不想打瞌睡，」海倫說道，「我要打起精神才行。」

「妳要多想想艾飛。」

54

快要五點鐘的時候，他到達監獄。他要找的那個男人剛好準備要開車離開，雖然對方一開始面露詫異之色，但看到他來訪似乎還是很開心。索恩再次進入那男人的辦公室，還把外套小心翼翼掛在門後的金屬鉤。對方為他備茶之後，坐在自己的書桌前面，哀嘆了約一分鐘之久，抱怨自己的行程滿檔，簡直快被操死了。他又對著索恩聳肩，擺出無可奈何的模樣，又開口表示自己雖然在趕時間，但還是願意盡量提供協助，他也很好奇，不知索恩第一次查問時是否遺漏了什麼。

索恩微笑，又走回到門邊，他拿下掛在門上的外套，從口袋裡拿出手機。

他滿心得意，但也只能努力掩藏。

但這也不是什麼難事。

「我自己很少跑趴，」索恩開口，「我的意思是，當我們在法庭上終得伸張正義的時候，我們通常會在路邊找酒吧喝一攤，長官偶爾想要安撫人的時候，也會擺點白酒和香腸小麵包意思一下，但如果你要問我上次參加高級派對是什麼時候，我還真是想不起來。你知道嗎，就是那種你可以真正展露自我、放鬆的地方，就像這裡一樣，」索恩揚了揚手機，「從與會者的臉上就可以看得出來，是吧？你一定看得出來，他們開心得很，因為從他們的臉上，可以看到像是……墮落的神情吧，隨你怎麼說都好。他們已經完全不在乎了，看清楚他們嘴臉的最好時機，就是當他們不知道自己被人注意的時候，還有，當他們連自己被人拍照都無知無覺的時候，那就更妙了。只有在這種時候，你才會看到大家真正的模樣，你說是吧？大家不需要偽裝，一切公開，無須壓抑的時候。你想想，這是不是一場極其美妙的派對呢？能當自己，真好。」

索恩望向桌子後方的那個男人，對方的臉色充滿困惑，而且比幾分鐘之前更加慘白。「哦，抱歉，你自己看吧。」索恩走到他的前面，把手機推過去，望著那男人拿起來、緊盯著照片。

「看來你那天晚上很爽啊，麥卡錫醫生。」

這位醫生開口了，但目光依然沒有離開照片，「你怎麼會有這個？」

「老實說，這是你和未成年少男發生性行為之前或是事後拍的照片？我不知道，但不管怎麼樣，你和朋友似乎是很開心。」

麥卡錫不發一語。

索恩靠在麥卡錫的桌前。

幾乎有半分鐘的時間，完全聽不到麥卡錫的呼吸聲音，他的手指不斷輕敲手機邊緣，外頭的病房傳來模糊難辨的吼叫聲，長達好幾秒鐘。

「我去參加派對又怎樣？」麥卡錫把手機推回到索恩面前，「我不是這種事情的專家，但要是說這樣違反了法律，我可不信。」

「要看派對的性質而定。」

「我不知道你單從這張照片裡可以看出什麼。」

「哦，看不到什麼女人啊。」

「我再重申一次，這不是非法行為。」

「男人和男孩。」

「探長大人，我的記憶力不是很好，所以你何不乾脆提醒我這派對的地點在哪裡？」麥卡錫等了一會兒，「時間呢？」他緊抿著嘴，露出一抹冷笑，「你不知道吧？對不對？」

「拍照片的人當然清楚。」

「你什麼都不知道，完全沒有證據，所以——」

「我知道強納森・布吉斯的事。」

「好，如果沒有其他事情，我想把握時間好好工作。」

索恩向前靠得更近，又把那個名字說了一次，嘶嘶作聲，彷彿像是在威脅他。

麥卡錫往椅背上依靠，雙手向上一攤，「他只是在這裡待過的病人。」

「我知道，而且我也很清楚他什麼時候住院。」

「太好了，因為這樣就省下我找資料的時間。」

「他一定是生重病住院的吧，對不對？」

「抱歉？」

「指甲內生？足癬？」

「我們不能透露病人隱私。」

「我猜，是為了偷美沙酮，但不重要，」索恩繼續說道，「你讓他住院才是關鍵，讓他和阿敏・阿克塔在同一時間入院。」

「阿敏死掉的時候，我人在家裡，你早就知道了不是嗎？」

「但強納森．布吉斯卻在這裡執行你交辦的任務。」

「是什麼？」他的笑容又再次浮現，但這次不再那麼銳利，「你覺得阿敏．阿克塔到底是怎麼被殺死的？」

「怎麼不由你來告訴我？」

「因為我根本不知道啊。」

「撒謊！」

「你要叫我說什麼？」

「你是不是和阿敏．阿克塔發生性關係？」索恩拿起手機，指著那張照片，「那天晚上，你和他上床？」

「當然沒有。」「其他場合？」

麥卡錫起身，「你夠了吧。」

索恩早就從書桌旁繞過去，「媽的給我坐下！」

麥卡錫跌坐在椅子裡，椅輪在光滑的塑膠地板上發出吱嘎聲響，後退了好幾英寸。

「坐下……」

索恩深吸一口氣，聞起來有金屬鹹腥與繃帶的氣味。他眨眨眼，想要揮去眼前的影像，他看到自己把手機塞進麥卡錫的嘴，一手支住他的臉，然後以另一隻手的手根、以手機敲爛他的牙。

戴夫，我是開玩笑的。

而索恩只是以左手揚了揚手機，右手張開五指，貼在麥卡錫的後腦勺，越捏越緊，動作緩慢而堅定，「左邊那男人，我知道是誰，」他問道，「我們都認識吧？」

麥卡錫點點頭。

索恩的臉貼近手機。

「所以中間那個醜八怪是誰？」

麥卡錫不說話。

「想不起來名字？」

「不知道……」

幾秒鐘之後，麥卡錫的鼻子被壓在螢幕上。

「我看你們在裡面稱兄道弟，熟得很，」索恩說道，「所以我想你們一定認識彼此。」麥卡錫想要推開索恩的手，但卻無法掙脫，因為索恩的施力越來越重，

「好，我很清楚，你不是這起惡局的主謀，伊安，你一定也有罪惡感，老實說，我覺得你不是下達命令的人，倒不是說你沒有那個腦筋，我的意思是，你絕頂聰明，策畫這樣的事情綽綽有餘。」

索恩覺得自己的手指頭蠢蠢欲動，他輕輕搖頭，算了。

「我只是要告訴你，你可以考慮供出主使者的名字，就是現在，因為等到判刑的時候，這個動作能夠救你自己一把，伊安，我向你保證，那些人絕對都會被繩之以法。」

索恩又搖頭，這次的態度硬多了。

「是不知道他的名字？」索恩問道，「或是不肯告訴我？」

「隨便你怎麼想。」

麥卡錫舉起手，抓住索恩的手腕，索恩僵持了一兩秒鐘、最後還是心不甘情不願放開醫生，他也趕緊趁空脫逃，離開椅子，溜到辦公室正中央，後退的時候還轉頭，緊盯著索恩的動靜，然後又伸手理順後腦勺的頭髮。

他轉頭向外，有名護士正隔著窗戶注視著他們兩人，麥卡錫舉手，點點頭，還豎起大拇指，那女子上下打量了索恩好一會兒之後，終於離開。

「你給我聽好，我沒有義務要告訴你，」麥卡錫回道，「其實，我根本不必理你，因為你除了一張毫無意義可言的照片與極其骯髒的腦袋之外，什麼都沒有。」他開始撫弄山羊鬍的邊角，「我看，在這種節骨眼，你簡直走投無路了對吧？當然，你沒辦法逮捕我，因為你手中沒有任何可以起訴的證據，你只不過讓自己看起來像個白痴而已。」

索恩離開書桌，慢慢走過去，他緊盯著麥卡錫，沒有回話。

「這是在浪費時間，你自己很清楚。」

索恩不是沒看過更低劣的得意笑容，但麥卡錫的笑意卻很牽強，他的一字一句顯然是經過沙盤推演，不過說話的節拍卻太過急促，索恩覺得這傢伙現在一定口乾舌燥。

「那間雜貨店的狀況，」麥卡錫說道，「就我所知的最新狀況，依然在僵持中吧。」

突然之間，索恩覺得自己也一樣口乾舌燥。

「我的意思是，如果你有意願的話，我可以陪你回警局一趟，我保證我什麼都不會說。這一招很冒險，我們就繼續耗下去，趁我等律師到來的空檔，就小聊一下，你可以枯坐兩三個小時，聽我一直說『不予置評』，但那兩個在槍口下的可憐人質搞不好就在這時候掛了，你覺得這愚蠢的錯誤該歸咎在誰的頭上？」

剛才那名護士又再次出現在窗口，她看了好幾秒之後，才向麥卡錫示意有事要找他。他舉起一根手指，讓她知道再一分鐘就好，然後又轉頭看著索恩。

「好……就只有這些選擇了。哦，其實也只有兩個而已，你可以再繼續浪費時間，再多問一些我不屑回答的問題，或者，請你給我滾出去。」

55

科技支援小組機動車裡嚴禁飲食，所以在預定打電話進去的幾分鐘之前，帕斯寇在操場上來回走動，喝完手中的咖啡。天空開始落雨，也有了些許涼意，所以，不需要在外駐守的人，全部都躲進了學校裡頭，但這裡依然十分忙碌，反綁架小組、交警與特警隊，還有制服員警與犯罪調查部門的警官。只有少數場合才會看到倫敦警察廳的各單位齊聚一堂，而現在正是難得的熱鬧場面，「穿西裝的」與「戴警盔的」似乎融成一氣。如果再加上風化掃蕩小組、皇室成員保護組，也許再叫來一兩個騎警，那麼幾乎可算是全員到齊了。

帕斯寇點了菸，走過某一粉筆線跳格子的空地，她慢慢走過一個又一個的小格子，小心翼翼，不想踩到粉筆線。

當然，她沒有辦法忘記謀殺調查小組的那個可憐傢伙。就算是他圓滿達成任務，幾乎也不可能得到任何掌聲，要是收場難看，她知道那男人一定會自責不已，苦著一張臉，像是無頭蒼蠅在四處亂轉，卻不知道答案在哪裡的湯姆·索恩。

他的任務真是吃力不討好。

她彎腰撿起一塊平滑的扁石，握在手中，走回空地上的第一塊方格。她告訴自己，要是能把這塊石頭順利拋進另一頭的半圓區，她就可以在今天見到海倫·威克斯，與她一起喝茶聊天。帕斯寇彎身，準備要丟出石頭，她不禁在想，像她一樣既是控制狂、又如此迷信的人，不知道會有多少？

「帕斯寇警探……」

她轉身過去，看到唐納利站在科技小組機動車的後門，對她招手示意。她扔掉香菸，把石頭放入口袋裡，走過操場，與他會合。

她爬上金屬小梯、進入車內，唐納利也趁機問她是否已經想出策略，該如何把必要訊息順利傳達進去。她把自己醞釀的說詞告訴了他，他覺得萬無一失，很清楚，但依然有掩人耳目的效果。

「她很聰明的。」帕斯寇說道。

「他也一樣啊。」唐納利回道。

帕斯寇坐在機動車左側的矮凳上，拿起耳機，唐納利挨到她身旁，也坐了下來。後面的電視牆上方安裝了一對喇叭，而右側是一對民間工程師——二十多歲的女子和四十多歲的男子——兩人的前方只有一具控制台，讓這個貌似七四七的駕駛座艙看起來頗為陽春。

「可不可以轉到第一頻道？」帕斯寇問道。

那女子回頭看她，「什麼？」

「DJ史考特．米爾斯的時段馬上就要開始了。」

唐納利忍俊不禁，但那女子只是聳聳肩，彷彿帕斯寇剛才說的是外國話，她慢慢轉身，回到自己的旋鈕與推桿前面。

「準備好了嗎？」唐納利問道。

男工程師轉身，「當然。」他的淺褐色頭髮已經相當稀疏，整齊熨燙牛仔褲，搭配黑色緊身運動衫，更凸顯了他的肥胖腹肚。他的名字剛好繡在左側男乳的上方，科技支援小組：金姆．葉茲。

唐納利看著手錶，「還有一分鐘。」

帕斯寇點頭。她知道只要流程出了絲毫差錯，連日來的精心交涉很可能會毀於一旦，會把挾持者逼到完全失控。比方說，電話結束時的語氣改變，或是預定撥進去的電話時間晚了那麼一分鐘。

「蘇，準備上場了。」

葉茲看到帕斯寇拿出手機，趕忙揮手制止。「不需要了，」他解釋道，「我們的系統已經輸入妳的號碼，設定為快速撥號鍵，與手機撥出的速度幾乎算是同步，而且我們保證威克斯警探手機上依然會出現妳的號碼。」他正要轉身回去，又突然停了下來，「要是有任何問題，隨時候教。」

「我想這樣的解釋已經很清楚了。」

葉茲面向控制台，戴上耳機，他的同事也一樣，然後，他按下按鍵，「可以了。」

車內立刻迴盪著海倫．威克斯的手機聲響。

電話響了三聲，海倫接起電話，「等一下。」幾秒鐘之後，原本的靜默音質聽起來不太一樣，因為她把電話轉為擴音模式，「現在哈維德也聽得到了。」

「沒問題。」

葉茲與他的同事立刻開始進行微調。海倫．威克斯與哈維德．阿克塔的聲音會透過儲藏室牆壁裡細心安裝的麥克風傳導到車內。不過，他們必須確保這個聲音不會回授到海倫的手機裡，以免讓她——最重要的是阿克塔——聽見他們自己的聲音居然會從機動科技小組的喇叭傳透出來。

葉茲對唐納利與帕斯寇伸出大拇指比讚。

「外頭似乎很熱鬧，」阿克塔說道，「簡直像是皮卡迪利圓環一樣。」

「什麼意思？」帕斯寇問道。

「我們沒開電視的聲音，但看到畫面了，」阿克塔回道，「六點鐘新聞都播得一清二楚，記者、閃光燈，什麼都有，還站了一大堆警察。」

「哈維德，我們必須嚴陣以待。」

「螢幕角落還有我的照片，」他悶哼一聲，不知道是驚訝還是不以為然，「他們是怎麼拿到的？娜蒂拉給的嗎？」

「應該是護照單位，」海倫插嘴，「也可能是監理所。」

「哈維德，記者之所以會聚集在這裡，」帕斯寇回道，「都是因為你。」

「我才不管。」

「哈維德，我當然知道你不在意，我知道你這麼做並不是為了登上頭條新聞。」

「相信我，等到殺我兒子的兇手被送進監牢，這才是天大的新聞。」

「當然。」

「前所未有的大新聞。」

「前所未有，這是一定的，」帕斯寇回道，「但在此之前，至少可以讓你看到我們的態度有多麼認真。」

「每個人看起來都非常認真，沒錯，」阿克塔回道，「大家看起來都非常忙，但依然沒有進度，我根本不知道索恩探長有什麼新進度。」

「哈維德，他請我轉告你，他還在追查那一條線索，」帕斯寇瞄了一眼唐納利，「非常重要的線索。」

「那個剛死掉的男孩子，對，我知道。」

「他現在查出了更多的內幕——」

「我已經失去耐心了。」

帕斯寇又望著唐納利，不需要高品質喇叭與高解析度的音響，大家也聽得出來阿克塔聲音裡的憤怒。

「哈維德，我們了解。」

「這裡不是只有我一個人而已，妳懂嗎？」

唐納利揮手，想要引起帕斯寇的注意，他指著自己的耳機，對她點點頭。

「哈維德，絕對不會發生那種事的，」帕斯寇回道，「你一定要相信我們，你要知道，外頭有支援，豐富的支援力量，兩位都有。海倫，有聽到我說話嗎？」

「是。」

「無論接下來有什麼狀況，妳要知道我們在外頭提供了支援，我們一直在聆聽，了解嗎？」

「知道了。」海倫回道。

「我不希望……被你們唬弄，」阿克塔說道，「我不要再浪費時間了，」他已經開始爆發怒火、聲嘶力竭在咆哮，「浪費的已經夠多了。」

「我絕對不會這樣。」帕斯寇回道。

「妳說到做到？」

「當然。」

「好，那就這樣。」

過了一兩秒之後，阿克塔掛了電話。

「很好，」唐納利拿下耳機，「妳覺得她有聽懂嗎？」

「我之前說過了，她很聰明。」葉姿與同事開始調整分貝與輸出音質，帕斯寇先行告退，離開了車子，走入操場。

我已經失去耐心了……

她想起教科書裡對於挾持者憤怒反應的處理方式，還有，當他們情緒越來越不穩定的時候，該採取什麼策略。她慢慢踱步走回跳格子區，思索該如何出牌，赫然發現那顆小石頭還在她的口袋裡。

56

當麥卡錫的銀色歐寶Astra從巴達勒監獄開出來，大燈映照在緩緩升起的檢查哨柵欄的時候，天色正逐漸轉暗。他的車子轉向寧靜鄉道，前往M25公路，索恩一直在對面的小路上守候，等待另外一台車經過之後，才開燈跟蹤過去。等到上了高速公路之後，比較不會被對方發現，而在此之前，也只能保持一定距離而已，索恩倒不覺得這是什麼問題，他認為伊安．麥卡錫另有別的事情掛心，不會想到自己是不是被跟蹤。

至少，他希望是如此。

雖然這個醫生沒有辦法表現出完全事不關己的模樣，但他依然努力表現出倨傲、甚至是蔑視的態度，索恩在一個小時前、離開監獄的時候，很想要衝回倫敦市中心，好好質問一下那個給麥卡錫下指導棋的人。但他立刻提醒自己，這傢伙比麥卡錫更難纏。既然他也不知道第三個男人是誰，所以目前也別無選擇，只能盡量接近麥卡錫，靜觀其變。

在這層關係中、最薄弱的一條線索，不知道會把他帶引到什麼地方去。

或者，會讓他見到什麼人？

索恩現在非常篤定，阿敏．阿克塔是陰謀事件的受害者，但他也很清楚，自己的證據不過是一張拉辛．傑佛的照片，根本發揮不了任何證據力。當然，這些人的姓名與他們之所以出現的原因至為重要，是能夠把海倫．威克斯從雜貨店救出來的關鍵，但如果要讓這些主事者付出代價，索恩必須要找出他們一直在密謀串聯的事證。他也必須要證明照片中的三名男子依然與彼此保持密切聯絡。

他們一路車行，經過喬利伍德公園的時候，天空也剛好開始落雨。續開了一英里左右之後，已經快要抵達M25公路的圓環，路面變得越來越寬敞，燈光也變得更加明亮，索恩與醫生之間隔了三台車，以五十五英里的速度在內線道均速前進，此時，索恩的手機響了。

「你那裡的聲音聽起來怪怪的。」

「我在開車。」

「希望你不是拿著手機在講電話。」

「菲爾，到底什麼事？」

「我終於弄懂他們的殺人手法了。」

索恩正跟追麥卡錫的車子經過圓環、上了支道，接M25公路的南下方向，他的雙手不禁緊捏了一下方向盤。

「我們已經建立假設，殺手不可能把那麼多的藥丸塞進阿敏的體內，」漢卓克斯回道，「是吧？在他嘴裡，還有床邊的那幾顆藥丸，只是故佈疑陣而已，讓大家誤以為他是自殺。」

「但是他體內的曲馬多卻足以讓他致命不是嗎？」

「劑量的確驚人，所以只有另外一種可能，在他體內的是液態曲馬多，而且是注射進去的。」

「難道是布吉斯下手？」

「湯姆，那不過就是打一針而已，又不是發射火箭。他只要拔掉阿敏手背上的插管就好了，只要有人提點過這小孩，絕對不成問題。」

索恩告訴漢卓克斯，幕後的影武者正是麥卡錫醫生。

「對，」漢卓克斯接口，「所以他給布吉斯上了一堂速成課，再偷偷把藥丸與針管交給他——」

「不過，這些藥丸仍然是難解的謎團，」索恩回道，「他怎麼能把那麼多顆藥強塞進阿敏的嘴裡？動作怎麼會這麼迅速？而且安靜無聲？」

「因為針管裡不是只有曲馬多而已，」漢卓克斯回道，「所以我一直想要搞清楚裡面還有什麼其他成分。」

「找出答案了嗎？」

「你記得兩三年前的新聞嗎？以色列人在杜拜飯店殺死的那個哈瑪斯特務？他們也使用了同一種藥品，讓受害者無法掙扎，難以出聲呼救。」

「繼續說吧。」

「你得拿紙筆寫下來。」

「現在哪有辦法啊。」索恩回道。

「氯化琥珀膽鹼。」

「我連唸都唸不出來。」

「氯化就不用記啦，」漢卓克斯又慢慢唸了一次，「那是一種神經肌肉阻斷劑，懂嗎？基本上就是肌肉鬆弛劑，但藥效超強超快，經常用於麻醉與加護病房治療，讓插管動作更容易進行。美國人執行死刑注射之前，也會先來這麼一針、癱麻死刑犯。」

「天哪。」

「但因為它的副作用，後來就停用了。」

「願聞其詳……」

「一旦注射之後，所有的神經就會立刻出現火燒般的灼燙感，每一吋肌肉開始如狂痙攣。病人一開始還好，但過了一分鐘左右就會全身麻痹，藥物發揮作用，幾乎無法呼吸，但他依然能夠保持清醒、目睹一切，所以，除非是沒有其他選擇，否則不會對病人施打這種藥物，太危險了，」漢卓克斯停了一會兒，「對病人也太痛苦了。」

「所以阿敏也知道自己被人下藥毒死？」

「湯姆，很遺憾，的確如此。」

「沒關係。」

「它是完美毒劑，」漢卓克斯繼續解釋，「媽的真是完美至極，徵狀與服用過量曲馬多完全相符……緊咬舌頭什麼的，然後只要一等到麻痹起了作用，布吉斯就可以把藥丸塞入阿敏的嘴裡，佈置服藥過量的自殺現場，最棒的是，他只需要兩三分鐘的時間就大功告成、離開現場。」

「為什麼驗屍的時候沒有發現？」索恩問道。

「這正是計畫如此完美的關鍵。除非你在三十分鐘之內弄到血液樣本，不然體內的酵素就會開始瓦解藥物成分，最後幾乎完全檢查不出來。」

索恩前方的那台銀色Astra開始打方向燈，切入內線車道。

「菲爾，那我到底要怎麼證明這一點？」

「我說『幾乎』完全檢查不出來，」漢卓克斯回道，「但如果你針對這一點進行檢驗就另當別論，阿敏不是火葬吧？」

「土葬。」

「那就沒問題了，如果我們能重新驗屍，我會找出證據的。」

索恩發現那台Astra又再次打方向燈，馬上就要切入第一個交流道。他繼續跟車，離開高速公路，然後在圓環處右轉、順著楓十字的路標前進。賀蘭德已經將麥卡錫的地址傳簡訊給索恩，所以他認得這個地名。

看來這位醫生準備返家。

索恩超了一台卡車，開了雨刷，加足馬力往前衝。現在，能一路跟著麥卡錫、回到他家的大門口，他爽得很，現在，會不會被麥卡錫發現？他早就拋諸腦後了。

57

現在電視又恢復了聲響，海倫盯著畫面，想像帕斯寇與外頭的其他人正窩在車廂裡、眼睛細瞇專注，耳朵緊貼著耳機，正在欣賞連續劇。

我們一直在聆聽。

他們會走到這一步，並不意外，但奇怪的是怎麼會拖了這麼久才找科技支援小組。他們可能認為既然有名人質是警官，那麼也等於在裡面裝設了自己人的「耳朵」。

我們一直在聆聽。

話中的暗示再明顯不過了。

我們一直在聆聽……妳要是有什麼事情想要告訴我們，或是任何有用的資訊，能夠幫助我們取得優勢，讓我們在這場競賽中先馳得點。

她整個人倚貼在暖氣管，視線從螢光幕移到了阿克塔身上。他對電視節目沒有興趣，只是靠坐在她對面的牆壁，動也不動，低著頭，望著地上的槍。自從昨天晚上開始，他不時拿起手槍，把玩好一會兒之後，又把手擱在上頭。他不再拿槍對人，甚或是耀武揚威，海倫覺得這個動作等於只是在提醒他自己，對，我手邊有槍，以及為什麼會弄來這一把槍。

還有，在這場競賽中，*他*才是佔上風的人。

每每看到他伸手拿槍，海倫不禁胸口一緊。

雖然她覺得自己很了解哈維德・阿克塔，但她對於他的行為已經完全沒有把握，她也不需要提醒自己，一把裝填子彈的手槍可能會帶來什麼下場。她向上帝祈禱，希望自己只是多想了，但在過去的幾個小時當中，她已經好幾次覺得自己聞到隔壁房間的屍臭味，雖然只不過是一瞬間的事，但已經足以讓她反胃，眼睛泛淚。

我們一直在聆聽。

她覺得自己應該要說些什麼，事先警告阿克塔，以免他說出不當的話，但她實在不知道該怎麼做才好，也許可以用寫的吧——千萬不要提到米謝爾——但即便只是要個紙筆，也可能會讓監聽的人心生疑念。

她知道，到了最後，終究無法避免，就和氣味一樣。

如今，一切也只是遲早的事了，被他們發現真相，她的謊言被揭穿，外頭的那些人不再監聽下去，決定要採取更激烈的手段。

因為，他們遲早會發現，有些聲音完全聽不到。

58

索恩放慢速度，望著前頭距離他五十碼的那台銀色Astra轉進了某間半獨立式、充滿現代感風格的家屋車道。他看著伊安．麥卡錫下車，從後座取出公事包，然後又冒雨急行走過紅磚鋪面小道，經過了悉心修整的灌木叢與精心照顧的花壇，頭也不回，直接進入家門。

他決定給這傢伙五分鐘。剛好可以放鬆一下，煮開水備茶或是開瓶酒什麼的，準備發懶。

麥卡錫開門的時候，身上依然穿著外套。

「啊！」他驚呼，「怎麼是你！」

「你還有第三個選擇，」索恩說道，「不要再裝了，你沒那麼厲害勇敢，趕快把你所知道的事都告訴我。」

麥卡錫想要迅速掩門，但發現索恩的腳已經抵住，然後肩膀也順勢擠進去。麥卡錫後方有隻狗開始狂叫，幾秒鐘之後，有隻看來完全不具威脅性的黃金獵犬伸頭過來湊熱鬧。麥卡錫以身體重量壓門，還得忙著把狗兒往後拖。

「你沒得玩了，」索恩說道，兩人的臉相距不過幾英寸而已，「我們一定會揪出布吉斯，等到他毒癮發作，一定會馬上把你供出來，不要忘了，連彼得．艾倫也算進來，現在一共有兩起命案……哦，等到我們重新驗屍的時候，一定會在他的體內找到琥珀膽鹼成分。」

麥卡錫眨眼。

「好，我可以進去了嗎？」

狗兒退到了門廳處，現在的叫聲沒那麼起勁了，麥卡錫一開門，索恩立刻發現有名女子走到門邊、站在他的後面，抓住狗的項圈，喝令安靜。索恩大方從麥卡錫身邊走過去，那女子抬頭望著先生。

「沒事吧？」

麥卡錫關上家門，「親愛的，沒事，只是監獄裡有狀況而已。」

「發生什麼事？」

「不是什麼大不了的事，」索恩回道，「應該不至於佔用他太多時間。」

麥卡錫走到某道緊密的房間前面，以手肘推開了門，「我們到裡面去。」

「隨便。」

「要喝茶還是咖啡？」那女子問道。

「如果妳剛好在煮咖啡的話，」索恩微笑回答，「那就來一點好了。」

麥卡錫開燈，鑽進房內。索恩目送女子與狗兒走向廚房之後，也跟著麥卡錫進去了。

房內一塵不染——沙發上的靠墊與扶椅襯墊極其蓬鬆舒適，地毯上還看得到吸塵器的清潔痕跡——索恩猜測這應該是麥卡錫夫婦費心打點的起居室，應該是在晚宴派對結束之後共飲咖啡的地方，或是偶爾可以在這裡興之所至，玩冷知識或戰國風雲棋戲。牆上整齊排列了鑲框的學位證書，火爐上頭放了乾燥花，光亮的角落邊桌擺有一整排家庭照。

老公，老婆，女兒，狗兒。

完美。

索恩一屁股陷在扶手椅裡，「真不錯。」

麥卡錫早已坐在沙發上，「什麼意思？」

「這裡的一切，」索恩回道，「還有你老婆。」

「不可以告訴她！」

索恩傾身向前，「好，我們打開天窗說亮話，我正在想的是『共謀殺人』，不過最近的法律非常……變幻莫測。我的意思是，就先把你當成殺人幫派的一份子，雖然你什麼都沒做，只是唆使別人，雖然你根本沒碰到受害人，但依然會因為謀殺罪而遭到起訴。」他故意停下來賣關子，頓了幾秒，「現在法律是這麼說的，『同謀共犯』，也許巴達勒感化院已經收了不少這樣的人，你把殺人武器轉交某人……事發當時，你的人距離現場何其遙遠，但在法律之下，你依然等於犯下了謀殺罪。」

「我沒有殺人。」

「刀子，槍技，注射器……是什麼武器並不重要。」

「沒有——」

「你把注射器交給布吉斯，在他面前示範詳細步驟，我猜他可以立刻上手，而且等到他出獄之後可以拿到一大筆錢。此外，阿敏這小孩是亞洲人，對於強納森·布吉斯這種瘋狂的種族主義者來說，也等於是額外的好處，對吧？你給了他門禁鑰匙，讓他能夠離開病房區、進入阿敏的房間，而且還提醒他哪裡有攝影機。」

「拜託你——」

「我們更不該忘記是誰設下了藥劑室竊案的騙局，讓大家以為阿敏．阿克塔偷藥自殺。好，雖然他被人注射下毒的時候，你還窩在家裡的床上，但真要追根究底，你還是要負起全責。你自己在監獄裡工作了這麼久，一定很清楚，你自己的監牢一定比巴達勒可怕多了，我保證你一定——」

「這不是我的意思，」麥卡錫回道，「從頭到尾都不是。」

索恩又靠在椅背上，和他當初猜想的一樣，麥卡錫只是這個殺人組的最小咖。

麥卡錫繃著一張臉，毫無血色，而且他伸手捏著另外一隻手，緊壓著每一個指關節，彷彿想要藉由疼痛讓自己分心，這是悔恨抑或是被抓到的惱怒，也不重要了。

索恩望著麥卡錫，他對面前的這傢伙完全無感。

「注射器裡的那個什麼鬼東西，」索恩開口，「那個麻醉劑。本來拿來在死刑注射時使用，但因為它的效果太殘忍而停用，你知道嗎？」

麥卡錫開口，小聲而急切，「和我在派對裡的那兩個人，照片裡的人，其中一個想必你已經知道是誰了，另外一個叫作賽門．鮑威爾。」

光有名字也沒有意義，「他是做什麼的？」

「他在青少年司法委員會，在負責配派犯人監所的小組工作。」

索恩想起來了，一切合情合理，這傢伙是行兇三人組裡的其中之一，執行殺人任務的第二人，巴達勒典獄長兩天前告訴他的話，也與這個人的角色若合符節。

博拉斯威爾還說了什麼？

我想你一定遇過這種人。

那種人，索恩緊盯著對面的麥卡錫。

「那晚和阿敏上床的人不是我，」麥卡錫回道，「我發誓，根本沒有，可能是鮑威爾，或是……」

房門一開，他立刻閉嘴，他的妻子帶著兩杯咖啡進來了，一杯給索恩，另一杯給麥卡錫。

「你沒說要喝，但我猜你也想來點咖啡。」她退身離開，卻在門口停下腳步，「你說等一下幾點要出門？」

麥卡錫看著她，欲言又止。

「我只是想要知道什麼時候弄晚餐而已。」

「別忙了，」麥卡錫說道，「我自己再找點東西果腹就可以了。」

「不麻煩啊。」

「親愛的，真的沒關係……」

索恩目送麥卡錫的妻子離開。他心想，他太太要是稍微猜得到另一半的閒暇活動，那麼她搞不好只是在客人面前惺惺作態，這一對愛侶在四下無人時的真實互動為何，無人知曉。

等到門關上之後，麥卡錫又多等了十秒，十五秒之後才繼續開口。「這整起事件真是愚蠢，」他說道，「愚蠢至極。」

「你剛才說『這整起事件』，指的是殺死阿敏．阿克塔？」

這位醫生慢慢點頭，「完全……沒有必要。」

光是聽到這男人的遣詞用字，索恩就想要扁爛麥卡錫的臉，但他還是按捺衝動，讓對方繼續說下去。

「阿敏根本不記得我是誰，這幾個月以來，完全看不出任何跡象。至於其他人為什麼會擔心自己會被認出來，我不知道。」

「你口中的其他人，其實指的就是某特定人士。」

麥卡錫點頭。

「他不希望有萬一。」索恩回道。

「我把自己的想法告訴其他兩個人，真的沒有必要冒這種風險，但我的意見和其他人相比……顯然是不夠份量。」

「而賽門．鮑威爾也欣然同意。」

「其實沒有，」麥卡錫回道，「沒有人樂意，但大家都答應了。」

索恩心想，照這樣聽下來，那男人似乎是這三人樂團的指揮者，從事前謀畫到事後收尾，始終如一，就是這個人起念殺害阿敏．阿克塔，然後又殺死了兇案的小幫手，顯然他對於自己毀滅跡證的能力充滿信心。索恩不禁又開始擔心起來，找到強納森．布吉斯的時候，他的活口機率不知道有多少。

這男人會做出這種事，是否只是因為覺得自己比朋友擁有更多輸不起的優勢？抑或是他更為冷血無人性？

「你最後一次與他聯絡是什麼時候的事？」索恩問道。

麥卡錫面露猶豫，「昨天晚上。」

「你準備什麼時候與他會面？」索恩在麥卡錫的臉上已經看到答案，「今晚？所以沒辦法吃老婆大人準備的晚餐？」

「今晚有派對。」

麥卡錫聲音微弱，但索恩卻聽得清清楚楚。遲遲不見蹤影的好運氣，終於給他等到了，他的笑容哪藏得住，「鮑威爾也會去嗎？」

「應該不會，」麥卡錫回道，「有些派對，吸引來的人是不一樣的。」

「哦，別擔心，我可以幫你們充人場。」

「什麼？」

「我跟你進去，就把我當成你的『跟班』。」

麥卡錫搖頭，「不可以。」

索恩立刻壓低開心聲調，「也許我們應該請尊夫人回來這裡，聽聽她的想法，也許她也想要一起去。」

麥卡錫又開始捏手，喃喃啐道：「幹！幹！幹……」

「我不知道你為什麼要這麼害怕，」索恩說道，「此時此刻，事實擺在眼前，伊安，你應該要怕的人是我，你自己很清楚吧？」

麥卡錫抬眼望他，頭微微點了一下。

「好，很高興我們取得共識，」索恩往後一躺，伸開雙臂倚著椅背，「我之前已經告訴過你了，我已經很久不曾參加高級派對，」他啜飲了一口咖啡，咧嘴朗笑，「應該是一場大冒險。」

59

金姆．葉茲不再緊盯著眼前超高難度的數獨，開始抬頭偷瞄幾英尺之外的女同事。她自己也在玩同一組遊戲。金姆看了一下手錶，他與安奈特．威廉絲當同事，迄今已經將近一年，看來今天兩人似乎表現不佳，難以打破個人最佳紀錄。

現在，也只能看誰先做完而已。

對方的電視與其他活動的聲響，不斷傳送到喇叭以及他們的耳機裡。戲劇節目裡演出的是醫院場景，中間還被一小段與茶有關的話打斷——人質想要喝茶，但是卻被挾持者粗魯回絕——在過去一小時當中，除了電視之外，完全沒有別的動靜。

葉茲聽到在自己的後方，車廂的另外一側，人質談判專家正在專心翻閱八卦影劇雜誌，他知道安奈特對那種刊物沒什麼好感。

他在想，如果讓她先完成數獨、讓她享受到打贏對手的快感，應該會讓她有好心情，要是他終於鼓起勇氣約她出去一起用餐，也許她答應的機率會比較高。不過，他還是先得仔細佈局才行，畢竟他已經連贏了她六盤，她再怎麼笨，應該也猜得到他在刻意放水，她應該只會出現兩種反應，覺得他展現俠士風度？或是在施恩？她會不會生他的氣？還是會假裝不快，其實卻內心竊喜？

夭壽，難怪他覺得女人真可怕，老是猜不透她們的心思。

他再次低頭看數獨，又多填了幾個數字。

他在開什麼玩笑啊？好像他真的會約安奈特出去一樣，也許他應該先問問別的女人的想法。沒錯，他覺得這才合情合理，採取下一步動作之前，應該要先聽取別人意見才對。

等到回家的時候，他會好好問問他媽媽。

雜貨店裡的聲音戛然而止，葉茲、威廉絲、帕斯寇同時抬頭，大家的雜誌與數獨本全被扔到旁邊了。

「電視關了。」帕斯寇說道。

這兩名工程師開始微調音量，三個人都豎耳傾聽，帕斯寇回頭望著唐納利，他正與奇佛斯在操場上講話，就站在車廂背門的後頭。

她大叫：「長官……」

阿克塔：我覺得我已經忍耐夠久了，我的耐心都磨光了！

工程師又在忙著調整設備，挾持者的音量突然變大。

威克斯：「哈維德，請把手槍放下來——」

阿克塔：「我覺得大家都在笑我。」

威克斯：「絕非如此。」

阿克塔：「索恩探長把我當白痴，唬弄我，把我耍得團團轉，讓我像個笨蛋一樣在這裡泡茶！真是夠了！」

一陣靜默，約半分鐘左右，唐納利和奇佛斯也在此時進入車內。

阿克塔：這個是不是有相機功能？

唐納利拿起耳機，看了一眼帕斯寇。她搖搖頭，她和長官一樣毫無頭緒。大家都在仔細聆聽，但接下來的幾分鐘只聽到海倫．威克斯所發出的聲音，扭動身體時的窸窸窣窣，還有手銬撞擊暖氣管的匡啷作響，終於又聽到阿克塔在講話。

阿克塔：好了，現在我們等著看吧。啊，抱歉有味道。

威克斯開始咳嗽。

阿克塔：我準備了這個，應該有用。

一陣長長的嘶聲，然後又一次，唐納利看著帕斯寇。

「噴霧劑。」她答道。

阿克塔：現在好多了。

幾秒鐘之後，他們又打開電視，頻道快速轉換，音樂台、足球、罐頭笑聲，阿克塔終於——應該是他沒錯——終於找到了幾分鐘前觀看的戲劇節目。海倫．威克斯又咳了好幾聲，然後出現東西摔在桌上的噪音——可能是遙控器或是手槍。

沒有動靜了。

「現在究竟是怎麼回事？」唐納利問道。

60

麥卡錫告訴索恩，過去這些年來，他一直是這些派對的常客，但有十多處的舉辦地點，一定要到最後一刻才會公布地點與賓客名單。現在這個地方他雖然曾經來過，但是他完全不知道屋主是誰，但絕對是個可以信賴的人，某個基於共同的品味與興趣、樂於提供處所，讓數十名高階專業人士每隔兩三個月就能盡情享受的人，某個對於紅酒，或是其他液體噴濺在沙發上、也不會放在心上的人。

索恩伸長脖子往上瞧，心想，這應該還是某個身價有好幾百萬英鎊的人。

這個夜晚聚會的地點緊鄰河岸，座落在巴特錫與亞伯特橋之間水域的南側、某棟銀亮玻璃帷幕的時髦新月形建築裡。以退弧形居臨水面、十一層大樓的頂端，有層馬蹄形的雙拼閣樓，室內燈光從染色玻璃穿瀉而出，染滿了一大片陽台。

「開派對的好地方。」索恩讚道。

「你就是要把它講得很淫穢，」麥卡錫回道，「我覺得這沒什麼好丟臉的。」

「什麼？」

「性……沒有錯。」

索恩轉身過去，雙眼直視著他，「你給我聽好，我才不管你幹的是誰，也懶得理你怎麼幹人，」他回道，「只要是合法的，你沒有佔人便宜，沒關係。不過，伊安，我覺得這件事已經超過了法律的容許範圍，不是嗎？」

麥卡錫沒說話，側著頭倚窗。

「我比較在意的是你殺死了這些小男生，而不是睡了他們。」

索恩把車停在住宅區西側的小路，在房屋仲介商的華麗廣告詞裡面，絕對不會提到這個地方。從車裡望出去，只能望見泰晤士河的幽暗水光，完全看不到另一頭閃耀的雀兒喜河堤。不過，對索恩來說，這是個視野毫無障蔽的理想地點，可以觀察到二十四小時地下停車道入口的動靜。

他們已經等了十五分鐘，看到了六、七台車轉進停車道，慢慢駛入斜坡，也有許多黑色計程車把客人直接載到大門口。現在，又有一台車開了過來，麥卡錫看了一會兒，搖搖頭。

索恩早就知道要等的是哪一台車，「最好趕快給我出現。」

「為什麼不等他一到就馬上逮捕他？」麥卡錫問道，「為什麼還要跟上去？」

「因為我想要走進去，看到他興奮冒汗的模樣，」索恩回道，「我想要看到當他的雙手在某個十四歲男孩身上磨蹭的時候、被我抓個正著的表情，就像我想要看到你被抓包一樣。然後他就會把整個事情經過告訴我，我一定會讓他全招了，給阿敏・阿克塔的父親一個交代。」

擋風玻璃上大雨漣漣，索恩看到漆黑之中出現了另外一對車頭燈，深色的積架XJ開始減速，轉入停車場。

麥卡錫點點頭，「就是他。」

索恩聞到隔壁男子所散發而出的恐懼，或者，可能是他自己的氣味也說不定。他舔嚐到了口中的腎上腺素，帶有些微金屬腥味的一小坨口水，牙齒宛若貼了錫箔紙。

他告訴麥卡錫乖乖待在車子裡，然後自己下車。「我們再等個幾分鐘，」他話一說完，隨即關上車門，「讓他們再玩一下，沒必要這麼早闖進去，太不識相。」

在索恩抵達的幾分鐘之後，又有另外一台車開了過來、停在對面，他小跑了二十英尺左右的距離，鑽進那台沒有警方標誌的福斯Passat後座，然後又傾身向前座的兩人說話。

「準備要來辦正事了。」賀蘭德說道，他也認出了那台積架的車牌號碼，因為先前索恩在前往巴達勒的路上已經打過電話給他，所以他已從全國警務電腦系統取得資料，積架與奧迪Q7的車籍號碼，瑪里波恩公寓與薩塞克斯度假別墅的地址。

伊芳·基絲頓從副座回頭看他，「所以現在的計畫是什麼？」

「我還沒想出來。」索恩說道。

「你又打算要單槍匹馬？」賀蘭德問道。

「我想，這樣最好。」索恩告訴他們，等到他安全入內之後，就會把麥卡錫放出去，「你們幫我好好看著他，如果我需要外援，我會打電話讓你們知道裡頭的狀況。還有，給我牢牢盯著所有的出口，要是我事情還沒有處理完，卻有人跑出來的話，立刻逮捕。」

「逮捕的理由是……？」

「隨便你編。」

「要是我們一直沒接到你的消息呢？」基絲頓問道，「你要我們等多久？」

「不會耽擱太久，」索恩回道，「等到我進去之後，這場派對應該很快就會不了了之。」

索恩冒雨前行，朝自己的BMW轎車走去，此時手機的簡訊通知突然響起，他瞄了一眼，是海倫．威克斯手機傳來的簡訊，但他打開一看，沒有文字，只有一則附加的多媒體訊息。

未命名的影像檔。

索恩打開照片，愣住了，死盯著不放，他嚥了嚥口水，以食指抹擦那小小的螢幕，他的頸背突然起了雞皮疙瘩，是因為那冰涼緩滑而下的雨水嗎？他不確定。

槍枝走火，如此而已，大家毫髮無傷。

照片有些模糊，但已經足以讓索恩辨識出那是浮腫的五官。消瘦的雙唇，比臉部的其他部位更加蒼白，看起來像是乾涸血跡的紅點噴濺在下巴與頸脖，髮線附近出現了好些褐斑。他看了好一會兒，才認出這人的頭上還有一團宛若蝙蝠翅膀般黑亮的碎爛頭皮，但他會意過來，一切瞭然於胸。

照片裡的這個男人，應該就是史蒂芬．米謝爾。

死人的臉孔。

屍身，包裹在垃圾袋裡。

索恩朝自己的車子方向前進了五、六步，然後轉身往回走，帕斯寇與唐納利是否也收到了同樣的照片？如果答案是肯定的，那麼他們一定會打電話給他。索恩望著手機，等了半分鐘……又繼續等下去，等它響起。

他乾脆直接點按臨時調查室的電話。

「你人在哪裡？」唐納利問道。

「我正準備要去找阿克塔兒子命案的主謀者，」索恩回道，「其實，我先前見過那個人。」

「哦，越快越好。」

「怎麼了？」

「阿克塔開始抓狂，」唐納利回道，「亂揮槍，大嚷著自己沒耐心等下去了。」

「帕斯寇怎麼說？」

「她很擔心。」

「請你轉告帕斯寇，等到她和阿克塔通電話的時候，可以告訴他我已經找到了他渴望的解答，所有的答案。」索恩抬頭，瞄了一眼上方的閃亮半月形閣樓，瞇著雙眼力擋雨水，「告訴他，今晚就會了結。」

「我也希望如此，」唐納利說道，「我也真心期盼他聽得進去，奇佛斯已經越來越按捺不住，而且我也很難出口責怪他。」

索恩把手機塞回口袋，又往自己的車子方向走過去，他好納悶，海倫·威克斯為什麼沒有透露史蒂芬·米謝爾的死訊，難道因為有手槍對著她的頭，就讓她被迫噤聲？或者她選擇刻意不說出口？她自己是警察，自然很清楚一旦出現傷亡，緊張情勢會立即升高。她已為人母，除了自己的性命之外，還得掛心小孩。索恩想起唐納利對奇佛斯的評語，也難怪海倫·威克斯警探選擇沉默以對。

無論真正的理由是什麼，索恩決定和海倫做出一樣的事，隱瞞已有人質死亡的消息。他身上又多揹了一條罪，不過沒差，反正他也已經夠黑了。

他還有其他選擇嗎？

阿克塔開始抓狂……

現在，索恩知道哈維德·阿克塔不只是失去耐心，根本就是早就消磨得一乾二淨。史蒂芬·米謝爾屍體的照片所傳達的訊息再清楚不過了，而且顯然是針對他而來。

動作給我快一點。

他走到車旁，猛力打開副座的門，「趕快走！」

麥卡錫抬頭看著索恩，在室內燈光的映照之下，他的臉蒼白難看。「你之前說現在進去太早，你說——」

「那是之前，」索恩回道，「反正我本來就一直不識相。」

61

唐納利是在操場上接到索恩的電話，他一邊講電話，一邊躲在警傘下面發抖，還不忘吃著略嫌走味的餐車水果蛋糕。現在，他快步走回科技支援小組的車內，傳達索恩的最新消息。如果他們能夠控制狀況，能夠安撫這個雜貨店老闆，再兩三個小時就好，應該可以在攻堅之前圓滿落幕。

他一進去，就發現自己剛才一定是錯失了什麼。

「發生什麼事？」

帕斯寇臉色蒼白，癱在椅子裡，那兩個工程師低頭看著地板，奇佛斯搖頭大嘆，「天哪。」

「我真的沒想到，」帕斯寇說道，「出乎我意料之外。」

「怎麼了？」唐納利又問了一次。

「她總是說平安無事，」帕斯寇先看著唐納利，然後又轉向奇佛斯，「每次我問她，她總是說一切都好，你們自己也都聽到了。」

阿克塔儲藏室裡的電視聲響持續從喇叭傳出來，唐納利請工程師稍微降低音量，然後走向蘇・帕斯寇的身旁，「蘇，妳到底在說什麼？」

她望著他，那個男工程師。

葉茲清了清喉嚨，「嗯，其實是安奈特發現的，」他指向坐在他旁邊的女工程師，瘦骨嶙峋，頂著一頭黑色龐克尖刺髮型，髮尾染成了紅色。他面露試探，最後終於把手放在女工程師的肩頭，「真的，是她一個人發現的。」

他同事點點頭，小聲說道：「我只是想說，我們監聽了三、四個小時，我也知道大多數的時候只聽到電視的聲音，很少有人在交談，但我們從頭到尾都沒有聽到另外一名人質的動靜，米謝爾先生完全沒有聲音。」

「也沒聽到他上廁所。」葉茲又補了一句。

唐納利盯著喇叭好一會兒，彷彿在等待它們突然爆出史蒂芬·米謝爾的聲音。

「啊，天哪。」他轉身看著奇佛斯。

「威克斯警探總是滿口保證沒問題，」帕斯寇的聲量彷彿在自言自語，「她一直都這麼說啊。」

「妳告訴我們沒問題的。」唐納利回道。

「因為我相信她的話。」

「她語調正常，沒有遭人脅迫的跡象。『沒有問題。』妳是這麼說的，如果我沒記錯的話，那不就是妳提供給我們的專業意見嗎？」

「我也記得是這樣沒錯。」奇佛斯接口。

帕斯寇看起來連呼吸都痛苦萬分，「不只是我而已，」她結結巴巴，「其他人也不怎麼在意米謝爾，」她站起來，伸手撫平外套，「不只是我而已……」

唐納利抓了耳機，丟給帕斯寇。

「馬上打電話給她！」

62

海倫完全說不出話，也無能為力，只能眼睜睜看著阿克塔拿著她的手機，走入前面的店鋪裡。

這個是不是有相機功能？

她一想到他要拍的那個東西，不禁呼吸困難，又想到他在拍這種照片時的心情，呼吸更是急促難平，大約過了一分鐘之後，她終於調勻呼吸，屏氣，正當她快要平心靜氣下來，覺得自己太小題大作的時候，那股味道撲鼻而來，她知道自己的確應該要擔心才是。

他撕破了塑膠袋。

在過去的幾個小時當中，她已經好幾次陷入崩潰，跡象已明，或者，應該說差一點就要崩潰，多虧她能夠保持頭腦清醒、專心個五分鐘，避免陷溺在自己的情緒裡。

她突然想起保羅生前經常掛在嘴邊的一句話，不知道他是從哪裡聽來的。

像妓女內褲一樣，上上下下。

他好愛講——總是喜歡模仿喜劇丑角的聲音說出來——尤其是她剛懷艾飛的那頭幾個月。

當賀爾蒙開始大量分泌，情緒開始大量起伏的時候。

她覺得自己的淚水快要奪眶而出，再次屏住呼吸，不肯流淚。

她只需要專心……

該來的還是來了，阿克塔的手放在槍上，托起了它，還嚷著自己被「唬弄」，遭人「忽略」。她請他準備茶水，但卻被他怒嗆；阿克塔再也不管她是否舒適無恙，他哪還在乎這個呢？完全沒有。

而且他現在還做出了蠢事，愚蠢至極。

他終於回來了，因為空氣中瀰漫的惡臭而對她道歉，還拿著空氣芳香劑四處猛噴，然後他的臉上露出了那樣的神情，彷彿他完成了什麼大業，簡直，得意洋洋。

「好了。」他開口說道。這句「好了」簡直就像是「給他們好好欣賞一下」或是「現在看看是誰在唬弄別人」一樣，海倫好想痛扁狠抓他的臉，毀爛他的竊笑嘴臉，好好質問他，媽的到底在想什麼鬼東西。

那一刻，她知道自己只要有機會，一定會出手揍他。

她望著阿克塔，他坐在椅子裡，手貼住擱在大腿上的槍，但卻開心盯著電視螢光幕，彷彿他剛才只是耍淘氣，就像是把貓丟進了鴿群裡。

海倫很清楚，要是阿克塔把史蒂芬．米謝爾的照片傳給外頭的任何一個人，那麼，他想要好整以暇看完現在這個節目，恐怕也不可能了。

她以鼻吸氣，不想讓味道進入口腔。臭味依然濃烈，廉價的空氣芳香劑只有和屍臭一樣可怕的噁心味，而且也根本無法發揮掩蓋功能，她繼續吸氣，只是因為不得不然。

腐肉，加上檸檬的味道。

63

麥卡錫按下私人電梯的密碼，前一天，主辦人已經以簡訊傳送號碼。當電梯緩緩上升的時候，他與索恩都不發一語，不過，就在快要到達頂樓的時候，麥卡錫卻先開口，「你知道嗎？他們也不是每次都找人上床，」他望著索恩，「有時候，參加派對的人只是想要認識新朋友，暢懷聊天，不需要有什麼顧忌。大家只是尋歡，不想說謊。今天下午你在我辦公室也說過類似的話，只是做自己而已。」

電梯門開了。

「好感人的演說，」索恩回道，「只不過，你口中的『做自己』，等於是拿老二猛捅未成年男孩。」

應門的男子有夜店保鏢的體格，不過他的西裝剪裁精緻多了，索恩心想，搞不好這傢伙曾經把穿運動鞋的客人扭送出門過。他認出麥卡錫，點點頭，然後又開始打量索恩。

「也是客人。」麥卡錫解釋。

守門男子悶哼一聲，「我沒聽說。」

「抱歉，」索恩微笑，「我是不是該帶瓶酒什麼的？」

「哦拜託，葛拉漢，別這麼討人厭吧，」麥卡錫接口，「他和我一起來的，會有什麼問題嗎？我口好渴，我想趕快進去喝點東西。」

在麥卡錫透露派對消息之後的這一個半小時之內，索恩反覆思考，想出了混進去的最佳方案。在這種時候，弄一張搜索票、以肩膀抵住門衝進去大吼大叫，當然很簡單。要是真的這樣搞，索恩覺得也不會遇到什麼激烈抵抗，但他最後還是決定要低調行事。他想要陪同臉色難看的醫生一起進去，刻意讓大家都看得到，他想要讓這個畫面毀了那個男人的美好夜晚，更要讓對方知道這個殺人小組已經被他瓦解，現在麥卡錫是他的人。索恩要讓他立刻知道，再多的掙扎也無濟於事。

「葛拉漢，其實呢，我們兩個人都很口渴。」索恩跟著附和。

葛拉漢翻了翻白眼，往旁邊一站，「祝兩位玩得開心……」

他們把外套擱在門口的牛皮長椅上，有個拿著托盤的小男生立刻過來，一頭塗滿髮膠的尖刺黑髮，還有深邃的瞳孔。麥卡錫拿了紅酒，索恩則取了水杯，兩人走了三步，旋即進入寬敞氣派的交誼區。

索恩聞到了大麻，還有助性毒品與鬍後水的氣味。

金錢的氣息……

這裡的裝潢與傢俱不禁讓索恩想到了拉辛．傑佛的公寓。也許這年輕人就是因為經常在這種地方消磨夜晚，所以培養出了超現代的奢華品味。說來諷刺，這些大人鐵定幫忙贊助了不少經費。索恩放眼四周——假裝只是在欣賞牆上的藝術品或是獨具風格的燈光設計——裡面約有十四名成年男子，全都是四十多歲以上的人，看起來似乎都是下班後直接過來，大多數的人都已經有飲料在手，不過也有些人顯然是剛到而已，還來不及鬆開領帶。

男孩的數目，起碼也是旗鼓相當。

他們的客戶正準備要放鬆心情，與友伴閒聊暖身，而這些被邀來準備提供有酬性服務的男孩們，也多在做相同的事，三三兩兩聚在角落，低語嬉笑，隨著流行的軟調搖滾樂搖擺身體，或者在擺放冷盤的長型玻璃桌附近徘徊。

目前，兩大族群涇渭分明。

但依然看得到許多人在眉來眼去，雙方都在打量彼此，狡黠而毫不害臊的微笑。

男孩有白人、黑人，也有亞洲人。索恩猜想這應該是仔細挑選過的組合，可以任君挑選，也許這些男孩的年齡也被特別篩選過了，大部分看起來都在十五歲以上，但也有幾個特別幼齒——也許至少是刻意裝小——待在食物區附近、緊靠在一起的那兩個男孩，看起來絕對還不到十二歲。

想必有人願意多付一點錢，買下他們兩個人。

有面巨大玻璃窗，橫跨了一半的室內空間，索恩走到窗前的刷白木紋地板，麥卡錫則是緊跟在旁，寸步不離。有個將霜白髮絲向後攏梳的男子，伸出食指敲打著雨水不斷滴落的玻璃窗，又以下巴指向外面。

「這種鬼天氣真是太可惜了，」他對索恩說道，「外面陽台的景致美得不得了。」

索恩轉身，靠在玻璃窗面上，掃視全場。

那男人又望向某個穿著黑色緊身背心的精瘦男孩，索恩覺得這小孩告別穿蜘蛛人睡衣的童年時代應該也沒多久吧，「別忘了，屋內的風景也是美不勝收……」

就在這一瞬間，索恩終於發現了他的目標。交誼區底端的左右各有一條燈光柔和的通道，這傢伙正從其中一邊走出來。索恩猜想，應該是上完廁所吧，或者是剛在臥房裡完事，但現在也未免太早了一點。索恩盯著他的一舉一動，他從某個男孩的托盤上拿了飲料，男孩回話，他笑了笑，然後又取了些食物。他轉身，正準備把東西送入嘴巴的時候，看到了麥卡錫。

他舉起杯子，朝他們兩人走來。

他走了幾步之後，開始注意到索恩，原本輕鬆的步伐變得有些遲疑，只有那麼一點而已。索恩嚇了一跳，沒想到對方那麼快就認出了自己。畢竟時隔八個月之久，而且他們面對面的時間也只不過半小時左右而已。

不過就是索恩出庭作證的時間。

「我是不速之客，法官大人。」索恩先開口。

那男人逼近麥卡錫，惡狠狠瞪著他，但麥卡錫卻迴避對方的目光，只是低頭望著自己的酒杯。他終於轉移注意力，「你是索恩。」

索恩更驚訝了，沒想到對方連自己的名字都記得一清二楚。不過，他隨即想到自己在兩天前現身巴達勒感化院查案，想必麥卡錫也從當時開始與同夥保持密集聯絡。現在，眼前的這個傢伙，只是順勢把人與姓名拼湊在一起而已。

索恩心想，就讓他現在知道狀況也好，越早越省事。

「您的朋友麥卡錫醫生，真的是很優秀的嚮導，」索恩說道，「而且講故事的功力也非常精采。」他轉向麥卡錫，「伊安，現在你可以滾了，我底下的警探正在樓下等你。」

「好，那等我的又是誰？」對方問道，「想必絕非是低階警官。」

音樂突然變得好大聲，在屋內的另外一頭，有人發出興奮的叫喊聲。

索恩沒眨眼，定睛看著他。

「你是我的了。」

64

海倫．威克斯的電話響個不停，十秒，十五秒。二十秒……

「他們不會接了。」奇佛斯說道。

「他們？」帕斯寇瞪他，「你以為裡面是什麼狀況啊？」奇佛斯正準備要開口，卻被帕斯寇搶話，「不過就是兩天多的時間就出現斯德哥爾摩症候群？也未免太快了一點，你懂我在說什麼嗎？」

二十五秒。

「無論是人質還是挾持者都沒有接電話，」奇佛斯說道，「我只是陳述事實而已，他們根本——」

電話被接起來了，車廂內的五個人也幾乎在同一時間屏息以待。他們的手緊壓著耳機，一開始出現了好幾秒鐘的微細嘎響，然後海倫．威克斯開口了，「喂？」

「海倫，我是蘇．帕斯寇，我要和米謝爾先生說話。」她的口氣平靜，但卻充滿權威，這是必須處理特殊危急狀況時的專用語調。

「他在睡覺。」

「抱歉，請妳把他叫起來。」

「現在是有什麼問題嗎？」

「海倫，我現在就必須聽到他的聲音，我得要確定他平安無恙。」

一陣沉默。

奇佛斯看著唐納利，但他只是雙手一攤。

「海倫？」

「給我掛電話。」傳來的是阿克塔的聲音。平靜，但卻充滿權威。

「那是意外。」

「掛電話！」

線路斷了。

帕斯寇取下耳機，以手指輕輕拍抹耳邊的薄汗。唐納利與奇佛斯已經一起退到後門，而且他們的肢體語言——肩並肩，交頭接耳——顯見兩人已經準備要發動攻勢，帕斯寇接下來就算還能有什麼貢獻，也已經無足輕重了。

「不該從前門攻堅。」奇佛斯說道。

「沒錯。」唐納利開始點頭附和他。

「鐵門不是問題，但我們距離阿克塔太遠了，他有充分的時間可以反擊，顯然該從後門進攻才對。」

「需要多久？」

「慢慢來的話，一個小時，如果是緊急部署，四十分鐘。」

「那就依緊急狀況處理。」

奇佛斯跳下車子，立刻開始在外頭大吼大叫。唐納利則開始對著帕斯寇講話，大意是說在最後這一個小時的時間當中、她的角色相當重要，依然可以戴罪立功，不過，她花了好一會兒才回神過來，因為她想到了自己曾經告訴索恩的話。

人質死亡是我的疏失。

在史蒂芬．米謝爾太太的面前，她也只能沉默以對。

65

索恩盯著他，眼前突然浮現一幅鮮明圖像，這位擁有御用大律師名銜的吉福瑞．普洛瑟法官在開庭審理前的著裝姿態。他改頭換面，盡情享受這個儀式。索恩可以想像這傢伙站在自己辦公室的大鏡前方，笑容越來越得意，穿上法官的紫色法袍與紅色肩帶的時候，血液直衝他的老二，因為他覺得自己大權在握。假髮是最後一個步驟，也是最美好的部分，他的面容突然變得堅定而莊嚴，馬尾輕搔著柔軟的粉紅色肌膚，充滿愉悅感。

根本難以讓人將其與處罰聯想在一起。

現在的普洛瑟，頂著一個大禿頭，穿著藍色細條紋襯衫，不禁讓索恩想到了二十年來從未曾浮現腦海的某位老頭副校長。細瘦的脖子，肚腩鬆垮，頭髮幾乎全沒了，每每撥弄僅存的幾撮灰髮、進行徒勞無功的抵抗的時候，總是臉色漲紅。索恩記得在學校的時候，這老師因為學生犯規的狀況層出不窮，建立了一套瘋狂的處罰制度，經常杖鞭十一歲以上的小男生。通常他打的是手心，但如果修理的是更小的男生，他總是打屁股。每次結束之後，他總是氣喘吁吁，汗流浹背。

好了，索恩，現在你給我滾開。

索恩盯著普洛瑟，也許這法官與那個老師之間的共通之處，遠遠超過了他的想像。

普洛瑟喝了一兩口酒之後，走到玻璃矮桌旁，放下自己的酒杯，隨後就與索恩在窗前僵持不動。剛才又有六名客人抵達現場，有一兩個男孩開始翩翩起舞，想要在客戶面前炫示自己的身體。顯然法官很欣賞這一場秀，他毫不掩飾自己的喜悅之情。

「我依然不明白你為什麼明明未經邀請，卻闖入私人派對，」法官說道，「光靠一張照片也很難讓我們的檢方朋友能幹出什麼好事，不是嗎？」

「那張照片有你、伊安．麥卡錫，還有賽門．鮑威爾。」

「我絕不猶豫，現在就向你大方承認。」

「很好的開始。」

「我與賽門在公務上偶有交流，至於伊安，兩三年前在社交場合認識。」

「差不多就是現在這種地方吧。」

「伊安、賽門與我曾經在同一個派對巧遇，這是事實，我不會否認。」他微笑以對，「你有照片，我要是還睜眼說瞎話就太離譜了。」

「拍攝這張照片的人願意挺身出來作證，阿敏．阿克塔也參加了那場派對。」

「我常常跑趴，」普洛瑟回道，「見過的人不計其數。」

「我有證人可以指證你和阿敏．阿克塔共同參加同一場派對的幾個月之後，他就被起訴了，而兩三個月之後，你判他進感化院坐牢八年。」

「世界真小。」

索恩轉頭，看到一個老男人和某個小男孩在共吸同一管大麻，兩人的年齡差距簡直是祖孫配。他朝那一對點點頭，「我猜，這裡應該總是可以看到同樣的面孔，同樣的屁股在——」

「拜託——」

「阿敏·阿克塔。」

「這根本不代表什麼。」

「如果你和他上過床，那可就不一樣了。」

「好，我還真的不知道你要怎麼證明那一點。」

有個穿著奶白色襯衫與褐色絲絨背心的男子朝他們走來，從對方臉上的笑意看來，顯然是與普洛瑟認識，他正準備要開口講話，但普洛瑟卻搖搖頭，表明自己沒空，那男子挑眉，轉身離去。

「麥卡錫再撐下去也沒有意義，」索恩說道，「他已經表態了，願意招認一切，希望能在囚室裡換得好一點的地毯，還有，看來攻破鮑威爾的心防也絕非難事。

「不過呢，我還是想要親耳聽到你說出來。因為你才是始作俑者，一切就是從八個月前的那一天——當你抬頭看到阿敏·阿克塔出現在你前面的被告席的那一刻開始。你才是搞出這一切的人，讓朋友懼怕，吩咐他們動手幫忙……所以你才是那個應該要告解認罪的人。」索恩傾身靠近普洛瑟，「我要告訴男孩的父親，你才是殺人兇手。」

「如果你真的覺得講謊話有用的話，」普洛瑟說道，「悉聽尊便。」

索恩的手機響起，他從口袋裡拿出來，先查看來電者的姓名，從他的表情看來，這通電話非接不可。

普洛瑟退了兩步，轉身，「別擔心，我不會跑的，」他從矮桌上拿起自己的空酒杯，在索恩面前晃了兩下，「只是添個酒……」

「我覺得這件事應該要讓你知道才是，」帕斯寇開口，「唐納利下令攻堅。」

「怎麼會這樣？」

他聽到她短暫停頓，吸氣，「我們有諸多理由判定史蒂芬·米謝爾已經死亡。」諸多理由。索恩現在確定阿克塔沒有發送照片給他們，但臨時調查室的團隊卻還是靠著其他方法發現人質已死。但他也不能承認自己早就知情，總該做點表示，「第一天晚上的槍響吧。」

「我們不知道發生了什麼事，」帕斯寇回道，「只能猜測威克斯別無選擇，只好佯裝一切平安無事。我粗心大意，居然沒注意到有狀況。」

「妳把這筆帳算在自己頭上？」

「是我搞砸的。」

「還有多久要攻堅？」索恩問道。

「不到一個小時。」

索恩望著普洛瑟在斟酒，這傢伙笑意未減，老神在在。

「你人在哪裡？」

索恩告訴她答案之後，目光緊緊追隨著普洛瑟，這位法官回到交誼區，在一群吵鬧的派對常客之間安靜穿梭，向某個認識的人點頭眨眼，低語，拍肩。索恩把一切看在眼裡，也不禁想到伊安·麥卡錫當初遭他揭穿時的反應，還想要裝出自信無懼的模樣，但那股焦慮實在太強烈了，索恩聞得到那個醫生的軟弱氣味，宛若消毒劑一樣刺鼻。

不過，似乎真的看不出普洛瑟有畏怯之意。

「湯姆？」

「我還在線上。」

「反正，我只是覺得應該要讓你知道而已。如果你找得到什麼方法能說服阿克塔早點走出來投降、不要讓奇佛斯帶著手下衝進去，一定要盡快趕回來……」

索恩掛了電話，走到普洛瑟身邊，抓住他的手臂。

你又打算要單槍匹馬？

普洛瑟想要掙脫，但索恩的手指早已死陷在法官前臂的鬆軟肥肉裡。

他想到了自己曾經對阿克塔做出的承諾。

還有對海倫．威克斯的殷殷保證。

他奪去普洛瑟手中沉甸甸的酒杯，不禁動了念頭——其實也只有一秒而已——對著桌邊砸爛酒杯，然後拿起尖銳的玻璃角，對著這傢伙長滿老斑的頸脖猛力磨壓。他按捺衝動，以不怎麼溫柔的力道，把普洛瑟推向大門口。

「這到底是怎麼回事？」普洛瑟厲聲喝道，而且還拚命想要掙脫索恩。

索恩的手指掐得更深了。

他們一走到電梯口，索恩立刻打電話給賀蘭德，告訴他準備換車。索恩自己的BMW比不上賀蘭德的Passat，因為它與閃燈警笛搭配的效果驚人，警笛聲大作應該可以讓他多省下寶貴的幾分鐘。他繼續吩咐賀蘭德與基絲頓，準備叫警務廂型車過來，最好是兩台，直接進入閣樓派對、抓那些尋歡作樂的人。

然後，他面向普洛瑟。

「你對於修復式正義有什麼看法？」

66

「我一直沒有告訴你實話，」海倫開口，「其實，不能算是說謊，只是沒有吐露實情而已，我想要向你坦白一切。嗯……現在遇到這種狀況，我想要誠實講出來。」

自從他們打電話進來、要求與米謝爾談話之後，阿克塔就像是一隻動物園裡精神略微失常的動物，不斷在儲藏室與店面之間走來走去，彷彿他們鐵定會進來抓他，唯一的問題是不知道對方會採取哪種方式攻堅。

現在，他停下腳步，站在距離她幾英尺遠的地方，手裡拿著槍。

等待。

「我不知道保羅是不是阿飛的生父，」海倫說道，「就是這件事而已。」她抬頭看著他，「這才是真相，我知道自己一直說他是小孩的爸爸，就連我對我自己也是這麼說，但其實我真的不能確定，保羅他也不知道自己到底是不是小孩的爸爸，所以當他慘遭殺害的時候，狀況才會如此複雜，他人都死了，也不知道真相是什麼。」

阿克塔緩步後退，碰到桌緣之後，整個人癱坐在椅子裡，「為什麼要告訴我這些事？」

「我也不知道。」

她為什麼會對一個威脅她性命的人講出這件事？而且她還明明知道外頭在監聽的人也全都聽得一清二楚？為什麼她突然覺得不吐不快？難道她真的覺得就此能寬恕自己嗎？

因為她知道阿克塔是對的，現在的問題只是如何攻堅，而不是何時攻堅。雖然武裝小組知道要避免動武、保護她的安全，但計畫未必能趕得上變化，因為總有人會控制不住情緒，導致意外發生。

因為，她不希望懷抱著這樣的秘密默默死去。

「因為我需要找個人講出來。」她說道。

阿克塔微微側頭，望著她。他把手槍擱在膝蓋上，槍管正對著她，「我是雜貨店老闆，」他說道，「又不是神父。」

海倫差點笑出來，但她嘴巴現在也只能做出講話的動作，她的舌頭好黏滯，心臟也在怦怦跳。

「有次上課的時候，我認識了一個男人，」她說道，「消防隊員，沒想到吧。現在，我真的覺得搞不好外頭持槍的人裡面也有他，不過，自從保羅出事身亡之後，他也跑了……

「我只是一時貪玩而已，好蠢。只不過上床五、六次，多是在飯店或其他地方，我不是在為自己找藉口，做就是做了，而且那個時候我的確想要這樣的關係。這男人與保羅完全不同，我喜歡，我享受被人熱切需要的感覺。其實我只是要說，我從來沒有想過要離開保羅，當他發現我背叛他的時候，他提議分手，我們度過了一段可怕的低潮期，再也沒有辦法回復到往日時光，但我們決定還是要繼續走下去。

「我們畢竟要為小孩著想。

「既然事情曝了光，話也都講開了，我想這也不需要我多說。真可怕，但我知道他之所以會說出那些話，是因為他受傷了，他也想反過來傷我。他怎麼出招，我全都承受下來了，我願意，因為是我活該，而且我以為有了小孩之後就能雨過天青，我一直對自己打氣，只要等小孩出生，一切就再也不會有問題了。

「保羅被殺之後，我心中充滿了罪惡感，這也是讓我急於找出真相的原因，老實說，那其實是最主要的原因。就像我之前一直欺瞞自己、寶寶是所有問題的萬靈丹一樣，我繼續告訴自己，如果我追查出保羅的死因，找出了真相，也許可以消滅一點我對他的罪惡感。」

「我也這麼說過，欺瞞自己。」

海倫將頭斜靠在暖氣管上，目光定在阿克塔的頭頂上方幾英尺高的地方，她沒看到他露出苦澀表情，將頭別了過去。

67

雖然普洛瑟在派對的時候看起來毫無懼色，但從他現在的表情、還有偶爾從嘴間冒出的抱怨看來，他也沒那麼逞強了，畢竟現在是晚上，車子以七十英里的時速在交通繁忙的市區道路狂飆，還有大雨狂襲擋風玻璃，車頂有警笛在狂嘯，藍色警示燈閃個不停。

「你的臉色有點蒼白，」索恩說道，「人也安靜多了。」

普洛瑟轉向索恩，他的左手緊抵著儀表板，右手則抓住胸前的安全帶，「我只是在想該挑哪一個律師，讓你屁股開花，」他勉強擠出微笑，「當然，這是法律面的修辭而已。」

索恩駕車離開河區，南行前往巴特西橋路。如果交通狀況正常，天氣好，最多二十五分鐘就可以到達圖爾斯丘。不過，大雨讓車流受阻，幸好現在有藍色警示燈與警笛的加持開道，索恩希望能夠在十五分鐘以內抵達現場。

「我已經和阿敏．阿克塔的律師聊過了。」索恩刻意提高音量，蓋過警笛聲響。

「不錯啊。」

「他認為他們上訴勝算的機率很高，你的判決太愚蠢，上訴成功之後可以讓阿敏少坐幾年的牢，這對你來說不是好消息吧。」

「不好不壞，」普洛瑟回道，「反正是由另外一名法官做決定，我對於自己的判決依然很滿意。」

「我猜也是。」

「你可別忘了，這是法律全權賦予我所做出的判決。」

「阿克塔的律師告訴我，他有充分理由認定你專業失德，讓你必須被迫接受調查。」

「好笑。」

「你完全忽略有關阿敏善良品格的證詞，還有他之所以會起身攻擊的真正原因，你在陪審團面前大力鼓吹的『危險性程度』，根本是鬼話連篇。」

「他持刀殺人。」

「屁！」索恩回道，「唯一覺得阿敏危險的人就是你！」他從某台準備緩速停靠路邊的廂型車邊疾駛而過，急切左線，在公車專用道上加速前進，「天，我真想回到當天的法庭，好好看看你的表情。當你赫然發現被告席裡坐的是那個男孩，想必你的臉一定和你那鬼假髮一樣死白。」

普洛瑟嘆氣，「我根本不認識這男孩，因為我從來沒有見過他，那些指控要如何成立呢？」

「即使你曾經和他一起參加過派對？而且可能還不止一次？」

「那是你的想法。」

「或者你只認得他的後面？認不出他的前面？」索恩看到普洛瑟閃過一絲惱怒，幾顆細小白牙咬住了肥厚的下唇，不禁頗為得意。「還有，我怎麼之前都沒想到，你可能是認出了名字。我是不知道那些玩伴男孩是否有使用真名的習慣，但我猜阿敏搞不好曾經有過。你呢？會使用真名嗎？」他望著普洛瑟，搖搖頭，「不，哪有可能？當你想要好好放鬆尋樂的時候，是不是有特別的化名？秘密身分？或者，當你在狂幹那些小男生的時候，還是喜歡聽到他們喊你『法官大人』？」

索恩開到了巴特西公園南角的單行道，速度也放慢到五十英里左右，從藍奇米爾路前往克拉珀姆的時候，又繼續讓時速指針向上狂飆。雨勢更加張狂，從來回擺動的雨刷之間向外看，前方車輛的剎車燈與方向燈也不過就是橘紅色的模糊色塊而已。

「搞不好在審判還沒有結束之前，你就已經擬好了殺人計畫，」索恩說道，「解決你惱人小問題的完美三部曲之一，這計畫有完美的三人組負責執行，對嗎？我看你在審判當天就全部搞定了。」他又迅速瞄了一眼坐在副座上的法官，沒有回應，只是聳肩。索恩特別告訴這位法官，他從來沒有上過高速駕駛的課程，他講完之後，隨即猛踩油門，在繁忙的十字路口闖紅燈超車，臉上還露出一抹賊笑。

「天哪。」普洛瑟低呼。

「等到你把阿敏判了重刑之後，接下來的問題就只是要把他送到適當的監獄，所以我們在青少年司法委員會服務的那位朋友，鮑威爾先生登場了，他是我唯一還無緣見到的三劍客之一，但想必不久之後就會看到了，因為他現在應該早就被逮捕了。也許剛好坐在麥卡錫醫生隔壁的晤談室，我底下的警探開始打賭，哪一個會先開始全盤招供……

「你會押誰？」

普洛瑟不接話，只是閉上雙眼，癟嘴。

「好……你的朋友鮑威爾把阿敏分派到了巴達勒，剛好就是你們共同好友麥卡錫醫生所負責的感化院，換言之，你可以監控阿敏，這才是重點，注意這小孩的一舉一動，確保他不會亂講話，揷出什麼妻子，你如臨大敵，要確保有人盯著他，你以為他在法院裡認出了你，而且還很清楚你們三個人在閒暇之餘的地下活動。

「你的計畫很順利，非常成功，但這男孩卻決心要修習一些巴達勒沒有的課程，也就是說他必須要移監，而你再也無法繼續監視他。鮑威爾力圖阻止，但是典獄長卻不為所動，因為他想要盡可能幫助阿敏……你麻煩可大了。所以你打算提前殺人，反正將來阿敏轉到成人監獄的時候，你也會下手。麥卡錫聽從你的吩咐，擬定了滅口計畫，將任務轉交給兩個想要在出獄前賺點外快的小孩，然後，他把注射器拿給了強納森・布吉斯。

「阿敏就在那個時候斷了氣，」索恩說道，「不過，當他走進你的法庭的那一刻，已經註定必死無疑，不是嗎？」

普洛瑟在座位上扭動了幾下，看著索恩，「我想起來了。」

「什麼？」

「那個律師的名字，」普洛瑟說道，「超貴的律師，不過能看到你被降職、只能扶老太太過馬路，花這個錢很值得。」

索恩緊抓著方向盤，指關節泛白，他現在正行經穿越克拉珀姆公園的筆直長路，猛催Passat，衝到了時速八十英里。前方五十碼處出現了一名路人，撐著傘站在斑馬線上猶豫不決，雖然警笛閃光不曾間斷，但為了保險起見，索恩還是猛按喇叭。

「你知道真正諷刺的是什麼嗎？」索恩問道，「我認為阿敏什麼也不會說，因為他根本什麼都不知道。他不認得你，事實就是這麼簡單，可笑。你只不過是他想要盡快忘卻的其中一名恩客而已。他從來沒有在麥卡錫面前吐露過任何一個字，連巴達勒感化院裡的男朋友也什麼都不知道，阿敏從來沒有對任何人提起過隻字片語。他只是一個低調行事的十七歲男孩，甚至連拍那張照片的人也不是他！我不知道你和你的朋友們是否知道有那張照片，但如果你們知情的話……又多了一個誤以為要除掉阿敏．阿克塔的理由，不過，你們把那些亞洲面孔的玩伴男孩搞混了。你們的手法乾淨俐落，我很欣賞，但你們搞錯人了，不是那個巴基佬。」

「我拜託你——」

「你明明不需要殺他啊。」

索恩衝過南環路，前進布里克斯頓丘，再開個幾分鐘就到了。

「我們到底要去哪裡？」普洛瑟問道。

「你自己心裡有數，」索恩回道，「好，我從來就不是很相信修復式正義那一套東西，但有些人真的認為當加害者與受害者……或者在此狀況下，是與受害者的家人……面對面的時候，對於雙方都有莫大的好處。最重要的是，統計資料顯示這種方法能夠降低加害者再犯的機率。顯然，你應該對這一點並不是很在意。」

「你在浪費時間。」

「我不管。」

「你自己想清楚吧，」普洛瑟回道，「就憑你現在職級的薪水，我看你也沒有多少籌碼。」

索恩轉頭，死盯著法官不放，現在的他已經完全不顧安危，普洛瑟臉上也逐漸失去血色。終於，他又把目光轉回到前方的路面，「你給我聽好，我們都知道鮑威爾與麥卡錫不可能會死撐下去，都不會繼續挺你。你的那兩名共犯，我之所以會這麼叫他們，是因為他們很快就會認罪，他們招供的速度之快，與那些派對男孩看到恩客拿出皮夾搖晃就衝過去一樣。好，所以我建議你搞清楚自己現在的處境，因為呢，我不費吹灰之力，就可以在你被送進『易受攻擊犯人』區之前，保證讓你的名號響徹百里，所以你的每一個重犯獄友定會知道你是誰，當然他們的親友也不例外，萬一你有個三長兩短……法官大人，我實在不知道你這麼嘴硬會有什麼好處。」

普洛瑟點點頭，露出假意欽佩的神情，「探長，真是精采的演說！」法官說道，「如果你在法庭作證時能夠付出同等的精力，也不會讓那麼多混帳逍遙法外。」

「我現在正好在收拾一個王八蛋。」索恩回嗆。

68

「當我要生艾飛的時候，他們本來想要讓我無痛分娩，但他們卻一直沒辦法插入麻醉針的針頭，最後我只能大吼大叫，硬把他給生出來。」海倫回憶過往，不禁緊握雙拳，緊繃著下巴，宛若她又經歷了一次相同的苦痛，但她的雙眼周圍卻散發著柔情，「那種痛苦其實很美好，你懂嗎？」

阿克塔點點頭。

「那感覺好真，彷彿我許久以來終於做了一件誠實的事，好不容易。」她深吸一口氣，伸出手指，迅速抹乾淚水。

「而且他……好完美，你知道嗎？無論是誰，用什麼方式造就了他，他根本就是個完美的小男孩，他讓其他的事情，一切的殘忍與傷痛都顯得無足輕重了。所以我歡欣迎接他的到來，我找到新公寓，一天二十四小時，只有我和他而已，我盯著寶寶的眼睛，對他講話，你長得好像爸爸。我也會告訴自己，他就是保羅的兒子，因為那是我的終極渴望，而且這對保羅才公平。我不斷告訴自己與別人，他擁有保羅的鼻子還有個性，其他也都一樣，這只是一個可愛又愚蠢的謊言，因為在某些時候，當我盯著兒子的臉，我發現他一點都不像保羅。

「他變得沒那麼完美了。」

她伸手撫摸左腕，被手銬擦破皮的地方，這已經變成了她的習慣性動作，「還有其他人知道，我姊姊和我爸。他們早在我懷孕之前就知道了我的事，我也很清楚，他們一定很懷疑，不知道誰才是艾飛的生父。但他們沒有說破，只是假裝我的先生或男友在別的國家工作一樣，但也搞不好是我姊姊想要讓我終生承擔沒有人想要背負的悲劇，」她聳肩，似乎想笑，但終究卡在喉嚨裡沒出來，「從來沒有人……講到保羅。只有偶爾幾次，因為他們忘了，或是我姊的小孩不小心說了什麼，但即便說了出來，保羅的名字卻只是像個家裡人的笑話，彷彿他是我編造出來的人一樣。一切變得雪上加霜……那種擔心造成尷尬、說錯話的擔憂，讓我覺得好恨，好變態，我也好不到哪裡去，因為我實在太羞愧了，我無法在他們面前說出我自己有多麼不好受，我也沒有辦法告訴他們，有時候我也不覺得保羅是艾飛的爸爸，因為他畢竟早就不在人世了。

「我好怕。」她低聲說道。

「很遺憾。」

「不，不只如此，我也怕等到兒子夠大了，想要知道父親是誰的時候，我不知道該怎麼說才好，我好怕知道真相。」

阿克塔望著她，「有辦法知道嗎？」

「保羅和我一樣，也是警察，所以他的DNA資料有建檔入庫，我可以做比對檢驗，但萬一結果與我預期的不合，我也不知道該怎麼辦。」

「真的有那麼糟糕嗎？」

「我知道世間事多有坎坷，」她望著阿克塔，「比比皆是，不過對我來說，最可怕的衝擊莫過於艾飛出事，再來，就是發現保羅並非他的生父。」

「索恩昨天告訴我，我應該要做好萬全的準備，面對真相，」阿克塔說道，「他還說。我聽了應該不會很舒服。哎，我只能把我告訴他的話，再對妳講一遍。妳和我一樣飽受折磨，但妳一定要知道真相，無論它有多麼難堪，都比不上未知的痛苦。只有釐清一切才是長久之計。」他慢慢起身，「海倫，妳要相信我，迴避不會帶來幸福。」他朝店鋪的方向走了幾步，又停下來，側著頭聆聽警笛聲響，突然變得清楚淒厲。

距離哈維德·阿克塔站立位置不到十英尺的地方——就在雜貨店外頭，從傾圮的車庫蜿蜒到建物後方、滿是車痕的蔓雜小徑——奇佛斯正盯著他的攻堅專家跪在泥地裡，小心翼翼把最後的炸藥放在後門底部。

距離喊「衝」，只剩五分鐘。

等到佈好炸藥之後，奇佛斯將會對所有成員再次簡述行動計畫，大家都有特定分派的功能，每個人分到的講解時間就是短短幾十秒而已，但在這六人小組的行動之中，每一個人的角色都至為重要，而且他們自己與屋內的人能否活下去，就得看他們的表現是否稱職。

手持防彈盾牌的警官。

拿警棍的警官。

「掩護」的警官。

控制犯人的警官，在挾持者被拘捕之前、必須負責處理挾持者。

領犬的警官。

在最後一次簡報結束之後，接下來就是最後一分鐘的裝備檢查。頭盔、護目鏡、耳罩，還有防彈衣。所有的步槍、手槍，以及泰瑟電擊槍。催淚瓦斯與閃光彈可以製造大量的噪音與混亂效果，在他們成功攻入之後的頭幾秒鐘、能夠讓挾持者難辨方位，不知如何是好。萬一裝備有任何閃失，鐵定是消防隊員的惡夢。

奇佛斯深信自己的手下受過完整訓練，裝備出問題的機率，遠遠高於人為失誤的可能性。可惜的是，這句話卻無法套用在這次行動中的其他成員身上。事件結束之後，一定會針對那位訓練有素的談判專家進行調查，整整兩天的時間，她居然都沒發現其中一名人質已經死亡。

奇佛斯心想，搞不好再也沒有機會看到蘇．帕斯寇這位警探了。

他專注凝神，根本沒注意到有警笛聲響，等到它逼近而來的時候，他才發現有異，立即向後退到車庫，躲在門後面，以防別人聽到，他立刻以無線電呼叫唐納利。

「發生什麼事了？麥可？」

「真不敢相信。」

雨水打在他的頭盔與防彈衣身上，發出惱人噪音，「再說一次。」

「他衝過封鎖線，差點撞傷兩個穿制服的小警察。」

「誰？」

「索恩啊。鮑勃，聽好，目前只能暫時停止行動，你帶著手下先撤退再說……」

69

索恩下車，跑到副座車門旁邊，雜貨店對面人行道上的那一排強烈弧光燈逼得他只能緊閉雙眼。燈具前面還有一整排緊急車輛在待命——武裝機動車、救護車、緊急支援車——後面則是武裝小組剛才準備開火的戰鬥位置。

索恩的電話響起，但他不用看也知道是誰打來的。

他打開車門，把普洛瑟拖了出來。夜光，從阿克塔雜貨店的鐵捲門回彈而來，拂過法官的臉龐，讓他的面容看起來更加死白。索恩把他推向車邊，以掌心壓住普洛瑟的胸膛，然後又以另外一手接起電話。

「麥可。」

「你到底在幹什麼？」

「我找到阿克塔要的答案了，所以你可以讓武裝小組退下。」

「你旁邊那個人是誰？」

索恩猜唐納利與其他人正坐在科技支援小組的車裡，透過閉路電視影像的監視器看到了他的一舉一動。冒著強大雨勢，他只能瞇眼死盯著對街電線桿上頭的攝影機，「他是殺死阿克塔兒子的兇手，」索恩繼續說道，「就是出於他的一手精心策畫安排。」他又轉過頭，望著普洛瑟的雙眼，「大家會聚在這裡，全都是因為他。」

「湯姆，不要靠近雜貨店。」

「我要把他帶進去。」索恩回道。

「你在開什麼玩笑。」

「這就和奇佛斯帶著人馬攻堅進去一樣重要。」

「我們會和阿克塔通話，」唐納利說道，「你可以告訴他任務已經完成，抓到了殺人兇手，請他走出來。」

「不可能，」索恩回道，「他對我們信任感不足，他對我信任感不足。」他抓起普洛瑟，押著他走向雜貨店，他正準備把手機丟回口袋裡，剛好聽到唐納利大喊，「你給我站在原地不動！」

索恩把普洛瑟壓在鐵捲門上，然後開始猛力搥門，拳頭落在髒兮兮的金屬片，距離普洛瑟的臉不過只有幾英寸而已。他開始大吼，「哈維德，我是湯姆．索恩！我把你要的人帶過來了！」他又開始拍門，每一次出拳都讓普洛瑟為之抽搐，「哈維德……」

他等了幾秒鐘，隨後把耳朵貼在鐵門上。

索恩聽到左方傳來腳步聲，他抬頭一看，發現奇佛斯帶著五名武裝小組成員，迅速退到三間店面之後的小巷，他們看到索恩的時候還放慢腳步，奇佛斯從隊員手中抓了一只防彈盾牌，示意他們退到那一排車輛後方，隊員看起來有些迷惑，正準備聽候長官發號施令。但奇佛斯自己也好不到哪裡去，他動也不動，站在路中央，距離索恩與普洛瑟約有三十英尺。

鐵捲門後方傳出哈維德．阿克塔的聲音，「我在。」

奇佛斯與索恩聽到更多人衝過來的腳步聲，他們同時轉頭，看到唐納利、帕斯寇，還有其他六、七個人從學校方向跑向大馬路，除了唐納利之外，所有人都在那排弧光燈旁邊停下腳步，只有他又往前走了一會兒，距離奇佛斯只有幾英尺遠。

他後方幾英尺的地方，傳出聲音。

「索恩先生？」

「哈維德，現在我已經把他帶過來了，」索恩傾身，貼近鐵門，「既然我達成任務，你也應該要遵守諾言，等到你聽到阿敏的死因之後，就要棄械投降，沒有異議？」

「索恩，我不准你把平民帶進去，」唐納利雖然在大吼大叫，但依然努力屏氣，「阿克塔還有武器，絕對不可以！你到底在想什麼？」

「沒有討論的餘地，」奇佛斯也開口，「就這麼簡單。」

這位身分不明的平民，態度本來相當順從，但突然變得霸氣十足，開始怒吼，「我是吉福瑞・普洛瑟，御用大律師，如果你是在這裡負責的長官，一定要立刻阻止他。」索恩又把他壓到鐵捲門上，叫他閉嘴，普洛瑟拚命掙扎，又再次大喊自己的名字。

「這個人被逮捕了嗎？」唐納利問道。

「不，我沒有，」普洛瑟回吼，「我沒有被逮捕，也沒有收到警告，這根本就是綁架！」

雨勢越來越大，打在弧光燈上嘶嘶作響。

哈維德・阿克塔的聲音從鐵捲門後面傳來，「法官？天？難道是那位法官？」

「把槍交給海倫，」索恩說道，「你把槍給她，我就把他帶進去。」

「等一下。」阿克塔回道。

Passat車頂上的藍光依然閃個不停，索恩覺得自己每隔個幾秒就會被掃到一次，在對面停放車輛的窗面、還有蹲踞後方的武裝小組所持的全自動武器，也看得到光斑在不斷旋舞。

索恩聽到雜貨店的深底處傳來海倫．威克斯的聲音，「我拿到槍了。」一陣停頓，她又大吼了一次。

索恩轉向唐納利與奇佛斯，「你們聽到沒有？」

「這也無法改變任何事實。」奇佛斯回道。

唐納利開口，「等一下。」

「我要找娜蒂拉！」阿克塔大叫，「我也要我太太一起進來聽。」

「門都沒有。」奇佛斯不以為然。

索恩又看著唐納利，「麥可，槍在海倫手上，還有什麼問題？」

唐納利斯思考了好一會兒，隨即把無線電湊到嘴邊，開始下達命令。不到一分鐘的時間，小警車從學校大門疾駛而出，停在緊急車輛附近，女警員攙扶著看起來飽受驚嚇的娜蒂拉從副座位置下車，刺繡頭巾上的不知什麼裝飾品在反光，一閃一閃的，外頭裹著倫敦警察廳的鋪棉大外套。

索恩趕緊喊她的名字。

她看到他了，索恩揮手，示意她過去，當她走出遲疑的第一步時，他還點點頭以示鼓勵。

「娜蒂拉，不需要擔心，沒事的，我們一起走進去，把哈維德帶出來。」她越來越靠近雜貨店，不禁露出了緊張微笑，然後，索恩發現娜蒂拉慢慢認出人了，她距離索恩押住的那男人還有幾英尺之遠，原本的困惑神情已立刻轉為警戒。

「我不懂，」她指著他，「那男人為什麼在這裡？」

「他等一下要告訴哈維德阿敏是怎麼死的，」索恩回道，揪著普洛瑟衣領的手抓得更緊了，「他會在你們兩人面前說出真相。」

娜蒂拉慢慢搖頭，繼續瞪著他，阿克塔也在這個時候，透過鐵捲門呼喊老婆的名字。

「哈維，我到了。」

「好，哈維德……等到我開口的時候，你要打開雜貨店的門，然後拉起鐵捲門。」索恩發現奇佛斯與唐納利在他背後竊竊私語，想也知道他們在說些什麼，而且是誰在出鬼主意。既然阿克塔已經交出武器，他們當然會重新思考施行原定計畫的可能性，來點隨機應變……也不是說不過去。等到鐵捲門拉起之後，奇佛斯攻堅、制伏手無寸鐵的阿克塔更是輕而易舉。只要在鐵門拉起的那一剎那，丟進催淚瓦斯或閃光彈……大功告成。

「哈維德，只要拉起兩三英尺就夠了，知道嗎？」

索恩背後的交頭接耳更熱烈了。

「不需要拉太高，保持那樣的高度即可，然後退回到店裡，聽清楚沒有？」

索恩回頭，不禁鬆了一口氣，他看到唐納利雙手向上一攤，而奇佛斯則是滿臉挫敗，搖頭。

索恩把普洛瑟拉起來，但依然密切注意他們後頭的那些警察。

「好，哈維德，開門了。」索恩隔著鐵捲門、聽到鑰匙入孔的聲音，然後是大門鈴鐺作響，

「好，拉開吧……」

在這麼近的距離，聽到鐵捲門發出的吱嘎噪音簡直可怕，所幸只花了幾秒鐘的時間，縫隙的高度已經足以讓人鑽進去，索恩猛拍鐵門大吼，「夠了！」鐵捲門晃啊晃的停住了。他轉頭，再次對唐納利點點頭，小心翼翼輔助娜蒂拉彎身，然後又壓下普洛瑟，自己也跟進去。正當索恩迅速蹲下去的時候，他聽到唐納利大吼，「只給你五分鐘！如果到時候你沒出來，我們就啟動原定計畫！」奇佛斯也跟著不知道喊了什麼，但索恩已經站起來，眼睛忙著適應雜貨店內的昏暗光線，根本聽不清楚，外頭的動靜已經被鐵捲門再次拉下、匡啷就地的聲響迅速掩沒。

70

大家最先感受到的是，味道。

娜蒂拉斜靠在牆上，發出輕聲哀鳴，緊摀著嘴。索恩走過去，輕輕拍揉著她的背，宛若在對待嬰孩一樣哄著她。然後他又走向普洛瑟，當這位法官進來之後，就一直維持跪姿沒起來，他咳嗽又反胃，雙臂緊抓著雜貨店的窗戶，還有一坨口水從下巴滴垂到了胸前。

索恩自己也靠在門邊。

「你永遠不會忘記這個味道，」索恩說道，「不可能。而且即便在你離開這間雜貨店之後，奮力擦洗身體之後，別人也會在你身上聞到這股氣味，顯然，它透過了你的頭髮與指甲……徹底把它吸收進去了。相信我，在接下來的幾天當中，你嗝出來的氣、放的屁，還有你的吐納，全都是這個味道。」他低身前傾，「看來，這股氣味會在你身上黏留不去，你說是不是？」

索恩把普洛瑟拉起來，逼他轉身，面向雜貨店的後方。索恩看到了哈維德．阿克塔身形的淡淡剪影，站在櫃檯後面，等待。索恩帶著普洛瑟走向阿克塔，娜蒂拉也跟在後頭過去，但距離他們有好幾步之遠。

店內一片狼藉。

他們舉步維艱，地板上散落著雜誌、糖果、洋芋片，還有罐頭食品的殘渣與破碎的玻璃瓶。

他們跨過已經傾倒在地的冰箱，小心翼翼避開融化冰淇淋的小水灘與濕透的報紙，以免不慎滑倒。史蒂芬．米謝爾的屍體就躺在櫃檯附近，幽暗光線包裹屍身的破爛塑膠袋隱沒在昏暗光線裡，唯一清晰可見的是那張臉，薄面塑膠袋早已被撕開，刻意露出米謝爾的面孔。

「我在這裡。」阿克塔回道。

他朝後頭的儲藏室點點頭，伸出手臂，彷彿在歡迎他們參加品酒派對，或是特地邀請一群朋友，進入高雅氣派的交誼室。

索恩把普洛瑟推過去，自己也跟在他的後頭。不消多久，他已經弄清楚了這個小房間的基本陳設，左邊放了一套桌椅，各式各樣的箱子、水槽與小冰箱、煮水壺，還有電視。前方則是被檔案櫃擋住的後門，還有一個小洗手間。

他望向右側，朝海倫．威克斯點頭致意。

好蠢的第一念頭：她髮型不一樣了。

索恩看到地板上的血跡，他猜那裡應該就是史蒂芬．米謝爾的死亡地點，把屍體拖拉出去的褐色條狀血斑，歷歷在目。

「這是怎麼回事？」海倫問道。

「一分鐘就可以搞清楚了。」索恩回她。

海倫以右手持槍，她舉起左手，扣在暖氣管的手銬匡啷響個不停，「鑰匙在桌上。」

索恩微微側身，想要摸找鑰匙，但後頭的門口突然傳來的巨大啪響，卻讓他為之分心。他轉過去，看到娜蒂拉．阿克塔又在掌摑她的先生，而且這次的聲響更加清脆，還聽得到她使勁打人時所發出的叫喊聲。阿克塔被打得歪頭，噴出了一星唾沫。他慢慢把頭轉回來，閉上雙眼，然後

開始以輿地語喃喃講個不停，

同時伸開雙臂，擁抱啼泣的妻子，帶領著她一起進入儲藏室。

這裡突然變得好擁擠，雖然大家靠貼在一起也是在所難免，但每個人還是努力找到了與別人維持些許距離的方法。海倫的雙膝貼胸，而阿克塔則把行軍床推到旁邊，讓自己與妻子可以靠在房間遠處的鐵架前面。普落瑟貼著後門，但索恩還是拉開了他，逼他站在房間的正中央，面對著阿克塔。

「這是主舞台。」索恩說道。

「荒唐。」普洛瑟的聲音裡有一絲笑意，但其實他很緊張，而且目光一直迴避哈維德或是娜蒂拉。

「等一下。」索恩拿起桌上的鑰匙，跪在海倫的面前打開手銬，然後又慢慢扶她起身。她搓揉手腕，點點頭，表示自己沒問題，隨後又背貼著暖氣管的那道牆。

索恩節節進逼吉福瑞．普洛瑟。

「他為什麼在這裡？」娜蒂拉問道。她似乎已經哭聲暫歇，但只吸了三、四口氣，又開始潸然落淚，「他和阿敏的死因究竟有什麼關係？」

索恩以手肘推頂普洛瑟的肋骨，「法官大人，就由我來開始吧，你說好不好？你如果想要插話，我隨時歡迎。」索恩望著阿克塔，「哈維德，我得告訴你，你兒子是同性戀。」

「不！」索恩還沒有說完，阿克塔就在拚命搖頭，彷彿他已經猜到了一點梗概，他揮動食指，「他不是。」

「是，哈維，真的是這樣。」娜蒂拉接口，她握住先生的手，輕揉他的手背，「阿敏天生就是這樣，沒什麼，親愛的，你現在先保持安靜，好嗎？先不要說話，把剩下的部分聽完再說。」

阿克塔急眨雙眼，手指搓弄襯衫鈕釦。索恩打量著他，與上次在刑事法院階梯上所看到的他相比，現在的阿克塔似乎更瘦弱了，而且他雙眼充滿血絲，滿臉鬍碴，整張臉近乎灰白。

「所以他和拉辛才會遭受攻擊，」索恩繼續解釋，「事發當晚，他們從同性戀酒吧出來。他們有時候也會去參加派對，老男人會付錢買春，和他們上床。」

阿克塔的喉間發出低沉呻吟，娜蒂拉把他的手捏得更緊了。

「抱歉，但我說過真相很沉重，」索恩說道，「我警告過你。」

「沒關係，」阿克塔點點頭，挺直胸膛，「繼續吧。」

索恩的下巴朝普洛瑟點了兩下，「就是像這種男人。」

「他認識阿敏？」

「沒錯。」

阿克塔望著普洛瑟，「你認識我兒子？之前就認識？」

普洛瑟不發一語。

「他在審案時認出了阿敏，」索恩說道，「而且他誤以為阿敏也認出了他。所以，他與負責決定阿敏服刑地點的人、還有巴達勒的醫生共同設局，當他發現阿敏即將離開那間感化院的時候，他決定還是殺人滅口比較安全，他們搞陰謀，讓你兒子看起來像是自殺身亡。」

阿克塔慢慢張嘴，定住不動，宛若肌肉再也不聽使喚。

「就這樣。」

娜蒂拉嘆氣，點頭致意，「謝謝你。」

「這個……人。」阿克塔向前半步，走近普洛瑟，索恩看到他脖子上的青筋跳動，四肢在慢慢顫抖，彷彿被啟動了開關，電流開始傳導全身。「我所信任的人，代表法律的人。」他越來越逼近法官，而且還用力掙脫妻子的手，「我的兒子在監獄裡被殺，就只是因為這男人曾經在派對裡……給過他錢。」

「另外兩個人已經被抓起來了，」索恩說道，「這三個傢伙會在牢裡待上好一陣子。」索恩看得出來阿克塔聽不進去，他的目光始終沒有離開過普洛瑟的臉。

「哈維德……」

「阿敏喪命，就只是因為這個人曾經……」阿克塔緊閉雙眼，雙手顫抖得越來越厲害，而且他的臉也開始抽搐，彷彿嘴裡升湧了什麼惡臭之物。

「我們得離開了，」索恩說道，「你已經得到想要的答案。」

「我要親口聽他說。」

「哈維，拜託別這樣。」娜蒂拉說道。

「我要聽到他自己告訴我。」

索恩把手放在普洛瑟的肩頭，捏了兩下，「快告訴他。」

普洛瑟低頭看地板。

「把你幹的好事都說出來吧。」

普洛瑟搖頭。

索恩發現海倫突然在他背後移動位置，他正準備要開口，卻聽到手槍槍管陡然抵住了普洛瑟的後腦勺。

「快告訴他。」海倫喝令。

法官緊張不安，嚥了嚥口水，慌張開口，雙眼緊盯著地板，「我和你兒子發生過性關係，我參加了某場派對，付錢給他，讓他和我上床。當我看到他出現在我的法庭的時候，我嚇壞了，剩下的部分你也已經知道，我還該說些什麼呢……？」

此時已無須多言。索恩沒有遵從正常的法律程序，可能會對吉福瑞的起訴案造成部分負面影響，但他的自白效力不會出現任何問題，在眾目睽睽之下所說的每一個字都已經被錄了下來。

海倫．威克斯放下了手槍。

普洛瑟看起來快要崩潰落淚，但真正從喉間爆出嗚咽哭聲的卻是哈維德．阿克塔，而不是他。阿克塔走了幾步，但又搖搖晃晃後退，差點撞到後頭的鐵架，幸好靠著妻子持穩的手站直了身體。

「我的親愛的，親愛的兒子，」他喃喃說道，「對不起。」

「哈維德，不要這麼說，」海倫回道，「這又不是你的錯。」

「是，明明就是。」阿克塔對她微笑，然後又望著索恩。在他眼中看來，阿克塔的嘴宛若黑洞，而日光燈管下的那張臉也突然變成了蒼老病容。「海倫，我對妳也不是很誠實，其實，我這樣不算說謊，但是……」

「你當初也是因為相信正義，所以才做出這樣的選擇。」娜蒂拉回道。

「妳知道嗎？當初他之所以會進入法院，全都是因為我，」他身體微微搖晃，淚濕的雙眼睜得好大，望著海倫·威克斯。「是我勸他去投案，我把自己的兒子交給了警察，因為我相信法律會伸張正義。」他說話的速度急快，而且氣喘吁吁，「我告訴他，一切都會沒事，不要擔心，妳知道嗎？他回家的時候滿身是血，他告訴我，真的沒關係，那不是我的血，不是我的。」他面向妻子，「妳記得他說過這句話嗎？」

她點點頭，緊握著他的手。

「不是我兒子的血，」阿克塔說道，「不是他的血。現在，我的身上卻染滿了兒子的血，被血海所淹沒。」他慢慢癱坐在地上，娜蒂拉撐住他，親吻他的頭與肩膀，然後輕扶他坐在行軍床上。

索恩轉身，拿走海倫·威克斯手中的槍。

然後又輕拍普洛瑟的背，把他推向門口。

他知道現在不需要嘶吼狂叫了。

「我們馬上出去。」

71

當鐵捲門再次開啟的時候，外頭弧光燈的強光立刻全面強襲而來，逼得索恩只能閉眼相對。細雨綿綿，他根本看不到強光後方的動靜，但他知道一定有許多的槍口正對著雜貨店，目標是阿克塔，或者搞不好是他。店內依然有上膛的武器，雖然已經在他的手裡，理論上相當安全，但是，現場戰術指揮官絕對不會輕言冒險——除非包括挾持者在內的每一個人能安全撤出建物、遭到逮捕或是接受基本醫療檢查。

至於史蒂芬．米謝爾，也只能被他們送往殯儀館。

索恩動也不動，站在殘破雜貨店的正中央，距離門口還有幾英尺之遠。海倫．威克斯站在他的左方，而阿克塔夫婦則緊挨著他的右側。普洛瑟待在他們的後面，滿臉頹唐，坐在傾倒的冰箱上。

索恩以兩根手指扣住槍管，慢慢高舉那支左輪手槍，瞇眼迎光。

他大吼，「我準備繳械。」

他小心翼翼拉開保險栓，搖動彈膛，然後把槍口朝下，讓未發子彈濺落一地。他傾身向前，把槍從門口丟出去，它在人行道上飛掠而過，最後落在馬路上，距離那台Passat汽車不遠，只有幾英尺而已。

「我們的程序如下，」唐納利的聲音透過大聲公傳來，變得好尖細。「讓平民先出來。」

索恩很納悶，不知道唐納利的意思是否包含了人質，但他的疑問立刻獲得了解答。

「威克斯警探第二，最後再由探長索恩陪同哈維德一起出來，聽清楚了嗎？」

索恩回答，沒問題。

「好，先讓阿克塔女士與普洛瑟先生到前面，正中央的地方。」

索恩對娜蒂拉點點頭，她慢慢離開先生身旁，雙手插在外套口袋裡，索恩轉身，發現普洛瑟已經站起身來，迫不及待想要離開。

「現在請兩位一起出來，」唐納利大吼，「不疾不徐，走出大門口，朝光源前進，聽清楚了嗎？」

法官與雜貨店老闆的妻子同時點頭，開始向外移動。

「有警官會在外頭等待兩位。」

普洛瑟經過索恩身邊，他急著想要離開，卻差點被亂七八糟的塑膠袋與廢紙給絆倒，不過他很快又穩住腳步，刻意搶在娜蒂拉前面，顯然是想要當第一個離開雜貨店的人。

她停下腳步，讓他先行。

索恩不知道外頭是否還有任何武器正對著店內，不過，當他看到娜蒂拉．阿克塔雙手高舉，他倒也不意外。

他誤會了。

然後，他看到刀刃的反光閃了一下，當她準備要往下猛揮的時候，索恩已經立刻前衝，大叫娜蒂拉的名字，他想要推開她，以免讓法官受傷。索恩把她壓到地上，然後踉蹌爬到吉福瑞．普洛瑟的旁邊，但來不及了，他側倒在地，雙腿痛苦激烈交擺，伸手摀住脖子。

剪刀插陷在裡面，頸脖外頭只看得到黃色的塑膠把手。

索恩聽到了啐罵，還有奔跑的腳步聲。

有人大叫，「醫護人員快過來……」

鮮血從索恩的指尖汨汨流出，浸染了地上散落的雜誌與濕報紙。普洛瑟呼吸困難，開始發抖，他張開嘴巴，喉間鮮血竄流，進入了口內。

然後有人告訴索恩趕快走開，身著制服的醫護人員與急救包到場，一堆人在大呼小叫。過了一會兒之後，吼叫聲不再出現，索恩發現自己坐在店內的地板上、背靠著牆，而且海倫・威克斯正握住他的手。

有位女警員蹲下來，在海倫的肩上披了太空毯，扶她站起來，海倫依然握住索恩的手，直到最後一刻才放開。

她低頭望著自己的手掌，「你身上沾了血。」

「一向如此。」索恩回道。

過了三個禮拜之後
宛若一次長假

72

「一切都跟以前一樣。」索恩說道。

安托萬・丹尼爾斯坐在他的床邊，身體前傾，盯著角落的電視螢幕，拿著搖桿玩PS遊戲，他主控著某個殭屍或士兵或異形還是什麼鬼東西，發出吵鬧聲響，拚命殲滅那些同樣無法辨識形狀的怪物。他的囚室位於金色房區，雖然這間和上次索恩來找他時的那一間格局相仿，但這裡的傢俱沒那麼陽春，想必獄方認定這位受刑人不會任意破壞設施。除了電視與遊戲機之外，地板上還鋪有地毯——最棒的就是——還有獨立淋浴設備。雖然索恩實在討厭自己胡思亂想，但他知道自己住過好幾間設備還比不上這裡的飯店。

丹尼爾斯聳肩，「我遲早又會被趕出去。」

「為什麼？」索恩站在丹尼爾斯浴室的門口，看到了方塊形的小香皂與洗髮精瓶整齊排列在水槽上方的小櫃。

「因為有人會對我開口挑釁，我一定會海扁他們一頓。」男孩正在挑戰困難任務，他盯著螢幕，整張臉皺成一團，「總是會有人閒言閒語。」

「和阿敏有關？」

「什麼都有，男人、阿敏，嗯……」

「他們知道出了什麼事嗎？」

「耳語傳得很快，你也知道的，對於某些人來說，阿敏怎麼死的，為什麼會被殺害，都不重要，他永遠是他們口中的『巴基娘炮』，你知道嗎？我的巴基娘炮。」

「抱歉。」

「不需要啦。」丹尼爾斯回道。

索恩不知道這些少犯之間的狀況如何，不過這種故事屢見不鮮，如果阿敏．阿克塔死在其他地方，得到的反應恐怕會更令人感傷沮喪。

據說會有一份正式調查，但目前依然是雷聲大雨點小。

二十分鐘之前，索恩在羅傑．博拉斯威爾的辦公室裡一起喝茶，這位典獄長伸手梳抓自己的軟髮，感謝索恩不遺餘力挖掘真相。對於這起發生在巴達勒的事件，他深表震驚哀傷，只是相當詞窮，連續說了三次的「好驚訝」與兩次的「痛心」。

索恩一直在心裡默數。

有好幾次，典獄長光是講到伊安．麥卡錫的名字，就坐下來猛搖頭，彷彿當下被前同事的行為嚇得目瞪口呆。後來，他講話終於順暢多了，他告訴索恩，感化院裡的兼職美術老師發起了一個紀念阿敏．阿克塔的計劃，只要是與阿敏同期的獄友，都可以在課堂以繪畫或拼貼的方式表達對這位不幸橫死朋友的思念之情，以及他們對此一事件的感受。這些作品之後會展示在某些監獄走廊的牆壁上，讓大家能夠永遠銘記這悲慘、天理難容的事件。

「應該會放在金色房區，」博拉斯威爾說道，「想必你也明白，如果我們想要永遠保留這些作品……」

丹尼爾斯放下搖桿，但索恩不確定他的遊戲是否已經結束。「你是特別來看我的嗎？」

「應該的，要讓你知道事情的詳細經過才是。」索恩說道，「我也希望你能夠諒解阿敏，他之所以從來沒有告訴你過去的事，是因為他想要徹底遺忘，我想，自從有了你之後，的確幫助他忘卻了昔日傷懷。」

丹尼爾斯微笑，但隨即又露出不好意思的神情，「那個醫生和另外一個人是不是會被關很久？」

「決定權不在我。」

「但一定會吧？」

「我也希望如此，」索恩說道，「他們三個人都應該要有相同下場。」

普洛瑟動過手術之後，救回一命，但依然住在醫院慢慢休養，麥卡錫與鮑威爾則因共謀殺人罪而遭還押候審。有消息指出鮑威爾已經供出大部分的案情，但這已經不是索恩的職掌範圍了，不過他卻很清楚另外一件事，如果要考慮從輕量刑或是減刑，這兩個人都會比娜蒂拉．阿克塔有更多機會。她被關在霍洛威，正等待開庭，罪名是殺人未遂，而她的先生除了綁架的罪名之外，還有謀殺史蒂芬．米謝爾。就現況看來，兩人都恐怕會被求處無期徒刑，但哈維德．阿克塔至少還有一線曙光，卡爾．奧德曼答應要幫他辯護，這位律師告訴索恩，檢方已經看過警探海倫．威克斯的供詞，正在考慮將罪責減為過失殺人。

「讓他不用坐牢，我辦不到，」奧德曼告訴索恩，「但一定要記得，什麼事都可能會發生，我希望我們會遇到有同情心的陪審團，當然，最好法官也是。」

至少，哈維德．阿克塔會得到公正的審訊，只是他兒子並沒有這樣的機會。

「下手行兇的男生呢？」丹尼爾斯問道，「那個蘇格蘭男孩。」

強納森．布吉斯依然下落不明，但索恩有信心，「我們一定會找到他。」索恩移動腳步，走到貼了一排圖畫的牆面前，「搞不好最後是在某個工地的倒卸車裡發現他的屍體，手臂上還插了針頭。不過，總會出現的。」

丹尼爾斯身體前傾，又抓起搖桿，「你真是好人。」

「什麼？」

「回來找我啊，你也不需要跑這一趟的。」

索恩朝房門走去，準備離開，「你還剩一年對嗎？」

「十一個月。」

「之後呢？」

「就再看看吧。」

「要努力振作，不要再回鍋坐牢了。」

「希望你找到這傢伙的時候，他還活著，」丹尼爾斯回道，「我是說，那個下毒殺死阿敏的人，要是能讓他回到這裡，那就太好了。」他抬頭看了一下索恩，又立刻開始玩起遊戲，「到了那個時候，這房間，我是絕對保不住了。」

索恩再次回到巴達勒感化院，不只是為了要看丹尼爾斯而已。與典獄長談話的時候，他也順便詢問了上次在圖書館遇到的那兩個男孩。達倫已經在兩天前出獄，「整個人歡天喜地，因為快要當爸爸了。」博拉斯威爾告訴索恩這消息的時候，臉上還露出知情的竊笑。

索恩猜那男孩的數學程度應該還是沒有任何長進，但也許這樣最好吧。另外一個男孩，阿濟斯，依然在坐牢，但索恩一直沒有看到人。在他前往金色房區的時候，他還在圖書館門口張望了好一會兒，但也不見他的蹤影。現在，他正朝監獄大門的方向走去，卻意外看到了那位伊瑪目，夏契爾正準備前往某個角落，身旁還緊貼著八、九個小跟班，雖然阿濟斯和大家一樣，全都依循規矩、戴著無邊小帽，而且神情也比那天在圖書館時還要嚴肅許多，但索恩還是一眼就認出了他。

伊瑪目與小門徒們看到了索恩，宛若鉸接式卡車在轉換車道一樣，立刻轉向而來。夏契爾告訴索恩，能夠再次相會，何其榮幸，他談起阿敏的事，語調虔誠，也像典獄長一樣不斷長吁短嘆，索恩展現禮貌，等待對方把話說完之後，立即回頭，緊盯著阿濟斯。

那男孩根本不看他。

「所以，真的放棄科學了？」

73

他緊閉著雙眼，在她面前大吼大叫，他一開始嚎啕大哭，就在小床上跳個不停，而且還猛拉著嬰兒床沿。他的頭靠在欄杆上，然後開始以牙床來回摩擦塑膠軟墊，他突然安靜了好幾秒鐘，彷彿忘記了自己剛才火冒三丈，然後他抬頭望她，嘴唇顫抖，伸出了雙臂。

「快過來啊，小可愛！」海倫抱起兒子，讓他熱呼呼的汗濕小頭，依偎在自己的胸前。

他的哭聲依然是唯一能夠喚醒她的鬧鐘——讓她會立刻從床上跳起來——事情才過了三個禮拜，但她發現自己居然能一直睡得這麼沉，真令人驚奇。真的，就連第一個晚上也一樣，光是在前往姊姊住所的途中，她坐在警車後座就睡著了，她一到了之後就躺在沙發上繼續昏睡，一個小時之後，她被迫不及待想要聽精采細節的珍妮叫了起來，而艾飛正在她的胸前扭來扭去。

她父親的說法，睡得死死的。

她開始撥轉嬰兒床邊的音樂鈴，輕聲細語哄寶寶，光著腳在他的小臥室裡走來走去，她輕輕搓拍著艾飛，托著寶寶的小屁股，尿布好重。

「好啦，小可愛，」她把他放在床上，彎身準備換尿布，「準備要把你弄乾淨囉。」

她笑了，憶起過往。

昨晚我睡得跟小寶寶一樣。他們這一對，和幾個朋友一起待在酒吧，保羅喝了一兩品脫的啤酒之後，繼續喝個不停，當天晚上，每隔一小時就醒來一次，起床尿尿！

她解開寶寶連身衣的小釦，決定等一下要馬上打電話給長官。她早就準備好回去工作，老實說，其實當初讓她休息個一兩天早已足夠，她覺得自己狀況不錯，不需要做什麼特別的調整，「讓自己恢復正常的時間與空間」也免了，她不想要繼續留在內心世界與自己對話。夠了。

她的腦中已經浮現自己走進辦公室時的畫面，那些同事的面孔，她再次想起自己曾經告訴哈維德·阿克塔的話。當她一被帶出雜貨店的時候，她拚命找尋認識的警官面孔，不知道當中有誰也聽到了她的告解，八卦流傳到她自己的工作單位又需要多久的時間？但當她洗淨自己手上的血跡之後，她決定不管了，畢竟還有更要緊的事需要擔心。

她抬起艾飛的雙腿，拿起髒尿布、丟進垃圾桶，隨即幫寶寶擦拭身體，努力壓住他，讓他不要扭來扭去，然後開始塗抹乳液。

事件落幕後的頭一兩天，顯然是還沒有人把儲藏室的最後一段過程告訴唐納利或是其他人，沒有人提到拿槍抵住普洛瑟腦袋的事。她絞盡腦汁，努力回想，不知道索恩還是普洛瑟是否曾經在現場講出了什麼端倪、可能會讓外頭監聽的人聽出事有蹊蹺，她知道自己得要小心迴避這個話題。

就像是當初她與米謝爾的狀況一樣。

打從第一天開始，大家就不斷討論她的英勇，還有她的韌性。雖然被人拿著槍對著腦門，但還是撐了下來，而且萬一讓外頭的人知道另一位人質遭到殺害的話，她自己很可能也會沒命，他們說，她好堅強。

哎，甚至還有人提到了獎章。

湯姆．索恩很清楚，不肯透露米謝爾的死訊，其實是她自己的決定。當他們兩人終於找到機會獨處的時候，他告訴海倫，當他一收到史蒂芬．米謝爾照片的時候，他立刻起了疑心。不過他什麼都沒說，一找到機會就把手機給扔了。他告訴她，他自己的秘密已經夠多了，所以再多一個也沒差。

索恩對於最後的收場似乎沒什麼太大的罪惡感，這樣很好，因為她也一樣。

反正一切都過去了。

根據她所聽到的消息，娜蒂拉．阿克塔其實也沒有什麼懊悔之意，海倫覺得這當然不成問題。不過，當哈維德．阿克塔終於娓娓道出自己罪惡感為何如此深重、為什麼會被其不斷貪婪吮食的那一刻，她永遠無法忘記他的那張面孔，他對著她微笑，滿臉淒白。

「我的親愛的，親愛的兒子。」

海倫坐在床邊，音樂鈴聲越來越小，她手裡已經準備好乾淨的尿布，但坐看兒子奮力踢著小肥腿，她心滿意足，再等一會兒也無妨。

74

有光——灰濛濛，充滿水氣——從無法拉緊的窗簾隙縫裡鑽了進來。也有鳥兒——兩三隻音痴黑鳥，中間夾雜著菸槍的咳嗽聲——索恩猜現在應該是凌晨四點多鐘，但是他的手錶放在梳妝台上，現在也沒有辦法為了確定時間而翻到床的另外一側。

無論現在到底是幾點，醒了就是醒了，索恩也不奢望自己能夠立刻回頭入眠。自從圍救人質事件結束之後，他睡得一直不是很好。某些夜晚，每隔兩三個小時就會驚醒，皮膚濕黏，腦袋感覺快熱爆了，生理時鐘已經徹底碎爛。現在只不過少睡了幾個小時，其實也無關緊要。

而且，他白天還可以補眠。

「你應該要趁此機會好好休息一下，」漢卓克斯告訴他，「把它當成長假，做一些平常想做卻沒辦法做的事。」

「我平常就很想要擺爛，現在也剛好。」

「說真的，你可以去美國，到納許威爾好好欣賞你的鄉村樂。」

「現在是無薪停職假，」索恩提醒他，「我現在連邵森德半日遊都負擔不起。」

「好，那就好好看點書，或者去畫廊什麼的。」

索恩倒是看了很多白天的電視節目。

就算哈維德．阿克塔的太太沒有持剪殺人，索恩也知道自己得要面對某些紀律處分。而且，當普洛瑟血流成河的照片出現在上禮拜的八卦雜誌的時候，他知道自己一定躲不掉了，不過，其實索恩很清楚，當初自己決定把他帶到現場的時候，自己早已等於惹了一身腥。

「總是會有些無關痛癢的處罰，」布里史托克是這麼告訴索恩的，「純粹是因為你做事的方式有問題。我知道這很蠢，你也沒有太多選擇，我也明白這傢伙是法官，做什麼都綁手綁腳，但你還是硬幹下去。其實，你還是有解決的方法，拿到搜索票再行事，就萬無一失了。」索恩知道布里史托克只是假裝擺臭臉，但他說的話卻依然聽起來很不好受，「湯姆，我之前冒險挺你，你也知道，但這次不行，我完全無能為力。」

最後，非法搜索強納森．布吉斯公寓的事也爆了出來，等到事情平息之後，專業規範委員會至少有三個不同的小組要介入調查。不管怎麼樣，索恩心想一定要找出那個告狀的馬屁精，發洩他的怒氣，讓對方好看。他知道，只要等到長官決定對他的處分之後再下手，那麼對他的職涯也不會有什麼影響，不過，老實說，這個舉動也沒有多大意義。

找小警察麻煩，還不如找法官算帳。

索恩躺在床上聆聽鳥鳴，越來越大聲了，他想起安托萬．丹尼爾斯丟給他的那句話，暗示著自己即將成為復仇者。

「到了那個時候，這房間，我是絕對保不住了。」

許多人的損失遠比這慘重多了。

史蒂芬．米謝爾、丹妮絲．米謝爾、彼得．艾倫。

還有，哈維德．阿克塔。

阿克塔失去了兒子、太太，還有他辛苦工作多年所累積的成果。他們將屍體搬離現場，刑事鑑識證據採集完成之後，「待售」的招牌已經出現在他的雜貨店門口，懸掛在那一道再也不會拉起的骯髒鐵捲門外面。

「巴基佬」下方出現了更明顯的大字，「殺人兇手」。

專業規範委員會送給了索恩這麼一段長假，有件事倒是讓他下定決心要加緊腳步，就是趕快賣掉肯特郡的公寓。房屋仲介請他再降一點價錢，但索恩卻想要先整理房子再說，上點油漆，煮點新鮮咖啡什麼的。雖然目前工作方向還在未定之天，甚或更可能會出現重大轉折，但他至少可以努力整頓一下自己的居住環境。

其實，已經出現了某些重大改變。

「抱歉，他吵到你了嗎？」

索恩抬頭，看到海倫抱著寶寶，出現在門口。

「反正我也早就醒了。」

「介意讓他進來嗎？」

「當然沒問題，」索恩說道，「這是你的床，不過你這樣沒問題嗎？我的意思是……」

「我沒關係，」她反摺被子，把艾飛放在上面，「我是說，我們總是得看看他的嫉妒心有多強。」她爬上床，開心大笑，「說來你可能不信，他會打呼。」

「我想我沒問題。」

「哦，你也會打呼。」

「鬼扯。」

「你還會講夢話。」

「什麼？」

「前兩天的半夜，我聽到你在叫『菲爾，菲爾……』」

「妳真會搞笑。」索恩回道。他心想，自從他開始與海倫在一起之後，已經講了許多菲爾・漢卓克斯的事，他一生當中難得有幾個至今依然可以依賴的朋友。其實，在過去兩三個禮拜當中，他幾乎什麼都說了，只有工作除外，他也一直在暢懷大笑，這當然無傷，「我沒有吧？到底有沒有？」

「嗯，也才四個晚上而已，」海倫側身，望著他，「露易絲難道什麼都沒有說過嗎？」

索恩搖頭。

四個晚上，喝了許多瓶的紅酒……

寶寶開始吵鬧，海倫趕緊摟住他。索恩也慢慢靠過去，他發現自己其實很享受與這個幼小溫暖身體相觸的感覺，還有隨意揮舞、打到他臂膀的小手，以及包裹緊實、踢他肋骨的小腳。「他踢功不錯，」索恩說道，「應該要想辦法讓他加入熱刺足球隊。」他也轉過去，看著海倫，「保羅有支持的球隊嗎？」

這次換海倫搖頭。

他們不發一語，躺了好一會兒，但艾飛卻不肯配合，又開始大哭。海倫發現三個人擠一張床實在不妙，她覺得還是把寶寶帶到隔壁房間比較好，讓索恩能夠補眠。

「別走，」索恩說道，「反正我也不用趕著起床上班，對吧？」

「你覺得他們會怎麼處理？」海倫問道。

索恩知道專業規範委員會的懲罰選項可多了，「要看他們想要殺雞儆猴到什麼程度而定，」他繼續說道，「其實不必那麼麻煩，我隨時可以走人。」

「你在開玩笑吧。」

「偶爾想想改行的事也不錯，」他回道，「妳不覺得嗎？找點輕鬆簡單又枯燥的工作。」

「是有考慮過。」

「明明外頭就有雜貨店等著出售啊。」

海倫咯咯笑個不停，她舉腳，跨放在他的腿上，索恩的手也越過寶寶，撫弄她的脖子，「我把他帶到隔壁房間，」她說道，「我十分鐘就可以搞定他，馬上回來。」

索恩點點頭，露出賊笑，「接下來就等妳搞定我了。」

艾飛又開始伸出小肥腿踢他。

致謝

我非常感謝以下諸位人士，若不是有他們的協助，這本書在一開始就註定必死無疑……

首先、也是最需要感謝的就是迪利普·加格拉尼，他態度和善，充滿耐心，還有令人幾乎瞠目結舌的驚人記憶力，細節如數家珍。

總而言之，沒有他，就不可能有這本書問世。

說到本書中的主要地點，要不是我曾經親眼見到管理良善的少年監獄，不然也難以創建出如巴達勒這樣問題重重的感化院。艾蜜莉·湯瑪斯（典獄長）、莎拉·潘妮頓（副典獄長）、優秀的史提夫、布特勒都幫了我大忙，還有庫克漢姆伍德感化院的所有工作人員，他們細心對待那些男孩的態度著實令人感動。我還要感謝新聞聯絡室的黛比·克畢為我安排參觀行程，更要謝謝我的好友馬丁·威茲為我所做的詳盡介紹與精采故事。

伊佛·瓦德，是天生的說故事好手，還擁有令人欽羨的大量素材，他還花了許多時間，貢獻諸多建議，非常感謝。我也要謝謝卡洛琳娜·赫尼與卡爾·紐曼，他們的法律專業極其寶貴。謝謝麥可·傑克斯，他對槍械的涉獵何其淵博，已經超越了一般人的知識範圍，我還要謝謝湯尼·佛勒，出手拯救我的次數已經算不清了，我還得感謝法醫學專家戴夫·巴克萊與詹姆斯·葛列佛兩位醫生，我經常提出一般人認為不可思議的愚蠢問題，但總是能夠得到他們的詳細解答。

十年前，獨一無二的菲爾·考博恩醫生給了我靈感，讓我創作出索恩的第一部小說，至於這一本，依然看得出他的貢獻不容小覷。

我欠你欠大了，菲爾……

一如往常，幸好有了溫蒂．李的如鷹銳眼、大衛．謝利與出版社團隊的熱情與專業、莎拉．路特耶斯的完美修潤，才能讓本書更上一層樓。

感謝克萊兒，是她讓一切變得更加美好。

Storytella **69**

探長索恩 死路一條

Good as Dead

探長索恩 死路一條 / 馬克.畢林漢作 ; 吳宗璘譯
.– 初版. – 臺北市 : 春天出版國際, 2017.09
面 ;　公分. – (Storytella ; 69)
譯自 : Good as dead
ISBN 978-986-94824-8-6(平裝)

873.57　　　106008053

ISBN 978-986-94824-8-6
Printed in Taiwan

作　者　馬克・畢林漢
譯　者　吳宗璘
總編輯　莊宜勳
主　編　鍾靈

出版者　春天出版國際文化有限公司
地　址　台北市信義路四段458號3樓
電　話　02-7718-0898
傳　眞　02-7718-2388
E－mail　frank.spring@msa.hinet.net
網　址　http://www.bookspring.com.tw
部落格　http://blog.pixnet.net/bookspring
郵政帳號　19705538
戶　名　春天出版國際文化有限公司
法律顧問　蕭顯忠律師事務所
出版日期　二〇一七年九月初版

定　價　399元

總經銷　楨德圖書事業有限公司
地　址　新北市新店區寶興路45巷6弄6號5樓
電　話　02-8919-3186
傳　眞　02-8914-5524
香港總代理　一代匯集
地　址　九龍旺角塘尾道64號 龍駒企業大廈10 B&D室
電　話　852-2783-8102
傳　眞　852-2396-0050